Comme un empire dans un empire

DE LA MÊME AUTRICE

Jusque dans nos bras, Albin Michel, 2010 ; Le Livre de poche, 2011.

Sombre dimanche, Albin Michel, 2013 (prix du Livre Inter, prix des Lecteurs de *L'Express*, prix de la Closerie des Lilas) ; Le Livre de poche, 2015.

Juste avant l'Oubli, Flammarion, 2015 (prix Renaudot des lycéens) ; J'ai lu, 2016.

De qui aurais-je crainte ? (photographies de Raphaël Neal), Le Bec en l'air, 2015.

Un ours, of course : un conte musical (illustrations de Julie Colombet), Actes Sud junior, 2015.

L'Art de perdre (prix littéraire du *Monde*, prix Goncourt des lycéens), Flammarion, 2017 ; J'ai lu, 2019.

Je suis une fille sans histoire (illustrations de Cécile Dormeau), L'Arche, 2021.

ALICE ZENITER

Comme un empire dans un empire

ROMAN

J'AI LU

1

INTRODUCTION
Survols biographiques

Il n'est pas un moi. Il n'est pas dix moi. Il n'est pas de moi. MOI n'est qu'une position d'équilibre. (Une entre mille autres continuellement possibles et toujours prêtes.) Une moyenne de « moi », un mouvement de foule.

Henri MICHAUX, « Postface », *Plume*

« On a dit beaucoup de choses de moi mais jamais que j'étais banal, le Ciel m'en préserve ! » avait un jour lancé le député pour qui travaillait Antoine. La théâtralité avec laquelle il avait feint l'inquiétude en portant sa main sur le cœur (sur la chemise à rayures fines sous laquelle, derrière les possibles poils grisonnants, la peau, la mince épaisseur de graisse, de chair, et la cage des côtes, se trouvait le cœur) n'était pas parvenue à dissimuler la sincérité de sa prière. La phrase, jetée en l'air pour le plaisir de la conversation et de l'autocongratulation, avait atteint Antoine de plein fouet – il l'avait vue comme une de ces balles tirées dans les films d'action hollywoodiens et qui, pénétrant dans l'épaule du héros, réussissent à le faire pivoter à 180° en défiant toutes les lois de la physique.

Antoine avait peur qu'on l'ait déjà qualifié de « banal ». L'adjectif lui paraissait suffisamment décisif pour étouffer les rêves immenses et bleutés, généralement flous, qu'il sentait s'agiter en lui. Après la remarque du député, il s'était même laissé aller à penser qu'il s'était peut-être construit *contre* ce mot et la frayeur que ses cinq lettres pouvaient lui inspirer. Son physique n'avait, selon lui, rien de particulier qui eût pu aider à le décrire, aucun trait saillant dans son visage aux yeux bruns, pas de longueur ni de largeur insolites repérées dans l'étendue de son corps – ce que sa carte d'identité confirmait d'un « néant » qu'il lui arrivait de trouver brutal. Enfant, on lui avait répété qu'il était « mignon » avec son auréole de boucles, mais il pensait qu'on le disait à tous les êtres miniatures et il savait que, s'il avait été laid, sa mère ne l'aurait jamais admis et encore moins énoncé à voix haute. Quant à son père, il semblait considérer que le fait d'être un homme exigeait qu'il s'abstienne de tout jugement esthétique et il ne s'était risqué à commenter l'apparence de son fils que pour lui signaler qu'il était sale lorsque le garçon remontait de la plage, couvert de sable et de vase. Ce n'était donc pas dans ses caractéristiques physiques qu'Antoine avait cherché, dès l'adolescence, le signe qu'il était un être à part. Durant les années de collège et de lycée, il avait pu se penser comme un garçon « avec des facilités » puisque ses professeurs inscrivaient la remarque chaque trimestre au bas de ses bulletins, et Antoine aimait voir le regard de ses parents se troubler d'un mélange de fierté et d'inquiétude à la lecture de cette appréciation. En tant que garçon avec des facilités, il bénéficiait d'une certaine tranquillité car les adultes autour de lui supposaient qu'il réfléchissait ou qu'il rêvait à de grandes choses quand il s'enfermait dans sa chambre. Très rapidement, son père avait cessé de l'obliger à l'accompagner dans ses balades dominicales, comme s'il avait voulu laisser à son fils les longues heures nécessaires au développement de ces « facilités » dont personne ne savait exactement ce qu'elles recouvraient. Que ce temps soit en grande partie consacré à discuter au téléphone avec Xavier, le meilleur ami d'Antoine depuis le collège, n'avait paru entamer ni l'admiration de sa mère ni celle de son père. Être un garçon avec des facilités avait également permis à Antoine de ne pas souffrir à l'excès de l'absence d'intérêt des filles pour sa personne jusqu'à ses seize ans. Devant les sourires polis, les refus formulés à demi-mot, ou les corps maintenus à une distance destinée à décourager le moindre geste de sa part, Antoine se répétait qu'il pensait sans doute trop vite ou de manière trop complexe pour être compris et que c'était cette incommunicabilité, inhérente à son intelligence, qui le séparait des filles. Quand, lors de son année de première, il en avait rencontré une qui invalidait sa théorie (Julie Le Cléach, 1re L2), il avait abandonné sans regrets ce récit intérieur pour découvrir ce que l'on ressentait en frottant sa peau contre celle d'une autre. Antoine avait eu dix-sept puis dix-huit ans dans un état de bonheur relatif : il était un garçon avec des facilités et Julie Le Cléach posait ses mains partout sur son corps ; c'était satisfaisant. Ces éléments positifs étaient contrebalancés par l'impression grandissante qu'il était né au mauvais endroit et que son village ne renfermait rien qu'il ne connût déjà par cœur, à part la mer.

Il était parti à Paris en septembre 2005 et c'est à son arrivée en hypokhâgne que la peur de la banalité avait commencé à creuser des galeries. Dans sa chambre d'internat dont les murs étaient si proches qu'Antoine avait l'impression qu'il pouvait uniquement se glisser dans la pièce et jamais y habiter, il avait dû reconnaître qu'il n'avait pas tout à fait anticipé ce que serait sa vie sans ses parents, ses amis ni Julie Le Cléach (laquelle posait sûrement ses mains partout sur un étudiant de Rennes-2, mais Antoine s'efforçait de ne pas y penser avec jalousie car, après tout, c'était lui qui l'avait quittée). Rien dans sa première année ne lui avait semblé « facile » ; au contraire, il avait multiplié avec fébrilité les heures de travail pour obtenir des résultats à peine passables. Il s'était dit qu'on lui avait peut-être menti, qu'il n'avait jamais été doué, et il guettait dans les annotations de ses copies d'hypokhâgne un signe qui lui eût permis de s'accrocher, une reconnaissance de quelque facilité enfouie, mais pendant les premiers mois il n'y avait rien eu d'autre que les notes cerclées de rouge, les 6 et les 7, parfois un 9, jamais au-delà. Les copies lui signifiaient calmement, à intervalles réguliers, sa médiocrité au sein du système des classes préparatoires (médiocrité au sens premier du terme, « au sens balzacien de position moyenne », avait dit leur professeur de lettres alors qu'ils étudiaient *La Cousine Bette* en début d'année, et Antoine avait aimé que les mots puissent avoir un sens balzacien, que Balzac ait pu tellement peser sur les mots de son gros corps tourangeau qu'il avait fini par y imprimer son sens). Ses interactions avec les trente élèves de son hypokhâgne y ajoutaient la prise de conscience d'une autre médiocrité, qui cette fois était sociale. Au contact de fils de diplomates ou de professeurs d'université, Antoine ressentait son appartenance à la classe moyenne d'une façon nouvelle. Dans le village où il avait grandi, cette appartenance conférait une certaine supériorité, un avantage, mais dans son hypokhâgne parisienne, elle était synonyme d'infériorité sociale et Antoine avait pensé que c'était ce que signifiait vraiment « classe moyenne » : pas du tout un juste milieu mais le fait d'être toujours le riche des pauvres et le pauvre des riches. Même si ses notes avaient fini par remonter, même s'il avait été autorisé à passer en khâgne, même s'il avait eu Sciences Po ensuite, il n'avait jamais pu récupérer pleinement sa confiance antérieure dans ses capacités intellectuelles et la peur d'être banal s'était installée, tenace et mordante.

Si Antoine côtoyait des gens issus d'un milieu social nettement supérieur au sien depuis qu'il avait quitté la Bretagne, ce n'était pas seulement parce que les institutions qu'il avait intégrées le garantissaient : les classes préparatoires étaient composées à 70 % d'enfants de professeurs et de cadres supérieurs, avait-il lu quelque part.

Bien qu'il ne sût pas exactement à quel moment un cadre devenait « supérieur » – tout comme il ignorait à quel moment un CSP devenait CSP + –, il avait été marqué par cette statistique. La surreprésentation de ces catégories sociales en hypokhâgne n'expliquait cependant pas tout à fait l'homogénéité des fréquentations d'Antoine : il avait joué un rôle lui aussi en évitant dans un premier temps tous ceux qui, par leur provenance géographique ou leur milieu, auraient pu lui ressembler. Il avait activement recherché la compagnie des bourgeois parisiens, avait été attiré par eux, leur accent particulier, leurs gestes de mains curieusement ralentis. Il s'était greffé à leur groupe avec opiniâtreté, même s'il lui semblait qu'aucune de leurs discussions communes n'était simple. Lorsqu'il parlait, par exemple, de la Bretagne, les autres hochaient la tête d'un air entendu, alors qu'eux voulaient dire par Bretagne « île de Bréhat », « murailles de Saint-Malo » et « stage aux Glénans », ce qui n'avait rien à voir avec ce qu'Antoine essayait d'exprimer. La seule personne avec qui il avait vraiment pu échanger était Salma. C'était elle qui l'avait entraîné dans la rue en prétendant qu'ils mourraient de faim, intellectuellement, politiquement, s'ils restaient entre les murailles d'un lycée parisien.

Dans les rues, à marcher, à crier, à coller, à bloquer, à tracter, Antoine avait connu un nouveau peuple, une nouvelle tribu : Guillaume et puis Jérémie, Samir, et aussi Élise, Clément, et après eux des ribambelles de visages et de prénoms mouvants, comme des guirlandes de bonshommes en papier que le vent agitait, rendant les silhouettes impossibles à dénombrer bien que parmi celles-ci, très lointaine, pour l'instant tapie, se tînt celle d'une femme qui se faisait appeler L et qui déréglerait bientôt son existence. Antoine aurait voulu que cette tribu devienne la sienne et qu'il puisse se fondre dans ses rangs, y trouver une chaleur simple, évidente, mais leurs rapports s'étaient distendus lorsqu'en 2008 il avait rejoint le Mouvement des jeunes socialistes avant de devenir, quelques années plus tard, l'assistant d'un député PS, ce qui faisait de lui une cible de moqueries répétées et de tendres accusations.

Antoine avait commencé à travailler pour le député avant même d'avoir terminé ses études à Sciences Po – il l'avait croisé dans des réunions de jeunes militants et, très rapidement, celui-ci lui avait parlé de l'organisation de la première primaire citoyenne au PS, en vue de l'élection présidentielle de 2012. Il avait avoué d'emblée qu'il était dans une position délicate car il s'était opposé à cette procédure qu'il considérait comme une « américanisation » de la vie politique française. Le député pensait que le candidat du parti devait, naturellement, être le premier secrétaire et que les deux fois où cet ordre n'avait pas été respecté, en 1995 et en 2006, l'innovation s'était soldée par une défaite électorale. À présent que la primaire avait été acceptée et que le parti la présentait comme « une avancée démocratique », il fallait qu'il trouve un moyen de la soutenir sans renier totalement ses propos antérieurs. Il voulait savoir ce qu'Antoine déclarerait s'il était à sa place. C'était une conversation apparemment légère, presque amicale. Antoine avait déjà bu quelques verres et il s'était amusé à décliner tous les discours possibles, à la manière de la tirade du nez dans *Cyrano* : truculent, agressif, pédant, curieux... Le lendemain, le député l'avait rappelé et lui avait proposé de devenir l'un de ses assistants.

Parfois, Antoine se disait que s'il avait pris sa carte au PS, c'était parce qu'il avait *d'abord* rencontré des militants socialistes et qu'il y avait dans son affiliation à ce parti quelque chose de plus chronologique que politique. Au lycée, il se déclarait « de gauche » par atavisme familial, sans avoir cherché à éplucher les programmes pour savoir lequel lui aurait le plus ressemblé – sans doute parce qu'il était adolescent et qu'il lui était impossible de croire que le monde des adultes pouvait contenir quoi que ce soit qui lui ressemble tout à fait. Après trois ans à multiplier les actions de rue aux côtés de Salma et des autres, il avait ressenti le besoin de s'engager dans un processus plus long, moins éclaté, et il se trouvait que le MJS était là, bien implanté à Sciences Po. Antoine était impatient, donc il s'était dit socialiste. Il devait aussi reconnaître qu'il était rassuré par la taille du parti à l'époque : celui-ci était, comme son école, une institution à laquelle il pouvait s'adosser. Il représentait une promesse de stabilité, la certitude d'un certain nombre de victoires aux diverses élections (avant 2017, évidemment). Or si Antoine acceptait de s'engager dans la voie officielle de la politique (dans la politique politicienne, disait Guillaume, dans le capitalo-parlementarisme, disait Salma), c'était pour accéder à un pouvoir qui ne lui était pas donné au-dehors. Il n'allait pas devenir le gratte-papier de quelqu'un qui *essayait* d'entrer dans l'empire. Il allait directement pénétrer dans le cercle de ceux qui pouvaient quelque chose, même si ce quelque chose était loin de recouvrir l'ensemble de ses aspirations politiques. En tant qu'assistant parlementaire, il faisait partie d'un tout bien plus large que lui, ce qui voulait aussi dire un tout bien plus *puissant* que lui. Il pouvait douter de ses forces, constater qu'elles s'épuisaient, attendre qu'elles reviennent sans que le combat politique soit interrompu puisque Antoine n'en était qu'un des nombreux rouages : les faits avaient lieu à grande échelle et il s'émerveillait de ces dimensions-là.

Il fallait également prendre en compte – se défendait toujours Antoine quand on critiquait la tiédeur de son engagement – que le député était dans l'opposition lorsque Antoine avait rejoint le cercle de ses jeunes collaborateurs. C'était là que tout se jouait, disait le député, car il fallait lutter contre le gouvernement ennemi. Antoine y avait cru. Pendant un an, il avait eu l'impression d'être en phase avec le député, ils parlaient tous les deux avec colère des réformes de la majorité et des bâtons que celle-ci mettait dans les roues de toute avancée sociale. Puis, au printemps 2012, l'employeur d'Antoine était devenu député de la majorité. Il avait alors dit que c'était en réalité dans cette position que son mandat s'avérait intéressant car les portes leur étaient ouvertes par le gouvernement ami. Antoine avait voulu y croire ; il avait lentement déchanté. Depuis 2017, le député était de nouveau dans l'opposition mais il ne déclarait plus rien sur ce que cela signifiait en matière d'action. Antoine ne l'aurait peut-être pas écouté, de toute manière. Il rêvait parfois que les illusions perdues puissent laisser des cicatrices. En boutonnant sa chemise devant le miroir de son appartement, il s'inventait un corps couturé qu'il fallait dissimuler derrière le tissu bleu ciel et la cravate. Il n'était toutefois pas *entièrement* désenchanté car des souvenirs joyeux lui restaient, çà et là, comme des pans de murs encore debout. Il s'était senti au cœur du combat à plusieurs moments : la lutte contre le dispositif du bouclier fiscal (enterré en juillet 2011), la loi sur le mariage pour tous (promulguée en mars 2013), il avait même réussi à vibrer un peu au moment de la COP21 (tenue en décembre 2015). Depuis, il devait avouer qu'il ne se passait plus grand-chose, mais ce qui était déjà arrivé devait pouvoir se reproduire, se consolait-il.

En attendant, Antoine trouvait ailleurs ses satisfactions. Elles étaient plus petites, parfois minuscules. Certains jours, avant de partir au bureau, il pensait qu'il vivait à une époque où être resté au PS suffisait à faire de son employeur un homme de gauche. Les transfuges étaient nombreux à s'être offert une nouvelle étiquette et certains plusieurs à la fois, comme les vêtements en solde au moment de la deuxième ou de la troisième démarque, hirsutes d'informations contradictoires. Le député n'avait pas quitté son parti ; peut-être, pensait Antoine, parce que celui-ci était comme une cave pour un vin vieillissant, ou une salle de musée tempérée et tamisée pour un tableau, c'est-à-dire le seul endroit où sa conservation soigneuse pouvait être menée à bien. Quoi qu'il en soit, le député était resté socialiste. Et l'état piteux de son parti n'était pas parvenu à entamer son charme particulier qui reposait, selon Antoine, sur sa capacité à débattre pendant des heures, en privé comme en public, de sujets aussi divers que la fiscalité, l'autofiction ou les fonds marins, sur l'élégance élastique de sa rhétorique et sur cette faculté qu'il avait de toujours paraître aimable sans pour autant sourire.

Le député avait un nez long et droit, extrêmement droit, bien plus régulier que ce qu'offrait d'ordinaire un visage humain. Comme il portait une paire de lunettes à la monture supérieure épaisse et parfaitement rectiligne, ces deux perpendiculaires qui se rejoignaient entre ses sourcils donnaient l'impression que son visage était un crucifix. Antoine griffonnait quelquefois cette face porteuse de croix sur les marges de documents quand personne ne le regardait et il se demandait quels traits étaient nécessaires pour qu'un portrait soit reconnaissable. S'il ne traçait que la croix, par exemple, est-ce qu'on pouvait y voir le député ? Fallait-il y ajouter l'ovale du visage ? La naissance des cheveux qui reculait d'année en année et dévoilait sur son front deux pointes nettes ? La bouche d'un rouge foncé presque brun ? À voir ces petits dessins se multiplier au fil du temps, Antoine avait dû reconnaître que le député occupait une place importante dans sa vie, et même – s'il étudiait les traits griffonnés à la hâte – qu'il le regardait avec affection. Bien sûr, le député en était conscient. Il aimait dire à ses collègues de l'Assemblée que l'équipe qu'il employait voyait en lui une figure paternelle libérée de l'obligation du conflit qui existe au sein des familles. Ce n'était pas vrai et ne le serait jamais, quand bien même le député le répétait encore et encore – ce qui avait seulement réussi à faire que cette affirmation soit à la fois fausse et familière. Il était, au mieux, une figure d'oncle riche et excentrique.

Pris dans son illusion de transmission paternelle, le député aimait aussi prétendre qu'un jour l'un de ses assistants (ils étaient quatre, deux à l'Assemblée et deux dans sa circonscription) reprendrait son mandat – la procédure électorale paraissait alors n'être que la validation d'une décision interne. Peut-être que Bertrand, le seul à être en poste depuis aussi longtemps qu'Antoine, en rêvait un peu lui aussi, mais pour les autres, il n'en était pas question. Le turn-over était important, même si le député ne semblait pas s'en rendre compte. Ce n'était, du reste, pas uniquement dans son équipe, c'était un phénomène général au Palais-Bourbon. Antoine et Bertrand avaient connu des collègues éphémères, attirés par des ailleurs variables. Bertrand, par une loyauté politique farouche et étroite, ne parlait qu'aux collaborateurs PS. Antoine, parce qu'il fumait, avait eu l'occasion de nouer dans le jardin mi-japonais mi-fluo du 101, rue de l'Université de brèves conversations avec des assistants issus d'autres partis. Une certaine méfiance régnait, empêchant qu'on se partage des informations sur les activités internes, mais les rêves d'ailleurs, eux, s'échangeaient facilement entre les taffes de cigarettes. Il y avait l'étranger, le vaste étranger, avec ses langues et ses arbres exotiques, ses ruelles au coucher du soleil et ses devises si différentes de l'euro que l'argent y ressemblait à un jouet. Il y avait le privé, avec ses promesses de richesses et là encore d'étranger. Il y avait de plus hautes fonctions. Et pour d'autres, il y avait ces quelques mots magiques, l'herbe infiniment plus verte d'à côté, l'herbe authentique en dehors de laquelle nulle herbe n'aurait dû avoir le droit de s'appeler herbe : il y avait le retour au « monde réel », qui pour l'un signifiait mécanique sur voitures anciennes, pour l'autre ouverture d'un restaurant ou encore d'une agence d'écotourisme, et parfois certains partaient, après l'avoir annoncé pendant des mois sans faire un geste, voilà qu'ils disparaissaient et leur page Facebook affichait soudain un logo d'entreprise, une devanture de boutique, une maison de campagne.

Antoine ne voulait pas du retour au « monde réel », qui pour lui s'appelait « parents » ou « Côtes-d'Armor », et chaque fois que l'Assemblée lui pesait trop, il rêvait de devenir écrivain. Il considérait que c'était quelque chose dont il valait mieux ne pas parler tant qu'il n'avait rien publié. Il aurait eu trop honte d'aller grossir les rangs de ceux qui écrivent dans leur coin mais trompettent sur leur écriture. Ceux qui écrivent sans être publiés, mais en rêvant de publication, sont au bas de l'échelle. Ceux qui écrivent alors qu'ils ne veulent pas être publiés ont un certain charme, ne serait-ce que celui de la timidité maladive qu'on leur prête. Et ceux qui rêvent d'être publiés, mais n'écrivent pas, sont sauvés par les lauriers que leur tresse l'absurde.

Les discours qu'Antoine produisait pour son employeur ne satisfaisaient pas – loin de là – sa volonté d'écrire. Entre assistants, ils les appelaient des « martyrs », en prévision de ce que le député leur ferait subir lors de sa prise de parole dans l'Hémicycle. Ce n'était même plus des discours d'ailleurs, c'étaient des briques déplaçables et agençables à l'envi, lardées d'archives et de récapitulatifs (« 10 % de Jaurès, 90 % de Wikipédia », avait un jour résumé Bertrand en parcourant les pages qui sortaient de l'imprimante). Certes, Antoine n'avait jamais autant écrit que depuis qu'il était devenu assistant parlementaire, mais il réalisait que cette quantité le frustrait au lieu de le réjouir. Il ne voulait pas *écrire* – il n'était pas, quoi ? graphomane, il se foutait bien d'aligner des lettres et de compter les mots –, il voulait avoir écrit *un grand livre*. Il rêvait souvent de passer à mi-temps pour trouver enfin l'occasion de s'y consacrer, tout en sachant qu'il ne pourrait jamais vivre avec un salaire réduit de moitié. Il n'avait ni économies ni parents riches et, même s'il en était le premier déçu, il pensait que l'époque des écrivains qui parvenaient à produire des chefs-d'œuvre tout en jouant à cache-cache avec leur propriétaire pour éviter de le payer ou en mendiant un repas au cafetier du coin était révolue. Antoine touchait 2 000 euros par mois, dont 1 000 partaient dans son loyer (charges comprises), 400 dans son budget nourriture, 80 dans ses abonnements téléphone et Internet, 20 dans son pass cinéma inutilisé, et le reste était flou (ou variable) mais à peine suffisant. Pour vivre avec moins, il aurait fallu qu'il quitte Paris et il s'y refusait tout à fait. Il s'émerveillait encore, plus de dix ans après son arrivée dans la capitale, de pouvoir habiter cette ville et de ce qu'elle représentait.

À défaut de passer à mi-temps, il tentait depuis peu d'organiser ses soirées et ses week-ends, ses vacances et parfois ses petits matins, pour dégager des plages d'écriture. Il espérait que les heures gagnées ainsi lui permettraient de mener son projet à bien, mais il constatait, semaine après semaine, qu'il n'avançait pas. Les heures n'étaient gagnées que théoriquement, elles se perdaient surtout, comme si elles tombaient entre les interstices de son parquet ou derrière son bureau. Antoine ratait des fêtes qu'il imaginait toutes merveilleuses, refusait les invitations de ses parents et bâillait au bureau sans qu'il pût montrer le moindre chapitre pour anoblir son absence ou sa fatigue. *Il faut que quelque chose change*, se répétait-il à l'automne 2019, incapable de savoir si la phrase concernait ses désirs plutôt que l'ordre du monde. *Il faut que quelque chose change.*

L voyait le monde comme la colocation de deux espaces-temps distincts qu'elle appelait le dedans et le dehors et qui étaient clairement séparés – selon elle – par une pression du doigt sur la touche ⏻. Cette partition lui était apparue à l'adolescence, alors qu'elle vivait avec sa mère dans une banlieue lointaine où les petites maisons semblaient ne pas avoir choisi entre la campagne et la ville, se tenir dans une zone grise qui n'était ni l'une ni l'autre. S'il y avait eu un père à un moment donné de sa vie, il n'était plus là, n'avait pas laissé de portrait qui aurait pu traîner dans le salon, et les deux femmes ne parlaient pas de lui. La seule chose qu'il leur eût laissée, c'était son nom, et L pensait que ce n'était pas un cadeau. Aucun professeur ni employeur n'avait réussi à en prononcer l'amas de consonnes sans trébucher à la première lecture. Tant qu'à décider qu'elle ne le connaîtrait jamais, L aurait préféré que son père ne l'ait pas non plus reconnue.

De ses années d'enfance, L gardait peu de souvenirs ou alors elle les évoquait rarement. Il lui arrivait de mentionner des odeurs, par exemple celle des mains de sa mère qui paraissaient conserver la mémoire olfactive de chaque journée et sentaient parfois la Javel, le tampon à récurer, parfois le poisson et les épices ou encore la cigarette, si bien que quand elle venait border L, dans le lit où la petite fille s'était endormie sans l'attendre, celle-ci était envahie par des odeurs étrangères à la maison, si fortes qu'elles suffisaient à la réveiller. « Quelle heure il est ? » murmurait alors L âgée de cinq, six, sept, huit ans. « Trop tard », répondait toujours sa mère aux mains capiteuses. L'enfance n'avait rien d'intéressant, vraiment. Dans le calendrier personnel de L, sa vie avait commencé lorsqu'un vieil ordinateur était entré dans la maison, l'année de ses quatorze ans.

Arrivée à la fin du collège malgré des menaces de redoublement réitérées, L avait eu tout le temps qu'elle voulait pour désosser la machine qui avait atterri dans son salon. Une mère célibataire avec un travail éloigné était la garantie d'une certaine tranquillité. L aurait pu en profiter pour traîner tard avec des amis, boire de la vodka au goulot dans la petite maison vide, inviter des mecs en tirant avantage d'avoir un endroit où les baiser – ce qui aurait suffi à faire oublier que son grand corps maigre la rendait moins désirable que d'autres, pensait-elle –, L aurait pu être triste, réclamer des frères et sœurs, regarder la télévision, commencer la boxe ou se peindre les ongles avec soin en se pliant en deux, mais L avait un ordinateur et ça lui suffisait pour s'occuper. Tout avait commencé par une histoire de fantôme : celui d'une imprimante. Une imprimante fantôme empêchait l'imprimante réelle de fonctionner et il avait fallu que L clique partout, sur chaque ligne des menus à dérouler, avant de parvenir à la débusquer. La chasse au fantôme l'avait excitée, lui avait permis d'entrer dans un labyrinthe insoupçonné, et dans les semaines qui avaient suivi, elle avait voulu recommencer, s'aventurer toujours plus loin. Lorsque sa mère rentrait, toujours « trop tard », toujours chargée d'odeurs, il n'y avait plus personne à border, plus de questions ensommeillées. L était installée devant l'ordinateur, son sac de cours à ses pieds, et il fallait de longues négociations, souvent des menaces, pour réussir à l'en déloger. Elle avait basculé au-dedans.

Le dedans était libre, flou et immense, il connaissait des murs, des parois chiffrées qui barraient soudain les avenues noires et liquides que L dévalait du bout des doigts, mais elle avait appris, à force de se cogner aux lignes de codes, que celles-ci pouvaient disparaître, se briser, ou s'ouvrir. Le dehors appartenait depuis trop longtemps aux autres pour que L puisse y avoir sa place, personne ne se souvenait qui l'avait inventé ni comment s'étaient dessinées toutes les limites qui y rendaient pénible son évolution. L continuait, pourtant, à s'y rendre comme elle se serait jetée dans une étendue d'eau depuis un promontoire, avec un courage têtu, le cœur au bord des lèvres, mais dès que ses obligations prenaient fin, L rentrait se lover dans le dedans.

Là, au début des années 2000, elle avait rencontré les siens. Il y avait eu Reddit, il y avait eu 4chan, et elle avait passé des heures sur le */b/* à échanger avec des inconnus des images ridicules ou dégueulasses qui les liaient tous, où qu'ils soient derrière leur écran : photos d'obèses en micro-slips, dessins d'oursons pédophiles, icônes religieuses dans lesquelles Jésus était remplacé par un vélociraptor, Longcat le chat blanc dont le corps était tellement loooooooooong, et Tacgnol, son jumeau maléfique… « Je ne comprends pas pourquoi ça te fait rire », disait parfois la mère de L en surgissant dans son dos pour jeter un œil à l'écran. Bien sûr qu'elle ne comprenait pas. Ils avaient développé un langage commun, fait de blagues et de références qui n'étaient qu'à eux, et ils avaient donné un nom à ça, à l'ensemble des images, des blagues, des références et des phonèmes, ils avaient appelé ça le *lulz*. L se sentait à sa place parmi eux. La plupart des participants de ces forums étaient comme elle des gamins qui s'ennuyaient ou qui ne connaissaient du dehors que les moqueries ou les persécutions, des adolescents qui savaient qu'ils n'avaient aucune chance de devenir quoi que ce soit dans la viandosphère, mais qui, sur Internet, regagnaient un pouvoir dont ils étaient privés. Fou rire numérique après fou rire numérique, L avait conquis ce qui lui paraissait être son territoire, un pan de monde qu'elle partageait avec une poignée de gens qui lui ressemblaient puisque aucun d'entre eux n'avait de visage. Quand elle se penchait au-dessus des touches, elle avait le corps tendu et pesant de Thelonious Monk devant un piano. Elle n'était pas de ces corps qui s'étaient formés à la pratique du clavier dès le plus jeune âge. Elle était une fille du dehors dont tout le physique criait qu'il voulait entrer et disparaître au-dedans, en entier, une touche enfoncée après l'autre, chacune avec une intensité différente mais un sérieux égal, et L appuyait dessus comme si elle forçait au pied-de-biche, mais putain ouvrez plus grand les portes.

Au fil des années passées à entrer et à sortir, L avait changé et il lui arrivait de trouver un cheveu blanc dans la masse noire rendue cassante par la fumée de cigarette. L avait changé mais personne au-dedans ne pouvait s'en rendre compte. Les quelques photographies d'elle qui s'y trouvaient dataient d'une époque où elle ne se souciait pas assez du dedans ou tout simplement ne le contrôlait pas assez pour éviter que des images s'y ancrent. Elle aurait pu les supprimer mais, contrairement à ce que pensaient les gens du dehors, les cambriolages au-dedans laissaient aussi des marques, des empreintes en creux qui auraient pu la trahir, or elle voulait avancer sans laisser de sillage. Elle permettait donc aux photos d'exister et de mentir en quelques points endormis du trafic. Elle n'avait plus le visage doux et arrondi du départ, la paire de lunettes qui lui donnait un air studieux, ni les sweats à capuche dont les messages démentaient les lunettes.

L était une ancienne du dedans, elle n'était pas une enfant du XXIe siècle, de ceux qui n'avaient connu le Web que comme une intrication d'autoroutes sur lesquelles ils pouvaient foncer à des vitesses inhumaines. Elle avait vécu l'attente bipée et crachotante des modems avant connexion, consciente que des signaux étaient envoyés bien loin sous une forme inconnue et mal traduite par les bruits qui lui parvenaient, des signaux sur lesquels elle n'avait aucun contrôle et qui pouvaient se perdre. L mesurait à son attente tout l'espace invisible qu'ils traversaient, L pensait aux satellites, autour de la Terre, qui leur servaient de relais en tournoyant lentement, et eux-mêmes, malgré leur calme orbital, n'étaient pas infaillibles ni éternels. L avait connu la peur que rien n'advienne et que l'ordinateur demeure strictement solipsiste. L avait connu Internet à l'époque où il pouvait paraître fini, comme une île dont on aurait fait le tour dans la journée en marchant à petits pas. L avait cliqué sur des photos qui s'affichaient bande après bande pendant dix minutes. On pouvait partir aux toilettes, se servir un Coca et revenir sans avoir rien manqué. À cette époque, L cherchait surtout des dessins de mangas faits par des fans comme elle, elle avait tout son temps pour voir apparaître les bras articulés, les mèches de cheveux triangulaires, les tentacules mêlés aux câbles. Elle n'était pas pressée, elle était même émue. Mais plus tard L penserait à ceux qui avaient commencé à consommer du porno en ligne à cette époque-là. Elle se demanderait s'ils se mettaient à se branler dès l'apparition du haut de la photographie – des cheveux et peut-être un début de front pour peu que le modèle soit dans une position verticale classique, mais parfois, sûrement, des choses moins clairement identifiables comme un genou ou peut-être un coude. Il avait dû y avoir des milliers d'adolescents appelés à table avant même d'avoir entraperçu un peu de nichon, de chatte ou de bite. C'était une autre temporalité du désir, un effeuillage douloureusement lent imposé à tous. L se sentait vieille quand l'écran entier semblait se retourner sous la simple pression de son doigt. Elle aimait ces moments où, sur Facebook, un problème de connexion empêchait le réseau de charger les photographies et ne laissait exister que des légendes hypothétiques qui lui paraissaient d'une poésie inquiétante.

Cette image contient peut-être jardin, sourire, lunettes.

Cette image contient peut-être personnes, paysage extérieur, chaises.

Ces faiblesses seraient gommées bientôt, L le savait, et les avoir connues constituerait alors un marqueur aussi sûr que la datation au carbone 14.

Pour l'instant, l'ancienneté de L se lisait surtout dans la liste des batailles auxquelles elle avait pris part et qui n'étaient, pour les nouveaux, que des noms et des dates qu'aucun livre d'histoire ne leur apprenait mais qu'ils se chuchotaient entre eux, dans leur joie de pouvoir se choisir des ancêtres. Au milieu des années 2000, L vivait sur Internet bien plus qu'au lycée ou dans les réunions de famille, deux regroupements sans intérêt et où on lui demandait sans cesse ce qu'elle aimerait faire plus tard, en ne lui proposant que des tronçons de vie tordus qu'il aurait fallu qu'elle trouve désirables. « Plus tard » ne l'intéressait pas, elle ne se projetait pas dans le futur mais se déployait sur un territoire immense dont les adultes qui l'entouraient avaient l'air d'ignorer l'existence. En 2006, quand ce territoire avait été menacé, L avait regardé, fascinée, le peuple du dedans se transformer en une armée pour le défendre, une armée dont les membres revendiquaient de ne rien avoir qui pût les lier au dehors et surtout pas de nom, une armée d'Anonymes qui s'était fait connaître par une vidéo, belle et menaçante comme le métal, dans laquelle une voix numérique déclamait :

We are legion/ we do not forgive/ we do not forget/ Expect us.

La naissance d'Anonymous avait eu lieu à ce moment-là, sous les yeux de L, dans les forums sur lesquels elle passait toutes ses nuits. Et comme l'exigeait le *lulz*, tout était parti d'une blague tordue. L'Église de scientologie avait voulu faire disparaître de plusieurs sites de partage une vidéo de Tom Cruise dans laquelle il déployait un prosélytisme gênant (entrecoupé de rires suraigus plus gênants encore). Les mises en demeure envoyées par les avocats et la rapidité avec laquelle les sites obtempéraient avaient été interprétées par ceux qui deviendraient des Anons comme une censure insupportable. Ils *aimaient* cette vidéo, elle les faisait *rire*, ils voulaient la regarder *encore et encore*. Ils l'avaient donc postée de nouveau dans tous les replis imaginables du dedans. Quand les avocats les avaient pris pour cible à leur tour, certains avaient alors appelé à un soulèvement massif contre l'Église de scientologie (nom de code : Projet Chanology). L, à sa grande honte, avait ignoré l'appel. L'Église de scientologie n'était pas un ennemi qui lui paraissait inquiétant, sans doute parce qu'il était trop américain, trop distant. Elle avait suivi les actions de sa tribu de loin, comme une série télévisée dans laquelle auraient joué des amis, sans rater un seul épisode mais en considérant que les péripéties avaient lieu dans un univers parallèle, un monde fictif. Quelques années plus tard, elle se le reprocherait avec une colère sans cesse croissante : elle avait eu l'opportunité de participer à ce qui était, selon elle, un des événements majeurs du siècle nouveau et elle en était restée un simple témoin oculaire.

Tout s'était précipité pour L à l'été 2010. Elle venait d'avoir vingt-deux ans. Ses dernières tentatives pour laisser une chance au monde du dehors (car L avait espéré qu'être majeure puisse changer quelque chose) avaient pris la forme d'une succession de fêtes où ni l'alcool ni la musique n'étaient jamais assez forts pour lui permettre de déconnecter son cerveau. Les fêtes avaient cependant été suffisantes pour que L soit renvoyée de son BTS du fait de ses absences injustifiées. Elle avait menti pendant trois mois à sa mère en prétendant qu'elle allait encore en cours, puis, incapable de cacher l'arrêt de sa bourse, elle avait menti pendant quelques mois de plus en racontant qu'elle cherchait à se reconvertir dans une autre voie. « Montre les dossiers d'inscription, montre-les ! » avait fini par exiger sa mère. Il y avait de nouveau eu des négociations et des menaces, plus nombreuses qu'au moment de l'arrivée de l'ordinateur, car, cette fois, la mère de L avait convoqué quelques membres de la famille pour l'appuyer dans sa tentative de « remettre sa fille sur le droit chemin ». L avait écouté la tante Baya la sermonner, la tante Melika tenter de lui faire honte et la tante Faiza prendre sa défense parce que, après tout, elle n'avait pas de père, la petite, ça devait faire des trous au cerveau. L avait hoché la tête à chaque fin de phrase, qu'elle soit criée, pleurée ou assénée, mais rien de plus. Finalement, sa mère l'avait mise à la porte en espérant provoquer un sursaut salvateur, qui n'était pas venu. À l'été 2010, la canicule écrasait le studio parisien que L sous-louait, ou plutôt sous-sous-louait, grâce à une chaîne de vagues connaissances. L'endroit était une sorte de caverne suspendue, au dernier étage d'un immeuble de l'avenue de Flandre. Le long de la grande artère, les constructions aux allures disparates (le bâtiment-gélule, le bâtiment-épée-de-lumière, le bâtiment-faussement-impérial) formaient un nuage tremblant dans l'air saturé, mais L se rendait à peine compte de ce qui se passait au-dehors : le dedans brûlait encore plus que l'été et sa recrudescence de vigilances orange. WikiLeaks, en partenariat avec plusieurs grands journaux internationaux, venait de rendre publics plus de quatre-vingt-dix mille documents militaires américains concernant la guerre en Afghanistan. On était le 25 juillet. Le mois d'août de L avait disparu dans l'épluchage des documents et les débats sur Julian Assange – qui questionnaient aussi bien son passé politique que la couleur de ses cheveux. Elle travaillait dans un bar sur le bord du canal de l'Ourcq à ce moment-là, mais ne se souvenait pas des noms de ses collègues et était incapable de revoir le visage d'un seul client, de raconter la moindre anecdote qui aurait eu lieu en terrasse, entre les parasols rayés. L se rappelait parfaitement, par contre, qu'elle avait eu cet été-là sa première dispute avec Elias qui ne s'appelait pas Elias et qui ne ressemblait pas à Elias. L avait écrit dans une discussion de groupe qu'Assange était un héros et Elias lui avait reproché de céder au culte de la personnalité. Ils étaient passés sur un canal privé et malgré les quelques heures de silence inévitables, parce qu'il fallait travailler ou qu'il fallait dormir, L considérait que leur conversation ne s'était pas interrompue jusqu'à ce qu'Elias s'installe chez elle, un an plus tard.

Au mois d'octobre 2010, WikiLeaks avait récidivé en publiant près de quatre cent mille documents secrets sur la guerre en Irak. Derrière les fausses couleurs dont le gouvernement américain avait peint le conflit, les civils tués apparaissaient, les actes de torture, les dommages collatéraux au nom si terriblement froid qu'il n'était même plus un euphémisme mais un mensonge. En novembre, enfin, le site avait produit une quantité tout aussi impressionnante de câbles diplomatiques issus du département d'État, d'ambassades et de consulats états-uniens. Le gouvernement américain était outré – Elias et L s'envoyaient, comme des friandises, des vidéos de *congressmen* au visage rougi –, mais le gouvernement américain était impuissant, alors il avait délégué sans discrétion sa fureur. À la demande de plusieurs personnalités politiques, un certain nombre de firmes avaient interdit à WikiLeaks l'accès aux services qu'elles fournissaient : Amazon, Visa, Mastercard, PayPal… La plateforme de Julian Assange n'étant reconnue coupable d'aucun crime par la justice, ces entreprises n'étaient pas légalement tenues de prendre de telles mesures, elles faisaient du zèle. Même Elias qui refusait d'élever Assange au rang de héros avait reconnu que les États-Unis venaient d'en faire un martyr.

Quand les Anonymes avaient monté une opération pour punir PayPal, L avait totalement approuvé le choix de ce nouvel ennemi et elle avait mené les batailles avec eux, parmi eux, fondue dans les rangs invisibles. Leur armée était composée de deux groupes dont les contours étaient parfois poreux : les Ops (chargés des opérations) et les Props (chargés de la propagande). Parmi les Props, il y avait des étudiants en art ou en philosophie, des graphistes, des esthètes et des intellectuels qui maîtrisaient comme personne une poignée de logiciels de design et savaient toujours ce qu'il faudrait déclarer lorsqu'on leur demanderait d'expliquer leurs attaques (« Pour vous, c'est de la piraterie. Pour nous, c'est de la liberté »). Leur problème, c'était qu'ils n'avaient jamais codé. Parmi les Ops, il y avait – se disait L – des cas de dyslexie quasi débilitante. Ou alors c'étaient des étrangers. Ou il leur manquait des doigts. Impossible de savoir. En tout cas, putain, c'était dur à suivre. La division du travail était nécessaire parmi les Anons. Les Props permettaient de présenter les actions au monde du dehors et donc de recruter : ils tournaient des clips, ils écrivaient des textes qui seraient placardés sur les sites défigurés. Les Ops… Si on avait demandé à L, les Ops faisaient le vrai boulot. Certains canaux de discussion leur étaient d'ailleurs réservés. Pour pouvoir y entrer, il fallait répondre à trois questions techniques en un temps défini. L avait eu une crise de panique avant de tenter le coup, respiration coupée, sueur acide, bourdonnement dans les oreilles. L détestait qu'on lui pose directement une question (ça l'avait considérablement desservie lors des entretiens d'embauche qu'elle avait passés après avoir abandonné ses études). Mais cette fois-là, elle avait répondu correctement, malgré le cœur qui battait à cent mille. Elle était entrée sur un canal d'Ops, ils avaient échangé sur les stratégies possibles, débattu des modes d'action, personne n'était tombé d'accord (personne ne tombait jamais d'accord,

Anonyme pas unanime était une de leurs devises) et pourtant, très rapidement, ils avaient attaqué PayPal (nom de code : Opération Payback). À cette époque-là, ils utilisaient encore le LOIC (*low orbit ion cannon* ou « canon à ions de basse orbite ») pour faire fermer un site. Grâce à cette application, ceux qui n'avaient pas de compétences informatiques particulières pouvaient prendre part aux attaques : ils n'avaient qu'à entrer les coordonnées de la cible. Au cours de l'Opération Payback, le LOIC avait été téléchargé 116 988 fois et, quand L regrettait le temps de l'armée anonyme, c'était exactement à ça qu'elle pensait : à l'ampleur de la mobilisation silencieuse de l'abysse derrière les écrans bleutés, fin 2010. Il fallait ajouter aux volontaires tous ceux qui étaient enrôlés de force, sans le savoir, et dont les machines rejoignaient les troupeaux que contrôlait L. À chaque machine zombie qu'elle infectait, L se disait que, dans un autre pays dont elle ne connaissait pas encore le nom, Elias faisait pareil. L le savait et il le savait. Ils étaient tous les deux des bergers, des généraux d'armée et de parfaits anonymes. L était presque ivre de joie, la tête lui tournait quand elle tombait épuisée sur son lit.

Le 8 décembre, les sites de Mastercard et de Visa avaient temporairement fermé. Le 9, PayPal avait annoncé son intention de débloquer l'argent destiné à WikiLeaks. Elias avait proposé de venir à Paris fêter leur victoire avec L. Ils s'étaient rencontrés pour la première fois In Real Life cet hiver-là et L, en s'apercevant qu'Elias ne ressemblait pas à Elias, avait compris qu'il était difficile de tout à fait oublier la viande – elle avait imaginé un corps à un être de code et ce n'était pas celui qu'elle voyait. Pendant ces deux jours, il ne s'était rien passé entre eux. Ils avaient cru qu'il ne se passait rien.

Deux semaines plus tard, à l'aube, une frange infime de participants à l'Opération Payback avait été arrêtée par le FBI aux États-Unis et par le MI6 en Angleterre. Dans son antre parisien, L n'avait pas été inquiétée. Pourtant, elle tremblait dans son studio et fermait les volets jour et nuit. Les anciens canaux de discussion avaient été abandonnés. Les nouveaux s'emplissaient de conseils juridiques bidon et de règlements de comptes. Dans les moments de calme, quelques Anons relayaient les infos. Aux États-Unis, une quinzaine de membres de l'opération étaient accusés de « vandalisme » et de « complot visant à causer intentionnellement des dommages », des crimes dont les peines cumulées pouvaient atteindre quinze ans d'emprisonnement et deux cent cinquante mille dollars d'amende. PayPal leur réclamait plus de cinq millions et demi à titre de « compensation ».

Dans la panique, L avait fracassé au marteau son disque dur puis passé les fragments au micro-ondes. Elle avait ensuite changé d'opérateur Internet, d'ordinateur – et, parce qu'il n'avait pas survécu, de micro-ondes. Pour pouvoir payer son nouvel équipement, elle avait travaillé chez Zara dans un uniforme qu'elle avait décrit à Elias comme un truc « mi-prof de sport mi-enterrement » dont les coutures lui irritaient la peau en longues plaques rouges. Ça avait été une période étrange. L détestait tout autant le dehors que le dedans. Au-dehors, elle pliait des vêtements et supportait les remarques de ses collègues. Au-dedans, elle ne faisait que de la veille ou presque, par peur de se faire arrêter : elle guettait l'apparition des petits tyrans, des rogneurs de liberté, mais elle ne se risquait plus à les attaquer. L avait l'impression que le monde était sur pause et que l'image était de mauvaise qualité. Pourtant, c'était au sortir de ces mois brumeux, au printemps 2011, qu'Elias était venu s'installer chez elle.

Il était arrivé avec un simple sac à dos, comme si, conscient de la petitesse de l'endroit, il n'avait pas voulu ajouter autre chose que son corps. Et puis, avec délicatesse, il avait commencé à peupler le balcon, y disposant une série de plantes plus ou moins hirsutes que, dans son français débutant, il qualifiait d'« arbres ». Dans un dernier temps, il avait fait un voyage à Berlin pour en rapporter le gros de ses possessions et son retour avait ressemblé à une longue partie de Tetris. Elias créait des instruments de musique électroniques, des boîtiers délicats avec des programmes, plus délicats encore, installés à l'intérieur. Il avait entassé son matériel à l'arrière d'une camionnette, dans une armada de caisses et de cartons que l'appartement de L ne pourrait jamais contenir. Ils ne s'étaient jamais engueulés à ce sujet-là, leur vie logistique quotidienne était calme. Un spectateur extérieur n'aurait peut-être pas choisi cet adjectif-là, « calme », car L carburait à un mélange âpre de café, cigarettes et Guronsan, tandis qu'Elias préférait la combinaison plus exotique de maté et de Ritaline, mais leurs rythmes s'accordaient parfaitement. Ils dormaient comme ils mangeaient, de manière subite et excessive quand ils n'arrivaient plus à ignorer l'un ou l'autre besoin. Ils faisaient l'amour de la même façon, lorsque la présence prolongée du corps de l'autre finissait par créer dans leur propre corps un frisson agaçant de toute la peau qui exigeait d'être apaisé. Le reste de leur temps au-dehors, ils écoutaient de la *noise* allongés sur leur lit ou regardaient des documentaires animaliers. Ils avaient passé huit ans ainsi, sans que jamais l'un trouve à redire sur la manière dont l'autre habitait le dehors. C'est quand ils discutaient du dedans que leurs voix s'aiguisaient et que les langues se mélangeaient, anglais, français et allemand concassés dans le désir de prouver à l'autre qu'il avait tort. Elias était venu vivre avec L au moment où leurs modes d'action s'éloignaient et elle pensait parfois qu'il était arrivé trop tard. Après l'Opération Payback, L n'avait plus participé aux actions de l'armée anonyme. Elle n'avait pas été de OpTunisia lorsque le pays s'était soulevé, début janvier 2011. Les autres s'étaient attaqués sans elle à un gouvernement, pour la première fois depuis la naissance d'Anonymous. *We are the angry avatar of free speech.* Quand Elias s'était installé chez elle, c'était les premières choses qu'il lui avait racontées : les sites hors d'usage du gouvernement tunisien qui pendaient lamentablement en ligne, l'envoi de package d'anonymisation aux manifestants pour qu'ils puissent échapper à la surveillance virtuelle du régime. L avait blêmi d'envie mais elle avait continué à faire les choses dans son coin. Elle ne voulait plus se mêler à des actions qui nécessitaient des centaines, voire des milliers de participants. Elle ne voulait plus avoir à utiliser des botnets ni à enrôler des ordinateurs zombies. L, surtout, avait compris que le bras armé de la loi fouillait désormais Internet avec patience et qu'il fallait composer avec lui. Alors elle agissait à la marge, là où il était difficile de déterminer si ce qu'elle faisait était illégal ou non. L s'était lancée compulsivement dans le doxing et prenait un malin plaisir à révéler les informations privées de ses ennemis (numéro de Sécurité sociale, adresse, photos personnelles, téléphone). Le doxing était une zone grise pour la loi, car la plupart des informations que L rendait publiques sur des séries de faux profils hébergés à l'étranger étaient en réalité présentes sur des sites non protégés. Il n'y avait rien à pirater, il suffisait de savoir chercher puis de regrouper ; le doxing était une utilisation vicieuse de la mémoire du Web. L avait sa cible de prédilection, n'agissait jamais au hasard : elle doxait la fachosphère qui se métastasait silencieusement dans les tréfonds du Net et jaillissait ensuite en meute des profondeurs. Elle voulait la priver d'un quartier général où faire grandir ses forces. Elias trouvait que la cible ne changeait rien au problème : le doxing était une action laide et mesquine. Tout le monde pouvait doxer, tout le monde le faisait d'ailleurs : les Incels doxaient les féministes qu'ils rendaient responsables du célibat involontaire dont provenait leur nom, les Russes doxaient les hommes politiques américains. Anonymous doxait des membres de Daech, répondait L en convoquant l'armée qui les avait vus naître comme si son nom pouvait freiner l'esprit critique d'Elias. Et d'anciens détenus qui cherchaient à se réinsérer, contrait Elias qui ne voulait pardonner aucune dérive au nom d'un passé commun. L ne poursuivait jamais cette conversation commencée cent fois. Elle laissait Elias en plan, debout dans la cuisine, entre les plaques de cuisson et la bouilloire. L pensait, sans vouloir l'admettre, qu'il avait raison, que le doxing était un mode d'action indigne d'elle. Ils avaient adopté tous les deux une forme de hiérarchie calquée sur le système de *do-ocracy* qui fonctionnait au sein de leur groupe de hackers : il n'y avait officiellement pas de leaders ni de contrôle ni de vote. Chacun faisait ce qui était en son pouvoir et n'essayait de convaincre les autres que s'il avait besoin de leur aide. Ce système préservait leur indépendance, leur liberté d'action, leur droit à déclarer que tout ce que faisait les autres était de la merde ou de la pure *faggotry*. Cependant, même en l'absence de tout organigramme, il se recréait des rapports de pouvoir basés sur les différences de compétences. Si vous aviez de la technique *(m4d sk1llz)*, vous étiez au-dessus du lot puisque vous pouviez toujours agir seul.

Elias était doué, estimait L, supérieurement doué, et elle avait toujours pensé que ce qu'il savait faire au-dedans le protégeait aussi au-dehors – ou peut-être qu'elle ne pensait pas vraiment au dehors, pas assez, peut-être que sa tante Faiza avait raison et qu'elle avait *des trous au cerveau* qui l'empêchaient de concevoir la totalité de son monde ou de celui d'Elias. C'était admirable tout ce qu'il pouvait faire accomplir à une machine, se disait L avant de découvrir, le 4 décembre 2018, que la technique ne vous empêchait nullement d'être arrêté chez vous, aux premières heures du matin.

2

Développement
1er décembre 2018-17 mars 2019

En vérité, on dirait qu'ils conçoivent l'homme dans la Nature comme un empire dans un empire.

Spinoza, *Éthique*, III

Le député avait envoyé ses deux assistantes de circo à la rencontre des Gilets jaunes lors des premières manifestations de l'automne. Il leur avait demandé de « prendre la température » et d'évaluer si leurs revendications se rapprochaient de points du programme qu'avait défendu le PS lors de la dernière élection présidentielle. Il n'y était pas allé lui-même parce que – précisait-il – il n'avait aucune envie d'avoir à déclarer qu'il comprenait, voire qu'il connaissait, la souffrance de ces gens. Il se disait tout à fait conscient de ses privilèges de classe et, s'il avait connu des fins de mois difficiles, c'était toujours parce qu'il s'était permis des dépenses excessives au début des mêmes mois.

— Je ne participerai pas à la ronde de grimaces dans laquelle s'engagent les élus qui veulent prétendre qu'ils ne sont pas hors-sol. Je suis hors-sol. Mais je ne suis pas sûr que le reconnaître en ces temps agités m'attire une quelconque sympathie de la part des manifestants.

Le 1er décembre, il avait décidé qu'Antoine devait se rendre sur place. Ce qui n'avait aucun sens parce qu'Antoine était son collaborateur à l'Assemblée et qu'il n'était pas supposé faire de terrain, et aussi parce que c'était un samedi et qu'Antoine ne travaillait jamais le samedi. Mais le député n'avait pas voulu entendre ses arguments. Il avait répondu qu'il lui manquait un collaborateur pour faire la liaison entre Paris et sa circonscription, qu'il l'avait toujours su et toujours affirmé, mais qu'il s'en privait pour ne pas avoir à baisser le salaire des autres. Il avait également dit à Antoine que ses raisonnements de comptable étaient incohérents dans un contexte de militance, d'abord, et de crise nationale, de surcroît. Antoine s'était rendu à Soissons à contrecœur car il aurait voulu être à Paris. Il avait vu les vidéos faites par Camille et Léna, les assistantes de circo, les samedis précédents, et il y avait des bandes de Gilets jaunes qui dansaient (mal) et criaient (plutôt bien) des slogans (plutôt mauvais). À Laon, il y avait eu des lacrymos – il l'avait lu dans *Le Courrier picard* –, mais c'était en fin de manif et ni Camille ni Léna n'étaient plus là-bas. Quoi qu'il en soit, ça n'était ni une émeute ni une révolution – et Antoine pensait avoir une certaine expertise sur ce sujet parce qu'il avait déjà participé à des émeutes qui *ressemblaient* à des révolutions.

Le problème du mouvement des Gilets jaunes dans les villes de province, c'était qu'il ne se déroulait pas, la plupart du temps, dans le centre. Il fallait trouver les ronds-points bloqués, quand le filtrage n'avait pas lieu devant une station-service distante de plusieurs kilomètres ou à un péage d'autoroute. Il fallait marcher depuis la gare dans le froid alors qu'on avait oublié ses gants. Et une fois sur place, Antoine se sentit idiot parce qu'il était difficile de *regarder* un barrage. Soit on y participait, soit on allait ailleurs. À Paris, par exemple. Il était sûr qu'une partie des Gilets jaunes de l'Aisne était allée manifester dans la capitale. Il fallait être con pour faire le trajet dans le sens inverse.

Il se dandinait d'un pied sur l'autre sans oser s'approcher franchement d'un brasero lorsqu'il se mit à recevoir des photos des Champs-Élysées pris dans un épais nuage de fumigènes (Guillaume), puis de vitrines brisées dans le 8e arrondissement (Salma) avec le message « Enfin, ça cible les bons quartiers », puis d'une tache de sang sur le trottoir (Guillaume encore, aucun message d'explication, image dramatiquement muette). Il comprit qu'on n'en était plus au stade de la chenille sur les ronds-points (ce que la ville de Soissons ne paraissait pas savoir car il se trouvait clairement sur un rond-point et il lui semblait avoir aperçu un début de chenille).

Quelques minutes plus tard, son téléphone sonnait.

— Antoine ? Ce serait bien que vous reveniez au bureau. De suite. Et si, dans le train, vous pouviez commencer à penser à un message un peu plus original que la condamnation de la violence au nom de l'ordre républicain, je vous en saurai gré. JT à 22 heures.

Le TER attrapé sur un quai glacial après quarante-cinq minutes d'attente comptait dans ses passagers quelques manifestants qui rentraient chez eux, descendant au gré des premières gares qui jalonnaient la route vers Paris. Ils tentaient de se réchauffer en collant leurs jambes aux souffleries d'air chaud situées sous les sièges gris ou en se frottant vigoureusement le dos. Antoine leur demanda ce qu'ils étaient venus réclamer et obtint une liste de revendications locales sur lesquelles il se sentait relativement incompétent, bien qu'en parfaite empathie. Il avait oublié de prendre son chargeur en partant à Soissons et il regardait régulièrement son téléphone dont la batterie faiblissait, incapable de raisonner l'angoisse que lui inspirait le pourcentage décroissant, quand bien même il n'avait pas besoin de l'appareil en cet instant précis. La descente vers le zéro amorcée par la batterie se conjuguait à la nuit tombante de l'autre côté des vitres du train et lui donnait l'impression qu'il s'enfonçait dans l'inconnu.

Quand il arriva au bureau, rue de l'Université, Bertrand était déjà penché sur une pile de feuilles, écrivant et raturant à grands gestes, entourant quelques expressions d'un cercle. Il salua Antoine par un lapidaire :

— On ne parle pas de Marianne.

Et comme son collègue n'avait pas l'air de comprendre, il reprit :

— La statue éborgnée de l'Arc de triomphe ?

Le député eut un sourire gourmand et murmura que c'était du très beau vandalisme, on touchait au sublime, ce trou béant dans le visage, il y avait d'un côté l'œil et de l'autre côté la tombe, tout un poème hugolien. Bertrand soupira. Il devait avoir déjà entendu l'éloge à Marianne mutilée[1] en l'absence d'Antoine. Ou alors il n'en pouvait plus de Victor Hugo que le député citait plusieurs fois par jour.

— Si nous déclarons que nous entendons l'extrême détresse de ces gens, je crois qu'il faut devancer les annonces que l'exécutif va évidemment faire et préconiser nous-mêmes des mesures. On ne peut pas attendre qu'ils mettent leurs cartes sur la table pour déclarer que ce n'est pas assez. C'est petit joueur.

— Vous pouvez vous battre pour que la maternité de Chauny reste ouverte, répondit Antoine. Vos administrés seraient contents. Apparemment, depuis la fermeture de celle de Noyon, il y a pas mal de femmes de l'Oise qui doivent aller accoucher dans l'Aisne, et ça sera pire quand ils auront fermé Creil et Clermont. Ce serait con qu'il y ait des naissances sur la D1032.

— Merci, Antoine. Vous croyez que j'ai attendu que vous vous aventuriez à Soissons pour m'intéresser à ma circo ?

Le bureau était trop petit pour les trois hommes. Ou plutôt, il n'était pas agencé pour ce type de réunion. Quand le député travaillait

1. Laquelle Marianne s'avérerait, selon les articles du lendemain, ne pas être du tout une Marianne, mais aucun des trois hommes dans le bureau ne doutait de son identité ce soir-là, habitués qu'ils étaient à ce que les figures de femmes dans les sculptures républicaines portent toutes le même prénom.

dans la pièce qui était la sienne et Bertrand de son côté, il était fonctionnel. Quand Antoine devait partager l'espace des collaborateurs avec Bertrand, celui-ci lui cachait la lumière, mais c'était encore tout à fait acceptable. En revanche, quand ils voulaient discuter tous les trois, aucune des deux pièces ne leur permettait de le faire de manière agréable. Leur ancien bureau, au Palais-Bourbon, n'était pas plus pratique mais au moins ils avaient une belle vue depuis ses fenêtres. Le député avait été furieux quand il avait dû déménager au 101.

— C'est une vraie piste, s'autorisa Bertrand. On arrête avec le débat sur la taxe carbone. On dénonce la privatisation du secteur hospitalier, on remet la notion de service public au centre du mouvement.

— Ce que nous n'avons pas fait quand nous étions au pouvoir.

Antoine leva les yeux au ciel.

— Si on ne peut parler que de ce qu'a fait le gouvernement précédent, pardon, mais on a une marge de manœuvre assez réduite.

Le député éclata de rire. Lorsqu'il riait, la croix de son visage explosait en un joyeux désordre, ses traits pointaient dans toutes les directions.

— Est-ce qu'on peut évoquer de nouveau le revenu universel ?

— Vous êtes un vilain hamoniste, Bertrand.

Le député n'avait jamais adhéré à l'idée du revenu universel. Sa conception de l'aide sociale était malthusienne : il considérait que l'aide devait s'accompagner de honte, qu'il fallait cet aiguillon pour renvoyer ses bénéficiaires vers le marché du travail et la vie normée (il utilisait ce dernier mot avec l'espoir qu'il sonne de façon moins violente que le mot « normal », Antoine en était certain). Il pensait qu'à partir d'un certain stade, l'assistance fournie par l'État devient si confortable que ceux qui y ont droit n'en sortent plus – et qu'imaginait-il, alors ? Un cocon douillet et tiède, formé de dossiers à remplir, de chèques qui dépassaient rarement les deux chiffres, de justificatifs Pôle emploi octroyant un accès gratuit aux musées et à la piscine municipale, le tout entrelacé, presque tissé, autour du corps pauvre, du corps chômeur enfin libéré de l'effort ?

Quand ils discutaient de cela – ce qu'ils faisaient encore, longtemps après l'enterrement de la proposition de revenu universel dans le programme du parti, des conversations de plusieurs heures, généralement bien arrosées, même si le député semblait avoir des capteurs internes qui lui indiquaient précisément le moment où était servi le verre de trop, alors il brandissait soudain une bouilloire (quand ils étaient chez lui) ou une main qui demandait l'addition (quand ils étaient dans un bar) (et il lui arrivait, très rarement, de chercher la bouilloire dans un bar ou de demander l'addition chez lui, signe que ses capteurs internes avaient été trop lents et qu'ils avaient déjà bu plus que de raison) –, le député disait qu'il trouvait la position d'Antoine difficilement tenable : quand on était de la gauche de gauche, on ne pouvait pas vouloir faire perdurer un système d'aides sociales né d'une volonté tout à fait conservatrice d'acheter la paix auprès des classes les plus fragiles, les plus susceptibles de protester contre la brutalité de la société. C'était ce qu'avait écrit Simmel dès 1907, est-ce qu'il avait lu Simmel ? Le système des aides sociales, c'était le moyen de faire taire les classes laborieuses qui prenaient par ailleurs de plein fouet les ravages du capitalisme mondialisé.

— Se pourrait-il que vous soyez, en réalité, un libéral soucieux de son confort, Antoine ?

Et celui-ci enrageait de ne rien avoir à répondre, et il se promettait de lire *Les Pauvres* de Georg Simmel, publié aux PUF – il avait déjà regardé plusieurs fois les références du livre sur Internet, sans jamais l'acheter –, mais il était si persuadé d'avoir raison que, dès qu'il s'éloignait du député, il ne ressentait plus l'urgence de travailler à étayer son point de vue. Lorsque Antoine était seul et que personne ne lui portait la contradiction, son opinion lui paraissait être une évidence dont il ne voyait pas comment elle pouvait se justifier mieux qu'en étant simplement énoncée. Face au député, cependant, il réalisait que ces évidences perdaient en solidité, que formulées à voix haute et non simplement pensées, elles étaient fragiles, parfois bancales, et il devait lutter pour avoir d'autres réponses que « parce que » ou une phrase absconse qui convoquait « les gens » ou « les Français ».

— Plus de quatre cents interpellations, annonça Antoine dans le taxi qui les menait aux studios de télévision.

— Et alors ? Vous ne croyez quand même pas que je vais parler de répression policière ? Nous sommes le parti de l'état d'urgence. Ça la foutrait mal.

Le député sortit seul du taxi et la voiture démarra avec Antoine à son bord. Il pouvait rentrer chez lui – le temps de trajet n'excéderait pas celui du maquillage et il suivrait l'apparition du député depuis son salon. Il n'accompagnait jamais son employeur jusque dans les studios car celui-ci ne voulait pas donner l'impression qu'il était incapable de s'exprimer en l'absence de ses assistants. Il affirmait que ce n'était pas une question d'ego, mais plutôt de respect pour la démocratie représentative : personne n'avait jamais élu Antoine ni Bertrand. En public, le député devait montrer qu'il honorait son mandat en s'attelant lui-même à la tâche.

Une fois chez lui, Antoine regarda d'un œil distrait l'intervention du député tout en se préparant à dîner au ralenti pour ne pas que les bruits de vaisselle couvrent le son de la télévision. Il fut question d'ordre républicain, du désespoir de la France périphérique, des erreurs de communication du président, de son possible mépris, du rôle des services publics dans le tissu social, de l'angoisse dans laquelle vivaient les classes moyennes. Le député utilisa la formule d'Antoine selon laquelle parler de « pouvoir d'achat » était réducteur et condamnait le mouvement à n'apparaître que comme l'expression brutale d'une volonté de consommation, il dit – avec un peu trop de préciosité selon Antoine – que lui préférait parler de « pouvoir de vie », englobant ainsi de nombreux avantages que nul ne pouvait acheter puisque c'était à l'État de les fournir : accès aux transports, à l'éducation, aux soins, etc. Il évoqua aussi les « casseurs » qui avaient entaché la manifestation du jour et demanda la plus grande sévérité à leur égard. Antoine aurait voulu qu'il n'aborde pas la question, mais il était évident que le journaliste n'allait pas la laisser de côté après avoir diffusé un long reportage sur le saccage des rues de Paris. C'était un autre sujet de discorde qui revenait souvent entre le député et lui. Deux sujets, en réalité. Premièrement, la médiatisation constante du casseur, figure pure de la violence sans revendication aucune, auquel était opposé le manifestant légitime qui était là pour défiler et n'aurait jamais eu l'idée de s'en prendre au mobilier urbain et encore moins aux forces de l'ordre. Antoine croyait savoir, depuis l'intérieur, que ça ne se passait pas comme ça : au milieu d'une foule rassemblée pour une revendication précise surgissait parfois une impression de puissance, ou au contraire de totale impuissance, qui pouvait donner l'envie soudaine de ravager quelque chose. Deuxièmement, la négation de l'indépendance des pouvoirs qui se produisait dès qu'un élu exigeait quoi que ce soit de la justice, quand il n'allait pas simplement jusqu'à annoncer ce qu'il allait en être des poursuites et des condamnations (« Les coupables ne resteront pas impunis »).

— La séparation des pouvoirs, lui objectait le député, est essentielle au fonctionnement démocratique du pays, mais elle passe mal à la télévision. On ne peut pas être invité comme représentant du peuple et dire au peuple qu'on a les mains liées. Pour paraître à la hauteur de l'investiture, il faut parfois mentir sur ce qu'on peut faire de ladite investiture.

Antoine l'accusait de cynisme et le député reconnaissait parfois que ce n'était pas « joli-joli », mais le plus souvent, il reprochait à Antoine sa mécompréhension profonde des rouages médiatiques :

— Ce n'est pas possible d'y faire de la pédagogie ou simplement d'éviter les raccourcis. Si je dis à un journaliste : « C'est plus compliqué que ça », j'ai l'air d'un technocrate. Si je suggère qu'il faudrait poser d'autres questions, j'ai l'air de lui dicter sa ligne éditoriale. Si je tente de développer malgré tout un raisonnement jusqu'au bout, j'ai l'air de refuser de répondre aux questions suivantes. Et de toute manière, aucune émission ne dure suffisamment longtemps pour qu'on puisse y faire preuve d'intelligence. Il s'agit simplement d'occuper l'espace, de montrer qu'on est là.

Ces conversations étaient une des raisons pour lesquelles Antoine n'avait pas quitté son poste d'assistant parlementaire. Lorsqu'il parlait ainsi avec le député, leurs quatre joues rouges, leurs deux chemises qui se trempaient de sueur et collaient à leur peau, lorsqu'ils parlaient comme s'ils menaient un combat d'escrime, atteignant un épuisement comparable, alors Antoine pensait que le député laissait la porte ouverte aux arguments extérieurs, qu'il avait engagé de jeunes assistants pour se nourrir de leurs idées, pour en adopter certaines, et pas uniquement pour leur demander de travailler sur ses idées à lui. Ce qui voulait dire qu'Antoine pouvait avoir une influence sur la politique menée par le député à l'Assemblée et que le pouvoir n'était pas hors de portée.

Il zappa sur les autres chaînes en se disant d'abord que ce n'était que le temps de finir son assiette, puis sa cigarette, puis une autre cigarette après celle-là. Le député lui avait demandé d'écrire un compte-rendu de son après-midi à Soissons et de noter ce qu'il pourrait trouver comme nouveaux éléments autour du mouvement des Gilets jaunes. Il aurait dû le faire s'il voulait profiter de son dimanche mais il demeurait totalement immobile devant l'écran, à l'exception de sa main droite qui extirpait une cigarette du paquet, et de sa main gauche qui sortait le briquet de la poche (il remettait systématiquement son briquet dans sa poche après avoir allumé une clope – et pourtant, il cherchait toujours son briquet au moment d'allumer la cigarette suivante. Presque chaque fois qu'il le retrouvait avec surprise dans son jean, il pensait avec terreur à ce que serait la vieillesse s'il venait à développer la maladie d'Alzheimer).

En plus du travail dû à l'irruption répétée des Gilets jaunes sur la scène médiatique, il avait des discours en retard. Il continuait à espérer que, s'il trouvait le courage de se lancer dans la soirée, il pourrait cracher un compte-rendu, des éléments d'analyse et le « 2 en 1 » qu'il devait rendre en début de semaine prochaine. Un « 2 en 1 » était une base qui pouvait être utilisée, avec des modifications, à la fois pour l'ouverture et la fermeture d'une réunion (en l'occurrence, celles d'un groupe de réflexion sur le devoir de mémoire que présiderait prochainement le député), exprimant lors de l'ouverture les espoirs que la discussion soit enrichissante pour chacun et lors de la fermeture le constat qu'elle l'avait été.

La télévision diffusait un *talent show* dont Antoine n'avait pas suivi le début – dont il ignorait même qu'il passait encore, les premières saisons remontant à ses années de lycée. Il se foutait complètement des chansons interprétées sur des morceaux de plateau mouvant qui rappelaient les machineries d'opéra de l'époque romantique, mais il était fasciné par le fait que les jurés feignaient de souffrir plus que les candidats qu'ils éliminaient, et c'était assez immonde parce qu'ils leur volaient toute possibilité de parler de la violence du procédé, secondés en cela par la réalisation qui braquait les caméras sur les chanteurs connus, émus aux larmes, confortablement installés dans leur fauteuil et pas sur ceux qui avaient rêvé de devenir chanteurs et se faisaient débarquer sans un temps de parole accordé, après un rapide gros plan sur leurs yeux mouillés. Récupéraient-ils quelque part, dans des coulisses sans éclairage multicolore, un carton contenant leurs affaires avant d'aller attendre un bus qui les ramènerait chez eux ?

Les candidats étaient amenés à supplier en chansons des individus riches et célèbres afin que ceux-ci leur accordent la possibilité de revenir la semaine suivante (pour supplier de nouveau), et ces mêmes individus riches et célèbres soufflaient que c'était trop dur, vraiment trop dur, ce qu'on leur demandait de faire (choisir, éliminer) alors qu'ils aimaient sincèrement tout le monde, étaient bouleversés par chaque interprétation. Toutes les dix minutes, le présentateur offrait à un spectateur l'occasion de doubler ou tripler son salaire en répondant à une question et – passé au prisme de la méfiance hébétée d'Antoine – cela ressemblait à un moyen supplémentaire de masquer la violence de ce qui se déroulait à l'écran, ou plutôt de compromettre ceux qui regardaient : tu ne peux pas considérer que ce jeu de gladiateurs est dégueulasse puisque tu espères toi-même en bénéficier, tu veux l'argent, tu es sale toi aussi, est-ce que ta main a bougé vers ton téléphone ?

Le fait qu'une large partie de la population, dont ses parents, assistait hebdomadairement à ce type de programmes fournissait à Antoine une (vague) explication de la passivité dont faisaient preuve la plupart des Français devant la casse sociale à l'œuvre dans le pays. Après tout, c'était le même show : un patron millionnaire ou un ministre à la retraite assurée venait déclarer à la télévision que c'était dur pour lui, cette fermeture d'usine, vraiment dur, quelle vacherie, la réalité économique se fout des sentiments, elle les piétine, pourtant j'aurais voulu... En face, des travailleurs s'humiliaient – du moins financièrement, mais est-ce que l'humiliation financière n'est pas la plus réelle de toutes ? se demandait Antoine. Ou est-ce que celle qui a lieu en chanson est pire encore ? – pour pouvoir travailler quelques mois de plus. Le député avait été spécialiste de ça, au temps du gouvernement précédent. Sur les plateaux de télévision, on le voyait à la place des ouvriers expliquer que ses collègues et lui faisaient tout leur possible pour trouver un repreneur, ils passaient des appels jusque dans des pays éloignés, ils étudiaient des dossiers pour être sûrs du sérieux des offres et merde, le type était à deux doigts de dire qu'il n'en dormait plus ou de fondre en larmes et Antoine était sûr qu'il contribuait ainsi à étouffer la révolte sociale parce que, lorsque le JT se terminait, les téléspectateurs s'identifiaient plus à lui qu'aux ouvriers au chômage technique que personne ne filmait dignes et émus mais toujours en colère, la voix éraillée, gueulant qu'ils étaient à bout, qu'ils allaient faire une connerie. Et quand ils changeaient de chaîne, les téléspectateurs devaient se dire qu'ils étaient heureux de ne pas être député, de ne pas travailler « main dans la main » avec le ministre de l'Économie, de ne pas avoir à porter la souffrance de la France du bureau à la maison le soir et de la maison au bureau le matin, sans répit, et alors leur télécommande les guidait peut-être jusqu'à l'émission que regardait Antoine en ce moment même, et voir pleurer cette chanteuse qu'ils aimaient depuis une boum lointaine confortait leur certitude que le sort des puissants était dur, vraiment dur, les pauvres, ô le poids du pouvoir, les affres des décisionnaires.

Par ailleurs, le plus révoltant dans cette émission (se disait Antoine en voguant d'un superlatif à l'autre), c'était l'extrême jeunesse des candidats. Si, à leur âge, ils voulaient s'humilier pour un peu de célébrité au lieu de fumer des pétards en refaisant le monde, ils deviendraient à coup sûr des adultes minables – aigris s'ils n'arrivaient à rien, persuadés de le mériter s'ils réussissaient. Antoine était prêt à parier qu'aucun d'eux ne serait parti sur le front de l'Aragón en 1936, ce qui constituait la seule question du test de valeur qu'il appliquait intérieurement à chaque être humain. Un adolescent de seize ou dix-sept ans qui trouve normal (« C'est le jeu, hein ») d'être en compétition avec les autres pour une place au sommet, qui accepte la règle énoncée par la production selon laquelle, au contraire des jurés et du présentateur, les candidats sont interchangeables – même leurs différences étaient interchangeables, découvrait Antoine : un côté punk valant un passé militaire, valant une surcharge pondérale, valant un accent étranger, valant un drame familial, et la réalisation s'attachait à ces à-côtés exotiques avec une égalité de temps et de moyens si précise que, chaque candidat étant présenté comme (un chanteur + sa différence) × la narration, rien de ce qui était mis en avant par le récit télévisé ne pouvait, en réalité, extirper ce candidat du lot commun –, un adolescent qui a intégré tous les impératifs d'un monde de pions sans visage (ou plutôt tout en visage mais sans nom de famille, des pions qui n'auraient que des prénoms ou des diminutifs, comme des enfants, comme des animaux de compagnie), un monde dirigé jusqu'à un point de sadisme raffiné par des tyrans assis sur des trônes sanglants (car il le comprenait maintenant, c'étaient des trônes sanglants), un tel adolescent, donc, ne se battra jamais pour une autre cause que sa gueule. Antoine aurait voulu voir des Gilets jaunes faire irruption sur le plateau.

Il rinça soigneusement son assiette avant de la glisser dans le lave-vaisselle, incapable – comme chaque fois qu'il enchaînait ces mouvements – de ne pas entendre la voix de sa mère lui répéter qu'il suffisait d'une miette ou d'un pépin pour que ce genre de machines tombe en panne. Il s'agaça de tout, de sa minutie, de sa fidélité à une certaine éducation pratique, de la sauce tomate qui lui restait sur le côté de l'index, de l'inutilité des textes qu'il avait à écrire et de la prestation télévisée de son employeur. Il avait basculé dans ce qu'il appelait la pointe coléreuse de son triangle interne ou – plus brièvement – la pointe n° 2. Il avait identifié ses réactions triangulaires quelques années plus tôt, lorsqu'il commençait sa relation avec Cécile. Celle-ci rêvait de pouvoir établir un schéma psychologique de fonctionnement pour chaque être qu'elle croisait et Antoine avait passé des heures à discuter avec elle de ce que pourrait être le sien. Face au député, à Bertrand (dans une moindre mesure) et à la bourgeoisie parisienne (en général), Antoine oscillait entre trois types de réaction, parfois extrêmement rapidement :

1) une fierté de parvenu – au sens propre, car il s'était mû jusqu'à ceux qui étaient nés là, tristement statiques quand lui était mouvement, et ce faisant il s'était échappé de la glaise première qui voulait le retenir au village, il l'avait laissée loin derrière lui, pouvait la considérer comme un passé lointain tandis qu'elle continuait à être le présent de ses parents et de beaucoup de ses camarades de lycée. Il se grisait quelquefois d'assez de contentement pour croire que son parcours était entièrement dû à ses efforts, alors la fierté lui montait à la tête, avec des odeurs de sève et le trajet rapide des bulles de champagne ;

2) une colère – que le député avait un jour qualifiée de jalousie sociale et que Bertrand appelait « mauvaise humeur », mais qui n'était ni l'une ni l'autre : c'était la colère de celui qui, s'étant hissé jusqu'à un plateau, réalise qu'en dehors de son altitude celui-ci n'a rien de particulier. Le « tout ça pour ça » d'Antoine, au lieu de se racornir en abattement, s'était transformé en accusations furieuses – quoique muettes – contre les habitants du plateau qui n'avaient rien fait pour être extraordinaires, n'étaient rien devenus qui ait pu justifier le désir premier d'Antoine de les atteindre ;

3) la déférence inquiète de celui qui, étant monté jusqu'à sa position, envisage toujours de pouvoir en descendre, voire de s'en faire chasser

puisqu'il occupe une place que rien dans sa vie antérieure ne lui a permis de préempter. Et bien que cette pointe du triangle fût celle qu'Antoine aimait le moins, elle s'imposait sans cesse et il achetait la prolongation de sa position par des sourires obséquieux jusqu'à ce que la colère chasse la déférence, une colère rendue plus forte encore par la conscience du moment de déférence qui la précédait.

De ces trois pointes du triangle découlaient également trois attitudes différentes face à la vie présente et à venir. De la fierté venait le sentiment qu'il n'était plus nécessaire de se démener et que la vie devait désormais à Antoine une étendue de repos qui serait sa récompense et qu'il voyait vaste et éblouissante comme la plage de Saint-Efflam où il allait parfois le dimanche après-midi dans son enfance. De la déférence inquiète venait au contraire l'impression qu'il lui fallait encore et toujours travailler pour ne pas être oublié, éjecté ou piétiné par ceux qui jamais ne seraient ses égaux puisqu'ils avaient toujours *déjà* été là. De la colère, enfin, naissait l'envie de partir, de se saborder, de hurler qu'il ne se passait rien, de faire en sorte qu'il se passe quelque chose, ou bien de casser l'assiette au lieu de la rincer.

Les trois pointes du triangle (fierté, colère, déférence) pouvaient donner l'impression que la vie d'Antoine était dense, vibrante et sans cesse renouvelée, mais lui savait ce que les autres ne pouvaient pas voir et qu'il n'avait pas révélé à Cécile lors de leurs conversations : il lui arrivait de se trouver, ou de tomber peut-être, dans l'espace vide qui constituait le cœur du triangle, cet endroit qui n'était rien. Chaque fois, il croyait qu'il ne pourrait pas en sortir parce que son existence et le monde lui paraissaient être une pâte informe. Il écoutait Conor Oberst en se servant un verre de vin blanc qu'il prétendait apprécier au début puis qu'il buvait uniquement pour boire, quand le verre de vin était devenu plusieurs verres de vin, et il pleurait en passant *Empty Hotel by the Sea* et il voulait que quelque chose revienne, une forme identifiable, une ligne de force, mais rien ne semblait exister en dehors de l'espace vide et cela durait des heures, parfois cela durait des jours pendant lesquels il portait un masque souriant, et une fois – une seule fois ! – cela avait duré des mois ; mais toujours, à un moment, le plan sur lequel il vivait, le plan qui était sa vie, jouait un peu sur son axe et Antoine glissait sans s'en apercevoir jusqu'à une partie familière du triangle, une des trois pointes, et si c'était toujours un soulagement, c'était toujours un peu terrifiant aussi parce que Antoine savait qu'il n'avait rien fait pour se sauver et que cela était arrivé tout à fait à ses dépens.

Il retourna s'asseoir sur le canapé et constata avec surprise que l'émission n'était toujours pas terminée – elle s'étirait en une succession de bonus, lesquels dévoilaient les coulisses et annihilaient donc sa théorie sur la souffrance cachée (qui s'avérait uniquement différée). Il zappa sur une chaîne d'information en continu et écouta, d'une oreille distraite, la litanie des nouvelles du jour. Il alluma une autre cigarette en se demandant ce qu'il pouvait bien faire de la pointe n° 2, celle de la colère, maintenant qu'il était coincé dans son angle aigu. Il dirait ensuite que c'était à ce moment-là qu'il avait senti l'obligation de se mettre *réellement* à écrire. Pas les textes qu'il devait fournir au député, qui pouvaient bien attendre, qui pouvaient bien ne jamais voir le jour (est-ce que quelqu'un pensait vraiment que cela bloquerait la réunion ? Que les participants seraient incapables d'articuler un mot en l'absence d'un discours de bienvenue ? Qu'ils resteraient dans la salle des jours durant s'ils n'obtenaient pas un couplet d'au revoir ?), mais le livre qu'il portait en lui (qu'il croyait porter en lui, en tout cas). Depuis des années, il savait deux choses sur ce texte jamais commencé : il parlerait de la guerre d'Espagne ; il y aurait des points-virgules.

L'arrestation ne fut pas à la hauteur des talents d'Elias, ou de l'amour de L pour Elias. Les uniformes se trompèrent d'abord d'étage – heureusement, ils n'enfoncèrent pas la porte. La voisine du dessous ouvrit en pyjama et, devant la grappe d'hommes aux visages tendus, elle eut *la peur de sa vie* (L l'entendit répéter la phrase dans la cage d'escalier, ensuite). Quand ils sonnèrent à la bonne porte, les policiers avaient perdu un peu de leur assurance – le pyjama terrifié de la voisine, l'étage supplémentaire à monter sans élan, sans enthousiasme –, et ils demandèrent Elias comme s'ils s'attendaient à ne pas le trouver. La scène ne ressemblait en rien aux raids qu'avait imaginés L au moment de sa grande-peur-de-l'arrestation. Un des policiers examinait l'appartement en souriant, avec l'air de penser que L et Elias avaient su tirer parti de cet espace particulier sous les combles. Un autre était resté dans le couloir, empêché d'entrer par l'exiguïté du salon, passant sa tête déçue par la porte de temps à autre. L pensa que ça ne pouvait pas être *si grave* puisque c'était si calme. En s'emparant de l'ordinateur, un uniforme aux gestes gauches renversa le yucca et la couronne de feuilles dressées s'écrasa sur le lino beige. Il ne releva pas le pot mais s'excusa en bredouillant. Ça ne pouvait pas être si grave si un uniforme disait « pardon ». L, hébétée, regarda par-dessus la rampe Elias être emmené par les uniformes, disparaissant et réapparaissant le long du colimaçon pendant six étages, comme déjà parti et puis non. Ils atteignirent enfin le rez-de-chaussée, la porte de l'immeuble claqua et L resta penchée quelques secondes, sans savoir ce qu'elle attendait. Elle remarqua que la voisine du dessous avait, comme elle, observé la descente de ce groupe bruyant. La femme en pyjama leva la tête et quand L croisa son regard affolé et furieux, elle battit en retraite dans l'appartement et s'enferma à double tour.

Elias ne revint pas. Il s'écoula une succession de jours que L fut incapable de détailler, qu'elle résuma ensuite à Salma en disant qu'elle avait regardé fixement la porte de chez elle, la peinture bordeaux et la double serrure qui ouvrait des yeux de limande dans le rectangle. Le temps semblait avoir arrêté de s'écouler selon les règles préétablies, il lui arrivait de ne pas passer du tout ou de partir brusquement en marche arrière et il était difficile dans ces conditions d'établir une chronologie des événements. L vivait dans une période qui n'était définie que par son point de départ, l'arrestation. Elle se sentait en panne et terrifiée, le crâne traversé par des maux de tête répétitifs et violents, des comètes de douleur fuselées qui fonçaient d'une tempe à l'autre. Elle tournait en rond dans la caverne suspendue ou restait allongée dans son lit jusqu'à ce que la faim la force à s'extirper de sa couette pour fouiller dans les placards. Au départ, l'odeur d'Elias flottait encore partout et surgissait par bouffées lorsque L déplaçait un objet, ouvrait une porte, puis elle finit par s'estomper. L ne savait pas ce qui était le pire, l'odeur qui mentait en faisant croire à la présence d'Elias ou le vide olfactif qui soulignait son absence. À un moment qu'elle était incapable de situer, un homme l'appela et se présenta comme l'avocat d'Elias. Il l'informa que celui-ci avait été placé en détention provisoire et proposa qu'ils se rencontrent. Quand L sortit sur le palier du sixième étage et observa la spirale sombre de l'escalier, le rez-de-chaussée lui parut s'être éloigné, enfoncé dans le sol depuis l'arrestation, elle ne le distinguait même plus.

L'avocat lui serra la main avec force, en s'approchant trop près d'elle. L put déceler les relents de café et de menthe dans son haleine. Il lui expliqua rapidement qu'Elias n'avait pas été remis en liberté dans l'attente de son procès parce que le juge d'instruction craignait qu'il n'entre en contact avec ses complices potentiels. De plus, Elias était allemand, ce qui semblait, aux yeux du même juge d'instruction, lui garantir la possibilité de quitter le territoire français. Il avait donc été placé en détention provisoire.

L imagina des tunnels creusés sous une frontière qui n'existait plus, ou bien des voitures tous phares éteints qui auraient attendu Elias dans un petit village alsacien pour le mener *de l'autre côté*. Elle essaya de se concentrer sur ce que racontait l'avocat, mais les phrases qu'il enchaînait paraissaient se transformer en une purée sonore. C'était la première fois que L faisait face au système judiciaire et elle confondait les différents intervenants. Elle aurait voulu qu'on lui dise simplement qui étaient les Gentils et les Méchants, mais l'avocat s'entêtait à lui parler comme si la justice se rendait dans un monde peuplé de personnes en pleine possession de leurs facultés mentales, capables de différencier les fonctions et les titres, et pas de personnes frappées par un chagrin si débilitant qu'il les empêchait de savoir si hier avait eu lieu avant aujourd'hui. Il lui apprit qu'elle serait sans doute convoquée bientôt comme témoin au commissariat, qu'il n'était pas autorisé à l'accompagner. Il faudrait qu'elle réponde seule aux policiers mais l'entretien ne pourrait pas durer plus de quatre heures et il donna cette information comme si ça n'était rien, comme si L avait l'habitude de passer quatre heures à parler à des uniformes, comme s'il ne l'avait pas assommée d'un coup en lui apprenant ça. Il examina de haut en bas son grand corps recroquevillé sur la chaise du café : la masse de cheveux mal retenue en chignon, le manteau boutonné jusqu'au menton, le jean noir taché par des cendres essuyées du revers de la main, les Dr. Martens qui béaient autour de ses chevilles. Il suggéra qu'elle mette une tenue plus conventionnelle pour la convocation – ça pourrait aider. Comme il n'assisterait pas à l'entretien, il fallait qu'il sache maintenant ce qu'elle allait dire. Était-elle en possession d'informations sur l'enquête qui pourraient jouer en faveur d'Elias ou lui nuire ? L répondit que non, elle ne savait rien, elle ne comprenait pas. Elle joua pour l'avocat un numéro qu'il avait déjà dû voir cent fois, et sans doute mieux interprété, un numéro d'ingénue qui lui allait mal. Pendant qu'elle l'assurait qu'elle ignorait tout des raisons de l'arrestation, les souvenirs de ses disputes avec Elias lui revinrent : l'insistance avec laquelle elle lui avait demandé de ne pas attaquer Harm-Ony, sa démonstration réitérée que les risques étaient trop grands, la cible trop dangereuse. Il ne pouvait pas impunément s'introduire dans le site d'une compagnie dont tout le commerce était basé sur la protection en ligne pour lui voler des données. Ça n'était pas un pied de nez, mais du suicide – et elle avait répété le mot plusieurs fois, « du suicide » ! Harm-Ony avait plusieurs filiales à l'international, une cinquantaine d'employés spécialisés dans la sécurité informatique capables de traquer Elias, et probablement un département juridique tout prêt à le poursuivre, pourquoi est-ce qu'il ne l'avait pas écoutée ?

L'avocat lui posa ensuite des questions sur les fréquentations et la famille d'Elias, mais L ne put rien lui apprendre. Elle savait qu'il avait des parents quelque part en Allemagne, une ex-femme aussi et puis quelques amis, comme tout le monde, mais elle ne pouvait pas en dire plus. Ce n'était pas elle qu'il fallait interroger sur le dehors : ce qu'elle connaissait d'Elias dans la viandosphère, elle ne voulait le partager avec personne. Une succession de gestes, le timbre de sa voix enrouée au réveil, la voussure des épaules, les rides en éventail au coin de ses yeux, tout ce qui faisait un corps, ça ne concernait pas l'avocat. L aurait pu, en revanche, lui parler de l'être formidable qu'était Elias au-dedans, de la brièveté élégante de ses lignes de code, des motifs récurrents qu'elle pouvait repérer dans ses commandes DOS, ou des fonctions secrètes qu'il intégrait à chacun des programmes installés au cœur de ses instruments de musique et qu'il voyait comme l'équivalent d'une chanson cachée à la fin d'un album[1]. Mais ce n'était pas sur ça que l'avocat l'interrogeait et elle préféra se taire.

Quand il lui demanda si elle avait des questions, L le fixa quelques secondes, bouche entrouverte, en tentant de se rappeler ce qu'ils s'étaient dit depuis qu'elle était entrée dans le café, mais rien ne lui revint. Sa mémoire n'avait pas enregistré la conversation, L avait beau fouiller, elle ne trouvait même pas de sauvegarde partielle, et comme l'avocat insistait du

1. Telle touche d'un clavier, pressée plusieurs fois, déclenchait des chants d'oiseaux, tel bouton de commande sur une console lançait des clignotements lumineux qui, pour ceux capables de lire le morse, proclamaient gaiement ENJOY, et parfois Elias enfouissait sous une manette ou un curseur un morceau qu'il avait lui-même composé et qu'il n'aurait jamais osé faire écouter, de manière franche, à son entourage.

regard en attendant qu'elle dise quelque chose, elle bredouilla quelques mots disjoints sur son mal de tête. Ce n'est pas grave, dit-il, il faut surtout prendre soin de vous, de vous et d'Elias, ce serait bien que vous alliez le voir.

De retour chez elle, L s'assit face à son ordinateur avec l'intention de télécharger le formulaire qui lui permettrait d'obtenir un permis de visite, mais elle arrêta sa main juste au-dessus de la touche ⏻ et elle la regarda trembler là, incapable de terminer son geste. L n'avait pas ouvert son ordinateur depuis l'arrestation. Elle était persuadée qu'il devait être surveillé. Elle ne comprenait pas pourquoi les uniformes le lui avaient laissé, à part dans le but de lui tendre un piège. Ils avaient raflé sans poser de questions sur leur appartenance les trois ou quatre disques durs qui traînaient sur le bureau, l'ordinateur portable d'Elias et la tour imposante qui ronronnait sur le parquet. Ils avaient glissé deux clés USB dans un sachet plastifié. Peut-être que, perturbés par l'abondance de matériel électronique, ils n'avaient simplement pas pensé à ouvrir le sac à dos qui traînait dans la cuisine ? L se disait qu'admettre cette hypothèse revenait à croire à une sorte de miracle et elle n'avait aucune foi qui puisse l'aider à le faire. Est-ce que tout ce qu'elle taperait apparaîtrait au même moment sur un autre écran, dans un poste de police ? L pensait savoir protéger sa machine mais elle savait aussi qu'elle n'était pas un génie informatique, elle n'avait pas assez de fantaisie pour ça, et peut-être que les cyberflics en comptaient dans leurs rangs, peut-être qu'ils employaient des mercenaires – elle avait entendu parler de méthodes de recrutement tordues, de sites mis en ligne avec un certain nombre de failles de sécurité, comme des obstacles savamment imaginés sur un parcours, et l'habileté de ceux qui pénétraient dans ces arcanes était observée, ainsi que le niveau auquel ils parvenaient, mais une fois les obstacles franchis, la ligne d'arrivée était un piège : *vous avez commis une infraction, travaillez pour nous maintenant ou payez le prix fort*.

L redoutait aussi ce que pourrait faire Harm-Ony, l'entreprise qu'Elias avait attaquée. Ses dirigeants ne se contentaient sûrement pas d'attendre la fin de la procédure judiciaire en s'estimant protégés, ils avaient dû prendre d'autres mesures. Peut-être suivaient-ils L, de leur côté, anxieux de voir le cambriolage de leurs données se reproduire ? Elle fixa l'écran noir qui lui faisait face et, retenant sa respiration, elle alluma la machine, avança de quelques clics. Qui l'observait sans dire son nom depuis l'obscurité du dedans ? La pensée de cet espion inconnu l'emplit d'une colère d'abord diffuse que les minutes suivantes aiguisèrent en sadisme. Au lieu de télécharger le formulaire, L s'employa à chercher les choses les plus bizarres et les plus répugnantes. Elle regarda des images illustrant des maladies sur les sites médicaux, des peaux et des chairs gonflées, ouvertes, polychromes jusqu'à la nausée, devenues écailles épaisses, devenues souches pourries, devenues liquides et noires, des chairs pétrole, des peaux lichen sur lesquelles se poursuivaient les gerçures et les pustules. L lança ensuite des vidéos sur des ablations d'organes auxquelles elle ne jeta pas un regard mais qu'elle souhaitait que ses espions ingèrent, seconde après seconde, et qu'ils n'en dorment plus jamais, les paupières maintenues ouvertes par le souvenir de scalpels tranchant jusqu'à la blancheur de l'os, ou par celui de compresses si imbibées de sang qu'elles ressemblaient à des caillots géants. Au milieu de la nuit, L eut l'idée de passer en boucle le court passage de *Planet Earth* où le bébé éléphant se perdait dans la tempête, affolé par les bourrasques de poussière, et les cameramen qui filmaient la scène ne faisaient rien depuis les hauteurs de leur hélicoptère, ne pouvaient rien faire pour l'aider, tout en sachant qu'il allait mourir loin du troupeau et de l'oasis qu'il tentait de rejoindre. Si quelqu'un avait *Own* son ordinateur, L espéra qu'il pleurait.

L'avocat d'Elias lui avait dit, à demi-mot, qu'il serait bienvenu qu'elle ne se livre à aucune activité illégale ou répréhensible pendant les mois à venir, qu'elle puisse être, aux yeux des uniformes, un témoin irréprochable, et L avait acquiescé, comme si la chose allait de soi. Depuis l'arrestation, elle s'était tenue à cette ligne, trop effrayée pour en dévier, trop préoccupée par la porte de l'appartement et tous ceux qui pourraient surgir derrière. Mais si L listait ses activités habituelles d'AVANT l'arrestation, il ne s'en trouvait aucune qu'elle puisse classer hors des catégories illégales ou répréhensibles. Depuis plusieurs années, elle gagnait sa vie en dépannant au noir une nébuleuse d'amis d'amis peu doués en informatique. Elle ne savait pas combien de temps elle pourrait continuer à vivre ici si elle ne travaillait plus. Avant d'être arrêté, Elias avait terminé une commande, une sorte de mélodica dont chaque touche déclenchait un récitatif, et lorsqu'il avait été payé, il lui avait versé sa part de loyer pour les trois mois à venir. Elle se demanda s'il l'avait fait parce qu'il anticipait ce qui arriverait : son arrestation, la prison et la solitude précaire de L. Elle chercha à se rappeler son visage lorsque les uniformes étaient entrés dans l'appartement. Est-ce qu'il avait été surpris ? Une fois cet argent épuisé, L allait se retrouver à sec. Si elle écoutait l'avocat d'Elias, elle n'avait pas d'autre choix que de reprendre les petits boulots de ses premières années parisiennes. Elle se vit faire le tour des agences d'intérim, des boutiques et des bars, comme avant, une liasse de CV à la main sur lesquels ne s'accumulait que ce qu'elle avait pu faire au-dehors, sa vie amputée et médiocre. Toquer aux portes, scruter à travers les vitrines, patienter, collectionner les réponses floues : « le patron n'est pas là », « laissez vos coordonnées au cas où », « revenez au moment de l'inventaire ». Il devait y avoir une autre solution. Il fallait qu'il y en ait une. L refusait de régresser de cette manière brutale. En 2015, après avoir rencontré Salma et Guillaume place de la République, elle avait commencé à vendre à leur bande d'amis ses services de réparation informatique. Aucun d'entre eux n'avait de problème d'argent et ils acceptaient sans ciller que L demande un billet de cinquante pour chaque dépannage, quel que soit le temps que ça lui prenait. Son numéro de téléphone s'était mis à tourner au sein d'une classe parisienne aisée, à la fois passionnée et terrifiée par le monde du dedans. Quand L avait réalisé qu'elle pouvait gagner deux ou trois cents euros par semaine, elle avait laissé tomber les CDD à répétition. Il n'y aurait plus de bars avec leurs patrons aux mains dégueulasses cachées derrière des je-suis-marié, les bars emplis de clients persuadés que leur volonté de s'amuser était la seule énergie qui maintenait Paris en vie et qu'elle devait être vénérée comme telle. Il n'y aurait plus de magasins trop éclairés où plier des vêtements jusqu'à ce que les coudes grincent, le corps incapable, au soir, de vivre la vie que l'argent gagné pendant la journée aurait dû permettre d'avoir, le corps qui lâche, tout en courbatures et en ronflements. Il n'y aurait plus de réveils tout habillée, à se dire qu'il faut repartir au taf sans avoir eu le temps de connaître autre chose, plus de retenue sur salaire pour sanctionner les retards, plus de domination déguisée en séduction ou en inquiétude paternelle, d'ailleurs plus jamais on n'appellerait L « les filles » en la noyant dans le groupe de ses collègues, en l'enfermant dans l'enfance, c'était fini. Pendant plus de trois ans, elle avait vraiment cru que ça pouvait l'être.

Elle colla sa tête contre la fenêtre du salon, sentit le froid de décembre qui avait pénétré la vitre et s'insinuait maintenant dans sa peau.

Dehors, il faisait nuit et le parc de la Villette, plus loin, étalait ses tentacules d'un noir sombre le long du canal, formant un trou indéfinissable entre les bâtiments éclairés. Les stupides plantes d'Elias s'entassaient sur le petit balcon, sans parvenir à faire oublier le béton, le ciment et la tôle tout autour. Le ronflement du périphérique, tout proche, montait jusqu'à L, et elle pensa que si elle ne travaillait plus, il lui resterait toujours la possibilité de le traverser et de rentrer chez sa mère, en banlieue. Bien sûr, elle aurait à supporter les reproches, les leçons, les « je te l'avais bien dit ». Il faudrait qu'elle accepte de vivre dans le monde rétréci des corps et de la parole, dans le consécutif au lieu du simultané. Il faudrait aussi – elle en était certaine – qu'elle taise l'arrivée des uniformes dans son appartement, sa mère aurait trop honte, elle lui avait tellement répété qu'elle devait être *sage*. Mais c'était une possibilité, L pourrait surgir au moment de Noël, sa mère n'y serait pas insensible, ce pont-là n'était pas complètement coupé. Elle pourrait aussi demander à Guillaume et Salma de dormir quelque temps chez eux puisqu'ils avaient ce luxe incroyable à Paris de disposer d'une chambre d'amis.

Le problème, réfléchit L, alors qu'aux grondements de moteurs se mêlait la sirène d'une ambulance, c'était moins de renoncer aux clients qui payaient qu'à tous ceux qui ne payaient pas et qui ne sauraient vers qui se tourner lorsque L aurait disparu de la circulation. Est-ce qu'elle pouvait, par exemple, abandonner les femmes aux murmures inquiets dans le but d'aider Elias ? Elias, lui, n'avait pas renoncé à son attaque pour protéger L. Il avait continué jusqu'au bout, jusqu'à ce que les conséquences de son acte débarquent avenue de Flandre et retournent leur appartement.

Elle s'éloigna de la fenêtre et glissa son corps trop grand dans la cuisine, là où la pente du plafond l'obligeait à longer le mur pour ne pas avoir à se pencher. Entre deux paquets de céréales, elle récupéra la carte SIM de sa ligne professionnelle. Même si elle ne répondait pas, rien ne l'empêchait d'écouter les messages laissés depuis l'arrestation. D'un rapide mouvement de l'ongle, elle éventra son téléphone et inséra la petite carte imprimée dans son emplacement.

Il y avait deux femmes qui pleuraient. Il y avait un type qui criait que ça avait recommencé, putain, ça faisait encore le truc, le truc là qui tourne et qui ne s'arrête jamais. Puis de nouveau une des femmes, qui ne pleurait plus, qui disait qu'elle avait peut-être eu un mauvais numéro, ce n'était pas de chance, mais au cas où ce ne serait pas un mauvais numéro est-ce que L voulait bien la rappeler ? Puis il y eut la voix de Fatou – *Merci pour la dernière fois. Dis, tu veux qu'on aille prendre un verre ? Je te dois au moins dix verres depuis le temps, appelle-moi !* Une voix qui n'était ni d'homme ni de femme décrivit un problème informatique impossible en insistant sur son immense surprise – *Je ne comprends vraiment pas, comme ça d'un coup, c'est tout de même très bizarre* (L savait que ce genre d'appel venait des gens qui avaient fait tomber leur ordinateur et refusaient de le reconnaître). Un vieux monsieur expliquait qu'il avait besoin d'aide pour prendre un rendez-vous en ligne à la mairie parce qu'on ne voulait plus qu'il prenne un rendez-vous directement à la mairie, la mairie lui avait répondu d'aller sur Internet comme s'il n'avait pas été là, devant le secrétaire, dans le hall de la mairie, sauf qu'il n'y arrivait pas, en ligne, ça ne marchait pas, on lui promettait une page de confirmation et elle n'apparaissait jamais. « Je suis un ami d'Isabelle », conclut-il de manière abrupte et d'une seule traite comme s'il récitait un mot de passe. Puis quelqu'un pleura de nouveau, sans parler, emplissant une minute et sept secondes de petits bruits tremblés et de reniflements. Finalement, la voix hachée du répondeur annonça qu'il n'y avait plus rien à écouter.

Elles étaient là, les femmes aux murmures, aux misères tremblées. L n'aurait pas su dire à quel moment elle avait repéré un motif récurrent dans leurs appels à l'aide. Le premier avait été celui de Fatou, son ancienne collègue de Zara, ça c'était sûr, Fatou la belle, la grandiose, que jamais elle n'aurait imaginée réduite à un filet de voix si honteux. Ensuite, il devait y avoir eu un certain nombre de cas similaires, mais combien ? Cinq ? Dix ? Les femmes au téléphone hésitaient, bredouillaient. Elles ne pouvaient pas nommer le problème parce qu'elles n'étaient pas sûres qu'il y ait un problème. Mais elles voulaient savoir si L avait un moyen de vérifier qu'elles n'étaient pas espionnées.

Au début, L n'avait pas pensé grand-chose parce que c'était une peur commune et parfaitement rationnelle. Le dedans accumulait des informations sur vous, tout le monde le savait (L mieux que les autres, elle qui avait fait de ces informations le moyen de pourrir en ligne ses ennemis). La quantité de résidus virtuels laissée par un individu lui évoquait les séries policières dans lesquelles les enquêteurs, entrant dans une chambre de motel, révèlent par luminescence les traces de son ancien occupant, salive, sperme et sang devenus bleu électrique, décelables sur le sol, les murs et, évidemment, le lit. Sauf que les femmes qui l'appelaient ne pensaient pas à la NSA, à la DGSE ou à Cambridge Analytica. Elles disaient : je crois que mon mec lit mes e-mails, je crois que mon ex a encore accès à mes comptes. Et parfois, elles murmuraient des choses plus inquiétantes : il arrive à me pister, il est partout où je vais. L donnait d'abord des conseils de base, changer les mots de passe, vérifier que les réseaux sociaux n'indiquaient pas les lieux d'où étaient postés les messages. Parfois, ça suffisait. Parfois, les murmures revenaient, malgré toutes les précautions : il est encore là, il a lu des messages que j'avais pourtant supprimés, il me cite des conversations qui ont eu lieu en son absence… comment c'est possible ? L demandait alors si le suspect était doué en informatique, mais, même si le murmure répondait oui, il ne lui fallait que quelques questions pour comprendre que non. Comment est-ce que des mecs sans technique avaient pu se retrouver avec des moyens de surveillance suffisamment développés pour pouvoir jouer les tyrans au-dedans ? Grâce aux murmures inquiets, L avait découvert l'ampleur du marché des *stalkerwares*, des logiciels espions vendus sans aucun contrôle aux jaloux, aux manipulateurs, aux érotomanes. Elle savait qu'on les trouvait sur le dark web mais, à force de préférer les profondeurs à la surface, elle n'avait pas prêté attention au fait qu'ils étaient devenus des biens de consommation ordinaires. La plupart étaient étonnamment bon marché au vu de ce qu'ils permettaient de faire : intercepter des conversations téléphoniques, actionner le micro ou la caméra d'un portable à distance, enregistrer l'historique de navigation, suivre la localisation du téléphone – le tout pour un prix allant de cinquante à deux cents dollars, environ. Ils avaient pour nom Retina-X, Ispyoo, Hoverwatch ou FlexiSpy. Ils étaient souvent présentés comme des moyens de contrôle parentaux sur les smartphones des adolescents et pour cette raison beaucoup étaient indétectables par les antivirus. L avait écrit plusieurs articles à ce sujet sur un site appelé Mothervoice mais ils n'avaient pas été lus par plus d'une centaine de personnes – et certainement pas par les dirigeants d'Apple et Google qu'elle prenait à partie. L demandait à ce qu'ils cessent immédiatement de vendre ces logiciels parmi leurs applications s'ils ne voulaient pas être complices de violences conjugales. Parce que cette surveillance à prix cassé avait permis à des hommes de tabasser la femme qu'ils prétendaient aimer, sûrs de ce qu'ils pensaient être leur bon droit après l'avoir entendue jouir, donner rendez-vous à un autre ou dire « Bonjour » avec trop de tendresse, le rauque si reconnaissable dans la voix, la deuxième syllabe étouffée, ils connaissaient tout ça, il ne fallait pas la leur faire à l'envers. Sûrs aussi de l'endroit où ils pourraient la trouver à tout moment de la journée pour lui envoyer au travers de la gueule le poing qu'elle avait bien mérité, tant pis si les enfants étaient là, tant pis s'ils pleuraient, les enfants pleurent toujours mais après ils oublient. Évidemment, les logiciels servaient aussi à surveiller des hommes, mais ils n'entraînaient pas les mêmes risques de violence physique – L n'en avait pas trouvé la moindre trace dans la mémoire d'Internet. Il n'y avait donc qu'aux femmes qu'elle proposait son aide gratuitement dès qu'elle entendait leurs murmures inquiets.

Est-ce qu'il pourrait être dans mon téléphone ?

Est-ce qu'il peut écouter cette conversation ?

Il vaut mieux que je raccroche.

Tu vas croire que je suis folle.

Est-ce que L pouvait abandonner ces femmes, maintenant ? Elle avait dit à celles qu'elle avait aidées de passer son numéro à celles qui en auraient besoin. Elle l'avait dit, elle. Personne ne l'y avait obligée. Alors quoi ? Elle allait déserter, encore une fois, comme une merde, comme une no-life ?

L, tremblante de colère sur son lit, relança encore et encore son répondeur, avec l'envie furieuse, au fur et à mesure que les messages se répétaient, que son sentiment de paralysie puisse se transformer en implosion et qu'elle se disloque sur le matelas, dans une gerbe d'étincelles et un panache de fumée noire.

Antoine avait reçu pour Noël *La Valise mexicaine*, un énorme livre dans lequel se trouvaient les milliers d'images prises durant la guerre civile espagnole par Capa, Chim et Taro – perdues pendant soixante-dix ans, retrouvées en 2007. Il l'avait reçu parce qu'il l'avait demandé expressément. Quand il était encore avec Cécile, il pouvait espérer des cadeaux de Noël qui soient des surprises heureuses – elle aimait passer des semaines à chercher ce qu'elle offrirait aux autres et lorsque Antoine lui avait avoué qu'il n'achetait à sa famille que des babioles qu'il plaçait sur la table de fête sans que le contenu, sous le papier brillant, ait d'importance, il avait cru que Cécile allait pleurer. Les deux fois où il avait fêté Noël avec elle, il avait fait des efforts considérables pour qu'elle ne soit pas déçue et il avait été heureux, de son côté, de recevoir des cadeaux qu'il n'aurait jamais pensé à s'acheter mais qu'il trouvait soudain nécessaires. Cette année, il savait que ses parents seraient les seuls à lui offrir quelque chose et il les avait aiguillés avec autorité vers le livre qui constituerait, se disait-il, la pierre d'angle de ses recherches sur la guerre d'Espagne. Il le feuilletait pour se promener dans les ruines et le long des visages en noir et blanc. Il le parcourait en se demandant s'il parvenait à distinguer l'approche particulière de l'un ou l'autre photographe et il se forçait à ne pas regarder d'emblée le titre ou les notes, à chercher à deviner l'auteur de l'image. Il échouait souvent.

Il y avait une photo à laquelle il revenait presque tous les soirs avant de s'endormir. C'était son dernier marchepied avant le sommeil et elle paraissait déjà tirée d'un rêve. Le cliché avait été pris par Capa en février 1937, à la Cité universitaire de Madrid. Au premier plan, à gauche, se trouvent deux soldats qui rient. Ils portent, semble-t-il, la même veste au col sévère et aux gros boutons de métal, mais seul celui de droite a une casquette (un képi ?), dévissée sur le côté. Celui de gauche agite la main en parlant et elle laisse une traînée floue sur la photographie. Ils se tiennent derrière un gros rocher sur lequel sont entassés ce qui ressemble à des sacs de sable. Sur la partie gauche de la photo, du moins. Parce qu'à droite, sur le même rocher, il y a un ours. Un ours qui a l'air tout à fait vivant. Il grignote un des sacs, sa grosse tête d'ours penchée, on ne voit pas ses yeux. Sa fourrure est abondante et douce – pas du tout mitée. C'est presque une fourrure de peluche et Antoine se demande s'il peut s'agir d'une peluche, ingénieusement utilisée pour rehausser la barricade de fortune, mais le mouvement de l'ours, que l'on devine dans tout son corps, interdit de croire trop longtemps à l'hypothèse de la peluche. Le rire des deux soldats qui ne sont pas à plus d'un mètre de l'animal et ne le regardent même pas ramène pourtant l'ours à un statut très inoffensif et d'ailleurs il n'est pas bien grand, c'est un ourson, c'est un jeune ours, mais bien sûr Antoine est incapable de lui donner un âge, il n'y connaît rien en ours. Si les soldats se racontent des blagues en agitant les mains sans garder un œil sur l'animal, c'est qu'ils n'ont pas peur de lui. Et même qu'ils sont habitués à lui. Ils ne s'émerveillent plus de sa présence. Il y a un ours comme il y a un arbre, un peu plus loin, à l'arrière-plan. C'est le fait que l'ours soit devenu ordinaire qui est extraordinaire.

Chaque fois qu'il regardait la photo, Antoine se disait qu'il pourrait peut-être ouvrir son livre sur une description de cette image puisqu'elle montrait la destruction d'un ordre établi, la dissolution de frontières et la joie étonnante de deux inconnus. Ce serait une introduction parfaite au récit de ce qu'avait pu être la liberté éphémère des villes et villages espagnols tenus par les anarchistes. C'était sur cela, surtout, qu'Antoine rêvait d'écrire : la mise en pratique d'un idéal politique dans des conditions précaires ou terrifiantes, avec tout ce qu'elle pouvait comporter d'improvisation et donc avec un ours, puisque la photographie lui apprenait que ça avait été le cas.

— Bien sûr, c'est une question épineuse.

Le 15 janvier débuterait le grand débat national lancé par le président de la République et le député se demandait s'il devait se rendre aux soirées organisées par les maires de sa circonscription ou boycotter une concertation qu'il jugeait faussée dès le départ du fait des quatre thèmes imposés : transition écologique, fiscalité, démocratie et citoyenneté, services publics. Il aurait fallu, disait-il, que la prise de parole soit libre pour que l'on puisse en tirer quelque chose, une sorte de photographie de la France, une description par chacun des participants de ce qui constituait son territoire, le minutage de sa vie et les difficultés inhérentes. Là, on aurait été au cœur de ce qu'était la politique : une recension des existences, suivie d'une réflexion sur les moyens de les accompagner. Mais tout était fait à l'envers dès lors qu'on demandait aux participants un avis sur des sujets précis qui n'étaient autres que les grands axes d'une action politique déjà décidée.

— Vous n'êtes pas d'accord, Antoine ?

Antoine acquiesça, sans cesser de rêver à l'ours de Madrid et au prologue de son livre. C'était une bonne idée, reprit le député, ce grand débat national, mais il aurait fallu l'organiser hors de toute urgence. En réalité, il aurait fallu le lancer pour lui-même et non comme une réaction affolée au mouvement des Gilets jaunes. Deux mois avaient passé depuis leur première journée de mobilisation et il y avait toujours de fragiles constructions de palettes sur les ronds-points. Antoine les avait vues en rentrant chez ses parents pour les fêtes. Près de la maison familiale, un petit groupe avait passé Noël dans une cabane couleur poussin. Il les avait aperçus, le temps d'un tour de voiture, accrocher des guirlandes multicolores à la façade et se partager des poulets rôtis le 25 décembre, sur une table pliante aux pieds rouillés.

— Si j'assiste à une de ces soirées, résuma le député, j'aurai l'air de cautionner les formes de la concertation mises en place par le gouvernement. Si je n'y vais pas, j'aurai l'air de penser que les paroles qui émergent dans ma circonscription ne concernent que les maires et le gouvernement.

— Si vous vous y rendez, ajouta Bertrand, vous risquez de mettre à mal la liberté de parole. Les participants vont s'autocensurer ou au contraire diriger toutes leurs revendications vers vous.

— Mais si vous n'y allez pas, objecta Antoine, on pourra vous reprocher de nier purement et simplement l'existence du mouvement.

Ils établirent un compromis : le député se rendrait davantage dans sa circonscription, prendrait connaissance du contenu des cahiers de doléances ouverts dans les mairies, mais n'assisterait à aucune soirée organisée dans le cadre du grand débat national. Avant de prendre le train pour Soissons, il déclara à Antoine et Bertrand que pendant les vacances de Noël il avait beaucoup réfléchi aux Gilets jaunes et qu'il pensait avoir compris quelque chose du mouvement.

Au-delà de l'abrogation de la taxe carbone et de l'instauration du RIC, qui paraissaient être des revendications lancées presque par hasard et dont la collocation aurait pu figurer dans un manifeste du surréalisme, à l'image du parapluie et de la machine à coudre de Lautréamont, ce que réclamaient ses participants, c'était qu'on réévalue leur place au sein de la démocratie représentative dont ils avaient l'impression d'être exclus alors même que c'étaient eux qui lui permettaient de fonctionner. En effet – expliqua le député à Bertrand et Antoine – les Gilets jaunes étaient ceux qui avaient accepté de déléguer *complètement* leur pouvoir de décision aux élus. Ils n'avaient aucun moyen de contrôle par la suite, aucune autorité pour surveiller, adoucir ou contrer ce que faisait le pouvoir en place. Pas d'argent, pas de média, pas de réseau, pas de sentiment de légitimité en écrivant un courrier de protestation, pas de temps libre à y consacrer de toute manière, même pas de proximité géographique avec les lieux où s'exerçait leur voix devenue député, ou sénateur, ou président. Ils déléguaient tout et ils se rendaient compte que la délégation valait – parfois, dit le député – confiscation. Les classes supérieures n'avaient pas le même problème. Elles comprenaient les rouages, au moins un peu, considéraient la politique comme un jeu, une succession d'intrigues, trouvaient le spectacle plaisant, et puis on leur avait appris à s'exprimer en public : même si elles doutaient que qui que ce soit l'entende, elles pouvaient exprimer leur désapprobation. Quant aux plus riches – dit encore le député –, n'en parlons pas : les hommes politiques qu'ils font élire plus qu'ils ne votent pour eux ne sont qu'un des rouages dont ils disposent. Ils n'ont aucune idée, au fond, de ce qu'est la délégation du pouvoir.

Tout au long du mois de janvier, le député multiplia les allers-retours entre Soissons et Paris. Antoine aurait voulu que ça lui permette de rêver à l'ours (qui avait dû s'échapper du zoo de Casa de Campo, sûrement pendant la bataille de Madrid – ce qui voulait dire que l'ours était là depuis des mois et expliquait le calme rieur des soldats), mais c'est l'inverse qui se produisit. Il devait passer plus de temps au bureau pour représenter le député en son absence, représenter un représentant, ce qui était davantage une mise en abyme qu'un travail et le privait de l'opportunité d'écrire.

Le mardi 22 janvier, tandis que d'autres devaient profiter de la neige pour aborder la ville comme un terrain de jeu neuf et blanc, Antoine et Bertrand regardaient à peine les flocons tomber de l'autre côté de la vitre. Conformément aux résolutions prises à leur retour de vacances, ils remettaient de l'ordre dans les divers dossiers qui encombraient à la fois la grande armoire métallique et les disques durs de leurs ordinateurs.

— J'espère que ma fille fera un bonhomme de neige, souffla Bertrand.

Il la mentionnait toujours avec une gravité étonnante, presque triste, comme s'il était certain que le monde ne pourrait pas lui offrir tout le bonheur qu'elle aurait dû recevoir. Antoine s'étonnait parfois que Bertrand ait pu vouloir un enfant alors qu'il voyait l'existence humaine – ou du moins celle de sa fille – comme une succession d'attentes déçues. C'était un sujet qu'il n'abordait pas avec son collègue car les rares fois où il s'y était essayé, Bertrand avait paru penser que la non-paternité d'Antoine le disqualifiait d'emblée comme interlocuteur.

Entre deux coups d'œil rêveurs mais brefs vers les flocons, Antoine et Bertrand suivaient la séance en cours dans l'Hémicycle que diffusaient les postes de télévision installés dans chaque pièce du bureau. Ils profitaient de l'absence du député pour se laisser aller à des commentaires bruyants sur les intervenants, s'étonnant à l'occasion de découvrir des visages qui leur étaient encore inconnus, et parfois l'un des deux criait à l'autre : « Attends, il est bien, lui ! » pour indiquer qu'il fallait monter le son. Ils écoutaient quelques minutes la prise de parole, puis réduisaient de nouveau le volume jusqu'à ce que les parlementaires ne s'expriment plus que dans un murmure lointain. Bercé par ce bourdonnement, Antoine triait les lettres en deux piles, celles qui obtiendraient une réponse et celles qui n'en auraient jamais. Quand il eut fini, il reprit la première pile et opéra un nouveau tri selon la nature des envois : commentaires sur les interventions du député, dénonciations de scandales ou de complots, suggestions politiques utiles, appels à sauver une classe, un jardin ou une association, candidatures diverses – envoyées par des gens qui n'avaient sans doute pas pensé qu'elles seraient lues par les assistants mêmes qu'ils se proposaient de remplacer. Il buta sur un courrier qu'il ne savait pas comment classer : un recueil de nouvelles accompagné d'une note promettant que « ces textes avaient vocation à faire réfléchir à notre société autant qu'à être des écrins de poésie et de calembours ». Ce n'était pas la première fois qu'il trouvait un texte aux ambitions littéraires dans les enveloppes. Un jour, c'étaient des fabliaux, un autre une nouvelle, mais ce n'était jamais bon. Lorsqu'il avait commencé à ce poste, Antoine les lisait avec un mélange de curiosité et de pitié et essayait de glisser quelques remarques circonstanciées dans sa réponse. Désormais, il se contentait d'une lettre-type dans laquelle le député remerciait l'auteur, sans que rien n'indique s'il avait ou non lu le texte. Elle ne devait pas être très différente de celles qu'adressaient les maisons d'édition, pensa-t-il – et il se rappela alors que le député lui avait parlé d'amis à lui, éditeurs parisiens, qui pourraient être intéressés par son projet de livre. Antoine avait accepté de les rencontrer, même s'il trouvait que ce rendez-vous arrivait trop vite.

De son côté, Bertrand profitait de l'absence du député pour mettre à jour les fichiers-personnes. Il s'agissait, là aussi, de faire du tri – d'un côté les soutiens, de l'autre les adversaires, et pour chacun une petite fiche qui récapitulait de quelle façon cette personne pouvait être utile ou nuisible, quelles interactions avaient déjà eu lieu, quelles perspectives étaient envisageables. Classer les personnes était encore plus compliqué que de classer les lettres. Depuis le bureau du député où il s'était installé provisoirement, Bertrand criait des noms et des détails biographiques pour obtenir l'avis d'Antoine – c'était qui, c'était quoi cette avocate dont le nom avait été ajouté en plein milieu du fichier Excel sans aucun commentaire ? Pourquoi est-ce qu'il y avait une avocate perdue entre deux colonnes ? Qu'est-ce qu'on voulait qu'il fasse d'une avocate sans amarres ? Comme Antoine n'avait pas d'avis (il pensait à la liberté retrouvée par un jeune ours en pleine bataille de Madrid), Bertrand pesta puis décréta qu'il était l'heure d'aller à la cantine. Bertrand avait tout le temps faim, c'était quelque chose qui fascinait Antoine. Pas la faim en elle-même, s'il y réfléchissait, mais le fait que son collègue parvienne, quelle que soit la charge de travail, à ne jamais rater un seul des six repas qu'il faisait par jour (la pause de milieu de matinée et le goûter comptaient comme des repas à plein titre dans son alimentation).

En l'absence du député, ils n'étaient pas autorisés à profiter du restaurant au confort feutré et panoramique du huitième étage. Ils firent la queue juste au-dessous, au septième, et la vue était déjà grandiose avec ces toits biscornus d'où dépassait la coupole dorée des Invalides, mais il fallait la partager avec une centaine d'autres. Il fallait mesurer ses paroles puisque chacune pouvait être entendue par un voisin qui, pour n'apparaître pas dans le fichier-personnes de Bertrand, n'en était pas moins toujours classé comme soutien ou comme adversaire. Les collaborateurs se croisaient et s'étudiaient le long des rails du self-service. Le 101 abritait des bureaux sur six étages et chacun de ces bureaux abritait à son tour plusieurs assistants. Antoine n'avait aucune idée de leur nombre total mais chaque passage à la cantine lui faisait sentir à quel point ils formaient une foule considérable et homogène. Ils étaient dans leur ensemble jeunes, blancs et sérieux, leurs épaules prises dans des vestes austères. Sous la lumière qui se déversait presque violemment de la grande baie vitrée, les verres de lunettes, les bijoux discrets ou les montres brillaient par éclats minuscules. Antoine, en observant les femmes, croyait pouvoir déterminer à leur posture lesquelles avaient pratiqué la danse classique ou l'équitation parce que leur buste semblait tiré vers le haut par un fil invisible (il s'était, quant à lui, limité à deux ans de badminton à l'AS de son collège et il ne pensait pas en avoir retiré un maintien particulier). Souvent, il se perdait dans la contemplation secrète du corps des autres et remplissait son plateau presque au hasard, alors qu'à côté de lui Bertrand se livrait à l'opération contraire et détaillait avec sérieux le contenu de chaque coupelle avant de se lancer dans la composition de son repas.

Il fallut ensuite trouver une table, les bras encombrés d'un plateau, et tous ceux qui ont un jour mangé à la cantine savent quelles stratégies se déploient dans ces quelques secondes, depuis les jeux d'alliance jusqu'aux calculs de trajectoire. Les gendarmes qui protégeaient le bâtiment mangeaient là eux aussi, ils se déharnachaient de leur gilet pare-balle dans un grand bruit de scratchs avant de les poser près de leur chaise. Déjeuner à leurs côtés signifiait qu'on avalait son plateau dans un espace restreint, rogné par un attirail contre lequel on ne pouvait pas pester, de sorte qu'Antoine redoutait de s'asseoir aux rares tables laissées libres parce qu'elles pouvaient dans la minute suivante attirer ces voisins spatiophages. Il préféra prendre le risque de se glisser entre les rangées de chaises pour atteindre une trouée. Bertrand le suivit péniblement, levant son repas précieux au-dessus des têtes, le visage rougi par la concentration.

Deux ans plus tôt, un petit groupe de collaborateurs parlementaires avait fait son apparition au septième étage. Ils déparaient au milieu des tailleurs et des costumes. Eux portaient des jeans, des sweats à capuche, des tennis avachies, parfois des T-shirts barrés du nom d'un groupe de rock. C'étaient les assistants des nouveaux élus de La France insoumise. La première réaction d'Antoine, en les apercevant, avait été un sentiment de reconnaissance, pas au sens de gratitude mais au sens où il voyait en eux ses semblables. Il leur avait adressé presque machinalement un sourire de connivence. Au regard que lui avaient renvoyé les membres du petit groupe, il avait pris conscience qu'il ne leur ressemblait plus depuis des années. Il faisait partie des autres, désormais, avec ses vestes grises ou bleues, ses chemises et sa cravate. Et au lieu de se rapprocher des nouveaux venus, il avait fini par préférer les éviter. Ces types lui rappelaient qu'il avait adopté une tenue qui n'avait rien d'obligatoire, qu'il avait voulu croire obligatoire pour justifier qu'il la portait mais qu'il avait revêtue parce qu'il désirait la crédibilité qu'elle lui apporterait. Ce midi-là, quand il les vit entrer dans la cantine, il termina en deux bouchées une tartelette prisonnière d'un excès de gelée et fit signe à Bertrand qu'il retournait au bureau.

Camille et Léna, les assistantes en circo, inondaient leurs collègues parisiens de messages sur Telegram, perturbées par la présence accrue de leur patron. La dernière fois que le député avait passé autant de temps dans sa circonscription, campagnes électorales mises à part, c'était lorsqu'il avait publié son deuxième ouvrage, six ans plus tôt. Ni Camille ni Léna n'étaient alors en poste. Le livre traitait de la désindustrialisation de l'Aisne et des réponses politiques qui devaient y être apportées et, bien sûr, le député en avait fait une ample promotion dans la région. Il avait présenté son ouvrage dans toutes les librairies et salles municipales possibles, accompagné de journalistes locaux pour animer la soirée. Maintenant qu'il se trouvait dans leurs bureaux, Camille et Léna semblaient découvrir ce qu'Antoine et Bertrand savaient depuis longtemps, c'est-à-dire qu'elles étaient moins au service d'un projet politique que d'un homme et que cette mission exigeait qu'elles s'occupent d'un éventail immense de détails, depuis les feuilles de route de la journée jusqu'à la provision de fruits secs dans les bureaux, en passant par le fonctionnement du smartphone du député qui oubliait sans cesse son code PIN et bloquait l'appareil plusieurs fois par semaine. Elles devaient également assurer le suivi des promesses que faisait leur employeur lors des rendez-vous, des promesses qui n'étaient pas politiques, vastes et lointaines, mais précises et pressantes, comme lorsqu'il déclarait à son interlocuteur qu'il devait absolument lire tel ou tel ouvrage et s'engageait à le lui envoyer. Parfois, c'était simple, mais parfois, le livre était épuisé, il fallait le traquer sur des sites d'occasions, il valait cinquante euros, c'était un cadeau considérable, et Camille et Léna se retrouvaient à devoir évaluer la nécessité d'un tel envoi. Quelquefois le député était si vague dans la description du livre qu'il était impossible de l'identifier, il pouvait s'agir de dix livres différents et il n'était même pas évident que le député l'ait lu un jour, alors pourquoi le recommandait-il ? À cette question de Léna, Antoine répondit dans la boucle Telegram par un extrait de *La sociologie est un sport de combat*, dans lequel Bourdieu déclarait que la maturité, c'était arrêter de parler des livres qu'on n'avait pas lus.

La forme en U du 101 permettait, depuis la fenêtre du bureau, d'observer ceux qui travaillaient en face. Protégés du vent par les trois ailes du bâtiment, les flocons tombaient mollement à la verticale. Au troisième étage, derrière une vitre encore décorée d'une guirlande de pères Noël, un homme blond tournait en rond en criant dans un téléphone. Quand il aperçut Antoine qui se balançait dans son fauteuil, il ferma le store d'un geste agacé. Antoine en revint aux dossiers du courrier et décida que celui intitulé « Ne pas répondre » n'était qu'un purgatoire poli, avant la broyeuse, qui avait assez duré. Tandis que la machine réduisait les missives dédaignées en cheveux de papier, il ouvrit Google Maps et chercha les zoos situés autour de l'université de Madrid. Il y avait une possibilité que l'ours de la photographie se soit échappé de celui de Casa de Fieras et non de celui de Casa de Campo. Dans les deux cas, il avait dû parcourir plusieurs kilomètres en pleine bataille avant de se retrouver devant l'objectif de Capa, et peut-être même franchir une rivière. Il y avait de quoi être admiratif.

Des enceintes sortait le rock un peu misérable et hargneux de dEUS. L aimait leur musique qui ne cherchait pas la puissance et échappait à la plainte. Qu'elle l'écoute à plein volume ou tout bas, la musique semblait toujours lui laisser une place, se construire sur un manque qui l'appelait à venir rejoindre le groupe, à caler de son énergie le morceau branlant. Elle était plongée dans une dissection soigneuse de sa machine pour installer de nouvelles sécurités. Elle s'employait depuis quelques heures à y monter des cloisons virtuelles, à la diviser en différentes pièces qui ne communiquaient pas, si bien que quiconque se serait introduit à l'intérieur n'aurait pas pu en faire le tour, n'aurait même pas pu deviner qu'il existait d'autres ailes à ce bâtiment informatique. L allait perdre en vitesse, c'était certain, il lui faudrait avoir la patience d'effectuer des centaines d'aller-retours, mais au moins elle se sentait prête à retourner dans le dedans. Aujourd'hui, ce ne serait qu'une brève promenade, sans risque, ni couteau, ni cavale. Elle avait prévu ensuite de retrouver Salma.

L ouvrit d'abord, par une fidélité quasi automatique, les premiers lieux de discussion où elle s'était sentie chez elle lorsqu'elle avait découvert le dedans, ceux où elle avait vu naître (et elle s'efforça de ne pas penser : sans participer) l'armée anonyme. Certaines chat rooms avaient survécu à la dispersion des Anons, au prix de multiples reconversions. Là où L et les siens avaient parlé stratégie, prise de possession d'un site – expl0it ou déni de service ? –, ça s'échangeait désormais des nouvelles, ça dressait des bilans de santé : plainte de la Quadrature du Net contre les GAFAM, proposition du gouvernement d'abolir l'anonymat sur Internet, soutien à Chelsea Manning… L se trouvait bien dans sa première maison mais elle n'en reconnaissait plus du tout les habitants, ils ne faisaient pas partie de sa famille, ils n'étaient même pas de son espèce. L'armée ne s'était jamais remise de la trahison de Sabu, un hacker éminent qui, arrêté par le FBI en 2011, avait balancé cinq autres pirates au terme d'une longue collaboration avec les uniformes. Les déclarations menaçantes des Props (*Anonymous est une hydre. Coupez une tête, il nous en repoussera deux*) n'avaient été qu'un chant du cygne réservé aux utilisateurs de Twitter. Derrière chaque compagnon d'attaque se cachait à présent un potentiel informateur, un mouchard, il n'était plus possible de travailler en groupe, de suivre des inconnus, de baser sa confiance sur la maîtrise technique de ses voisins. L'armée avait été dissoute par la peur.

L se dirigea vers d'autres forums, plus discrets, plus enfouis. Là, sans surprise, ça partait sur des théories conspirationnistes de grande échelle, beaucoup sur la Russie et la Syrie, un peu moins sur la Corée du Nord, quelques voix presque antiques qui s'accrochaient au ReOpen911, mais clairement moins qu'avant, pensa L. Des chambres s'ouvraient et se fermaient sans cesse, des groupes s'agglöméraient et se dissolvaient, leurs noms ne différaient que d'une lettre, d'un signe, une apostrophe créait un frémissement, et cette onde d'abord imperceptible devenait séisme quelques lignes plus loin. À regarder du dehors, c'était comme ces vols d'oiseaux qui changent soudain de direction tous ensemble, sans qu'on sache qui en prend la tête ni comment il passe le message aux autres.

Après quelques minutes de navigation, L eut une mauvaise surprise. Elle découvrit qu'elle avait été bannie d'un forum de *black hats* plutôt sinistre mais où elle aimait bien se rendre pour suivre les ventes de données piratées : coordonnées bancaires d'un ministre ougandais, *blueprints* d'une centrale électrique quelque part dans l'est de l'Europe, écoutes téléphoniques, accès à un réseau de distributeurs ou de caméras de surveillance. Ici, ceux qui avaient suffisamment de technique pour piller proposaient leur butin à ceux qui avaient suffisamment de stratégie, d'ambition ou de férocité pour l'utiliser, c'était un espace de jonction entre deux mondes.

Des enchères avaient lieu, les cours grimpaient ou chutaient en fonction des modes ou de la géopolitique et L venait régulièrement établir son propre journal de la Bourse. Il n'y avait aucune raison que son absence de quelques semaines lui vaille de trouver porte close : elle avait payé les frais d'inscription, soumis son profil et été cooptée par deux autres membres, l'année précédente. Pourtant, elle se cognait à un refus répété alors que tout lui indiquait que le forum était encore en usage. C'était moins humiliant que de pouvoir entrer et d'être ensuite bannie en public – ce qui lui était arrivé, quelques années plus tôt, quand elle s'était engueulée avec plusieurs membres de la communauté sur la nécessité de mener des piratages qui soient strictement politiques. *Moralfag*[1], écrivaient alors ses opposants avant de la propulser hors de l'espace de discussion qu'ils administraient. L restait à la porte, frustrée et furieuse, sans savoir ce qui se disait d'elle à l'intérieur. Mais au moins, à l'époque, elle savait que ses propos avaient provoqué son bannissement. Là, elle n'avait aucune idée des

1. Quelques mois plus tard, quand L aurait à expliquer à Antoine certains termes utilisés au-dedans, elle bloquerait sur une série d'insultes intraduisibles : *moralfag, namefag, leaderfag, lovefag*... Le français exigeait de longues périphrases pour les remplacer et, en les utilisant pour la première fois dans sa langue, L aurait les oreilles blessées par l'homophobie de ce « fag » récurrent. En anglais, il ne lui apparaissait que comme une des formes irrévérencieuses du *lulz*. Elle se lancerait, pourtant, et proposerait à Antoine une définition qui agglomérait tous les termes : « des pédales moralisatrices, qui ne cherchent qu'à se faire connaître, à donner des ordres aux autres ou qui veulent toujours apparaître sous leur meilleur jour ».

raisons de son exclusion et le message qui lui interdisait l'entrée se répétait dans un « plonk » irritant, identique et inexplicable, à chacune de ses tentatives.

Une fenêtre encore active vibrait bleu contre sa cornée. Des répliques y apparaissaient sans vraiment se suivre, sautaient, s'escaladaient, se reprenaient. Rien de passionnant. L envoya un message à Salma. Quand elle releva les yeux vers la fenêtre, quelqu'un s'adressait à elle directement :

<NoLogo> hey L

Elle ne répondit pas. L ne répondait jamais avant d'avoir la preuve que son interlocuteur n'était pas un bot.

<NoLogo> 1 down but weR still fighting

<NoLogo>Ur not a crybaby, ar U ?

L se figea devant son ordinateur mais rien ne s'afficha après ces trois lignes, et bientôt NoLogo se déconnecta. L n'aimait pas du tout ce qui venait de se produire. Elle monta le son de *Let's Get Lost*, comme si la batterie et le violon électrifié étaient capables de la protéger d'une nouvelle intrusion. Les messages, même s'ils étaient obscurs, ne pouvaient faire référence qu'à Elias – c'était lui qui était tombé (*1 down*). Mais L et lui avaient toujours caché leur relation au dedans, où toute information personnelle risquait de faciliter une arrestation, ce qui voulait dire qu'elle devait connaître NoLogo du dehors. Or, L ne voyait pas du tout de qui il pouvait s'agir. Par ailleurs, elle n'avait aucune idée de la communauté que désignait la première personne du pluriel (*weR still fighting*). Le piratage de Harm-Ony n'avait pas été un travail de groupe. Qui pouvait se vanter, alors, de continuer le combat ? Et de quel combat s'agissait-il exactement ? En remontant les fils de discussion du forum, elle repéra plusieurs messages postés par NoLogo. Certains étaient écrits en anglais, comme celui qu'il lui avait adressé, mais d'autres étaient en espagnol et un dans une langue qui lui parut nordique, couronnée de ronds minuscules et barrée de traits hirsutes. Elle se demanda si ça signifiait qu'elle avait affaire à un groupe et non à une seule personne. Elle était incapable de déterminer si NoLogo maîtrisait toutes ces langues ou si certains posts n'étaient que des traductions automatiques. L était polyglotte au-dedans, elle parlait Python, SQL, Java, Script et toutes sortes de C, mais au-dehors, elle n'avait jamais réussi à apprendre qu'un anglais cassé, un langage maladroit qui servait à faire des ponts de syntaxe flottante entre les termes techniques. Elle lança une recherche sur des forums de discussion similaires à celui où NoLogo venait d'apparaître mais il n'y avait aucune trace de lui. Ou d'elle (L essayait toujours de se corriger quand elle utilisait machinalement le masculin pour qualifier les habitants du dedans). Elle le ou la chercha ensuite dans plusieurs conversations qui portaient sur le livre de Naomi Klein dont le pseudonyme paraissait être issu. Elle trouva de longs commentaires sur la tyrannie des marques qu'elle balaya rapidement du regard. Rien de tout ça n'était utile. Et donc rien de tout ça n'était rassurant. L pressa les paumes de ses mains sur ses yeux fermés jusqu'à ce qu'une douleur sourde lui donne l'impression qu'elle pouvait sentir ses orbites s'écraser à l'intérieur, puis elle attrapa son manteau et quitta l'appartement.

— Il fait beaucoup trop froid.

Salma frotta ses mains gantées l'une contre l'autre et regarda avec animosité l'eau grise du canal qui s'étendait devant elles. Depuis que L l'avait mise au courant de l'arrestation d'Elias, elle appelait presque tous les jours. Elle répétait : Il ne faut pas que tu restes seule. Elle voulait savoir si L avait déjà été convoquée au commissariat (non), si elle avait subi des pressions (définis « pressions »), si l'avocat d'Elias était bien (définis « bien »), si L était allée voir Elias en prison (non), si elle avait demandé son permis de visite (bientôt), est-ce qu'il lui avait écrit (arrête), si L voulait rédiger un article pour la revue de son association (non), lancer une pétition (non), si elle pensait à se nourrir (évidemment), si elle parvenait à dormir (non). Au début, L ne savait pas quoi faire de cette sollicitude nouvelle, c'était agréable et envahissant, un peu comme le bruit de la mer (supposait L qui n'était allée à la mer que lors d'un voyage scolaire, en classe de 5ᵉ, et se souvenait davantage des dortoirs que de la plage). Après un long enfermement ponctué de monosyllabes téléphoniques, L avait proposé à Salma de venir la voir mais elle avait abruptement décidé, en recevant le message de NoLogo, que son appartement n'était pas un lieu sûr. Elle avait peur que quelqu'un puisse commander à distance le micro de son ordinateur – même si elle l'avait désactivé avant d'enfoncer un éclat d'allumette dans le trou minuscule. Devant le trait aqueux et trouble du canal, dans le jour éteint, leur conversation sur le banc ressemblait à une scène classique de film d'espionnage, pensa-t-elle. Salma reniflait et agitait les pieds, avec un air dégoûté, pour éloigner les pigeons croûteux qui s'approchaient d'elle. L décida qu'il fallait aller vite.

— Tu te souviens de ton pote qu'on avait rencontré à République, celui qui faisait partie de ce truc, Avocats debout ?

— Pierre, dit Salma, et le mot se transforma en une buée blanche et compacte, sitôt franchi ses lèvres.

— Je peux avoir son numéro de téléphone ?

— Pourquoi ?

L haussa les épaules et marmonna qu'elle avait des questions à lui poser. Depuis l'arrestation, elle vivait dans une série de phrases interrogatives, une liste qui ne s'arrêtait jamais, dont la fin s'aboutait au début pour repartir de plus belle. Elle dit qu'elle passait des heures sur Servicepublic.fr mais que ça ne l'aidait pas, elle n'y comprenait rien. Comme Salma insistait pour savoir de quoi il s'agissait, L avoua qu'elle cherchait principalement à s'assurer que des uniformes qui la surveilleraient, en lien avec l'arrestation d'Elias, n'auraient pas le droit d'enquêter sur autre chose que cette affaire.

— Tu t'es mise à dealer de l'héroïne ?

L dit qu'elle avait besoin de recommencer à travailler et refusa en secouant nerveusement la tête l'argent que lui proposait Salma – elle n'avait pas besoin qu'on lui fasse la charité, elle voulait retrouver sa vie. Salma lui demanda pourquoi elle ne s'adressait pas à l'avocat d'Elias et L dit que ça ne le regardait pas. L'avocat d'Elias défendait Elias, uniquement Elias, et c'était très bien comme ça.

— Tu ne fais plus rien depuis le 4 décembre ?

L se sentit envahie par une bouffée de tendresse envers Salma qui avait prononcé cette date avec la solennité des dates officielles. Salma montrait ainsi qu'elle appartenait, de loin, à la même communauté mémorielle que L et que le jour de l'arrestation restait figé dans son esprit à elle aussi. L répondit que non, elle ne faisait plus rien et que ça lui manquait : prendre son vélo, partir régler les problèmes des autres, voir défiler les visages et surtout les appartements. L adorait entrevoir les différents logements de ses clients pendant qu'elle réparait leur ordinateur et elle rêvait parfois qu'on l'y laisse seule et qu'elle puisse déambuler de pièce en pièce, se poster à la fenêtre pour découvrir ce qu'on apercevait de la ville par l'ouverture rectangulaire. Ça n'arrivait jamais. Le plus souvent, le propriétaire de la machine tournait autour d'elle et lui posait des questions idiotes. Personne n'admettait n'y rien comprendre en informatique. « Si j'avais su que c'était si simple, je l'aurais fait moi-même », entendait-elle au moment d'empocher les cinquante balles. Oui mais voilà, aurait-elle voulu répondre, tu ne savais pas et moi si, c'est pour ça que tu me paies. Quand un client se montrait trop pénible, L lui disait qu'elle avait besoin de musique pour se concentrer et elle enfonçait aussitôt dans ses oreilles des écouteurs qui déversaient des guitares nerveuses et des voix lancinantes au travers desquelles aucune question ne pouvait plus l'atteindre. Elle réalisait maintenant que même les clients pénibles lui manquaient.

Salma lui posa une main sur l'épaule mais dut sentir le corps de L qui se raidissait à ce contact car elle la retira aussitôt. L s'excusa d'un clignement d'yeux. Devant elles, un canard rata son amerrissage sur le canal et s'enfonça de guingois dans l'eau trouble en poussant un caquètement rageur.

— Je n'en peux plus de moi, dit L. Il faut que je sorte.

Elle voulait dire de mes pensées malades, de mon corps inutile, de mon inertie répugnante, mais Salma prit le verbe « sortir » au sens parisien, au sens festif, et elle répondit :

— Viens vendredi soir alors, il y aura tout le monde.

Il fallait être Salma pour prononcer ce genre de phrase, pensa L. Il fallait avoir ses nombreux amis et une générosité débordante qui poussait à les partager, presque à les prêter.

L connaissait Salma depuis bientôt trois ans. Elle l'avait rencontrée au moment de Nuit debout, sur la place de la République. Une semaine plus tôt, L avait été renvoyée à la fin de sa période d'essai chez Ikea. En attendant de trouver autre chose, elle avait passé des jours entiers au-dedans, à traquer un connard qui harcelait en ligne les journalistes femmes. À force de chercher sa trace dans des forums douteux, elle avait ingurgité des centaines, des milliers de commentaires qui paraissaient se déposer sur elle comme une couche de crasse grise qu'elle ne parvenait pas à récurer. Aller à République lui permettrait d'oublier durant quelques heures les blagues sur les fours crématoires et les photomontages sur les islamistes dans lesquels elle barbotait. Quelques minutes après son arrivée sur la place, il s'était mis à pleuvoir à verse. Sous l'auvent du café qui abritait une dizaine de personnes maladroitement collées, une jeune femme aux dimensions de poupée lui avait proposé un K-Way. L avait découvert par la suite que Salma avait toujours sur elle des accessoires qui pourraient être utiles aux autres : un briquet, alors qu'elle ne fumait pas, des capotes, des pansements, une pelote de ficelle. Son corps minuscule était prolongé par les différents objets que contenaient ses poches et son sac et qu'elle était toujours prête à tendre, en allongeant son bras, en agrandissant son sourire. Le K-Way qu'avait enfilé L était ridiculement petit et elle avait eu peur de le déchirer. Comme elle s'était engagée à le rendre en partant, elle était restée aussi longtemps que possible pour retarder le moment où elle devrait s'en extirper – à quoi tiennent les amitiés, avait-elle pensé ensuite. Elles avaient supporté ensemble la pluie et les successions de discours plusieurs nuits de suite, partagées entre l'enthousiasme et la fatigue. Salma venait presque chaque après-midi sur la place avec les membres de Grenade(s), l'association qu'elle avait créée quelques années plus tôt pour défendre les droits des femmes. Elle animait des groupes de travail, des cercles de discussion. L, de son côté, n'y arrivait que le soir. Ce qui l'intéressait dans le mouvement, c'était son refus que le coucher du soleil sonne le retour au domestique, l'arrêt du collectif. Parmi tous les slogans qui fleurissaient à République, elle préférait le premier, le plus simple, celui qui s'était opposé au soir tombant : *On ne rentre pas chez nous*. Il y avait dans le fait d'être prêt à passer des nuits ensemble quelque chose de plus beau à ses yeux que dans toutes les tentatives de réflexion exposées à la lumière. Peut-être que c'était grâce à l'obscurité, dans laquelle ils avaient toujours l'air plus nombreux puisque la place se refermait doucement, ou peut-être que le refus des nuits silencieuses lui rappelait l'excitation qu'elle pouvait ressentir au-dedans, quand il était impossible de deviner le fuseau horaire dans lequel vivaient les autres et s'ils iraient bientôt se coucher ou s'ils venaient de se réveiller, et certains canaux ne se taisaient jamais parce qu'il était toujours, pour quelqu'un, l'heure de poster quelque chose. L était aussi émue par l'apparition de figures amochées et ivres qu'on ne rencontrait que le soir, lorsqu'elles reprenaient la place où elles dormaient depuis bien plus longtemps que les manifestants. Ces hommes et ces femmes aux vêtements épais et sales, aux cheveux roides, L les avait déjà croisés dans les rues de Paris mais jamais elle ne les avait entendus. Leur prise de parole rendait furieuse une partie de la foule réunie en assemblée parce qu'il s'y jouait des choses étranges et incompréhensibles – des bribes de vies et des constats sur les pigeons, des borborygmes, des suites d'insultes adressées à Dieu ou aux trottoirs, rien qui puisse appeler à un vote –, mais L aimait les écouter. Les AG étaient accusées d'être des heures dédiées au narcissisme, on s'écoutait et se regardait parler, on ne faisait rien, on n'avançait pas. Pourtant, le fait que des corps et des paroles jusque-là étouffés se fraient un chemin jusqu'au micro quand le jour tombait suffisait à ce que ce narcissisme ne soit pas entièrement condamnable. On s'absorbait peut-être dans un reflet, mais c'était le reflet d'un groupe que L n'avait jamais observé auparavant, qu'elle n'avait jamais été prête à accepter en pleine lumière.

Après lui avoir arraché la promesse qu'elle viendrait vendredi, Salma partit en direction du métro, sa petite silhouette menacée par les trottinettes électriques et les vélos lancés à toute allure. L resta quelques minutes assise sur le banc mais elle n'aimait pas la manière dont les passants lui jetaient un bref regard en parvenant à son niveau. Elle n'aimait pas non plus l'homme assis un peu plus loin, sur le bord du quai, et qui ne la regardait pas – la regardait si peu que L se demandait si ça n'était pas louche. Elle rentra chez elle en serrant d'une main les pans de son manteau, dans une vaine tentative pour échapper aux bourrasques glacées de janvier. La neige de la veille avait entièrement fondu mais il restait dans l'air un peu de son odeur particulière. Le dedans était d'une richesse infinie, avait dit un jour Elias, mais il avait été incapable d'inventer quelque chose d'aussi bêtement, d'aussi immédiatement réjouissant que la neige. L y repensait chaque fois qu'elle apercevait des flocons.

Elle commença à remplir avec application la demande de permis de visite. Le formulaire était bref, parfaitement clair, et L crut qu'elle pourrait s'en sortir, jusqu'à ce qu'elle arrive à la liste des pièces à joindre et réalise qu'il n'existait pas de livret de famille qui prouve ses liens avec Elias. D'après les sites qu'elle consulta, il fallait qu'elle écrive une lettre pour expliquer sa proximité avec le prévenu et les bienfaits qu'il pourrait tirer de sa visite « en vue de son insertion sociale et professionnelle ». C'est une blague, pensa L. Une putain de blague. Elle n'avait jamais été utile à l'insertion sociale ni professionnelle de qui que ce soit et surtout pas d'Elias, si on y réfléchissait. Elle l'avait au contraire désinséré de beaucoup de choses. De l'Allemagne. D'un mariage. Ça ne faisait que deux mais elles lui paraissaient suffisamment énormes pour mériter d'être « beaucoup ». L'Allemagne était un très grand pays, par exemple, est-ce que la juridiction compétente le savait ? Et pourquoi est-ce que tous les modèles de lettres que L trouvait en ligne semblaient considérer comme normal que l'amour soit confondu avec une insertion sociale ? Pourquoi est-ce qu'il ne pourrait pas être le contraire ?

Elias, avant de vivre avec L, était marié à une femme qui ne s'occupait pas d'ordinateurs. Elle était allemande, comme lui. Mais pour des raisons inconnues, L n'avait jamais pensé qu'il était allemand – alors que qu'elle avait toujours pensé qu'il était marié à une Allemande, comme si c'était là son exotisme. Quand elle l'avait rencontré pour la première fois, huit ans plus tôt, Elias disait que c'était une chance pour lui que sa femme ne s'intéresse pas à l'informatique. Il disait que ça lui permettait d'avoir une autre vie (« un ailleurs ») et il parlait avec douceur de cet espace que sa femme lui offrait lorsqu'il la retrouvait, un espace dans lequel il pouvait avoir un corps, être lent, être mauvais. L s'était demandé s'il lui disait ça comme ça, parce qu'elle voyait mal comment ça pouvait être entendable, comment ça pouvait être un mot d'amour ou un compliment, la possibilité d'être mauvais auprès de quelqu'un. Son couple n'était pas seulement un espace, c'était aussi une temporalité différente, et même un mode d'être totalement différent, disait Elias avec un sourire qui pouvait montrer la conscience qu'il avait de la grandiloquence de sa déclaration ou son extase devant cette même grandiloquence qui n'était pas de trop pour son couple. In Real Life for Real and For Life, c'est pour ça qu'il s'était marié, mais L ne pouvait sans doute pas comprendre, disait-il en baissant la voix. L croyait comprendre, pourtant, et elle baissait la tête pour accompagner ses inflexions. Tous les deux, murmurait Elias, ils abordaient des sujets auxquels lui ne connaissait rien, ou pas grand-chose, ou encore des sujets qu'il connaissait mais sur lesquels il ne pouvait pas agir, et les conversations revenaient à tourner lentement ensemble autour de ces sujets en les circonscrivant de phrases, un peu comme s'ils avaient contemplé dans une vitrine un objet magnifique et/ou ridicule, par exemple un œuf de Fabergé qu'ils devaient se contenter d'observer sans jamais pouvoir l'ouvrir ou le démonter, et ça, disait Elias, c'était un repos qu'on ne connaissait pas au-dedans. L l'avait trouvé désirable pour ça, pour ce qu'il racontait ce jour-là, et qui était précisément ce que L allait détruire en voulant être avec lui ou qu'il soit avec L. Parce que lui et L ensemble, ça ne laissait plus de dehors où exister, plus d'œufs de Fabergé, plus de lenteur, ça ne laissait que le dedans, d'où ressortir le temps de respirer brièvement avant d'y plonger à nouveau. Alors L l'aimait, oui, mais elle n'avait jamais aimé l'aimer. Elle savait trop ce qu'elle lui avait ôté en l'aimant.

Quelques mois après sa venue à Paris, L avait appelé Elias et elle lui avait dit, lentement, en laissant des temps entre les phrases :

— Regarde par la fenêtre. Tu vois sur le petit parking, à côté du restaurant thaï ? Il y a une voiture blanche.

L l'avait entendu se lever, écarter les lamelles du store, coller son visage à la vitre probablement – parce que le bruit de sa respiration était devenu plus présent.

— C'est toi ? avait demandé Elias. Tu es là ?

L avait retenu son souffle, sans répondre.

— Tu es là.

Il y avait un sourire dans sa voix.

— Non. Mais tu voudrais que je vienne. Ça ne sert plus à rien de dire le contraire.

Trois jours plus tard, c'était lui qui arrivait à Paris.

— Combien de fois tu as regardé ma rue sur Google Maps ?

L avait secoué la tête, comme si elle était incapable de s'en souvenir.

— Et s'il n'y avait pas eu de voiture blanche cette nuit-là ?

— C'est la couleur la plus vendue en Europe depuis deux ans.

— Hmm.

— 32 %.

— Tu avais 68 % de chances de te planter.

— Bien sûr que non. Ça, c'est s'il n'y avait eu qu'une seule voiture.

Ils avaient fait plusieurs calculs. Elias semblait penser que le seul risque pris par L avait été qu'il n'y ait aucune voiture pour faire croire à sa présence. L savait que le seul risque qu'elle avait pris, un risque qui n'était pas chiffrable, était qu'il réponde : « Mais pourquoi tu as fait une chose pareille ? »

Si L avait su écrire, elle aurait adressé au juge un texte rageur sur la possibilité de définir l'amour comme la rupture de tous liens préexistants, sur le fait qu'Elias avait préféré une femme de 1,78 mètre à un pays de 357 021 kilomètres carrés et sur la nécessité de lui accorder un permis de visite pour ces raisons-là, précisément. Mais elle n'avait jamais été à l'aise avec la rédaction de ses pensées dans les formes qu'exigeait le dehors. L recopia donc avec dégoût une lettre trouvée sur Internet et assura qu'*elle souhaitait apporter à Elias son soutien moral, son réconfort et entretenir la relation qui les unissait dans ce moment difficile*.

Antoine avait une légère mais tenace envie de vomir. Le temps de parcourir la distance qui séparait l'immense porte vitrée de la station de métro (un trajet relativement court mais qui, à l'aller, lui avait paru bien trop long puisqu'il suait à grosses gouttes et que chaque pas rendait plus probable la présence d'auréoles foncées aux aisselles lorsqu'il ôterait sa veste dans le bureau de Clisset et Haume), il essaya de déterminer d'où venait sa nausée. Avant de se rendre au rendez-vous, il avait avalé à la va-vite un sandwich du genre qui ne s'avale qu'à la va-vite sous peine de changer radicalement d'avis. Du pain blanc, mou, sucré, plutôt de la brioche que du pain même si l'étiquette proclamait que c'était de la baguette (ce n'en était pas), et à l'intérieur un broyat de thon et de mayonnaise dont la gluance servait très utilement à retenir les légumes pâles qui se seraient, sinon, échappés. Il était probable que ce goûter peu orthodoxe (destiné uniquement à prévenir une crise d'hypoglycémie dont il craignait qu'elle ne le rende moins pugnace, moins désirable lors de son premier tête-à-tête-à-tête avec les deux éditeurs) soit responsable de la nausée mais une part de lui préférait affirmer que cette envie de vomir avait une origine morale.

Il avait dévié de la ligne qu'il avait prévue pour présenter son projet. Il l'avait vendu au lieu de le présenter, et cela sans qu'on le lui demande. Personne ne l'avait recadré, aiguillé, c'est à peine si on lui avait posé des questions. Clisset et Haume étaient des amis du député et ce lien avait assuré à Antoine une écoute bienveillante, peut-être même déjà conquise (raison supplémentaire, alternative, à sa nausée ?). Durant les premières minutes du rendez-vous, son regard était passé de l'un à l'autre, sans pouvoir déterminer lequel était le directeur littéraire et lequel le directeur général, et il s'était demandé s'il devait adapter son discours en fonction du poste de chacun. Il avait d'abord lancé des phrases en guettant leur réaction, les frémissements sur un visage puis sur l'autre. Plus il doutait du titre de ses interlocuteurs, plus il se sentait glisser vers la pointe déférente du triangle, il avait eu peur que son livre rêvé ne déplaise, il avait eu peur d'essuyer un refus, qu'on lui montre la porte (immense, vitrée, sévère), et il s'était mis à parler de la relation entre Capa et Taro comme si jamais son projet n'avait porté sur l'anarchie. Il avait brodé sur leur histoire d'amour, allant jusqu'à présenter la mort de Capa comme une réponse, différée certes, à celle de Gerda Taro. Puis, incapable de s'arrêter, il avait évoqué les photographies de Barcelone et de Madrid. Il était tombé dans le sensationnel en voulant faire partager l'effet qu'avaient sur lui ces images et il s'était dit que si ses interlocuteurs ne vibraient pas comme lui, c'était peut-être qu'ils ne connaissaient pas Madrid, ni Barcelone, ou qu'ils n'aimaient pas ces villes – on leur avait peut-être volé leur portefeuille là-bas pendant des vacances, ou bien ils avaient trouvé qu'il y faisait trop chaud l'été –, alors Antoine, dans une tentative aussi subite qu'un roulement de tambour, avait abandonné les photos anciennes pour dépeindre aux éditeurs une guerre qui aurait eu lieu à leur porte :

— Imaginez une des plus grosses avenues de la ville, peut-être le boulevard Sébastopol parce que ce serait moins cliché que les Champs-Élysées, entièrement vide. Sur la chaussée, sur les trottoirs, des voitures et des bus laissés toutes portières ouvertes comme des coquilles abandonnées sur une plage à marée basse par leur bernard-l'ermite. Contre un kiosque à journaux fermé, un homme tremblant cherche à échapper aux snipers qui ont pris position derrière les tuyaux multicolores du Centre Pompidou. Les balles ricochent sur les pavés de la rue Quincampoix et sur l'esplanade déserte devant le musée. Dans la fontaine de la place Stravinsky, les sculptures de Nikki de Saint Phalle n'ont pas résisté aux bombes artisanales : elles pendouillent lamentablement dans l'eau et leur enveloppe colorée vomit de la bourre et des tiges. Aux deux extrémités du passage Molière, des sacs de sable et des pierres forment des barricades, élevées dans la précipitation. On entend les jurons d'un garçon qui tente de les hérisser de bouts de verre. Toutes les vitrines des magasins qui longent le passage ont explosé sous le souffle d'une bombe : le fabricant de mains en plâtre, la bijouterie, le bar à tapas…

Tout en parlant, il pensait que ce qu'il décrivait ressemblait sûrement aux images des manifestations des samedis précédents que Clisset et Haume avaient vues à la télévision (il était sûr qu'aucun des deux n'avait mis le pied dans un cortège et il redoutait qu'ils ne fassent partie de ces riches Parisiens qui réclamaient qu'on interdise les manifestations pour pouvoir retourner au parc du Luxembourg le samedi, les enfants étaient tristes et que faisait Anne Hidalgo ? D'ailleurs, le parc n'était pas loin, ça aurait été tout à fait logique, sauf si Haume et Clisset vivaient dans un autre arrondissement et se contentaient de travailler ici, mais ça, Antoine ne pouvait pas le leur demander, il était déjà suffisamment confus dans son discours, il était à deux doigts de lister les tapas sur la carte des restaurants détruits).

— Je ne comprends pas bien, avait glissé Haume. Votre livre ne se déroule pas en Espagne ?

Clisset souriait, les yeux un peu vitreux.

— Si, bien sûr. C'était…

Antoine avait marqué une pause, incapable de savoir ce que *ça* avait été, précisément.

— ... un exemple.

Haume avait lentement hoché la tête, sa tête de directeur littéraire ou de directeur général, en fixant un point très haut sur le mur d'en face.

Antoine les avait perdus. Il ne pouvait même pas se dire que c'était pour des raisons politiques, il avait raté son rendez-vous : sa tirade était hors de propos et elle avait sûrement peu ressemblé à la version dont il voulait se souvenir. Il était certain qu'elle avait été émaillée de problèmes de syntaxe, les noms des rues ne lui étaient revenus qu'après quelques secondes de bégaiement douloureux. Au moins, il n'avait pas parlé de l'ours.

À la fin de l'entretien, les deux éditeurs lui avaient demandé de leur envoyer un chapitre. Antoine avait opiné rapidement, comme si le chapitre avait été prêt. Ce qui n'était pas entièrement faux. Il avait écrit des choses, ces dernières semaines. Mais ce n'était que ça, des choses, pas vraiment des textes, encore moins un chapitre structuré dessinant le tout plus vaste dans lequel il s'insérerait ensuite. Sur un des papiers accrochés au-dessus de son bureau s'alignaient depuis quelques jours les différentes parties de son livre, tel qu'il l'avait grossièrement divisé :

INTRODUCTION
DÉVELOPPEMENT
SUSPENSION
DÉNOUEMENT

Il avait pour chacune vingt citations possibles en exergue, suivies de notes manuscrites dans lesquelles il repérait plus de flèches que de mots. Il pensait souvent qu'il aurait dû commencer à écrire plus tôt. À trente-trois ans, il était assez mature et assez cultivé pour qu'on attende beaucoup de lui, qu'il attende beaucoup de lui-même. Il avait lu trop de livres et en avait parlé trop de fois pour se permettre d'en écrire un médiocre. Il y avait une phrase de Nietzsche sur ça mais il ne réussissait pas à la retrouver (Nietzsche avait longtemps fasciné Antoine, pas pour la profondeur de sa pensée mais parce qu'il avait été capable d'intituler une partie d'*Ecce homo* « Pourquoi j'écris de si bons livres » – d'où venait ce type de confiance ? Comment l'acquérait-on ?). Maintenant, il n'avait plus qu'à accoucher d'un chef-d'œuvre. C'était paralysant. Il songea à tous ceux qui, non contents d'avoir écrit sur la guerre d'Espagne, l'avaient vécue. Il se demanda s'il était bien raisonnable d'entrer sur le ring de l'écriture en défiant ces poids lourds, et tous ensemble. Les républicains espagnols avaient déjà été racontés par Hemingway, Orwell, Dos Passos, Malraux et Bernanos. Avaient-ils encore besoin d'Antoine ?

Dans le métro, la nausée finit par s'estomper malgré la présence de son reflet verdâtre et intermittent dans les vitres du train. Antoine se surprit même à sourire lorsque monta dans la rame un musicien encombré d'une enceinte d'où sortait (étonnamment) un morceau de The Cure que l'homme commença à interpréter (plus étonnamment encore) dans une langue qu'Antoine fut incapable de reconnaître. À la fin de la chanson, il n'avait plus envie de rentrer chez lui. Il décida de se rendre à une soirée où il avait été invité mais n'avait jusque-là pas envisagé d'aller (il avait espéré que rencontrer des éditeurs aiguiserait sa volonté d'écrire). Ce serait l'occasion de vérifier au plus vite s'il pouvait transformer ce rendez-vous raté en l'annonce d'une réussite à venir. Une demi-heure plus tard, il était devant chez Jérémie.

Le cercle d'amis dans lequel il évoluait depuis ses années militantes était un de ces cénacles dans lesquels la question « Qu'est-ce que tu fais, toi ? » ne visait pas à obtenir des informations sur votre métier mais à interroger les diverses actions que vous pouviez mener pour améliorer la société. « J'écris un livre sur la guerre d'Espagne » était une réponse tout à fait acceptable et si Antoine parvenait à éviter l'éclatement schizophrénique qui faisait se superposer dans son esprit le discours qu'il tiendrait à son interlocuteur à celui qu'il avait tenu, suant et bégayant, devant Clisset et Haume, il se sentirait content de lui, pour une fois. Un jour, bien sûr, l'ouvrage paraîtrait (s'il arrivait à se mettre au travail, mais peut-être fallait-il pour cela se débarrasser de la télévision et des bouteilles de vin blanc, faire fermer le caviste de sa rue, passer un appel anonyme à la mairie de Paris en prétendant y avoir vu des rats et puis interdire les chansons de Conor Oberst ou pire, tuer Conor Oberst, mais non, il y aurait des albums posthumes, il y aurait des hommages, ce serait bien pire), et cette double vie ne serait plus possible. Il deviendrait évident qu'Antoine avait écrit un ouvrage commercial sur la période, repeignant en rose le rouge et le noir de l'anarchie, et s'il obtenait le succès escompté, il s'en serait mis plein les poches en agitant comme des marionnettes Robert Capa et Gerda Taro qui ne lui avaient rien demandé. En montant l'escalier, cependant, Antoine se persuada qu'il pourrait glisser dans l'ouvrage quelques passages sublimes, quoique discrets, et dont l'étrange beauté sépia amènerait certains lecteurs à considérer l'anarchie d'un regard neuf et désormais bienveillant.

L envisagea tout l'après-midi de revenir sur sa parole et de ne pas rejoindre Salma à la soirée. Elle pourrait dire qu'elle avait mal au ventre, mal à la tête, mal au cœur, n'importe où, nommer une partie de son corps et l'accuser de ne pas fonctionner correctement – les sites médicaux fréquentés ces derniers temps lui avaient fourni un éventail impressionnant de pathologies utilisables comme excuses. Salma insisterait sans doute un peu mais L était sûre qu'en la prévenant tard, lorsqu'elle serait déjà entourée de verres pleins et d'éclats de rire, Salma ne se désolerait de son absence que quelques minutes, avant de se replonger dans la fête.

La nuit était déjà tombée sur le parc de la Villette et les bandes fluo sur les joggings des coureurs brillaient par intermittence le long du canal, sous les passerelles tubulaires. L versa de l'eau bouillante dans la cafetière à piston, observa quelques secondes les grains de café tournoyants, puis se rassit devant son ordinateur.

Elle s'installa dans le dedans avec l'intention d'y rester plusieurs heures, mais elle comprit rapidement qu'elle allait, ce soir-là, s'ennuyer ou se battre. Il ne se passait rien, sinon des tornades d'insultes qui traversaient une étendue monotone de sites en laissant des ruines derrière elles. C'était une soirée à trolls, il ne fallait rien espérer en tirer. Le seul comportement raisonnable – L le savait parfaitement – était de s'éloigner de la machine, de retirer ses mains du clavier avant d'être happée, d'une façon ou d'une autre, dans le tourbillon. Les trolls étaient des monstres fascinants et terriblement efficaces. L avait étudié leur comportement pendant des années et elle avait dressé une cartographie de leur sous-monde qu'elle détaillait parfois à ses amis du dehors.

Il y avait les *haters*, notamment présents sur YouTube et les sites de partage de contenu, spécialisés dans le déchiquetage de ceux qui s'imaginaient être des héros ou de ceux qu'ils imaginaient s'imaginer être des héros, ce qui voulait dire que n'importe quel commentaire sous une vidéo ou un article était susceptible de les déchaîner – sous des formes différentes, précisait L, car les *backstalkers* allaient vous pourrir en utilisant vos propres archives Internet pour vous discréditer, les *concerned* préféraient court-circuiter toute conversation en la ramenant à un sujet que vous auriez délibérément évité de traiter (les Enfants, l'Esclavage, la Fausse Vidéo Tournée Sur La Lune en 1969 et bien sûr Ce Putain de 11 Septembre), quand les *hate mongers* pouvaient se contenter de taper GAY, GOUINE ou GROSSE VACHE de manière très répétitive (là encore, deux camps existaient, délimités par l'insulte suprême qu'ils avaient choisie et qui s'avérait être, 99 % du temps et dans des proportions tristement similaires, JUIF ou NAZI).

Et puis, continuait L, il y avait les *griefers* qui pullulaient sur les jeux vidéo en ligne pour le plaisir de pourrir les parties à plusieurs, détournaient les jeux pour leur satisfaction sadique, ciblaient par exemple un ou plusieurs adversaires et les tuaient à répétition, les tuaient si continûment que leurs victimes ne pouvaient pas revenir en ligne, mouraient au moment même de renaître et devenaient folles au-dessus de leur clavier.

Bien sûr, il y avait les *pervers* dont les irruptions étaient toujours signées de photos de bites – et l'égalité homme/femme serait atteinte sur Internet, disait parfois L, le jour où on commencerait à troller avec des images de vulve,

les *crybabies* que tout propos blessait et qui menaçaient sans cesse de quitter le site à jamais (mais ne le faisaient pas) ou de vous dénoncer aux administrateurs,

les *religieux* qui entortillaient de versets de la Bible ou du Coran chacun de leurs commentaires (dont l'absurdité n'était guère différente de celle dont faisaient preuve les *haters* et les *griefers,* simplement plus enfouie, ce qui la rendait plus irritante encore car il fallait faire un effort avant de comprendre que ça ne voulait rien dire), les *grammar nazis* qui surgissaient dès qu'une faute d'orthographe ou de grammaire leur en donnait l'occasion (c'est-à-dire souvent, dans le cas de L) et qui parfois tapaient tellement vite qu'ils laissaient échapper à leur tour une erreur, convoquant ainsi des *grammar nazis nazis* (à moins qu'il ne se fût agi des mêmes personnes sous différents pseudonymes), et la conversation rebondissait désormais d'un infinitif à un participe passé sans pouvoir prendre de nouvelles trajectoires,

les *shitposters* qui fonctionnaient au copié-collé et répétaient sur l'écran ce jeu bien connu des gosses qui consiste à répondre à l'interlocuteur en se contentant de répéter ses propres paroles – et pourtant les gens restaient, disait L en écarquillant les yeux, ils continuaient à poster des commentaires, pris au piège de leur volonté d'être matures et dignes.

Quand elle se fatiguait de la liste, ou que celle-ci n'amusait plus son interlocuteur du dehors, L essayait alors de préciser qu'il ne s'agissait de trolls que lorsque ces individus ne croyaient pas à leurs propos et tentaient uniquement de rendre fous les autres utilisateurs. Ils ne devaient donc pas être confondus avec les utilisateurs réellement en colère, religieux, obnubilés par la grammaire ou par des images de pénis. Cela rendait assez compliqué la reconnaissance des trolls lorsqu'on ne les avait pas vus agir pareillement dans d'autres fils de conversation et pouvait même – il arrivait à L de le penser – rendre cette reconnaissance tout à fait impossible. Quant à la question suprême, à savoir pourquoi est-ce que les trolls trollaient, L n'était pas certaine d'avoir une réponse. Certains habitants du dedans comparaient les trolls aux chevelures d'insultes à Socrate, arguant qu'ils pratiquaient une maïeutique particulière, visant à faire atteindre la vérité à leurs victimes (qui, dès lors, pouvaient être considérées comme des « patients » ou même de malheureux « disciples ») par le biais de la colère. L mettait parfois en avant cette définition philosophique mais c'était par un pur réflexe de solidarité entre tribus du dedans. Sa réaction habituelle, lorsque les trolls débarquaient, était une grimace de dégoût suivie d'un retrait prudent.

Le café avait l'épaisseur d'une soupe, elle en fit tourner une gorgée dans sa bouche en hésitant à l'avaler. Le forum auquel elle s'était connectée était en train d'être mis à sac par un *hater* particulièrement brutal qui laissait derrière lui une traînée de conseils arrivés trop tard ou trop peu écoutés : *Don't feed the troll, don't feed the troll.*

L se leva en soupirant, claqua la porte derrière elle et dévala les escaliers.

Antoine passa la première heure de la soirée à chercher comment annoncer qu'il sortait de chez un grand éditeur parisien sans que cela sonne comme une vantardise. Il ne voulait pas jeter l'information au pied de tout un groupe, il fallait un peu d'intimité, mais il n'y avait pas assez de monde pour que se forment des duos ou des trios dans les coins. Quand l'appartement se remplit enfin suffisamment pour que la bande centrale éclate et s'éloigne de la grande table en conversations atomisées, il se retrouva assis sur le canapé avec une fille qu'il connaissait mal et il ne voulut pas lui donner la primeur de l'information. Il n'avait rien contre elle mais leur lien était trop faible, trop maigre, joyeux mais impersonnel. La fille ne paraissait pas penser la même chose car, après quelques banalités, elle lui demanda d'un air grave pourquoi il s'était séparé de Cécile. Il répondit que ça ne fonctionnait plus, ou une autre connerie en lien avec la mécanique, au lieu de dire ce qu'il aurait aimé être capable de dire : « J'ai quitté Cécile parce que dès qu'une situation de tension se créait entre nous, elle me citait Boris Cyrulnik. Quand je lui ai dit que je voulais qu'on arrête, elle a eu les larmes aux yeux et la pointe de son nez a rougi d'un coup. Elle était irrésistible. J'ai regretté d'être un salaud. Et puis, elle a de nouveau cité Cyrulnik alors je suis sorti du bar. » La fille se leva du canapé et s'éloigna, satisfaite de la fausse réponse, sans se soucier du sillon de conséquences que sa question continuait de creuser dans les pensées d'Antoine, sans voir le fantôme de Cécile convoqué par elle, ou peut-être en le voyant mais trop contente de pouvoir le fuir, le laisser à Antoine qui, puisqu'il avait vécu deux ans avec Cécile, se devait de supporter au moins un temps son fantôme. Il le contourna et l'observa avec curiosité. Il se demanda ce qui s'était passé, réellement, avant qu'il laisse Cécile à la table du café où ils avaient eu leur dernière discussion, avant qu'elle devienne un fantôme.

Cécile paraissait avoir identifié un certain nombre de ses névroses personnelles, ce qui – d'après le ton de sa voix – constituait déjà une réussite. Mais qu'avait-elle fait de sa capacité à les cerner et à les nommer ? D'après Antoine, elle les avait tout simplement disposées sur un tableau de pensée ou de langage de façon à ce que les névroses soient clairement exposées et donc exposables dans les conversations, flottant au-dessus d'elle comme des avertissements que son interlocuteur ne pouvait ignorer ou des clés qu'elle l'obligeait à utiliser pour continuer à parler avec elle. En fait, quand Antoine rêvassait, il avait l'impression que Cécile avait mis ses névroses sous verre, comme les nœuds marins vendus sur fond bleu foncé dans les boutiques touristiques le long de la côte bretonne. La disposition serpentine, épaisse, bifide à l'extrémité du huit double pouvait évoquer son rapport à ses parents, l'entrelacs tout aussi beau qu'indiscernable du nœud de Carrick n'était pas sans ressemblance avec ce qu'elle disait de sa sexualité, l'apparent à-peu-près du nœud de chaise qui évoquait une pendaison brouillonne rappelait les difficultés de Cécile à se projeter, la boucle simple du cabestan – prise dans un cercle de corde qui pouvait l'étrangler comme le protéger – représentait sa confiance en elle, et l'enroulement soigné du capucin qui masquait d'obscures torsions de la guinde illustrait peut-être la névrose de toutes les névroses de Cécile : le fait qu'avoir classé ses névroses n'était pas parvenu à l'en libérer. De même que les nœuds marins sous verre peuvent être distraitement contemplés pendant des heures sans que le spectateur devienne jamais capable de les faire ni de les défaire, encore moins sur un bateau par gros temps, les névroses agencées gracieusement par les mots de Cécile n'étaient que de vaines répliques de leurs modèles intérieurs qui demeuraient indénouables. Les névroses de Cécile se refusaient à tout conseil extérieur qu'un interlocuteur eût pu proposer, car comme leur hôte, victime et propriétaire, le soupirait lorsqu'un importun hasardait un avis définitif :

« C'est bien plus compliqué que ça. » Elle n'avait jamais le temps de se hasarder à voix haute le long des filins et des fibres de ses névroses, qui relevaient des traumas et de l'anecdotique, mais elle avait avoué à Antoine qu'avant de s'endormir, il lui arrivait souvent de s'essayer à une dissection minutieuse et elle se disait, un peu honteuse, qu'elle ne parviendrait sans doute jamais à détailler précisément chaque névrose mais que, si elle voulait être honnête, ses tentatives l'intéressaient plus que tout le reste. C'était pour cette raison qu'il était parti, au fond : il avait trouvé insupportable de se contenter d'une deuxième place.

Après Cécile (car ils s'étaient séparés il y avait presque un an désormais, alors pourquoi poser cette question maintenant ? Pourquoi convoquer son fantôme ? Par méchanceté ? Pour le punir ?), il y avait eu une dizaine de filles au fil de nuits éparpillées mais les premières d'entre elles n'avaient pas eu de prénom, elles ne s'appelaient pas, elles étaient classées sous l'étiquette du « Après Cécile ». Selon ses interlocuteurs, ces deux mots étaient prononcés avec la joie nostalgique et encore un peu affamée de celui qui sait s'être amusé ou, au contraire, avec la commisération de celui qui reconnaît s'être un peu perdu. Les filles n'avaient recommencé à avoir un prénom qu'en s'espaçant – il lui en manquait certains, parfois entre deux filles nommées survenait un visage qui ne portait rien d'autre que lui-même –, et puis elles avaient eu un nom de famille, même lorsque les histoires ne duraient pas, et il s'était habitué à cela, coucher avec des filles qui avaient aussi un nom de famille.

Antoine en était à peu près à ce stade de ses pensées sur les filles et leur nom complet, enfoncé dans le canapé de Jérémie, quand il rencontra L et ça l'agaça prodigieusement qu'elle se balade sans rien d'autre qu'une lettre. Il n'aurait pas trouvé plus obscène qu'elle soit à poil en bas et vêtue d'un T-shirt en haut. C'est Guillaume qui fit les présentations – et cette phrase est fausse car il ne la présenta pas, elle était là, à côté de lui, et il dit le nom d'Antoine en agitant une main vers lui, ou vers le canapé, et en tendant l'autre vers la fille :

— Elle, c'est...

— L, dit L.

Guillaume eut le sourire fatigué du type que ça ne fait plus vraiment rire mais qui n'a pas le choix.

L voulait partir, elle allait partir, et c'était presque une volte-face vu le temps qu'elle avait mis à se décider à venir ici, puis le temps qu'il lui avait fallu pour avancer dans l'appartement, en partie à cause du nombre d'invités, en partie parce que Salma la ralentissait en dansant autour d'elle, incapable de choisir entre la compassion à lui prodiguer et l'humeur festive à faire naître en elle, alternant les deux, des questions chuchotées et des petites exclamations, des gestes parfois vers d'autres personnes pour qu'elles viennent rencontrer L, et même si L avait défendu que Salma parle de l'arrestation d'Elias à qui que ce soit, elle se disait que c'était à cause de l'arrestation secrète que Salma la trouvait intéressante ce soir-là et estimait qu'il fallait qu'Untel ou Unetelle la rencontre, si bien que quand L avait atteint le fond du salon, elle avait décidé de partir parce qu'elle ne voulait être ni un cas de charité ni une attraction. Elle opérait donc un demi-tour discret, abandonnant Salma par petits pas difficilement perceptibles, lorsqu'elle repéra sur la bretelle de débardeur d'une grande fille rousse aux yeux prisonniers de mascara un rond de plastique épinglé fièrement. L s'approcha autant que le permettait l'encombrement de la pièce. La fille portait un badge avec la photo de Jeremy Hammond. L se rapprocha encore un peu. En fait, L s'approchait du badge et pas vraiment de la fille. Elle avait toujours aimé le visage de Hammond et c'était heureux car ce visage était double : le frère jumeau de Jeremy, Jason, avait le même. Ils ressemblaient aux gars sympas du lycée, ceux qui hésitaient entre le metal et le reggae, la défonce et le skate, ceux qui crachaient des nuages de fumée en se frottant les mains, les matinées d'hiver, parce qu'ils s'étaient levés tôt pour aller coller des affiches ou prendre un bus qui les mènerait à un festival. L avait une tendresse particulière pour Jeremy Hammond et elle regrettait de ne pas l'avoir connu au-dedans. Ils s'étaient forcément croisés en ligne au début des années 2010 et sans doute lui avait-elle parlé quand il s'appelait ghost, ou o, ou Anarchaos, mais sans savoir qu'il était ce géant aux yeux pâles et aux doigts ailés, et L l'avait oublié. Elias, lui, avait été en contact avec Hammond au temps où il utilisait Hack This Site. Il disait qu'il avait du mal à croire que Jeremy soit américain : sa culture politique était pétrie de références qu'Elias trouvait allemandes et que L trouvait françaises. Pourtant, Hammond était un gamin de l'Illinois, il avait grandi à Glendale Heights, dans la banlieue de Chicago, et il ne s'en était jamais beaucoup éloigné. Il était merveilleusement doué avec les machines mais ce n'était pas pour ça que L le tenait en estime, ni que la fille aux cils collants portait son effigie en sautoir – ça, L en était sûre. Le CV de Jeremy était d'une rare perfection politique dans un monde où le *lulz* avait causé beaucoup d'accrocs, où on lançait des actions parfois juste parce qu'elles étaient drôles, et d'autres fois juste parce qu'elles étaient possibles. L avait connu des Anons qui attaquaient des banquiers un jour et piégeaient un forum d'épileptiques le lendemain – seule la faille dans laquelle ils pouvaient se glisser avait une valeur à leurs yeux, la manière dont elle était utilisée était tout à fait secondaire. Mais Jeremy Hammond, au-dehors comme au-dedans, avait toujours mené des luttes dans lesquelles L pouvait se reconnaître. Dehors, il se battait contre les néo-nazis, les homophobes et les négationnistes, et il se battait vraiment, avec les poings, les pieds, se battait de tout son corps, ce grand corps pâle qui avait été répliqué en Jason, son jumeau – et peut-être, pensait L parfois, que c'était la raison pour laquelle il n'avait pas peur d'être blessé ou tué : il lui restait un exemplaire de son corps à la maison. Hors de son corps, dans les espaces infinis du dedans, Jeremy Hammond avait infiltré Protest Warrior en 2006 puis Strategic Forecasting, six ans plus tard, au moment de Noël. Une fois à l'intérieur du site de Stratfor (car même les firmes de renseignement et de surveillance avaient des diminutifs), Hammond et ses partenaires du groupe AntiSec avaient mis la main sur des numéros de cartes de crédit – trente mille cartes, tout un troupeau qui paissait là, sans protection ou presque – et les avaient utilisées pour faire des dons (après tout, c'était Noël). Sept cent mille dollars avaient été ainsi reversés « à l'Organisation de soutien à Bradley Manning, l'Electronic Frontier Foundation, l'ACLU, Care, la Croix-Rouge, Amnesty International, Greenpeace, deux ou trois communistes, des taulards, quelques squats et tout un tas de camarades dont le nom ne sera pas révélé ». Ils avaient aussi récupéré et confié à WikiLeaks huit ans d'échanges d'e-mails au sein de la compagnie. Les messages révélaient notamment que Stratfor avait été engagé par Dow Chemical Company pour surveiller ses opposants après le désastre de Bhopal et par Coca-Cola pour s'enquérir de la santé des siens au moment des Jeux olympiques de 2010. Avant de partir, en guise de révérence, les pirates avaient effacé toutes les données du site et remplacé sa page d'accueil par *L'Insurrection qui vient* du Comité invisible. Jeremy Hammond n'avait pas empoché un dollar. L pensait que si les villes du dehors avait les mêmes codes que le monde du dedans, leurs places seraient ornées de monuments divers, obélisques ou arcs, célébrant entre des feuilles et des couronnes de pierre les batailles remportées par Jeremy. Elle pensait qu'il était Robin des Bois revenu. Le juge qui lui avait collé dix ans n'était apparemment pas de son avis. Hammond était un de ceux que Sabu avait donnés au FBI en 2012, son arrestation avait sonné le glas de l'armée anonyme – le 6 mars, un mardi soir, il y avait peut-être un joli coucher de soleil sur Chicago, impossible de le savoir, il faisait presque bon après les températures glacées de la veille, l'air devait sentir le printemps et puis tout à coup *Ne bouge pas, les mains sur la tête !* Quelques heures plus tard, le dedans s'ouvrait en deux sous le coup de l'information : *Ils ont arrêté Anarchaos, ghost est tombé, les flics ont chopé o*, et tous ses avatars donnaient l'impression que Jeremy avait été arrêté vingt fois, sous vingt formes différentes. C'était étrange, songea L, que ce visage-là lui saute aux yeux dans une soirée où elle s'était rendue pour éviter de penser à la prison. Ou peut-être que ça ne l'était pas, au contraire. Elle croyait qu'elle voulait arrêter d'y penser mais une autre partie d'elle cherchait de quoi se nourrir pour continuer à le faire et elle prétendait que c'était un hasard, une coïncidence folle, quand ce n'était qu'une excuse. Hammond sortirait de prison en 2020. Il sortirait de prison pour trouver un monde dans lequel Elias, lui, serait en prison. Est-ce qu'il le saurait seulement ? Est-ce que l'emprisonnement d'Elias existerait pour lui comme son emprisonnement existait pour Elias, pour L, ou pour la fille rousse avec le badge ? L resta plantée là, sonnée, en oubliant qu'elle voulait partir. Elle s'appuya contre le mur pour arrêter de tanguer. Guillaume apparut, entre deux corps habillés de pulls à motifs floraux. Il lui demanda plusieurs fois, avec une gentillesse marquée, si elle allait bien. *C'est la première fois que tu sors depuis ?* Elle hocha rapidement la tête avant qu'il termine sa phrase. Ils commencèrent à parler des soirées d'avant avec une nostalgie hors de propos, comme si elles avaient eu lieu dix ou vingt ans plus tôt, comme si L était restée enfermée pendant une bonne partie de sa vie et qu'ils se découvraient soudain vieillis. *L'été dernier, quand on a pris de l'hélium, tu te rappelles ?* Les effets n'avaient duré que quelques minutes sauf pour Salma dont la voix était restée absurdement haut perchée et les fous rires s'étaient transformés en inquiétude puis en panique. Elias n'était pas avec eux ce soir-là, se souvint L, mais un instant plus tard, Guillaume fit allusion à la présence d'Elias qui avait tenu à appeler un ami médecin en Allemagne pour s'assurer qu'on ne pouvait pas « bloquer » après une prise d'hélium. Pourquoi est-ce que L ne le voyait nulle part dans les images de la soirée qui lui revenaient ? Elle fit semblant de continuer à écouter Guillaume mais elle s'enfonçait chaque seconde plus profondément dans sa propre mémoire. Depuis le 4 décembre, ses souvenirs semblaient se reconfigurer sans cesse. Parfois, ils effaçaient Elias, comme si celui-ci avait été en prison depuis toujours, comme s'il n'y avait jamais eu d'Elias libre, d'Elias-code et d'Elias-viande tout près d'elle, la tiédeur de sa peau un peu trop blanche, la pesanteur de sa voix grave à l'accent allemand, la morsure des lunettes sur le haut de son nez à la fin de la journée. Parfois, au contraire, les souvenirs rajoutaient Elias partout : à la journée qui venait de s'achever, à celle d'hier et à toutes les autres remontées. Elias un bras autour des épaules de L. Elias souriant de l'autre côté de la pièce. L était obligée d'ôter de son souvenir, par la force de sa volonté bandée, par un effort qui lui donnait l'impression qu'elle allait se rompre, le bras d'Elias qu'elle croyait sentir contre son corps, puis de se retourner vers lui, vers le pantin de lui que son souvenir imposait tout proche, pour lui demander gentiment de bien vouloir partir. Tu n'étais pas là, hier. Ni le jour d'avant. Et L avait beau connaître parfaitement la date à partir de laquelle il n'était plus possible qu'Elias apparaisse dans ses souvenirs, les souvenirs de L se moquaient de la date et se peuplaient comme bon leur semblait.

— Ève ? demanda Antoine.

— L, corrigea Guillaume. L comme Leïla.

Antoine tendit la main, un geste qu'il ne faisait jamais en soirée, qu'il n'aurait pas su expliquer, et il se vit tendre la main, il vit les regards étonnés de Guillaume et de la grande fille brune qui se trouvait devant lui. Il crut un moment qu'elle n'allait pas répondre, qu'elle laisserait sa main dans le vide, comme s'il s'était agi d'un langage beaucoup trop étranger pour qu'elle puisse le comprendre.

— J'ai un peu trop bu, Leïla, dit-il sur le ton demi-mondain des présentations.

Il avait attrapé chaque bouteille qui passait pour s'occuper la bouche et avoir une bonne raison de ne pas être en train de raconter ce qu'il avait cru être venu raconter et qu'il s'apercevait qu'il ne pouvait pas vraiment raconter, pas de cette façon-là, pas dans ce cadre-là, tout le monde se foutait de son livre, en réalité. La tête lui tournait et il regrettait de s'être levé du canapé pour saluer L. Maintenant qu'il était debout, il fallait donner un peu le change. Il posa quelques questions sans grand intérêt, puisque les seules qui importaient dans un moment pareil – à savoir « Qui es-tu ? » et « Pourquoi est-ce que je te parle ? » – ne pouvaient pas être posées. À la place, ils jouèrent tous les trois à « Qu'est-ce que tu fais ? » et « Comment vous vous connaissez ? ». Guillaume raconta que L menait une guerre virtuelle contre les néo-nazis, mais elle objecta aussitôt qu'elle s'était beaucoup calmée et faisait surtout du dépannage, ce qui parut le décevoir – Guillaume avait toujours besoin d'être fier de ses amis et Antoine le trouvait souvent pesant pour cette raison précise. Antoine dit qu'il avait rencontré Salma en hypokhâgne et il ajouta « ça ne nous rajeunit pas », dans une imitation ironique de son père mais peut-être que ceux qui ne connaissaient pas son père ne pouvaient pas déceler l'ironie et il regretta immédiatement cette phrase. Il raconta Salma douze ans plus tôt, à l'époque où elle avait monté Grenade(s) qui n'était au départ qu'une association étudiante visant à faire bannir les comportements sexistes des soirées de Sciences Po. L répondit qu'elle avait rencontré Salma place de la République. Guillaume rappela l'anecdote du K-Way trop petit, comme s'il avait assisté à la scène, et dans son récit le K-Way semblait devenir l'outil de la capture de cet oiseau rare qu'était L.

L parlait avec un débit rapide, haché. Elle donnait l'impression de penser chaque phrase dans le temps d'une respiration et de vouloir ensuite l'expédier le plus rapidement possible pour passer à la suivante. Antoine se demanda s'il la trouvait jolie – une interrogation qu'il s'efforça de chasser parce que Salma lui avait répété plusieurs fois qu'il était insupportable quand il croyait que les filles avaient besoin de sa validation sur leur physique, est-ce qu'il ne pouvait pas les laisser exister sans porter de jugement ? La réponse était apparemment non et Antoine tenta de se concentrer sur ce que lui disait L pour ne plus imaginer les reproches que lui aurait faits Salma si elle avait pu lire ses pensées depuis l'autre extrémité du salon. Bien sûr, plus il essayait de suivre la conversation sans émettre d'avis intérieur sur le physique de L, plus il opérait le mouvement contraire et s'absorbait dans une observation qui l'empêchait d'entendre. L avait un visage très expressif, un visage qui parlait. Même quand elle s'absentait quelques secondes de la conversation, disparaissait en elle-même, rien ne s'affaissait. Au contraire, ça fronçait et dansait dans chacune de ses rides d'expression légères. C'était tout un dialogue dans lequel Antoine avait envie de s'immiscer, il voulait placer quelques répliques entre celles qu'il lisait sur les mouvements de lèvres, de pupilles et de sourcils. De cette soirée, il se souviendrait d'avoir parlé avec le visage d'une fille bien plus qu'avec L.

Des invités entraient et sortaient sans cesse de l'appartement. L commençait parfois une phrase à l'oreille d'une personne pour la finir à celle d'une autre, selon le va-et-vient. Tout le monde paraissait s'en foutre. La fille rousse parlait avec Guillaume qui parlait avec Antoine qui parlait avec L ou inversement et, à un moment, L remarqua que la fille avait perdu son badge et elle le chercha des yeux au sol mais on ne voyait plus le parquet de l'appartement, il y avait trop de pieds. À un autre moment, Guillaume dit : « Arrêtez de l'appeler Leïla, elle ne s'appelle pas Leïla », et la fille qui était à côté de lui et qui n'était plus la fille rousse mais une fille brune aux cheveux courts demanda si c'était vrai. L hocha la tête. L'autre demanda quel était son vrai nom, alors, et L répondit en soupirant que si elle avait voulu que tout le monde le sache, elle l'emploierait en société. La fille dit avec une moue qu'elle trouvait ça déloyal que L se présente sous une identité qui ne révélait rien, que c'était contraire au contrat social de base, dans une soirée, ou tu vois.

— Meuf, dit L, tes sourcils sont épilés, tes cheveux sont teints et tu es maquillée. Je crois pas que tu devrais me parler de l'authenticité de ce qu'on présente aux autres.

La fille sursauta comme si L avait surgi dans son dos et les glaçons de la boisson légèrement laiteuse qu'elle tenait à la main heurtèrent les parois du verre dans un sens puis dans l'autre avec un joli bruit de clochettes. Elle lança à L un regard torve :

— Toi aussi, tu t'épiles les sourcils.

— Pas mon vrai prénom, pas mon vrai visage. Je suis cohérente. Et moi je ne saoule personne.

L s'émerveilla d'avoir l'énergie d'être méchante avec une inconnue alors qu'elle avait passé plus d'un mois enfermée chez elle, terrifiée à l'idée d'une conversation. L se dit qu'elle n'allait pas si mal et elle reprit une bière pour fêter ça. Le type qui s'appelait Antoine lui demanda pourquoi elle souriait. L lui tendit la bière qu'elle venait d'ouvrir et en piocha une autre dans le bac à légumes – par déplacements latéraux successifs, ils étaient arrivés jusqu'à la cuisine. On trinque à mon cœur de murailles, cria-t-elle pour couvrir le bruit ambiant. Antoine répondit quelque chose qu'elle n'entendit pas. L prit le pari qu'il parlait de la musique – les inconnus croisés dans les soirées parlaient souvent de la musique – et elle secoua la tête en rythme. Il faut un truc plus fort, cria Antoine qui, n'ayant pas entendu le toast de L, avait proposé qu'ils boivent tous les deux à son futur contrat d'édition. Il jeta un coup d'œil sur la table et repéra une bouteille de rhum qu'il agita avec une joie enfantine. L n'eut le temps d'en prendre que quelques gorgées avant que Salma ne lui retire son verre. Ne la fais pas boire, dit-elle à Antoine d'un ton sévère, et Antoine leva les deux mains en l'air pour signifier qu'il n'avait rien fait et il renversa du rhum sur sa chemise. Salma éclata de rire puis le poussa vers l'évier pour qu'il puisse se nettoyer. Ne bois pas trop, dit Salma. Définis trop, répondit L. Tu sais, dit Salma. L ne répondit rien. Antoine avait apparemment trouvé un ami près de l'évier et il ne revenait pas. L suivit Salma dans le salon et, quand la porte de l'appartement s'ouvrit pour laisser entrer un couple, elle se rappela qu'elle voulait partir.

Antoine parvint à mettre fin à sa conversation avec Samir et essaya de retrouver le visage mouvant de L parmi ceux des invités. Il se déplaça de la cuisine bondée vers le salon, qui débordait maintenant de corps jusque sur le balcon minuscule où Jérémie et Guillaume semblaient avoir été repoussés malgré le froid. En dépit de tous ses efforts, ralentis par des échanges embryonnaires, il ne vit pas le visage recherché. En revanche, il tomba sur la fille rousse qui était, elle aussi, passée au rhum et il lui tendit sa bouteille. Il fut un peu déçu : le visage de la rousse ne dansait pas comme celui de L, il n'écrivait pas de mots silencieux dans ses plis mouvants mais à un certain degré de proximité, comme par exemple quand les lèvres se touchent, on ne distingue plus les traits, de toute manière.

L fut heureuse de se retrouver dans la rue, giflée par l'air froid. Plus jeune, il lui arrivait de traîner dans une succession de fêtes jusqu'à l'aube. Quand elle bossait dans les bars, ça la prenait encore de temps en temps, une envie de boire et de crier à son tour, comme tous ceux qu'elle avait servis pendant des heures. Il fallait trouver des endroits encore ouverts, monter parfois dans une voiture avec des collègues saisis de la même soif pour atteindre une soirée lointaine. Elle ne le faisait plus. Passé une certaine heure, il n'y a plus d'amis et les mecs sont tous des chiens de la casse, voilà ce qu'elle avait constaté. Il s'opérait une disparition progressive de la gentillesse au fil de l'avancée de la nuit et du nombre de verres. L'insistance des démarches qui n'ont plus qu'un objectif. On a bien rigolé *mais*. Pourquoi ils mettaient un « mais » ? L avait toujours pensé que rire, c'était bouleversant. Sauf que ce n'était pas assez. Qu'est-ce qu'ils voulaient de plus ? Une nuit, pendant une rave, un type saoul à s'en renverser les yeux lui avait demandé : « Pourquoi tu ne veux pas ? Tu coucherais avec qui d'autre dans ce hangar ? » La phrase était restée. Cette absence de choix qu'on lui présentait comme un choix : choisis un homme puisque tu dois coucher avec quelqu'un. Parfois, elle répondait aux chasseurs qu'elle était lesbienne mais après un certain nombre de verres cette frontière-là ne suffisait pas non plus. Ils étaient persuadés que c'était parce qu'elle n'avait jamais rencontré leur bite à eux, et ils étaient à deux doigts de la sortir, ici et maintenant, pour corriger cette erreur du destin. Putain, les veaux.

L ne voulait pas se mentir : elle avait dû le faire aussi, vouloir rentrer avec quelqu'un, n'importe qui, se dire que la soirée était gâchée ou inaboutie si elle ne se frottait pas peau contre peau avec un autre. L avait parfois oublié l'amitié et jusqu'à la politesse, L avait regardé les corps des autres filles comme des menaces potentielles. Au-dessus de ces corps en compétition avec elle, les yeux des autres filles lui rendaient ce regard, toutes n'existant plus que sur deux modes possibles, la rivalité ou la pitié. L pouvait bien penser du mal des mecs et de la manière dont l'alcool tardif les rendait minables, elle se rappelait (vaguement) avoir elle aussi supplié : « Cette fois, seulement cette fois. » Une autre phrase lui revenait, elle savait qu'elle l'avait prononcée mais elle s'efforçait de l'enfoncer sous toutes les strates de souvenirs qui traînaient en elle pour ne plus jamais qu'elle remonte : « Je te promets, ce sera hyper bien », une phrase destinée à faire oublier les corps d'un niveau supérieur qui pouvaient entourer le sien dans un espace donné, destinée à ajouter aux points marqués par le corps visible de L un bonus technique qui ne pouvait pas être détecté à l'œil nu. Ce n'étaient pas les hommes, le problème, si elle voulait être honnête, c'était la viandosphère en entier. Elle avait eu raison de partir.

— Vous n'avez pas de chance, Antoine. Vous avez connu le parti à une triste époque. La peur de la fronde, ça tue tous les débats. Quand moi j'y suis entré, on s'engueulait tout le temps. On aiguisait nos arguments politiques de cette façon, à la castagne intellectuelle. Personne n'était d'accord mais c'était ça, justement, qu'on voulait du parti. À partir du moment où Hollande est devenu président, les médias se sont emparés du moindre petit mot de dissension. Plus personne n'a pu s'affronter haut et fort pendant cinq ans, on nous faisait croire que le dissensus était de la déloyauté. Alors, bien sûr, au moment de la campagne présidentielle, ça a explosé. Et maintenant… nous régnons sur des miettes et elles continuent pourtant à exploser. Quatre socialistes, six opinions, n'est-ce pas ?

Ils étaient tous les deux attablés au Bourbon, à côté de l'Assemblée, et le député était d'une humeur nostalgique. Une sénatrice venait de quitter le PS pour rejoindre La France insoumise et un autre parlementaire s'était contenté de partir, sans annoncer de destination, *tout plutôt que ça* semblait dire son départ. Le député avait eu à répondre à plusieurs journalistes à la sortie de l'Hémicycle et il n'avait pas été très bon. Même Bertrand n'avait pas pu lui dire autre chose : c'était un peu... *mou*.

— Le parti est un animal crevé dans le ventre duquel on s'abrite encore mais ça commence à puer et à refroidir. Ça n'a plus aucun sens de passer une vie entière à l'intérieur, aujourd'hui. On n'a rien à y apprendre. Cette façon de faire de la politique est morte et je n'en connais pas d'autre. Je ne sais pas quoi faire.

Antoine proposa qu'ils prennent un dessert, c'était la seule action qui lui paraissait envisageable en cet instant.

— Ah oui... Une crème brûlée. Quand j'ai été nommé secrétaire d'État – je ne pense pas vous l'avoir déjà raconté –, j'ai perdu huit kilos en deux mois. Ma femme croyait que c'était l'angoisse des responsabilités, la peur de l'échec ou je ne sais quoi. En fait, je ne supportais pas l'idée que des caméras et des appareils photo prennent des images de moi en train de manger. Je n'avais jamais pensé à ma manière de manger avant que d'autres puissent l'observer et tout à coup, en devenant quelqu'un que les journalistes suivaient, je n'ai plus pensé qu'à ça. Je trouvais tout étrange. Je faisais trop de bruit, trop de miettes, mes lèvres pendaient vers l'avant, j'allais forcément me tacher. Rien n'allait. Alors j'ai arrêté de manger pendant la journée. Je me nourrissais uniquement le soir, en rentrant chez moi, et Éliane était la seule que je laissais me regarder.

La femme du député – un peu comme celle de Columbo – était un personnage récurrent dans les tirades de celui-ci. Mais elle n'apparaissait jamais – comme celle de Columbo – parce qu'elle était en réalité son ex-femme et qu'elle ne souhaitait plus le voir. Selon elle – selon le député –, le fait que leurs enfants soient grands leur permettait de ne pas avoir à maintenir ce type de rapports terriblement gênants qu'ont les couples divorcés, un mélange de froideur et de haine mâtiné malgré tout d'une tendresse bâtie par des années d'habitude. C'était une chance, elle comptait bien en profiter et ne pas peser sur lui ni le laisser peser sur elle, alors adieu donc, oui, adieu. Quand Antoine avait quitté Cécile, il l'avait dit au député – il ne se souvenait plus de la raison qui avait pu le pousser à croire que c'était une bonne idée – et le député lui avait consacré une attention nouvelle. Il lui avait livré des pans de sa vie maritale, découpés par la durée des trajets en voiture noire, construits de mots rangés si serrés qu'ils ne laissaient pas de place au doute. Antoine écoutait. Il était, lui, incapable de savoir à qui revenaient les torts de la séparation. Il était, en fait, incapable de parler de Cécile à qui que ce soit d'autre qu'au fantôme de Cécile et ses tirades n'avaient pas la même élégance formelle que celles du député.

Bertrand lui avait glissé un jour qu'il avait écrit intégralement le premier livre de leur patron et que celui-ci n'avait fait que le signer mais Antoine n'y croyait pas. Bertrand avait, au mieux, opéré un travail de collecte et de mise en forme. Le député n'avait besoin de personne pour se raconter, Antoine s'imaginait même parfois que son employeur continuait seul dans son appartement les discours qu'il développait devant ses deux assistants. Les mots lui venaient toujours dans un ordre impeccable et, lorsqu'il était interrompu au milieu d'une phrase, il semblait à même de la suspendre indéfiniment pour retomber à la jointure au moment de reprendre la parole. Antoine avait toujours admiré cette gymnastique du langage, il la trouvait aussi belle que les figures d'acrobates qui lui arrachaient des « ah » et des « oh » d'admiration sous les chapiteaux colorés quand il était enfant. Elle lui paraissait, de plus, être transposable à l'écrit sans effort. Le député, sûrement, n'avait jamais sué sur un premier chapitre comme lui pouvait le faire, vainement, stupidement, depuis son rendez-vous avec Clisset et Haume, certain à chaque phrase entamée qu'il aurait dû en écrire une autre et que cette fondation maladroite risquait de déséquilibrer l'ensemble du travail à venir, du travail qui ne venait jamais.

Sur la petite place Édouard-Herriot qui s'étendait de l'autre côté des vitres, Antoine pouvait voir des hommes en uniforme encadrant un meeting minuscule entre les arbres nus. Un quadragénaire en duffle-coat discourait dans un micro relié à une enceinte montée sur roulettes, trois autres l'écoutaient et applaudissaient aussi vaillamment que possible. Ils n'avaient pas de banderoles ni de drapeaux permettant de les identifier. Ce carrefour était une boîte de Petri des contestations, un espace minuscule sur lequel elles se développaient, dans l'espoir que les parlementaires qui passaient par là soient happés par la force d'un slogan avant d'entrer dans l'Hémicycle. Chaque matin, Antoine découvrait une revendication nouvelle. Chaque matin, il l'oubliait quelques secondes après avoir dépassé la place Herriot à grandes enjambées.

Il tapota son dessert d'une petite cuillère nerveuse. La croûte caramélisée était brûlante et la crème était froide, le tout n'avait pas vraiment de goût identifiable, il n'était qu'une différence thermique. Une des phrases du député lui restait dans l'oreille comme un insecte égaré là, lançant un bourdonnement pénible qu'il ne parvenait pas à faire cesser : *Cette façon de faire de la politique est morte*. Il se demanda si c'était ce qu'on appelait une synesthésie, le fait que les mots de deuil puissent corrompre jusqu'à la crème brûlée dans sa bouche et que celle-ci lui paraisse se décomposer sur sa langue.

— Vous allez bien, Antoine ?

— Je n'arrive à rien en ce moment, dit-il d'une voix étranglée.

Il parlait principalement de l'écriture mais la phrase pouvait s'appliquer aussi à l'approche des élections européennes et au constat qu'elles ne suscitaient chez lui pas le moindre intérêt ou au fait qu'il n'avait jamais rappelé la fille rousse rencontrée chez Jérémie. Il se sentait basculer vers la zone perdue du triangle, celle dans laquelle tout était grumeleux et froid, celle que dans son milieu parisien il pouvait appeler « dépression » mais qui ne serait jamais chez ses parents qu'« un petit coup de blues ». Il ne croyait pas que le terme médical change quoi que ce soit, qu'il puisse apporter une quelconque dignité. Au contraire, peut-être pesait-il un peu plus. Il eut soudain envie de rentrer chez ses parents, d'avoir « un petit coup de blues » loin des regards de ses amis, collègues, employeurs. Il pensa qu'il aimerait aller faire un tour à la Vieille Ferme. Il pensa à Xavier. Au bruit de la mer.

— Je vais partir écrire quelques jours en Bretagne… dit-il. Pendant la suspension des travaux, fin février.

Le député remua la croix de son visage de bas en haut. Il regarda Antoine d'un air préoccupé.

— Cette silhouette pitoyablement respectable, prononça-t-il de sa voix spécialement réservée aux citations, et incurablement abandonnée…

— Hugo ?

— Melville. Je ne suis pas monomaniaque. Ça vous fera du bien, l'air marin.

Il ajouta qu'il partirait lui aussi à la fin du mois. S'il le pouvait, il partirait plus tôt d'ailleurs. Peut-être qu'il le ferait. Regarder la majorité renvoyer en commission les textes proposés par l'opposition n'était amusant pour personne. Et puis les séances nocturnes l'épuisaient. Il ne voyait aucune raison valable de les multiplier, si ce n'était une volonté d'épuiser les parlementaires de son âge. Il dit qu'il avait l'impression de tourner dans un mauvais remake d'*On achève bien les chevaux*. Il demanda à Antoine de lui rappeler les propositions de loi qui seraient discutées la semaine suivante et Antoine, dans un effort pour les citer sans avoir à sortir son ordinateur, balbutia un haïku sans qualité : *école de la confiance / mort subite du nourrisson / glyphosate*.

— Ah, soupira le député, le glyphosate… Ces séances-là, ne serait-ce que d'un point de vue rhétorique, je veux y assister. Nous allons assister à des contorsions magnifiques, vous allez voir. Ils vont attraper le langage et le tordre pour nous expliquer qu'ils sont pour l'interdiction du glyphosate mais contre la loi qui l'interdit et que tout ça est parfaitement sensé. Ils vont se tortiller, Antoine, ils vont jongler avec des assiettes d'expressions toutes faites. Peut-être qu'ils le feront avec émotion, peut-être qu'ils le feront avec une nonchalance arrogante. Peut-être même qu'ils ne feront rien du tout. Ils peuvent se le permettre. Ils peuvent se permettre de dire simplement non, ils ont la majorité. Je ne le leur reproche pas – après tout, nous l'avons eue, nous aussi, et nous en avons profité mais nous n'en profitons jamais assez, il faut croire. Et puis nous l'avons perdue si vite… Le gouvernement Valls courait après les voix, ça faisait peine à voir. On avait l'impression que les ministres arrivaient sur un terrain de football sur lequel personne n'aurait porté de maillot et ils frappaient à chaque porte pour être sûrs : vous jouez bien dans notre équipe ?

Antoine hocha la tête avec lenteur : il se souvenait parfaitement de ce moment de flottement et de négociation dont le député semblait étrangement s'exclure, alors même qu'il avait fait partie des élus PS qui hésitaient entre la ligne des frondeurs et celle du gouvernement.

— Ils n'ont pas le même problème aujourd'hui, c'est certain ! reprit son employeur avec un rictus. Ça vote droit, ça suit les consignes, c'est totalement dépourvu de surprise. Mais ça non plus, je ne le leur reproche pas. Ils veulent que leur majorité ressemble à un rouleau compresseur et c'est leur triste droit, je n'ai rien à dire. Je commence pourtant à penser que c'est uniquement dans la minorité qu'on reconnaît les démocrates car depuis la majorité, en réalité, et surtout depuis la majorité absolue, il n'y a pas de réelle différence entre le démocrate et le dictateur : ce qu'il veut est ce qui se produit, c'est d'une effroyable simplicité. Mais donc, ce que je leur reproche, Antoine, c'est qu'ils croient qu'ils doivent leur majorité à la capacité qu'a eue leur président d'effacer le clivage droite-gauche, et ça, j'avoue qu'il y a des matins où ça me donne envie de hurler ou de casser des choses et si je ne le fais pas, c'est sûrement parce que j'ai tout à fait conscience d'être douillet, mais quoi qu'il en soit je suis en colère parce que la fin des partis traditionnels n'a rien à voir avec Emmanuel Macron. Il y a de nouvelles lignes de clivage qui scindent la gauche comme la droite et qui font que, si vous les adoptez comme critères dominants, vous aurez une nouvelle carte des orientations politiques, et en premier lieu – je vais être vulgaire, je m'en excuse – mais en premier lieu, cette putain de laïcité. Vous avez remarqué que je n'en parle jamais ? Je refuse d'en parler. Je ne sais même pas si j'ai un avis, donc ça rend la chose plus facile, vous me direz. La laïcité, le barrage contre le FN, l'accueil des migrants, ce sont ces lignes-là qui nous ont atomisés et nulle part, jamais, nous n'avons pu débattre entre nous de ce que nous allions en faire, nous nous sommes attaqués et répondu par petites déclarations publiques, nous avons donné le spectacle de notre dissolution avant même de penser à ses raisons profondes et maintenant que nous sauvons les meubles, il semble trop tard pour nous arrêter et réfléchir, il est *encore plus trop tard*, si ça a un sens. Vous savez quoi, Antoine ? En fait, je n'ai pas du tout envie de voir une séance publique de plus. Je vais partir en vacances.

— Il est tombé pour quoi, exactement ? demanda Pierre.

Il lui avait donné rendez-vous dans un café du 10e arrondissement au mobilier de bois verni et usé, et L lui était reconnaissante de ne pas avoir choisi le bar à jus flambant neuf qui se trouvait juste à côté, décoré de fruits exposés dans de grandes corbeilles sur les tables blanches. Elle détestait ce genre d'endroits où les serveurs et serveuses arboraient un air supérieur derrière les piles de légumes anciens et de racines exotiques qui encombraient le comptoir. Ils paraissaient porter, crypté dans les tatouages qui leur remontaient du poignet jusqu'à l'épaule, le secret d'une vie saine et d'une jeunesse éternelle.

L examina le type qui lui souriait, gentil mais à l'envers, commissures vers le bas. C'était la seule raison pour laquelle elle s'était souvenue de lui des années plus tard : ce sourire bizarre, repéré place de la République sous un panneau « Avocats debout ». L se demandait à présent si ça n'avait pas été une erreur d'obtenir son numéro auprès de Salma. Pierre était un botnet ambulant : il avait deux smartphones, une tablette, une montre et un sac à dos connectés. On aurait pu monter un réseau de machines zombies rien qu'en piratant son matériel. Avant de lui expliquer quoi que ce soit, elle lui dit d'éteindre ses téléphones et d'en retirer les batteries.

— Tu as déjà entendu parler de Phineas Fisher ?

Regard perplexe. Évidemment pas. L imaginait qu'il ne devait pas non plus savoir ce qu'était un *hack back*, alors elle se mit à lui expliquer, d'abord doucement, en butant à chaque mot, en cherchant sur le visage de Pierre la confirmation que ses paroles avaient un sens, et puis de plus en plus vite. Elle lui dit que beaucoup de pirates passaient leur temps à rechercher des défauts dans les programmes, navigateurs Internet ou systèmes d'exploitation. Quelque part dans toutes ces lignes de code qui construisaient le cybermonde, il devait bien y avoir une erreur, au moins une, souvent plus, et si on la trouvait, on pouvait en faire différentes choses. On pouvait, par exemple, la signaler aux développeurs pour qu'ils la corrigent, on pouvait l'exploiter soi-même pour découvrir si elle permettait d'ébranler tout l'édifice. On pouvait aussi la vendre. Toute l'histoire d'Elias commençait là, dit L, dans cette dernière possibilité qui en ouvrait d'autres puisque l'acheteur pouvait à son tour vendre la vulnérabilité découverte et ainsi de suite. Des courtiers achetaient désormais à la Bourse des *zero-days* et des firmes les revendaient, le tout dans le plus grand secret. Comme Pierre ne comprenait pas le mot, L expliqua qu'un *zero-day* était un défaut dans un logiciel que personne n'avait encore décelé et pour lequel, par conséquent, il n'existait aucun correctif, on parle d'un trou de souris, de quelque chose de minuscule mais qui reste ouvert alors que tu penses que tu as fermé ta maison à double tour, et ce qui peut s'infiltrer par là est immense, carrément létal. Or il y avait toute une armada d'entreprises qui achetaient les trouvailles des pirates pour les transformer en outils de surveillance massive, c'est-à-dire qu'elles créaient des programmes capables d'utiliser les failles détectées pour infiltrer l'entièreté d'un ordinateur en quelques clics, et elles les vendaient ensuite le plus vite possible afin de les écouler avant que l'erreur n'ait été repérée et corrigée. Pour résumer, dit L, le capitalisme s'était emparé du codage. D'anciens génies de l'Internet libre étaient devenus les mercenaires de boîtes apparentées au complexe militaro-industriel et L dit qu'elle pouvait comprendre un peu maintenant, depuis l'arrestation, pourquoi certains avaient ainsi viré de bord : c'était pour la protection autant que pour l'argent, pour la protection qu'offrait l'argent parce que sans elle et sans commanditaire, les pirates étaient seuls et fragiles alors que les uniformes étaient nombreux. Elle continuait à trouver ça dégueulasse, malgré tout, d'aller bosser pour des firmes qui vivaient de la surveillance de la pire des façons, en traitant avec des gouvernements, des polices nationales ou des agences de renseignement. Elles utilisent nos techniques, notre savoir-faire, martela L, et elles les vendent à nos ennemis, à des personnes ou à des institutions qui sont déjà puissantes au-dehors et qui vont se servir du dedans pour peser encore plus sur les autres. D'ailleurs, certaines boîtes poussaient le cynisme jusqu'à utiliser aussi l'image des hackers : elles avaient choisi des logos représentant des hommes de l'ombre, avec une capuche qui leur dissimulait le visage, ou bien un masque semblable à celui de Guy Fawkes. Mais les firmes n'étaient en rien des pirates isolés : elles avaient un chiffre d'affaires annuel de quarante millions de dollars, amassés à coups de ventes de logiciels d'espionnage. Et puis – dit L – et puis un jour, était arrivé Phineas Fisher. Il avait piraté Gamma Group, une boîte anglo-allemande, et Hacking Team, une boîte italienne, deux piliers du marché de la cybersurveillance. Fisher avait rendu publics leurs fichiers clientèle et on avait pu y lire que les compagnies vendaient leurs produits aux régimes dictatoriaux du Soudan, de Bahreïn ou encore du Kazakhstan. Bien sûr, les deux boîtes avaient annoncé qu'elles retrouveraient les attaquants mais malgré tous leurs efforts Phineas Fisher leur avait échappé. Avant de disparaître, il avait publié en ligne un guide destiné aux impatients « incapables d'attendre les lanceurs d'alerte », dans lequel il décrivait point par point la méthode utilisée pour son hack, et il la proposait à tous, il n'y avait plus qu'à l'imiter. C'était un beau texte, dit L, même si probablement, pour les profanes, c'était un peu obscur mais il ne fallait pas se laisser décourager. Pierre hocha la tête avec gentillesse mais il lui fit remarquer qu'elle n'avait toujours pas répondu à sa question. Quelle question ? Pourquoi ton copain a été arrêté. L dit qu'elle était en train d'y répondre. Parce que, évidemment, Elias avait toujours admiré Phineas Fisher et L aussi d'ailleurs, même si elle pensait qu'attaquer les grosses firmes pouvait masquer les micro-surveillances qui avaient lieu chaque jour dans nos sociétés contemporaines, par exemple grâce aux réseaux sociaux, et qui l'inquiétaient, elle, plus que tout le reste parce que – L suggéra que Pierre devrait y penser – ces micro-surveillances révélaient qu'il n'y avait pas un Grand Méchant Loup qui tenait les manettes mais que nous étions tous un peu le loup, ce qui était terrifiant mais n'était pas tout à fait le sujet. Ce que Fisher avait montré, au-delà des cibles, c'était que la beauté du hack reposait sur l'asymétrie : un pirate isolé, en quelques centaines d'heures de boulot, pouvait mettre à mal une compagnie qui avait dépensé des millions pendant plusieurs années pour assurer sa sécurité. En réalité, il n'y avait aucun moyen d'exercer un pouvoir absolu sur le cyberespace. La leçon d'humilité que chacun devait en tirer, c'était extraordinaire, dit L, et l'espoir aussi qu'il existe encore un endroit où David pouvait triompher de – comment il s'appelait déjà ? – et Pierre soufflа « Goliath » rapidement, pour ne pas qu'elle perde de nouveau le fil. Voilà, dit L, en résumé Elias avait fait pareil, pareil que David, pareil que Phineas Fisher. Un *copycat*, d'une certaine manière. Sauf que dans le monde anonyme des hackers, un copycat ou une même personne, ça ne faisait pas de différence. Elias aurait très bien pu être Phineas Fisher sous un autre avatar, d'ailleurs personne ne savait qui était Phineas Fisher et un jour, pour donner une interview sans perdre son anonymat, Phineas Fisher avait été une grenouille. En tout cas, Elias avait attaqué une compagnie nommée Harm-Ony (L se demanda si Pierre pouvait entendre le tiret au milieu du nom quand elle le prononçait), basée à Malte, qui vendait des outils de sécurité informatique à plusieurs services de police et entreprises privées à travers le monde, par le biais de filiales internationales. La plupart des clients de Harm-Ony étaient des petites et des moyennes entreprises, rien de très impressionnant, mais certaines étaient françaises, certaines étaient chargées de la sécurité de partis politiques importants et, contrairement à ce qu'elles prétendaient, ce qu'elles vendaient auxdits partis n'était pas uniquement une protection contre les attaques mais bel et bien des moyens d'espionner leurs opposants grâce aux failles et aux programmes dont L venait de parler. C'était ce qu'Elias avait voulu montrer en mettant la main sur leurs fichiers. Sauf qu'à la différence de Phineas Fisher, Elias s'était fait prendre – pas pour le hack en lui-même mais au moment de la diffusion des données qu'il avait récupérées, il avait essayé de les transférer à quelqu'un qui les mettrait en ligne pour lui et ça n'avait pas marché. Soit il s'était adressé à un tocard, soit son contact l'avait balancé (peut-être les deux à la fois), toujours est-il que la police n'avait pas mis longtemps à remonter jusqu'à lui. L reconnut qu'elle ne savait pas vraiment ce qui s'était passé, c'était l'avocat d'Elias qui lui avait donné ces derniers détails quand Elias avait été arrêté pour introduction frauduleuse dans un système de traitement de données automatisées, ainsi que pour modification, vol et recel desdites données. L savait qu'à partir de là, tout ce qu'elle pourrait raconter serait flou et l'avocat d'Elias lui avait recommandé de ne pas parler de l'affaire en cours. Pourtant, L n'arrivait pas à arrêter son récit. Pierre avait la gentillesse (ou est-ce que c'était de l'apathie ?) de ne pas l'interrompre, de ne pas chercher à faire des liens entre ce que racontait L et ce qu'il pouvait savoir du piratage informatique. Au contraire de Salma ou de Guillaume, il ne s'accrochait pas à des souvenirs de films ou de la série *Mr Robot* pour tenter de comprendre ce qu'elle lui disait. Il se contentait d'être assis sur sa chaise et de hocher la tête en continuant à sourire à l'envers. Alors L alla jusqu'à avouer ce qu'elle n'avait dit à personne jusque-là, ni à Salma ni à Guillaume, et encore moins à l'avocat d'Elias ou aux uniformes, à savoir qu'elle avait aidé Elias au début : elle avait fait le mapping pour lui. L avait toujours été très douée pour dresser des cartes de domaines, sous-domaines, adresses IP et, sous les pages d'accueil des sites, elle décelait des presque-îles, des tentacules, des ramifications secrètes ou semi-oubliées. L était patiente, minutieuse, elle faisait apparaître des surfaces si amples qu'il se trouverait forcément quelque part une faille attaquable. Elle avait discuté des heures avec Elias du meilleur mode d'action contre Harm-Ony : mener une attaque éclair et tout piller en quelques minutes ou s'installer, au contraire, dans les profondeurs du site, masquer leurs traces et collecter les données sur un temps long. Et puis L avait eu peur et elle n'avait plus voulu qu'ils lancent cette attaque, elle estimait que survivre au-dedans comme ils le faisaient, c'était suffisant et déjà difficile. Mais Elias ne l'avait pas écoutée. Il avait continué sans elle. Sans lui dire. Pour la protéger, d'après lui. Elle lui en voulait au point qu'une barre sous son front, soigneusement étendue d'une tempe à l'autre, semblait brûler. L dit qu'Elias était en prison depuis deux mois et qu'elle n'était jamais allée le voir. Il lui avait fallu plusieurs semaines pour comprendre qu'elle était en colère, une autre pour décider de ce qu'elle devait faire de cette colère et maintenant, L attendait que son permis de visite soit approuvé. Elias et L échangeaient uniquement par lettres depuis deux mois et, bien sûr, leurs lettres étaient lues et L ne voulait pas écrire sa colère à Elias si sa colère devait d'abord être lue par un uniforme inconnu, alors elle écrivait des choses qui ressemblaient à des cartes de colonie de vacances. Elias n'avait aucune idée qu'elle lui en voulait, dit L. Elias n'avait pas le droit de lui cacher des choses, même pour la protéger, on n'a pas le droit de protéger quelqu'un contre son gré. Et puis c'était idiot car le dehors et le dedans étaient devenus hostiles désormais et L ne se sentait pas protégée du tout. Son ignorance, au contraire, l'exposait de façon cruelle et douloureuse. Toutes les choses qu'elle ne savait pas étaient comme des couches retirées et L n'avait jamais été aussi nue de sa vie, plus que nue, ou moins que nue, elle ne savait pas comment il aurait fallu le dire. Il suffisait d'un message de trois lignes signé NoLogo, par exemple, pour qu'elle enfonce ses ongles dans les paumes de ses mains ou qu'elle se statufie, et ce n'était pas possible de réagir comme ça quand on vivait si profond au-dedans. L ne savait même pas si elle pouvait encore travailler – elle finit par aborder la question qu'elle voulait poser à Pierre, qu'elle avait oublié qu'elle voulait poser à Pierre – ou si c'était trop risqué. Elle parla des réparations de machines, toujours au noir, le plus souvent pour les copains, des billets de cinquante euros qui passaient de main en main. Pierre répondit que c'était sans doute plus risqué qu'avant mais qu'il voyait mal comment ça pourrait être lié à l'affaire en cours. C'était un dossier pour les impôts, ou pour l'Urssaf, tandis que L lui décrivait une enquête qui requérait la coopération internationale de plusieurs services de police. Il demanda le nom de l'avocat d'Elias, parut satisfait quand L le lui donna, peut-être même un peu admiratif. Il demanda ensuite qui payait ses honoraires. L dit qu'Elias payait pour Elias, elle lui parla un peu des instruments de musique électroniques qu'il fabriquait sur mesure, dans des coques de raffinement – ronce de noyer, nacre et ivoire –, et dont il concevait l'ordinateur interne. Il est riche, je crois, dit-elle, et c'était la première fois qu'elle formulait cette idée même si elle avait déjà pensé que la placidité d'Elias venait sans doute des milliers d'euros qui sommeillaient sur un compte et que rien dans ses habitudes de vie n'indiquait qu'il possédait. Pierre demanda ensuite des nouvelles de Salma et L comprit que la fin de leur conversation approchait. Il allait rallumer ses téléphones, se lever, glisser sur son épaule une des bretelles du sac à dos et il avancerait dans les rues, casque sur les oreilles, porteur de son propre réseau grâce au boîtier de connexion intégré au sac, ses deux téléphones branchés à la batterie de rechargement, il pourrait même utiliser l'allume-cigare s'il avait envie d'une clope. Le sac devait lui avoir coûté deux cents euros au minimum, dépensés pour former autour de lui une bulle qui le séparait de la viandosphère, faisait de lui un être partiellement numérique, doté de prises et de câbles soigneusement dissimulés sur son dos. Est-ce que c'était un aperçu de ce que leur réservait l'avenir ? À savoir que le dedans et le dehors se mêleraient de plus en plus pour ceux qui avaient les moyens de s'offrir des interfaces reliant les deux mondes, alors que les pauvres resteraient coincés dans la viande, prisonniers de corps non augmentés.

— On a fait le tour ?

Si L voulait poser une dernière question, il fallait qu'elle le fasse maintenant. Mais elle n'arrivait pas à savoir si elle *voulait* la poser. Elle avait déjà parlé à Pierre du mapping et du travail au noir. Si elle abordait la question des services gratuits qu'elle fournissait aux femmes à la voix brisée, Pierre aurait sans doute l'impression qu'elle faisait tout pour finir en prison. L savait que lorsqu'elle épaulait les murmures inquiets, elle franchissait souvent la ligne de la légalité. Pour dissuader les bourreaux virtuels de recommencer à suivre ou à harceler leurs victimes, elle avait recours à des stratégies d'humiliation qu'elle se voyait mal décrire à un avocat. Qu'est-ce qu'il pourrait lui dire qu'elle ne savait déjà, qui plus est ? Que l'État français ne reconnaissait pas aux femmes attaquées le droit de se défendre elles-mêmes et encore moins celui de faire appel à L ? Que la vengeance n'était pas la justice ? L en était bien consciente. Mais ce qu'elle faisait était plus rapide et plus efficace. Il ne servait à rien qu'elle pose à Pierre une question dont elle connaissait déjà la réponse, dont elle refusait la réponse.

Quand il quitta le café, L crut durant quelques minutes qu'elle était soulagée de lui avoir raconté toute l'affaire mais elle s'aperçut rapidement, assise devant deux tasses vides, que la conversation la laissait la tête pleine d'Elias, la bouche pleine d'Elias, les mains pleines de formes d'Elias qu'elle avait esquissées dans l'air. Elle se sentait obscène, comme si les autres clients pouvaient distinguer, enchevêtré à son propre corps, le corps évoqué et vaporeux d'Elias, comme s'ils pouvaient lire sur ses joues rosies le manque qu'elle venait de creuser en parlant.

Le train traversa, comme à l'ordinaire, des espaces indéterminés, des espaces vides. Au fur et à mesure qu'il s'éloignait de Montparnasse, il semblait avancer dans un paysage de plus en plus bas, non seulement moins construit, moins peuplé, mais également moins écrit. Il n'y avait plus rien à lire, pas de noms de compagnies illuminant le haut des immeubles, ni même de noms de gares aux frontons de pavillons uniformes, pas de grandes publicités gondolées par l'humidité, affichant des visages dont on devinait qu'ils dataient d'une autre décennie, pas de tags sur les murets qui longeaient les voies ou sur les bâtiments abandonnés parce qu'il n'y avait pas non plus de muret ni de bâtiment. La seule ligne tracée était celle du train qui fonçait à travers le vide et Antoine, de l'intérieur, était incapable de la voir. Il était également incapable de reconnaître ce qu'il apercevait par la fenêtre : ce n'étaient pas des champs, ce n'étaient pas des usines, ni des maisons, ni des forêts. Il y avait du sol, de la terre, des graviers, parfois de l'herbe, il y avait des formes rectangulaires basses qui pouvaient être des bâtiments, et des verticales qui pouvaient être des poteaux ou des cheminées. Le train traversait des parties du pays qui paraissaient n'être là que pour être traversées par un train, comme dans les jeux vidéo où entre deux mondes particulièrement soignés par les dessinateurs s'étendaient des interzones privées de détails.

Avant son départ, le député avait confié à Antoine la préparation d'une mission d'information qui serait bientôt constituée par la commission de la Défense nationale. Antoine avait essayé de s'en décharger sur Bertrand mais celui-ci avait répondu qu'il comptait passer ses vacances en famille et notamment avec *sa fille* de cinq ans qu'il voyait trop peu, et Antoine avait gardé le dossier en maudissant la gravité habituelle de Bertrand dès qu'il était question de sa progéniture et de ses devoirs secrets de père. Le député lui-même se serait volontiers passé de ce temps d'étude qui portait sur la cybersécurité – un thème qui n'aurait pas pu l'intéresser moins, avait-il avoué à ses assistants –, mais il se trouvait que l'article 145 contraignait les missions de plus de deux membres à « s'efforcer de reproduire la configuration politique de l'Assemblée ». Le député y jouerait donc le rôle du socialiste de service, en tâchant de masquer son ennui. Antoine tentait d'établir les grands axes autour desquels il pensait que la mission pourrait s'organiser mais sans cesse ses yeux quittaient son ordinateur pour se reposer sur le paysage informe de l'autre côté de la fenêtre. Il nota que les contours et les finitions réapparaissaient aux alentours de Laval, pour ne plus s'effacer jusqu'à Rennes. De là à Saint-Brieuc, il y avait parfois de brefs intervalles de flou mais le plus souvent la campagne. Même si elle était vide, elle était parfaitement en place. Elle semblait prête à accueillir des irruptions : chevreuils, tracteurs, chasseurs soulignés de gilets orange, tracé massif d'un clocher d'église. Parfois Antoine voyait un lapin traverser les herbes hautes et il trouvait ça beau et il regrettait de ne plus avoir l'âge de se tourner vers son voisin pour lui dire « Regardez ! », et il savait qu'il n'en parlerait à personne à son arrivée parce qu'un lapin est une trop petite chose pour qu'on puisse porter le récit de son apparition pendant une heure ou deux avant de le partager, un lapin disparaît de lui-même, sans laisser d'histoire, quelques minutes après qu'on l'a vu, et Antoine était triste de sa joie qu'il ne raconterait à personne et il était triste que les lapins ne soient pas plus gros.

La maison avait été construite dans les années 1980. Quand les parents d'Antoine en parlaient, ils disaient encore : « C'est une maison neuve. » Mais en trente ans, elle avait vieilli – et salement. « Maison neuve » signifiait simplement désormais qu'elle n'était pas en pierre. « Maison neuve » n'empêchait pas les fissures, les taches, les écailles. « Maison neuve » ne pouvait rien contre la courbe étrange de la gouttière. « Maison neuve » ne retenait pas les ardoises du toit.

On ne la voyait pas de loin. La route du village suivait un tracé qui approchait la spirale et chaque tournant se compliquait de céanothes et de roses trémières, on ne distinguait rien, on avançait en se demandant si on n'était pas en train de tourner en rond, la route ouvrait sur des impasses et des chemins privés qui ressemblaient à des possibilités de sortie mais n'en étaient pas. Des voitures entamaient de lents demi-tours ici ou là en priant pour que personne ne surgisse d'un virage. C'était une route qui donnait immanquablement l'impression qu'on s'était trompé de route. Antoine avait vécu dix-neuf ans ici et il se faisait encore avoir par ce sentiment flottant quand il rentrait à la maison familiale, la maison neuve.

L'intérieur, lui, n'avait pas vieilli. Il était déjà vieux au départ. Les parents d'Antoine avaient fait construire une maison neuve pour l'aménager vieux. En y grandissant, le garçon avait cette sensation étrange, lorsqu'il descendait dans le salon, que ses parents étaient comme des grands-parents chez qui il serait allé en vacances : le mobilier ne s'expliquait pas autrement. Antoine ne se plaignait pas. Même à l'adolescence, il n'avait rien dit. La maison avait beau être laide pour l'œil, il comprenait qu'elle était moelleuse au corps. Après son arrivée à Paris et sa découverte progressive des intérieurs bourgeois, il avait pensé que le moelleux inesthétique était probablement la marque de son milieu social. Il ne l'avait retrouvé nulle part. Au contraire des demeures de riches qui paraissent avoir été conçues pour que la vie intime de leurs propriétaires demeure cachée aux invités, les maisons de classe moyenne (la maison des parents d'Antoine) semblaient (de l'intérieur) vouloir vous faire partager chaleureusement l'existence de leurs habitants. Tous les meubles et les éléments décoratifs étaient agencés pour que vous y trouviez du confort, de la facilité, comme par exemple la proximité du fauteuil et du meuble à apéro, ou la mollesse des coussins et du plaid qui traînaient toujours sur le canapé pour enrouler et soutenir le corps, quelle que soit la position dans laquelle vous vouliez vous vautrer. Et puis il y avait les oreilles pendantes des napperons disposés aux divers coins de la pièce et qui n'avaient aucune utilité mais rappelaient qu'une maîtresse de maison s'était usé les mains et les yeux pour que vous vous sentiez bien ici, c'était l'HOSPITALITÉ crochetée à la main, ces napperons, et ils avaient quelque chose de christique parce que, franchement, passer des heures pour obtenir ce résultat esthétique plus que douteux, c'était un sacrifice – ça ne pouvait pas ne pas être un sacrifice, la mère d'Antoine n'avait quand même pas de la merde dans les yeux, personne n'en avait autant, pas jusqu'à aimer les napperons, les napperons étaient donc des signes. Plus la maison susurrait : *Installe-toi, mets-toi à l'aise, fais comme chez toi*, plus Antoine avait voulu en partir. Il souriait poliment quand ses parents évoquaient ses futures études à Rennes, mais il n'avait pas déposé de demande pour être admis en hypokhâgne à Chateaubriand. Il comptait les jours qui le séparaient de Paris – et s'il n'était pas accepté dans une prépa parisienne, il ne savait pas ce qu'il ferait, il n'avait pas de plan B, ce n'était pas une option. « Tu nous saignes », avait dit son père sur le ton de la plaisanterie lorsqu'il avait fallu lui trouver un logement et s'inquiéter des billets de train. Antoine savait que ça n'avait rien de drôle : il avait emporté dans sa fuite une partie du compte épargne de ses parents. Les euros s'écoulaient dans son sillage, des centaines, des milliers, et aucun des petits boulots qu'il pourrait avoir pendant ses études ne colmaterait la brèche. Il le savait mais il était parti quand même. Il pensait qu'il en avait *besoin*.

À chaque retour, Antoine se disait que sa fuite à la fin du lycée était née de la peur qu'il puisse se retrouver prisonnier et qu'à force d'écouter la maison il finisse par considérer que l'aquarelle de la Sagrada Familia sur le mur n'était pas si laide, tout comme le chien en porcelaine dont les yeux étaient trop grands, et que le fauteuil était à parfaite distance du meuble apéro, pourquoi on sortirait d'ici après tout, on est bien, pas vrai qu'on est bien.

Arrivé chez ses parents, il s'installa sur le lit de sa chambre d'enfant, son ordinateur posé sur le haut de ses jambes, ses pieds dépassant du cadre désormais trop petit. Il relut plusieurs fois la tentative de chapitre qu'il devait adresser aux éditeurs : *Elle ne sait sans doute pas, au moment où elle prend le nom de Gerda Taro dans un éclat de rire, au moment où elle abandonne Gerta Pohorylle alors qu'elle l'a été pendant vingt-cinq ans, que ce n'est pas derrière ce pseudonyme qu'elle disparaîtra bientôt mais derrière celui d'un autre : Robert Capa. Ce nom-là aussi, c'est elle qui l'a inventé, cette fois pour l'homme qu'elle aime et qui s'appelait Endre Ernö Friedmann quand elle l'a rencontré. Elle n'est plus, désormais, une juive allemande qui a fui Hitler, il n'est plus un juif hongrois chassé par le régime de Horthy : ils sont tous les deux les homonymes approximatifs de célébrités hollywoodiennes et ils espèrent que les journaux, attirés par les nouvelles sonorités séduisantes de leurs noms, se décideront enfin à leur donner du travail. Ce sera le cas en 1936 et ce sera l'Espagne, pendant onze mois, jusqu'au 25 juillet 1937.*

Si on avait demandé à Gerda, à ce moment-là, au moment de son départ pour le front espagnol, si ça lui posait un problème d'arriver toujours en seconde position, d'être « la femme de » ou le membre des Beatles dont personne ne se souvient, elle aurait sans doute dit que non et rallumé une cigarette. Elle a laissé ses compagnons des Brigades internationales la surnommer pendant des mois « la Petite Rousse », sans s'offusquer. Elle a accepté que l'on parle de son sourire ou de ses amants plutôt que de son travail quand on la mentionnait dans les conversations, alors qu'elle était la première femme reporter de guerre. Ce qui était important, aurait-elle dit, c'était de pouvoir lutter contre le fascisme qui montait en Europe, c'était de filmer et de photographier ceux qui se trouvaient en première ligne dans ce combat, avoir des images à opposer à la propagande nationaliste.

Et filmer ou photographier, eh bien c'était déjà disparaître un peu, derrière un objectif, un pseudonyme ou le corps de l'être aimé, ça n'était pas bien grave, elle s'en accommoderait.

Antoine déplaça plusieurs fois une virgule, créant de nouvelles incises dans la phrase, puis il finit par la remettre à sa place initiale. Sa référence anachronique aux Beatles le faisait tiquer chaque fois qu'il relisait le passage mais il ne parvenait pas à savoir s'il devait la supprimer. Il était persuadé que c'était dans ce genre de décalages, de pas de côté, que se nichait la littérature. Mais comment faire en sorte que le procédé ne paraisse pas artificiel ni affecté ? L'ordinateur devint brûlant contre ses cuisses, difficilement supportable, alors qu'il n'avait pas aligné plus d'une dizaine de mots. Son immobilité l'agaçait autant que son incapacité à produire – non seulement il n'était pas « dedans », mais même en tant que spectateur, il ne trouvait aucun plaisir à se regarder. Ce n'était pas sa faute, se consola-t-il : il n'y a rien à voir en écriture, rien à observer, et c'est d'ailleurs pour ça que le cinéma se casse la gueule chaque fois qu'il veut filmer des écrivains, il doit créer de la péripétie visuelle, il demande à ce qu'on froisse des feuilles, à ce qu'on jette à terre des machines à écrire, à ce qu'on brise au creux du poing un crayon gris serré trop fort, à ce qu'on rature à grand bruit, il demande que des pointes de stylo, nerveuses et folles, trouent le papier, que l'écrivain hurle, mains crispées ou bras levés, devenu toupie, devenu projectile, ou au moins qu'il s'enferme, claque une porte, s'enferme dehors ou s'enferme dedans, ça n'a aucune importance puisque tout endroit qui n'est pas l'immédiate écritoire est un ailleurs dans lequel il suffoque, *doit* suffoquer, si loin de la création, et donc il claque une porte, peut-être que quelque chose tombe, un vase, une applique, un cadre contenant une photographie, il y a des éclats, il y a aussi le bruit cristallin des choses qui se brisent en éclats, peut-être que quelqu'un pleure, mais toutes ces actions ne disent rien de l'écriture, elles pourraient être dupliquées, répliquées, appliquées à n'importe quelle pratique, on casserait des raquettes dans un film sur le tennis, un violon dans un film sur la musique, un pinceau en poil de martre dans un film sur la peinture, on froisserait des feuilles dans un biopic sur Alan Turing cherchant à déchiffrer le code d'Enigma, on jetterait au sol un tour de potier, un bloc de marbre, un chevalet et on hurlerait et on s'enfermerait, toujours, partout, mais aucune de ces actions n'aident à penser la création ni l'activité intellectuelle en elles-mêmes. Antoine ne savait pas à quoi devait ressembler quelqu'un qui écrivait et pourtant il s'en voulait de ne pas y ressembler davantage. Le lendemain, plutôt que de se confronter à son reflet inadéquat, il préféra aller traîner sur la plage.

Il traversa à pied la partie vieillissante du village, sa préférée à cette heure de la journée parce que l'activité n'y cessait jamais. Dans les lotissements situés de l'autre côté, entre 10 heures et 17 heures, il n'y avait personne : les enfants étaient à l'école et les adultes travaillaient. Les habitants n'étaient pas assez riches pour se payer une femme de ménage ou un jardinier, tout était immobile. Mais dans le hameau des parents d'Antoine, des petits mouvements de vieux pouvaient être décelés dans le paysage, de minuscules parcours de vieux jusqu'à la boîte aux lettres ou la poubelle, ou pour sortir un chien qui était vieux lui aussi, l'arrière-train à demi paralysé. Dès le panneau de sortie du village s'étendait une forêt de fougères et de châtaigniers qui finissait par s'ouvrir sur la crique et la plage, presque par surprise.

La marée était basse et Antoine fit quelques pas maladroits sur les galets pour atteindre le sable laissé nu derrière une barrière rocheuse. Les berniques et les huîtres, accrochées aux énormes blocs, émettaient des grésillements baveux. Quand il était adolescent, il descendait avec un petit couteau, ouvrait les coquillages à même la paroi et se tordait dessous, s'éraflait la joue pour avaler leur contenu. Il fumait aussi des joints avec Xavier, toujours au même endroit – dans une petite clairière fermée par trois rochers noirs où ils étaient sûrs qu'aucun parent ne les surprendrait. Mais ça, il supposait qu'une majeure partie des adolescents de France l'avaient fait au même âge, alors que les huîtres constituaient la particularité de son récit de jeunesse. Maintenant, les unes se mêlaient curieusement aux autres : le souvenir des huîtres appelant celui des joints, ou inversement. Sur la plage, tout en collant son oreille aux coquilles grises pour mieux entendre leur langage de bulles et de crissements, Antoine pensa au petit trafic à l'époque du lycée, aux manœuvres pour mettre la main sur une barrette au bon moment, juste avant le week-end, et il se dit que le deal de shit avait peut-être été le premier *champ* dans lequel il avait compris ce qu'étaient des positions de pouvoir, même si à ce moment-là, il était incapable de le formuler en ces termes.

La position dominante de ce champ lycéen était occupée par Fabien, un élève de la 1re STT 2 surnommé sans raison apparente « le Russe ». Sa supériorité lui venait de ce qu'il était toujours capable de fournir en shit ceux qui en faisaient la demande, même lorsque les autres pourvoyeurs étaient à sec et prétendaient qu'il n'y avait plus rien en ville, et rien non plus à Saint-Brieuc ou à Rennes. Sa puissance venait du mystère de son achalandage éternel, même s'il se disait que Fabien traitait directement avec un grossiste de la banlieue parisienne. Ce qui signifiait qu'il n'était pas le pouvoir en soi, il en était une délégation. Antoine avait constaté que, alors que personne n'aimait Fabien – qui n'avait pas beaucoup de conversation et peu de centres d'intérêt –, tous les élèves du bahut considéraient comme un honneur non négligeable le fait de lui parler quelques secondes ou d'être à une soirée où il faisait une apparition. Il y avait de la peur, aussi, dans le sentiment qu'il inspirait – et peut-être que son surnom, « le Russe », découlait de là, le plaçait dans une sorte de mafia terrifiante ou le rapprochait de Vladimir Poutine. Pourtant,

Antoine n'avait jamais eu connaissance de faits d'armes accomplis par Fabien. D'autres pouvaient se vanter d'avoir cassé des gueules ou revenir le lundi matin avec des arcades sourcilières explosées et noires mais le Russe n'avait jamais exhibé de traces de violence sur son visage aux couleurs délavées. Jamais Antoine ne l'avait entendu proférer une menace. Et le pouvoir, selon Antoine, c'était que Fabien n'avait jamais eu à le faire parce qu'il n'avait jamais souffert d'impayés, alors même que le petit commerce qu'il menait au lycée et aux alentours fonctionnait généralement à crédit. Il aurait suffi, peut-être, que quelqu'un se décide à porter un coup à Fabien ou, plus simplement encore, garde son billet dans sa poche pour que s'effondre la domination qu'il exerçait. Mais personne ne le faisait, personne ne pensait à le faire. Le pouvoir créait autour de son détenteur une aura de fascination, de quasi-hébétement qui rendait difficile, presque impossible, de lui refuser quoi que ce soit. Antoine le voyait autour du député. Il avait parfois à convoquer en son nom des personnes que celui-ci désirait rencontrer et, la plupart du temps, les inconnus qu'il joignait par téléphone ou e-mail, sans même se trouver en présence du député, sans même entendre sa voix, s'inclinaient devant son titre et acceptaient de venir déjeuner, comme s'il avait été leur supérieur hiérarchique au lieu d'être le dépositaire d'un mandat populaire.

La plage était trop gluante, Antoine ne parvenait pas à se concentrer sur l'immensité de la mer et à être happé par elle. Il ne se rappelait pas – comme d'ordinaire – ce vers esseulé de Baudelaire qui faisait de lui un homme libre parce qu'il chérissait gnagnagna, les douze pieds de l'alexandrin, il n'arrivait pas à penser à autre chose qu'au gluant des algues et à toutes les autres choses gluantes du moment, les sandwichs briochés, le langage, le petit coup de blues et son visage aperçu ce matin au-dessus du lavabo de sa chambre d'enfant. Il y avait trop de mer, trop de ciel, les mouvements des deux s'accordaient d'une manière secrète. Ça ne lui faisait aucun bien d'être pris dans tout ça. Il avait cru, mais non. L'infini ouvrait ses mâchoires de rochers et tout, jusqu'aux grains de sable qui lui collaient aux pieds, jusqu'à la tache brune d'humidité sur ses chaussures, était pour lui le signe qu'il se faisait bouffer. À Paris, le paysage était plein, contouré et défini. La pensée du nombre de vies qui frôlaient la sienne lui donnait parfois le vertige mais ce n'était pas comparable à l'effroi qui montait aujourd'hui sur la plage, avec ces odeurs contraires de sel et de pourrissement. Est-ce qu'il s'était déshabitué de l'infini en restant trop longtemps au centre des perspectives haussmanniennes ? Est-ce qu'il ne supportait plus autour de lui que des paysages domestiqués ?

Il se dit qu'il pourrait se rendre à la Vieille Ferme, maintenant qu'il était là, et saluer Xavier. Il se le dit comme si c'était une décision fortuite, alors qu'il s'y rendait chaque fois qu'il venait chez ses parents. Il avait besoin de mettre son départ et l'immobilité de Xavier en parallèle et, pour ça, de passer à la Ferme afin de constater que son ami d'enfance était bien là, toujours en place, *rangé* comme dans les souvenirs d'Antoine.

C'était une journée de travail, une journée de vie, une journée entière passée au-dehors. L avait pris la décision de sortir de sa torpeur puisque Pierre semblait penser qu'elle ne risquait pas grand-chose. L avait accepté d'aller dépanner trois bécanes à différents endroits de Paris. La veille, elle avait ressorti son vélo de la cave de l'immeuble et, en remontant, elle avait vidé la boîte aux lettres dans laquelle étaient enchevêtrés courriers et prospectus. Il n'y avait pas de réponse à sa demande de permis mais il y avait une lettre d'Elias. Comme les précédentes, elle alternait les phrases de description lapidaire et celles à la première personne, plus lapidaires encore (« La lampe est cassée. Je vais bien. Il n'y a aucun livre en allemand à la bibliothèque. Je me demande quand tu vas venir », etc.).

L n'alluma pas son ordinateur pour éviter d'être happée par le monde du dedans. À la place, elle voulut écouter la radio sur un vieux transistor qu'elle avait retrouvé dans un placard de la cuisine en cherchant des céréales. Il devait être à Elias. Toutes les vieilleries électroniques de l'appartement étaient à Elias. Il détestait les objets connectés et le réseau sans défense qui les reliait – l'*Internet des objets,* il prononçait toujours ces mots avec une grimace dégoûtée. Il avait peuplé l'appartement de dinosaures ternis et trapus de marques allemandes. Il en prélevait parfois des pièces particulièrement à son goût pour les instruments de musique qu'il concevait, et L, en ouvrant les placards, découvrait des appareils borgnes, amputés ou câbles à l'air, qu'elle trouvait sinistres mais qu'elle n'osait pas jeter.

L tourna longtemps la mollette du vieux poste avant de parvenir à capter un signal clair. Les stations voisines bavaient sur celle qu'elle essayait d'écouter. Elle comprit quelques bribes, il était question d'Algérie et du selfie avec Glock d'Alexandre Benalla (c'était comme un titre de tableau ancien, « nature morte avec livres »), mais les informations étaient presque entièrement recouvertes par la boîte à rythmes d'une chanson pop, surgie d'un recoin des ondes hertziennes. L déplaça la mollette d'un infime millimètre et les voix s'affirmèrent. On annonçait des événements pour le 8 mars, la journée de la lutte pour les droits des femmes (une journaliste martelait les douze syllabes avec conviction). L'une des soirées mises en avant était organisée par Grenade(s), l'association de Salma. Même si L n'avait jamais suivi de près les activités de Grenade(s) – au grand désespoir de Salma qui ne cessait de l'inviter à les rejoindre et rêvait d'organiser une conférence sur le thème « Femmes et informatique » –, elle sourit avec fierté dans la petite cuisine en entendant nommer l'association. Celle-ci existait depuis plus de dix ans mais elle n'avait longtemps été connue et portée que par une poignée de militantes. Depuis le début du mouvement #MeToo, sa visibilité et le nombre de ses adhérents avaient décuplé et les journalistes, désormais, relayaient les stages et les conférences qu'elle organisait comme s'ils l'avaient toujours fait.

C'était ce qui avait manqué à Elias, réfléchissait L en zigzaguant sur son vélo entre les joggeurs multicolores, les mouettes enrouées et quelques buveurs de bière : un journal prêt à révéler les informations qu'il avait obtenues, plusieurs journaux même. Il aurait fallu les faire publier avant l'arrestation et alors l'arrestation n'aurait peut-être pas été possible. Assange n'aurait rien été sans les journalistes, Snowden non plus. Le partenariat dedans-dehors était une étape vitale. Elias avait été stupide de se lancer sans s'être assuré que quelqu'un de confiance prendrait le relais. Il y avait toujours une guerre de communication autour des informations fuitées. Il fallait être prêt à la mener aussi, pas juste celle de la technique mais celle de la propagande – c'était la division du travail entre Ops et Props qui avait fait les beaux jours d'Anonymous, dix ans plus tôt. L'ancienne armée avait eu des centaines de contributeurs qui ne s'occupaient que de la communication. Impossible de faire autrement. En face, la machine à persuader turbinait à pleine puissance, officielle, massive, institutionnalisée. Si on ne la contrait pas, elle avalait. Les Props avaient fait un travail énorme pour que le mouvement ne soit pas bouffé tout cru et oh qu'était devenu Barrett Brown ? Il y avait longtemps que L n'avait pas pensé à Brown. Il avait fait de la prison, lui aussi. L ne savait pas bien ce qu'il était devenu depuis qu'il était sorti. Les forums chuchotaient parfois qu'il n'avait pas supporté, il était baisé de la caisse. Mais il ne fallait pas que L pense à ça maintenant. À la prison. À l'horreur de la prison. Ça faisait tanguer son vélo.

Barrett Brown était une figure difficile à placer dans l'armée anonyme. Il avait été à la fois (ou peut-être tour à tour, mais si rapidement que les différents statuts paraissaient simultanés) un ami, un militant, un vendu, un contributeur et un relais. Barrett Brown n'avait jamais eu d'autre nom que Barrett Brown et, comme il se foutait des obligations d'anonymat, il pouvait parler aux médias. Lui-même avait une formation de journaliste et savait attirer l'attention des chaînes de télé ou des organes de presse. À l'hiver 2011, il était devenu le porte-parole d'Anonymous, sans avoir pourtant recueilli les suffrages du groupe – sans les avoir demandés, avançait-il. Sur les IRC, de nombreux participants le traitaient de *namefag* et L se souvenait qu'elle ne l'aimait pas beaucoup et que ses apparitions télévisées lui tiraient des insultes. Mais aujourd'hui elle reconnaissait que ce type dont la cigarette semblait ne jamais s'éteindre, ne jamais avoir de fin en réalité, se régénérer d'une seconde à l'autre pour faire en sorte que Barrett Brown soit toujours *en train* de fumer, leur avait été utile en se montrant devant les caméras, les yeux embués de sommeil (ou au contraire ternis par le manque de sommeil) dans un visage toujours plus pâle, pour affirmer qu'Anonymous pratiquait la désobéissance civile et œuvrait pour le droit à la connaissance de chaque Américain. Barrett Brown utilisait sans rougir, sans ciller, mais avec un léger bégaiement confus, les termes d'insurrection et de propagande, en répétant que les deux étaient nécessaires. Barrett Brown avait été condamné à plus de soixante mois de prison pour « assistance à personne ayant commis des actes criminels », « obstruction à la justice », et pour avoir, peut-être sous héroïne ou en plein effets secondaires de son sevrage – les versions divergeaient –, annoncé qu'il était armé et qu'il utiliserait son arme si on s'en prenait à sa mère (« menace à un agent fédéral »). Barrett Brown, en vrai héros de l'information libre et du foutage de gueule, avait également réussi l'exploit de se faire arrêter par le FBI alors qu'il était en conversation sur Tinychat avec trois autres Anons, permettant ainsi que la scène soit (partiellement) filmée et immédiatement mise en ligne.

Comme chaque fois qu'elle pensait à l'époque de l'armée anonyme, L se sentit envahie par un mélange de joie diffuse et de tristesse cinglante. Joie d'en avoir été, d'avoir vu avancer les ombres, joie d'avoir pu vivre ce moment sans croire qu'il allait finir. Tristesse de penser que malgré les batailles remportées une à une, il fallait admettre que les siens n'avaient pas gagné la guerre, tristesse d'habiter des ruines, tristesse qui se logeait dans la gorge comme une lame. Pour la chasser, elle entreprit d'organiser sa journée en listes et en cartes.

La première machine dont L devait s'occuper ce matin était celle de Delambre, qui vivait rue des Petites-Écuries. Elle en aurait pour un quart d'heure en suivant les canaux jusqu'au jardin Villemin avant de prendre vers l'ouest. À cette heure-là et dans la légère bruine, il n'y aurait personne au bord de l'eau pour contempler les silhouettes noyées de caddies ou de trottinettes. Ensuite, L irait dépanner un pote de Salma près de la place d'Italie, c'est-à-dire à une vingtaine de minutes si elle suivait les grandes avenues, reliait République à Bastille par le boulevard du Temple, mais elle se dit que si elle avait le temps, elle prendrait les rues intérieures, longerait Beaubourg et la place des Vosges, verrait défiler une succession de musées où elle n'avait jamais mis les pieds et qu'elle aimait dépasser aussi vite que la circulation le lui permettait avant de se lancer à la recherche d'un pont pour traverser la Seine. Sur l'autre rive, les musées seraient remplacés par des universités et des hôpitaux où, là non plus, elle n'avait jamais mis les pieds et qui occupaient des espaces immenses, derrière des murs aveugles et monotones, et lui donnaient l'impression de faire du surplace ou que le bâtiment n'aurait jamais de fin. De la place d'Italie, elle se rendrait chez la Folle aux chats qui n'avait pas de chats et vivait sur le boulevard Arago.

L était certaine de ce qu'elle trouverait sur la machine de Delambre. Un nouveau truc avait envahi pas mal d'ordinateurs ces dernières semaines – un rançongiciel, une petite saloperie qui cryptait les fichiers des ordinateurs infectés et demandait à leurs propriétaires de verser de l'argent en échange de la clé qui permettrait de les déchiffrer. Dans certains cas, les rançongiciels se déclaraient ouvertement comme des preneurs d'otages et réclamaient la somme pour ce qu'elle était vraiment : une rançon, donc. Dans d'autres, ils singeaient un courrier officiel et maquillaient la rançon en amende. Le nouveau venu prétendait, par une lettre à faux en-tête qui bloquait l'écran et toutes les actions possibles, être une émanation du ministère de l'Intérieur. « Des contenus illégaux et/ou pornographiques ont été détectés dans votre ordinateur. » Il demandait le paiement de trois cents euros pour libérer la machine. C'était à la fois idiot (qui croyait que le ministère de l'Intérieur pouvait agir ainsi ?) et assez malin (la gêne créée par la teneur du message dissuadait une partie des victimes de le montrer à un réparateur et les poussait à payer discrètement – en réalité, L ne connaissait personne dont l'ordinateur n'ait pas contenu au moins un fichier illégal et/ou pornographique).

Au téléphone, Delambre avait presque l'air résigné. Delambre faisait toujours partie de ceux qui chopaient les virus. S'il n'y avait eu qu'un cheval de Troie à parcourir l'immensité d'Internet, il aurait terminé sur son ordinateur. L aurait pu se dire que le type était stupide (il traînait sur bon nombre de sites russes assez louches en n'ayant jamais eu plus qu'un anti-virus gratuit, rarement mis à jour), mais il lui avait semblé observer au fil des années qu'il se jouait autre chose que des questions techniques dans les infections de machines. C'était comme avec les piqûres de moustique : il y a toujours une personne autour de la table, en plein été, qui se fait bouffer et les autres qui la regardent avec une commisération teintée de soulagement. L avait fini par se dire que les virus avaient pris goût à l'ordinateur de Delambre et qu'il n'y pouvait pas grand-chose.

— Pourquoi tu fais ça ? lui avait-il demandé la première fois qu'elle était passée chez lui.

— C'est un reproche ?

— Non, de la curiosité. Je me demande ce qui pousse une jeune fille comme toi à se plonger dans les ordinateurs.

— Si je faisais du piano, personne ne m'emmerderait à vouloir savoir pourquoi je fais du piano.

— OK…

— Alors tu n'as qu'à te dire que je fais du piano et que tu es juste incapable d'entendre la musique.

Depuis, il l'appelait Franz. Comme Schubert. Comme Liszt. L aimait bien aller chez lui. Delambre travaillait dans l'événementiel, gagnait très bien sa vie et ne paraissait pourtant pas savoir lui-même ce qu'il faisait exactement. Il avançait de surprise en surprise. L'argent lui arrivait de la même manière, sans qu'il paraisse s'y attendre ni avoir fait quoi que ce soit pour déclencher un paiement. Alors il le dépensait comme s'il s'était agi d'un cadeau de Noël et pas de son moyen de subsistance. Il achetait des trucs immenses, absurdes, et il s'en débarrassait ensuite. Parfois, il y avait un vieux juke-box dans son salon, parfois une sculpture aux faux airs de Calder, parfois c'était un nouveau système stéréo avec des enceintes hautes comme des tours et, une fois, L avait trouvé un berger des Pyrénées, l'air infiniment triste sous ses longs poils.

Elle attacha son vélo à une barrière déjà encombrée et se coinça l'index entre le cadre et la pédale en tentant de poser l'antivol. À côté de la porte de l'immeuble, un homme fumait en silence, recrachant des volutes par le nez. Il portait un jean, un pull et un blouson noirs, et sa silhouette monochrome se détachait, nette, sur la pierre beige. L lui adressa un sourire désolé pour faire oublier ses jurons. Il n'y répondit que d'un frémissement de paupières.

Dès qu'elle ouvrit l'ordinateur de Delambre, L comprit qu'elle s'était trompée dans son diagnostic. La machine n'était pas paralysée par un rançongiciel mais par un truc beaucoup plus coriace. L le copia sur une clé pour pouvoir étudier le code en détail plus tard. Elle sentit qu'elle se réveillait en nettoyant l'ordinateur avec minutie. Il y avait quelque chose d'organique dans la manière dont le virus s'était étendu partout sur le disque, abandonnant derrière lui des larves minuscules qui n'aspiraient qu'à grandir si on les laissait tranquilles dans l'obscurité. Elle savait qu'elle serait en retard pour ses deux rendez-vous suivants mais elle traqua avec un plaisir immense les rejets nichés dans les moindres recoins.

— Je t'ai rarement vue aussi concentrée, Franz.

C'était le début de l'après-midi et pourtant Delambre était encore en pyjama, à moins que ce ne soit un jogging particulièrement fluide, ou peut-être une tenue traditionnelle asiatique qu'il avait rapportée d'un voyage dans un pays que L ne connaissait pas. Il était affable et lent, le visage et la voix gonflés de sommeil. L lui dit que pour une fois son problème était *intéressant*. Il sembla se réveiller, lui aussi, demanda si elle avait une idée de sa provenance, comment c'était arrivé sur son ordinateur. Est-ce qu'elle avait un moyen de savoir si quelqu'un le lui avait délibérément envoyé par mail ? Elle fit sauter la clé USB au creux de sa main et dit, d'un ton faussement grave :

— Vous avez des ennemis ?

Elle ne pouvait pas croire que quelqu'un veuille s'en prendre à Delambre. Il avait l'air d'un gâteau élaboré et crémeux dans la vitrine d'une pâtisserie de luxe. Il mentionna un différend avec des vigiles – et le simple fait qu'il utilise le mot « différend » prouva à L que Delambre n'avait pas vraiment d'ennemis. Il lui raconta, de sa voix un peu pâteuse, qu'il avait décidé d'arrêter de travailler avec son agence de sécurité habituelle après une soirée qui s'était mal passée. Les types n'avaient pas bien encaissé sa décision, ils l'avaient pourri. Et Delambre découvrait que les hommes-armoires changeaient tellement souvent de boîte, vendant leurs muscles sans se soucier du nom figurant sur le polo, la veste ou le blouson, que l'histoire avait fait le tour de la plupart des prestataires possibles avant qu'il ait pu choisir une agence de remplacement. Il peinait à trouver des vigiles dignes de confiance pour son prochain événement, sur lequel – comme à son habitude – il resta flou. Même les hôtesses d'accueil et les barmen se défilaient. Il allait devoir renouveler tout son staff à cause de deux types vexés qui lui avaient taillé une réputation de mauvais client.

— Quand je leur ai reproché, ils m'ont envoyé des mails d'insultes assez… créatifs. Je me disais que ça pouvait être eux.

— Je regarderai, dit L en glissant la clé dans sa poche.

Lorsqu'elle sortit de l'immeuble, l'homme en noir était toujours là et, curieusement, sa cigarette paraissait en être exactement au même stade que lorsque L était entrée. *Il y a un bug dans la matrice.* Elle observa le renflement de ses muscles sous les manches serrées du blouson et se demanda s'il pouvait s'agir d'un agent de sécurité qui attendait Delambre. L hésita à envoyer un texto à son client. Si le type était bien là pour lui et que Delambre sorte, dans son corps mou et son pyjama asiatico-brillant, il allait se faire démonter en deux secondes. Mais pendant qu'elle s'escrimait à détacher son vélo, le type écrasa sa cigarette et partit en direction du métro après lui avoir adressé ce que L pensa être *un petit signe de la main*. Quand elle parvint à ramener son attention sur l'antivol, elle tremblait légèrement et la petite clé ronde dansait autour de la serrure sans qu'elle parvienne à l'y faire rentrer.

Le deuxième client était un peu particulier. Salma lui avait dit qu'il était journaliste et que, depuis qu'il avait commencé à couvrir les manifestations des Gilets jaunes, il avait peur d'être surveillé par la police. L lui avait apporté un logiciel DBAN pour qu'il puisse effacer toutes les données de son disque dur mais, bien sûr, le type ne voulait pas *du tout* effacer ses données. Ses photos, ses vidéos, c'était la matière même sur laquelle il travaillait, il en avait besoin. Ce qu'il voulait, c'était que L « blinde son ordi », et il le répéta plusieurs fois, il voulait un truc blindé. Après avoir fait un rapide tour de la machine, elle lui suggéra de commencer par mettre à jour ses programmes – il laissait pourrir des vieilles versions avec des défauts connus, c'était une journée portes ouvertes à l'intérieur. Pendant qu'elle chiffrait ses dossiers, le journaliste parlait continûment : les éborgnés, les fichés S, Mediapart, Gaspard Glanz et puis, soudain, dans un tressautement international, il passa au *Hirak* en Algérie. Comme c'était un ami de Salma, L n'osa pas mettre ses écouteurs. Elle aurait pourtant eu besoin de se concentrer, de synchroniser ses actions au rythme d'une musique connue d'où elle aurait tiré sa fluidité. Là, elle se sentait fébrile et ses propres pensées lui parvenaient tronquées.

Quand elle déclara qu'elle avait terminé, le journaliste inspecta l'ordinateur avec soin, l'air un peu déçu, comme s'il s'était attendu à ce qu'elle lui rende une machine qui soit littéralement « blindée », toute caparaçonnée de protections brillantes.

— Est-ce que je peux être sûr…

Il hésita, son billet de cinquante euros déjà sorti mais serré au creux de la main.

— Que c'est sûr ? compléta L.

Elle était fatiguée d'avance de ce qu'elle allait devoir lui expliquer : on ne pouvait jamais être certain d'être en sécurité au-dedans, il y avait toujours de nouvelles inventions, de nouvelles méthodes, un pirate plus imaginatif ou plus patient que tous ceux qui avaient élaboré les dispositifs de sécurité. C'était un peu le Far West, en réalité, dès qu'on basculait de l'autre côté, et toute l'artillerie qu'on portait à la ceinture, lourde et bruyante, n'empêchait pas que l'on avance à découvert, en cible perpétuelle. Elle-même n'était pas sûre, ne pouvait pas l'être, de sa machine. Et puis, même si on montait des murs virtuels, un simple message de trois lignes signé NoLogo ou un homme vêtu de noir suffisait à ce que la peur revienne et qu'on ait l'impression de ne pas être protégé du tout alors… La lassitude, parfois. Le découragement. Elle aurait presque eu envie de lui dire de garder son argent et de lui offrir une bière, à la place. Mais il fallait qu'elle aille chez la Folle aux chats.

Pour atteindre la ferme, il fallait emprunter la route côtière qui, sur cette portion du territoire, séparait deux espaces presque totalement distincts : celle des plaisanciers face à la beauté de la mer et celle des zones ou centres commerciaux dont les différents conseils, élus et entrepreneurs du bâtiment locaux affirmaient qu'ils les élevaient pour les « vrais » habitants de la région. Peut-être que certains ici les voulaient, ces Netto sans vitrine, ces Super U ourlés d'une « galerie marchande » dont le nom continuait à être prononcé avec une sorte de respect, comme s'il s'agissait d'une innovation mise au point par un service marketing ingénieux, peut-être que des voisins qu'Antoine ne soupçonnait pas les aimaient, ces Point P qui n'apparaissaient que derrière les barricades de leurs propres marchandises, ces offices notariaux parfaitement similaires aux Halle aux chaussures, ces caves à vin rigoureusement identiques aux Monsieur Meuble, ces réservoirs ondulés à produits bretons, depuis les marinières jusqu'aux biscuits pur beurre en passant par les bols, les condiments à base de sel marin et de paillettes d'algue, les tubes de gel douche aux marées internes et verdâtres, et les cirés de différentes tailles accrochés là comme les peaux des trois ours qui rencontrèrent Boucle d'Or : l'immense ciré bleu marine destiné à l'homme, le ciré moyen et jaune soleil pour son épouse, et le petit ciré rouge ou rose pour leur progéniture.

Peut-être que quelqu'un avait besoin de ces boutiques.

Peut-être que leurs lumières, le soir, « réchauffaient le cœur » de certains automobilistes.

Peut-être qu'il y avait des hommes et des femmes pour tourner avec joie autour des ronds-points plantés de rhododendrons et surmontés d'un bateau de pêche qui fluidifiaient la circulation entre un dépôt-vente de jouets et un concessionnaire automobile.

Mais qui ?

Aux tables blanches de Flunch ou de Kitchen, Antoine observait, enfant, les bandes de retraités qui venaient en groupe avaler des œufs mayonnaise-crevettes aux abords des supermarchés. Tue-moi avant que je sombre dans ce type de vieillesse, disait sa mère. Le père d'Antoine ne disait rien. Il avait l'air ému par la vision de ce troupeau arthritique et auréolé de boucles blanches que les néons faisaient briller comme la neige fraîche sur les pentes d'Isola 2000. Il le contemplait dans un silence insistant et recueilli, jusqu'à ce qu'il se rappelle la présence de son chariot, la liste de courses dans sa poche, le petit corps agité d'Antoine qui se tendait déjà tout entier vers le rayon bandes dessinées. Voilà, pensa Antoine, j'ai ma réponse : j'ai été de ceux qui aimaient ces endroits. Je voulais y aller. J'étais heureux d'y aller. Je suppliais qu'on m'y emmène.

Il repassa chez ses parents pour prendre la voiture. Il était impossible de marcher jusqu'à la Vieille Ferme. Du mauvais côté de la départementale, il n'y avait pas de sentiers, pas de trottoirs, il n'y avait que des routes et des parkings : c'était le royaume de la bagnole. Juste après les parkings, de façon abrupte, commençait la campagne et, dans ce début de campagne, on trouvait la Vieille Ferme. Antoine connaissait l'endroit depuis longtemps, bien avant que le groupe s'installe ici. Au bout du chemin, il y avait l'ancienne carrière aux puits noyés. Il venait plonger ici l'été – et il disait toujours « plonger », quand bien même il n'avait fait que sauter maladroitement, désaxé, terrifié, n'aimant ni la chute brève et sifflante, ni la gifle froide de l'eau argentée semblable au mercure, prise dans un trou dont aucun gamin ne pouvait atteindre le fond. La ferme était la seule construction entre la départementale et la baignade interdite : deux bâtiments de pierre qui se faisaient face, l'un comme une maquette de l'autre, à échelle légèrement réduite, et trois énormes hangars de tôle d'une hauteur qu'aucun des tracteurs parqués ne pouvait expliquer. C'était le début de l'Argoat, la Bretagne intérieure. L'excès de place ou le trop peu de population permettait aux exploitations agricoles d'atteindre des dimensions gigantesques, les rares hommes qui passaient par là paraissaient tout petits et le peu de désir qu'ils pouvaient avoir d'habiter ici s'évanouissait devant le sentiment de leur propre petitesse, pensait Antoine. Peu de temps après être rentré au village, Xavier avait racheté l'ensemble pour pas grand-chose.

Pendant leur dernière année de lycée, Antoine et Xavier n'avaient parlé que de partir, et dès qu'ils avaient eu leur bac ils l'avaient fait, heureux d'entamer un programme dont ils avaient plusieurs fois détaillé tous les points, les deux points en réalité : la grande ville et la vraie vie. Mais après deux ans à Lyon, Xavier était revenu. C'était impensable pour Antoine, qu'on veuille revenir ici, que ce ne soit pas un échec. Et il ne pouvait s'empêcher de penser que cet échec (le retour au pays) ne s'était lui-même produit qu'en vertu d'un autre échec qui n'avait pas eu le temps de s'accomplir mais que Xavier, comme lui, savait inexorable : l'échec de Xavier à terminer ses études puis à trouver une place valable sur le marché du travail. En somme, l'échec du retour était consécutif à un échec qui pour n'être pas arrivé n'en était pas moins antérieur et, à ce stade, Antoine se perdait un peu dans l'organisation de ses pensées mais pas suffisamment pour ignorer que lesdites pensées consistaient à entourer l'image de Xavier de lambeaux d'échecs. Antoine ne pouvait pas avoir avec lui une conversation d'égal à égal car tout ce que Xavier présentait comme un choix, Antoine l'entendait comme un pis-aller. Ils se voyaient encore, malgré tout. Ils avaient reproduit entre eux des liens qui n'auraient pas dû exister hors de la famille, songeait Antoine : une immuabilité qui n'était plus garantie par aucune affection. Ils continuaient à se voir, quitte à s'engueuler, parce qu'il aurait été beaucoup plus perturbant d'arrêter de se voir que de continuer. Xavier était l'aune à laquelle Antoine mesurait ses propres accomplissements et Antoine était – supposait-il – le repoussoir dont Xavier avait besoin pour justifier son retour à la campagne, un vivant spectacle du coût de la vie citadine et politicienne qui se chiffrait en fatigue, en compromis plus ou moins honteux, en brimades et en déguisement obligatoire quotidien. Une fois, Xavier avait demandé : « Viens comme tu viendrais au bureau », et Antoine avait obéi, il ne savait pas bien pourquoi, revêtant un costume, une cravate, et enfilant ses chaussures de ville tout en sachant qu'elles seraient démolies par la boue et les pierres des chemins de la Vieille Ferme. Pendant l'heure qu'ils avaient passée à échanger, sans jamais aborder le sujet vestimentaire, Xavier avait regardé le moindre détail de la tenue sans dégoût ni moquerie mais avec une tristesse discrète dont Antoine n'avait pas su si elle était feinte.

Lui n'avait pas regardé Xavier. Il évitait le plus souvent de le faire, préférant fixer un point éloigné, ses propres chaussures ou une cigarette qu'il tenait à la main. Xavier était physiquement épais. Sa silhouette, son épiderme, ses cheveux, ses lèvres, tout semblait dessiné avec un crayon à la mine émoussée et grasse. Un soir, alors qu'il dormait chez Antoine, Xavier s'était observé longuement dans le miroir en pied qu'Antoine avait dans sa chambre à l'époque – et bien sûr, Antoine avait peur qu'il fasse une réflexion sur la présence même du miroir, pas sur ce qu'il y voyait, mais sur la vanité, le manque de virilité que révélait ce grand miroir caché derrière la porte – et puis Xavier avait dit :

— C'est même pas ma gueule. C'est celle de mon père.

Ils se ressemblaient en effet beaucoup et ce n'était pas un cadeau. Le père de Xavier, quand il était encore en vie, était connu de tous pour être un homme bruyant, à l'alcool triste et à la sobriété méchante –, même si d'aucuns soutenaient que c'était l'inverse. Il avait répété des années durant qu'il n'était en rien responsable de son caractère (ce qui était peut-être vrai, se disaient Xavier et Antoine, adolescents) ni de ses actions (ce qui était déjà plus douteux) : c'était la région qui le bouffait. Il était triste de ne pas pouvoir vivre face à la mer, d'être économiquement privé de la possibilité d'habiter près d'elle alors que c'était la seule chose qui valait la peine dans le coin. Il était furieux que les maisons avec vue sur les vagues soient presque toujours vides. Quand il marchait ou conduisait le long de la côte, il disait qu'il avait envie de pleurer à l'idée qu'il ratait ça, la plupart du temps. Il disait qu'il buvait pour oublier la mer. Xavier était peut-être revenu s'installer à quelques kilomètres de chez son père pour lui prouver – même s'il était mort – qu'il n'était pas inéluctable d'être bouffé par la région, qu'on pouvait y être heureux. Ou alors il voulait se le prouver à lui-même. Personne ne savait vraiment. Et de toute manière, selon Antoine, c'était pour l'instant un défi raté : Xavier n'était pas heureux. Mais lui ne l'était pas vraiment non plus. Pour l'être, il aurait fallu qu'ils puissent fournir une définition du mot qui les satisfasse un peu plus qu'un jour sur deux.

Au fil de ses passages à la Vieille Ferme, Antoine avait vu les résultats des efforts de Xavier : les murs remontés, le toit couvert d'ardoises neuves, les ronces forcées de reculer. Il avait aussi vu arriver les autres, les acrobates avec leurs caravanes. Ils les avaient arrêtées au milieu de la menthe sauvage, de l'achillée et des pissenlits. Très rapidement, les noisetiers étaient venus cogner aux fenêtres ovales de Plexiglas. Les caravanes étaient restées pour toujours – une éternité de caravane, une éternité réduite. Les habitants, eux, changeaient. La Vieille Ferme était devenue une communauté peuplée d'artistes, de paysans, de paumés, de réfugiés, par minuscules et éphémères échantillons.

— Je pensais que j'allais t'apercevoir sur un rond-point, entre deux banderoles.

— J'ai jamais eu de bagnole. Où tu voulais que je trouve un gilet jaune ?

Personne ne pouvait vivre ici sans voiture, songea Antoine, les distances étaient aberrantes.

Pourtant, Xavier faisait tout en stop, à vélo ou à pied. Il disait que ça n'avait aucun sens de passer son permis ou d'acheter une voiture maintenant, alors que le pétrole se tarissait. Ça ferait une chose de moins à laquelle il aurait à se déshabituer « quand le moment viendrait ». Au fil des années, ses mollets avaient atteint une dimension impressionnante et pris la teinte mate de l'argile.

Il tendit la hache (ou est-ce que c'était un merlin ?) au type qui rangeait les bûches dans la brouette et s'avança vers Antoine. Il n'avait pas l'air surpris de le voir. La quasi-zone blanche dans laquelle se situait la Vieille Ferme empêchait que l'on prévienne d'une arrivée par un appel ou un message, alors ses habitants s'étaient accoutumés aux amis surgis à l'improviste comme à ceux qui disparaissaient, fatigués de laisser sur des répondeurs des nouvelles dont ils ne savaient pas quand elles seraient écoutées. Antoine et Xavier commencèrent à marcher sans but dans les herbes hautes encore trempées de rosée. De grands insectes ailés s'envolaient maladroitement devant eux ou, surpris sur leur tige avant d'avoir pu décoller, se collaient à leurs tibias. Le soleil était inhabituel pour un mois de février et la nature était prise dans un grand écart entre le calendrier et la météo. Les bourgeons apparaissaient par petites touches brunes ou vertes aux branches poisseuses des arbres du verger, se prenant dans leurs cheveux quand ils ne se baissaient pas suffisamment. Antoine remarqua une nouvelle cabane à l'orée du bois et Xavier dit qu'ils venaient de la terminer mais qu'elle était vide. Ils ne l'avaient construite que parce qu'un des gars avait récupéré des planches de cèdre sur un chantier naval et qu'ils avaient absolument voulu en faire quelque chose. L'odeur qui montait du bois était douce et entêtante, ce serait comme de dormir dans une fumerie d'opium, et puis ils avaient bricolé deux ou trois constructions en palettes sur les ronds-points le mois dernier, ça devenait une vraie routine pour eux, les cabanes. Ils le faisaient sans réfléchir, leurs bras s'étaient mis à penser à leur place et Xavier, en parlant, mimait le maniement de différents outils imaginaires qu'il faisait tournoyer dans ses mains vides.

— Au début, on s'est dit qu'on allait proposer la cabane à des sans-pap mais ça crée des débats entre nous. Si on accueille des gens sur zone, on peut les intégrer à la communauté mais on les coupe de tout le reste. Il n'y a presque pas de bus, on ne peut aller nulle part à pied : hosto, Pôle emploi, préfecture, tout est à vingt ou trente bornes. Alors est-ce que c'est de l'hospitalité ou un piège ? On hésite encore, il y a ceux qui disent que « c'est mieux que rien » et ceux qui leur répondent que c'est comme ça qu'on finit par entasser des migrants dans des centres.

Antoine acquiesça en silence. Il avait grandi ici, avec l'impression d'être loin de tout. Tant qu'il ne s'agissait que des lieux de loisirs (cinéma, bowling, bar, salle de concert, boîte de nuit), c'était pénible mais supportable. Sauf que d'autres besoins, plus vitaux, plus brûlants, demeuraient impossibles ou difficiles à satisfaire à cause de l'éloignement. Lors de leur année de terminale, Antoine et Xavier avaient connu de longs et lents trajets dans la Xantia de la mère d'Antoine ; il conduisait avec application, son permis tout juste décroché, Xavier s'occupait des cartes et de la musique. Un trajet, en particulier, lui restait en mémoire. C'était au mois de mai, un peu avant le bac. Xavier avait passé la nuit chez Caroline et, au matin, il avait appelé Antoine : il fallait qu'il vienne les chercher, Caroline et lui, pour les emmener à la pharmacie, ils avaient besoin d'acheter une pilule du lendemain et d'ailleurs est-ce qu'Antoine avait une idée du prix de la pilule du lendemain et est-ce qu'il pouvait avancer la somme à Xavier ? Antoine avait répliqué qu'il avait besoin de ses dix euros restants pour faire de l'essence (une des expressions qu'il avait rapidement gommées à son arrivée à Paris), la voiture était sur la réserve. Xavier était sûr qu'elle pouvait tenir les vingt bornes. Antoine s'était donc rendu chez Caroline, à vitesse réduite pour économiser le carburant. Ils avaient pris tous les trois le chemin de la pharmacie, plus lentement encore, chaque mètre de bitume et de talus péniblement gagné sur la menace de la panne. L'aiguille du réservoir ballottée par les cahots de la route donnait des informations contradictoires. À l'arrière, Caroline se taisait, le visage sombre, le fil de cuir de son collier entre les dents. Antoine en avait déduit que l'achat de la pilule n'était pas une décision concertée mais la conséquence de la négligence ou de la surexcitation de Xavier. Il espérait que ça n'avait pas été la première fois de Caroline – aucune première fois n'aurait dû se terminer par un convoi funéraire mené par un pote quasiment inconnu. Le trajet jusqu'à la pharmacie avait duré trente minutes silencieuses, trente minutes détestables. Tout était loin, putain. Ça n'avait pas été une vraie jeunesse que celle épuisée sur les routes étroites.

Ils montèrent dans la petite maison de cèdre. Entre les branches agitées par le vent, elle grinçait comme un bateau secoué par la mer. Antoine passa la paume de sa main contre le bois fraîchement coupé, c'était bosselé et tiède. À l'exception de deux chaises longues et d'une caisse renversée pour servir de table basse, il n'y avait pas de meubles. Rien ne masquait la structure qui permettait que la cabane existe et c'était impressionnant à regarder, l'agencement de ces pièces de bois et leur fonctionnalité exhibée, portance, soutien, tous ces mots qui n'étaient pas familiers à Antoine et qu'il tentait de se remémorer en suivant des yeux la charpente.

— Tu vas bien ?

Xavier posa la question en premier mais Antoine la répéta davantage au fil de la conversation. Il trouvait des variations : « Comment ça va, pour toi ? », « Tout va bien ici ? », « Et la vie, sinon ? » Il insistait. C'était important. Quand Xavier allait bien, il pouvait se réjouir d'être parti, de l'avoir devancé, littéralement laissé sur place. Mais quand Xavier n'allait pas bien, Antoine se demandait si tous les transclasses n'avançaient pas en réalité sur les corps de leurs proches tombés au sol, jetés au sol. La culpabilité remontait de partout, comme l'humidité dans les murs. Il n'y avait plus de fierté, alors, à être parti.

Cette fois, heureusement, Xavier allait bien. L'hiver avait été doux et le printemps était précoce. C'était inquiétant du point de vue du réchauffement climatique, mais il devait avouer que pour les gens qui vivaient ici et donc dehors la plupart du temps, ça avait été agréable. Ils avaient organisé des grands débats parallèles depuis janvier dans une des granges et les participants étaient presque nombreux.

— J'ai même vu ton père, dit-il. Il était mignon. Il a parlé de toi.

Antoine lui adressa un sourire crispé. Xavier n'insista pas et dit, d'une manière très vague, que *quelque chose bougeait*. Il voulait savoir si Antoine pouvait le sentir aussi, depuis Paris.

— Quel genre de chose ?

— Le sentiment que ce n'est plus possible de continuer comme avant. J'ai l'impression que plein de gens commencent à aborder des sujets qui étaient considérés comme des trucs d'allumés ou d'extrémistes jusque-là. L'urgence climatique, la fin du pétrole, la sortie du capitalisme.

— Quels gens, Xavier ? Ici, vous parlez de ça depuis des années. Ça n'est pas du tout représentatif.

— Justement. Là, je te parle de M. et Mme Tout-le-Monde. On ne les voyait jamais sur zone, avant. Maintenant, il y a des petites dames qui viennent nous demander des graines. On fait des ateliers de cueillette avec des gamins. Même pour les actions, disons, musclées, il y a de plus en plus de nouveaux.

Il répéta que quelque chose bougeait, tout doucement, d'une voix heureuse. Antoine comprenait. Certains discours surgissaient dans l'espace public après avoir été tenus en marge pendant des décennies. Antoine se rappelait souvent une conférence de Slavoj Zizek dans laquelle le philosophe remarquait que les sociétés occidentales étaient prêtes à envisager la destruction totale de la Terre par un hypothétique astéroïde mais pas la fin du capitalisme. Tout, pendant les deux campagnes présidentielles qu'avait suivies Antoine, lui avait donné raison. Les journalistes qui interviewaient un candidat évoquant une sortie de ce système le traitaient avec le paternalisme légèrement agacé d'un adulte conscient de perdre son temps en parlant avec un gamin du père Noël. Quelque chose avait changé récemment, rapidement, quelque chose qui permettait d'entendre à présent des politiques affirmer que le capitalisme vert n'était pas la solution à la crise écologique et qu'il fallait changer radicalement la manière de produire et de consommer. Les essais sur ce sujet se multipliaient sans que dans les faits rien ne change et c'était un grand écart comparable à celui des arbres du verger. Quand Antoine pensait aux livres publiés, il avait le sentiment que c'était un formidable moment pour être de gauche. Quand il pensait à la vie de l'Hémicycle, il se disait tout le contraire. Il reconnut, à son tour, que quelque chose bougeait – la formule était suffisamment vaste pour ne l'engager à rien.

— Moi aussi, d'ailleurs. J'essaie d'écrire.

— Sur quoi ?

— Capa et Taro. La guerre d'Espagne.

Xavier rit :

— On a encore besoin d'un livre sur ça, aujourd'hui ?

C'était lui qui avait fait découvrir cet événement historique à Antoine lorsqu'ils étaient adolescents, en lui montrant *Land and Freedom*. Le film de Ken Loach avait été un point de bascule pour Antoine. Alors qu'il hésitait jusque-là sur la voie à suivre après le lycée, il avait compris qu'il voulait faire de la politique. Xavier et lui avaient établi qu'il leur fallait vivre dans une des scènes du film pour toujours, celle dans laquelle, après avoir libéré un village en Aragón, les membres du POUM et les paysans locaux discutent de la collectivisation autour d'une grande table – quelques minutes pendant lesquelles l'avenir semble ouvert aux hommes et aux femmes de bonne volonté. Tout, à côté, semblait fade, mesquin, et les deux garçons étaient pris de claustrophobie en entrant dans des pièces où personne ne tentait d'éventrer le futur pour en faire naître l'égalité. Pendant leurs années de lycée, ils avaient voué à l'anarchie – qui se confondait avec le personnage de Blanca – un amour secret et violent, jamais réalisé, un amour qui n'avait existé que dans leurs longues conversations.

Antoine fut blessé de la réaction de Xavier : son ami aurait dû, mieux que quiconque, savoir ce qu'un tel livre signifiait, la passerelle qu'il ouvrait vers leur enfance et la fidélité qui se jouait là avec un idéal ancien. Antoine se dit que son manque d'intérêt n'était qu'une manière d'asseoir sa supériorité et il n'avait pas envie de lutter. Il répondit simplement :

— Je crois que oui.

Xavier lui demanda s'il voulait rester pour la soirée. Il ne se passerait pas grand-chose, tout le monde était un peu éteint par un anniversaire fêté la veille, et les longues tables de l'espace commun étaient encore collantes de rhum arrangé, mais Antoine était le bienvenu, évidemment. Il refusa, parla d'un dîner promis à ses parents.

— Une autre fois alors, dit Xavier.

— Une autre fois, confirma Antoine.

Ils revinrent devant le hangar à bois. Antoine n'avait jamais vu le type qui fendait les bûches. Il avait cru que si, à sa boucle d'oreille, mais en fait ils avaient tous une boucle d'oreille ici. Ou presque. Les mouvements étaient précis, la bûche tombait, fendue de bas en haut, de part et d'autre du billot, et le type en prenait une autre, recommençait, ses gestes si exactement similaires qu'Antoine pensa un moment qu'il assistait à une boucle vidéo, le GIF d'un type qui fendait du bois.

— C'est Kedriss, indiqua Xavier en montrant le bûcheron parfait.

L'autre s'interrompit un instant pour le saluer. Antoine remarqua d'étranges cicatrices qui dessinaient une ligne verticale sur son torse.

— Tu veux essayer ?

Antoine fit un pas en arrière quand Kedriss lui tendit la hache. Il se sentait mal à l'aise devant les corps en mouvement des habitants de la ferme. Chaque fois, il se rappelait la plage de Binic quand il avait dix ou onze ans, peut-être douze (il savait qu'il avait treize ans). Son corps était un amas d'angles et de rougeurs, presque rien d'autre, des cheveux bouclés, des poils (un peu, trop peu). Il ne savait pas plier les angles ni, une fois pliés, les déplier. La partie de ballon à laquelle il jouait avec ses copains cet après-midi-là s'était transformée peu à peu en un cours de gymnastique que donnait l'une des filles. Elle poussait tout le monde à se lancer, mains en avant dans le sable, et ponctuait chaque roue d'un éclat de rire moqueur qui faisait penduler sa queue-de-cheval. Tout le monde sauf Antoine. D'abord il avait pensé à un oubli et il s'était rapproché, mais elle s'était détournée imperceptiblement. Il se disait aujourd'hui qu'elle était consciente de ses angles bloqués, que ce n'était pas par méchanceté, peut-être même avait-elle peur qu'il se fasse mal. Mais si bienveillante fût-elle, elle l'empêchait de participer au nouveau jeu et il n'existait plus. Alors il avait dit – et sa voix rouillait elle aussi, comme ses coudes, comme ses genoux :

— Regarde ma rondade.

Elle avait essayé de l'arrêter en désignant son pantalon serré d'un geste vague :

— Tu n'es pas en tenue.

Il avait insisté :

— Tu n'as pas besoin de me donner des conseils, juste une note. De 0 à 10.

Son sourire tremblait un peu. Il tentait de faire croire qu'il voulait l'humiliation, qu'il allait s'y soumettre avec grâce, avec plaisir. Il s'était lancé et il était parvenu à ne pas rater la rondade ni à la réussir. Il avait fait une rondade qui était comme une absence de rondade, une rondade qui n'avait jamais eu lieu. Personne ne se souvenait, au moment où ses pieds avaient touché le sable, qu'il venait de l'accomplir. Elle s'était effacée dans l'air et s'il s'était concentré, il aurait peut-être pu sentir l'oubli qui le suivait de si près qu'il caressait ses orteils, ses chevilles. Les habitants de la ferme lui donnaient l'impression contraire : comme si leurs gestes laissaient dans l'air une traînée légère qui attestait de la grâce avec laquelle ils l'avaient traversé.

— Je ne suis pas en tenue, dit-il au type qui lui tendait la hache.

Il se demanda pourquoi Xavier avait choisi de vivre avec eux. Comment ça pouvait ne pas lui faire mal, son corps à côté de leur corps.

Dès qu'il fut dans une zone où il y avait du réseau, son portable se mit à vibrer et à tinter. Parmi les messages, il y avait un texto de Guillaume l'invitant à dîner.

Suis chez mes parents.

Qu'est-ce que tu fous là-bas ?

Il hésita à lui parler du gluant. Du vide au cœur du triangle. Des mâchoires de l'infini.

J'essaie d'échapper au boulot.

Putain de commission.

C'est quoi cette fois ?

Cybersécurité.

Haha.

Dans le salon de ses parents, un journal traînait sur la table basse, ouvert sur un article en page 3 : « Peut-on sauver le Parti socialiste ? » On y voyait une photographie du député dans l'Hémicycle : sourcils arqués, il regardait quelque chose devant lui, plus bas, et les autres le regardaient. Son père ou sa mère avait dû conserver soigneusement le magazine pour le lui montrer. Ils semblaient imaginer qu'Antoine et Bertrand n'effectuaient pas de revues de presse. Antoine repéra rapidement les termes « narcissisme », « complexe de supériorité », « ego ». Il se souvenait maintenant de cet article, de son agacement à sa lecture. La psychologie, dans sa version bête et fade, avait tué la politique. On ne s'intéressait plus aux propositions, on faisait des portraits de ceux qui les portaient, sans grâce et sans intelligence, pour un rendu final qui ressemblait aux tests des magazines féminins : « Comment savoir si vous avez affaire à un pervers narcissique ? » Même la mère d'Antoine avait basculé dans ce bassin clapotant de vocabulaire inadapté. Elle avait avoué la veille craindre que son candidat habituel ne soit en fait « un peu mégalo ». « Et alors ? » avait demandé Antoine. Elle avait hésité, comme si c'était la question de son fils qui était scandaleuse, pas sa déclaration initiale, et puis elle avait dit, d'un ton ferme : « C'est mal. »

Antoine referma le journal et se laissa tomber dans le fauteuil. Ses parents entrèrent dans la pièce, leurs pas discrets sur le tapis.

— On prend l'apéro ?

Et Antoine, en tendant le bras vers la bouteille de porto, put apprécier une fois de plus l'ingénieuse disposition des meubles du salon.

La Folle aux chats habitait au 6, boulevard Arago, juste à côté d'une pharmacie et d'une supérette dans lesquelles elle faisait la plupart de ses courses (un soigneux équilibre de médicaments et de nourriture), sans avoir à trop s'éloigner. L ne lui avait pas donné son surnom, il ne l'amusait même pas. C'était Salma qui l'avait utilisé la première fois qu'elle lui avait parlé d'elle, en prétendant que personne ne l'appelait par son vrai nom à Grenade(s). Il n'était pas évident pour L de déterminer si la Folle aux chats prenait part à la vie de l'association ou si elle bénéficiait de ses actions. Elle était veuve depuis cinq ans, n'avait jamais travaillé et vivait de l'héritage confortable laissé par son mari qui avait emporté avec lui, en mourant d'une crise cardiaque foudroyante, tout le réseau social qui avait jusque-là entouré sa femme. Sa solitude récente aurait expliqué à la fois qu'elle devienne bénévole au sein de Grenade(s) et qu'elle sonne à la porte de l'association pour qu'on l'aide.

La Folle aux chats imaginait toujours être victime d'attaques informatiques terrifiantes, le plus souvent tout à fait inimaginables. Restait une petite partie des situations dans lesquelles ce qu'elle décrivait était possible et une partie tout à fait infime de craintes qui s'étaient révélées fondées. Deux ans plus tôt, quand L l'avait rencontrée, la Folle aux chats – qui s'appelait en réalité Isabelle – venait d'être brièvement hospitalisée à la demande d'un tiers, c'est-à-dire sans son consentement, avait-elle expliqué à L, et même contre son gré. Elle avait passé deux jours dans l'établissement psychiatrique, le temps de subir des examens qui avaient prouvé qu'il n'était pas nécessaire de la garder, le temps également d'acquérir son surnom puisqu'un voisin l'avait vue partir, petit corps d'oiseau enroulé dans un châle, entre deux infirmiers larges d'épaules. Comme il existait déjà une femme dans le quartier que l'on appelait « la Folle » (la clocharde installée devant la boulangerie) et qu'Isabelle avait un motif de chats sur son paillasson, elle était devenue « la Folle aux chats ». Elle avait appris plus tard que sa fille – qui était un monstre depuis ses cinq ans, déclarait-elle – avait installé un logiciel espion sur son ordinateur pour appuyer son dossier auprès de l'hôpital psychiatrique. Elle était allée trouver le directeur de l'établissement munie d'une dizaine de pages de l'historique de recherches d'Isabelle. Celles-ci listaient des questions médicales fréquentes, principalement centrées sur le cancer, tous les types possibles de cancers, logés dans tous les endroits possibles du corps, *est-ce qu'il existe des cancers de l'oreille*, ce qui prouvait qu'Isabelle était hypocondriaque, mais également des interrogations sur les chemtrails et l'empoisonnement à l'ergot de seigle et *est-ce que le jambon périmé rend fou*, ce qui prouvait qu'Isabelle était paranoïaque, ainsi que toute une série de demandes diverses sur la vie des célébrités qu'aimait Isabelle, *qui est la femme de Sean Penn* ou *Clint Eastwood problèmes de santé*, et il aurait pu ne rien y avoir à reprocher à ces questions-là sauf qu'il arrivait régulièrement à Isabelle, en les tapant dans la barre de recherche, de confondre les personnages de film et les acteurs qui les interprétaient, ce qui prouvait qu'elle avait perdu le sens de la réalité. Isabelle avait déclaré à L, très peinée, qu'elle avait vu les pages apportées par sa fille au directeur de l'hôpital et que ce qui l'avait le plus blessée n'était pas la liste de questions qu'elle avait réellement posées à Google mais toutes celles que sa fille avait effacées pour ne mettre en avant que sa bizarrerie. Il n'y avait rien, par exemple, sur les châteaux de la Loire et rien non plus sur le tennis, alors qu'Isabelle avait une passion égale pour les deux, elle adorait Federer et elle adorait Chenonceau, les attaques au filet de l'un, l'immobilité sereine de l'autre, Isabelle ne se partageait pas, elle pouvait les aimer ensemble, follement, et c'était cet aspect-là de son existence que sa fille avait totalement balayé.

Même si elle utilisait machinalement son surnom, L ne croyait pas qu'Isabelle soit folle. Elle vivait dans un monde qui lui paraissait résolument hostile parce qu'il l'était pour les gens comme elle : les femmes seules, vieillissantes et obsessionnelles, celles qui n'étaient pas satisfaites de devenir grand-mère et de cuisiner des gâteaux, celles qui ne voulaient pas parler de la météo ni de la retraite mais des maladies qui les boufferaient un jour ou l'autre et que leur entourage exigeait qu'elles ignorent, celles qui renonçaient à voyager parce qu'on ne leur proposait plus que des excursions en groupe, dans des bus ou des paquebots où elles étaient étiquetées « senior », sans distinction avec leurs voisines, celles qui n'avaient pas cessé de désirer les hommes mais devaient se contenter de chercher en ligne des informations sur eux pour les imaginer proches, celles qui ne voulaient pas devenir des « dames » lorsque leurs cheveux blanchissaient parce que cette fausse dignité les éloignait de leur sexe mais qui erraient alors sans nom parce que « vieille femme » était considéré comme une insulte. Isabelle était devenue méfiante, subitement, lorsqu'elle avait pris conscience qu'elle n'était plus une compagnie désirable mais un poids pour son entourage. Comme elle n'avait pas l'habitude de cette méfiance, elle l'épuisait sur des cibles multiples et le plus souvent inutiles. L était contente de pouvoir la rassurer au moins sur un point : plus personne n'utiliserait son historique de recherches pour chercher à la faire interner. Plus personne n'y aurait accès. Il n'y aurait plus d'historique.

Quand L appela pour signaler qu'elle était en bas, la Folle aux chats répondit qu'elle descendait lui ouvrir.

— Je crois qu'on a piraté l'interphone, chuchota-t-elle en faisant entrer L dans le hall de l'immeuble. Parfois, ça sonne mais il n'y a personne en bas.

L répondit que c'était sûrement des gamins qui jouaient.

— Non, pas des gamins. Il y a des voix, j'entends des gens qui parlent au loin, et des craquements. Mais quand je me penche à la fenêtre, il n'y a personne. Quelqu'un a dû le pirater, je vous dis, et ils peuvent le déclencher à distance.

— Hmm... et dans quel but ?

— Je ne sais pas. Je me disais que vous sauriez peut-être. Les voix, en plus... Je crois qu'elles parlent russe.

L soupçonnait parfois qu'elle n'était que l'une des aides multiples auxquelles Isabelle avait recours, les autres incluant sûrement des médiums ou des marabouts un peu plus disposés que L à entendre parler de voix lointaines s'exprimant en langues étrangères (une constante dans les tentatives de piratage que croyait détecter la Folle aux chats). L était, en quelque sorte, membre d'une équipe de SOS Fantômes que cette femme avait montée de toutes pièces. Par moments, elle pouvait comprendre pourquoi la fille d'Isabelle avait un jour paniqué et préféré l'internement de sa mère à la promesse d'une longue sénilité peuplée d'ectoplasmes russes qu'il lui faudrait veiller jour après jour. Mais la comprendre n'empêchait pas L de penser que cette femme avait attenté à la liberté d'Isabelle et que celle-ci devait être défendue.

— Des hommes sont venus le réparer, dit Isabelle, alors que je n'avais remarqué aucun problème. Et ça, déjà, c'est bizarre. Parce que quand on se plaint que quelque chose est cassé dans cet immeuble, on peut attendre plusieurs jours mais là, ils viennent avant même les problèmes. En plus, ils n'avaient pas les combinaisons de la société habituelle, ils étaient en civil et, franchement, avec leurs blousons noirs, ils avaient un peu l'air de voyous...

L eut un léger frisson et repensa à l'homme devant chez Delambre. Est-ce qu'elle avait pu confondre le geste qu'il avait eu pour jeter son mégot avec un signe qui lui était destiné ? Plus elle se repassait la scène et moins elle était sûre de ce qu'elle avait vu, le souvenir était malléable, il se laissait travailler de toutes les façons possibles pour révéler des choses différentes. Contente d'avoir produit un effet sur L, Isabelle continua, plus véhémente :

— Et depuis qu'ils l'ont « réparé », ça sonne dans le vide. Je crois qu'ils ont trafiqué l'interphone pour pouvoir le contrôler, même si je ne comprends pas pourquoi. J'ai voulu chercher sur Internet la traduction des mots russes que j'entends mais avec leur alphabet, c'est extrêmement difficile.

— Isabelle, je vous l'ai déjà dit plusieurs fois : c'est bien de remettre en doute les théories toutes faites qu'on nous propose. Mais après, il faut essayer de les vérifier ou au contraire de prouver qu'elles sont fausses au lieu d'avancer des théories de remplacement pour lesquelles vous n'avez aucune preuve non plus.

C'était la règle qu'Elias et elle s'étaient imposée, près de dix ans plus tôt, pour ne pas devenir fous au-dedans. L la répétait comme un mantra à la plupart de ses clients.

— Si je parlais russe, je suis sûre que j'en aurais. Vous ne parlez pas russe, vous ?

L répondit qu'elle avait fait espagnol LV2 et qu'elle s'était arrêtée à *Hola que tal*, comme tout le monde dans son lycée. Isabelle soupira avec commisération : elle avait, dit-elle, parlé cinq ou six langues dans sa jeunesse, à l'époque où elle voyageait avec son mari. Et quand elle avait quelqu'un à qui préparer le dîner, elle pratiquait la cuisine d'un nombre de pays équivalent, parce que au fond, elle pensait que c'était pareil, de la curiosité pour une grammaire étrangère, une envie de se mettre en bouche quelque chose d'autre. Maintenant, bien sûr, elle avait presque tout perdu, la cuisine et les langues. Elle saupoudrait parfois ses légumes d'épices et s'adressait à elle-même, le matin, en italien ou en thaï, mais c'étaient de minuscules îlots, là où il y avait eu des continents. Ses yeux bleu délavé fixaient le plafond comme si elle avait pu retrouver entre les moulures poussiéreuses un peu de l'immensité perdue.

L s'assura qu'il n'y avait aucun virus dans l'ordinateur d'Isabelle, vérifia que les paramètres du navigateur n'avaient pas été modifiés et qu'aucun programme indésirable n'avait été téléchargé depuis sa dernière visite. Ces gestes ne demandaient aucune compétence particulière, ils étaient contenus dans les possibilités offertes par le logiciel d'exploitation, ils en étaient même la base, mais L ne se sentait pas abêtie pour autant. Quand elle avait commencé à occuper le dedans, elle avait été obnubilée par les compétences techniques, les *madskillz*. Elle voulait que l'ordinateur fasse sous ses doigts ce que les fabricants n'avaient pas prévu ni souhaité qu'il fasse, et les commandes qu'elle lui envoyait cherchaient à le plier à ses désirs expérimentaux. Évidemment, ça continuait à la passionner mais elle avait pris conscience que ça n'avait d'importance qu'entre gens du dedans. Ce qu'elle faisait auprès d'Isabelle, c'était autre chose, une forme d'informatique sociale.

— Est-ce qu'on peut mettre ma chanson ?

À sa première visite, L avait installé Spotify pour Isabelle mais celle-ci ne l'utilisait jamais. Elle préférait piocher dans sa tour de CD, avoir à choisir parmi un nombre plus raisonnable de titres. L lui faisait écouter quelques chansons nouvelles à chacune de ses venues pour qu'elle n'oublie pas qu'il existait un extérieur musical à son appartement. Parfois, Isabelle trouvait tout nul et s'enfermait dans les souvenirs réécrits d'une époque lointaine qui n'aurait produit que de la bonne musique. Parfois, elle s'enthousiasmait pour un morceau comme une enfant. En quelques clics, L lança la chanson et la voix de Brigitte Fontaine s'éleva dans l'appartement, doublée par le rythme lourd des percussions : *J'exhibai ma carte senior sous les yeux goguenards des porcs*. Isabelle – que L n'avait jamais entendue prononcer un gros mot – se balança d'un pied sur l'autre dans son impeccable jupe crayon et reprit le refrain avec un sourire rêveur :

Je suis vieille et je vous encule,
avec mon look de libellule.
Je suis vieille et je vais crever,
un petit détail oublié.

Avant de partir, L ouvrit le VPN qu'elle avait installé il y a deux ans et renouvela l'abonnement au service en entrant des clés piratées. Elle savait que c'était un des moments préférés d'Isabelle. Elle lui avait expliqué en l'installant qu'il s'agissait, pour le dire vite, pour le dire mal, d'un tunnel dans le réseau qui permettait à l'ordinateur d'Isabelle d'exister physiquement dans le salon mais de se connecter, à l'autre extrémité, dans un endroit qu'elles pouvaient déterminer ensemble. L'identification et la localisation de sa machine deviendraient alors beaucoup plus difficiles – et L aurait voulu dire « impossibles » pour que les yeux d'Isabelle cessent un instant de cligner, mais elle savait qu'il s'agissait d'un mensonge.

— Est-ce qu'on change de ville ? demanda-t-elle.

— J'étais où ?

— Amsterdam.

Isabelle sourit, parla des canaux, des jardins qui s'ouvraient sur l'eau sombre au printemps avec leurs glycines en fleur dont les pétales venaient parsemer les vaguelettes. C'était beau, Amsterdam. Elle y avait fêté ses quarante ans avec son mari. Ils avaient fumé de l'herbe et connu la faim qui vient l'heure d'après. Elle avait des souvenirs de restaurants ouverts toute la nuit pour les gens comme eux, qui paraissent n'exister que pour les sauver de leurs ventres grondants. Bien sûr, au matin, on réalise que c'est pour l'argent aussi, il y a toute une économie basée sur les fumeurs et c'est au fond une ville de marchands, une ville extrêmement riche depuis des siècles, mais ça ne change rien à ce qu'on a ressenti pendant la nuit, l'impression que cette porte n'était ouverte que pour nous.

L proposa Bruxelles mais Isabelle n'avait jamais aimé la capitale belge, avec ses quartiers éclatés et son ciel trop bas. Elle voulut New York, où elle était allée chanter dix ans plus tôt avec sa chorale et qu'elle rêvait de revoir. L lui rappela que de nombreux sites auxquels elle se connectait ne rendaient leur contenu accessible qu'à des internautes européens et qu'Isabelle risquait, dans son déguisement américain, de ne pas pouvoir regarder ses vidéos habituelles. En pensant à Salma, elles finirent par se décider pour Grenade parce que le printemps parisien n'était pas encore arrivé et qu'Isabelle rêvait que sa fille, ou les Russes, ou le monde entier, en tentant de localiser sa machine, l'imaginent assise à une petite table au plateau de mosaïque dans le quartier de l'Albaicín, les lèvres rendues huileuses par les poivrons farcis. Quand le soir tomberait, elle admirerait les lumières orangées sur l'Alhambra, juste en face, les ruelles en escaliers se peupleraient de musiciens et d'étudiants. Isabelle resserrerait sur son torse maigre un châle de gitane acheté sur place et elle boirait du rioja jusqu'à ce qu'il fasse complètement nuit.

Je vais m'inventer d'autres cieux,
toujours plus vastes et précieux.
Je suis vieille, sans foi ni loi.
Si je meurs, ce sera de joie.

Antoine était en retard parce qu'il avait dîné avec son père. Cela se produisait souvent après un de ses séjours en Bretagne : un de ses parents déclarait qu'il ou elle monterait à Paris prochainement. Les raisons variaient : une sortie organisée par le club de marche à pied, une place de concert au Stade de France, un vieil ami de passage, mais toujours c'était un parent isolé qui arrivait par le train à la gare Montparnasse. Quelques années plus tôt, Antoine l'emmenait invariablement à l'Assemblée et déployait devant son père ou sa mère les fastes du Palais-Bourbon : il entrouvrait la porte de la bibliothèque, pointait du doigt les immenses cheminées à la bouche sculptée, les tableaux aux couleurs automnales sur lesquels se répétaient les mêmes visages débonnaires d'hommes blancs morts. Il multipliait les signes de connivence aux agents de sécurité, à leur passage, mais son père ou sa mère continuait de trotter d'un air apeuré à ses côtés, comme si à tout instant on pouvait lui demander de sortir. Antoine était alors pris d'une envie douloureuse de protéger son parent hagard et d'une envie égale de le secouer en lui criant d'arrêter de se comporter comme un plouc. Il avait, depuis, renoncé à inviter son père comme sa mère sur son lieu de travail et ne les retrouvait plus qu'au sortir du bureau. C'était tout ce qu'ils voulaient, avait-il compris : une soirée en tête à tête avec leur fils. Il y avait des apéros un peu trop longs, des dîners au restaurant (chinois avec son père, tapas avec sa mère), des semi-confidences, jamais concrètes mais suffisantes pour qu'Antoine saisisse ce qu'elles affirmaient : « Tu es désormais assez grand pour comprendre que je ne suis pas qu'un parent, MOI AUSSI j'ai (eu) une vie. » Elles l'affirmaient d'autant plus fermement que juste avant Antoine avait vu ses deux parents ensemble, dans la maison de toujours, et c'était comme un besoin qu'avait son père ou sa mère, après sa venue, de présenter une autre facette à leur fils, une identité détachée du couple. Sauf que les ébauches de confidences qui glissaient entre les lèvres croûtées de violet par le vin confirmaient à Antoine que cette vie-là, celle de son père ou de sa mère, ne l'intéressait pas beaucoup, voire le gênait. Il ne voulait pas entendre parler de ses parents avant ses parents, ça ne le regardait pas. Et il ne voyait pas pourquoi son père et sa mère avaient de telles velléités d'indépendance (minuscules et systématiques), quand ils acceptaient par ailleurs tous les phénomènes de fusion du couple hors d'âge, notamment celui qui consistait à porter un nom indifférencié. Pour le village, les amis, comme les connaissances plus lointaines, ils étaient « les Madec ». Alors de quelle existence singulière prenaient-ils Antoine à témoin ?

Même si ces rendez-vous parisiens étaient rares, il ne parvenait jamais à y consacrer une soirée entière. Il calait toujours autre chose en deuxième partie, un verre avec des potes, une séance tardive de cinéma. Dès la fin de l'apéritif, il regardait l'heure en constatant qu'il ne serait jamais où il avait dit au moment où il avait pensé y être. Son père ou sa mère sentait le chronométrage qui s'amorçait. Il ou elle lui en voulait, sa mère en soupirant, blessée, son père en l'engueulant. Ce soir-là, ça n'avait pas manqué. Dis-le, si je t'emmerde, hein. Antoine avait tenté de ménager son père mais il l'avait malgré tout vexé, il l'avait bien vu. Et il était en retard. En prime, il avait envie de pisser.

En entrant dans le bar, il se contenta d'un rapide signe de tête à Guillaume et se fraya maladroitement un chemin jusqu'aux toilettes, en espérant que dans cet établissement qu'il ne connaissait pas elles seraient forcément au fond à gauche, en vertu d'une loi architecturale dont il ignorait la raison mais qui s'avérait presque toujours juste. C'était le cas. Elles étaient également dans un état de dégradation avancé : le carrelage tagué au Posca par des exclamations diagonales, le dérouleur métallique de papier recouvert d'autocollants et entamé d'éraflures obscènes tracées à la pointe d'une clé, la lunette de guingois rattachée à la cuvette par une charnière uniquement du côté droit et l'odeur d'urine, lourde et piquante, qui imprégnait tout l'espace.

Antoine n'avait pas eu le temps de distinguer tous les visages autour de Guillaume, il avait reconnu Jérémie, Clément et Samir. Pas de filles. Il aurait voulu penser que ce constat immédiat venait d'une exigence interne de parité mais il savait bien que la déception qui l'accompagnait était la preuve qu'il espérait qu'un verre entre potes puisse mener à autre chose qu'à un verre entre potes. Les soirées dont il était sûr de rentrer seul l'intéressaient moins depuis... Il ne savait pas. Machinalement, il aurait dit « depuis Cécile », mais c'était probablement faux. Même lorsqu'il était avec elle et qu'il se rendait seul à une soirée où se trouvaient des filles qui lui plaisaient, il était triste à l'idée qu'il n'essaierait rien, qu'il devrait même – le cas échéant – détourner les essais de l'autre, qu'il n'y aurait ni frôlements ni promesses, aucun pas de deux. La vérité était sans doute que depuis qu'il était rentré accompagné d'une soirée, depuis qu'il savait que c'était *possible*, l'absence d'actualisation du possible lui paraissait un gâchis. Mais il savait aussi que Guillaume se déplaçait généralement au sein d'une bande plus large et que, lorsqu'ils arrivaient dans un bar, ils éclataient en petits groupes qu'il pouvait tout à fait ne pas avoir repérés. Peut-être qu'*il y avait* des filles.

— Salut.

Il n'avait pas revu L depuis la soirée chez Jérémie où il avait clairement trop bu et dont il était parti avec une fille aux cheveux roux (la soirée revint en bribes emmêlées : rhum, lèvres, taches sur la chemise, pelles roulées contre la porte, fantôme des amours perdues, phrases flottantes, et la fille au cheveux roux s'appelait Chloé). Antoine ne se souvenait de rien de ce que L lui avait dit et qui puisse justifier sa joie de la trouver là. Guillaume en avait parlé comme d'une hackeuse et Antoine doutait qu'il ait pu tenir une conversation à ce sujet. Il espérait qu'il ne lui avait pas parlé de Cécile. Au réveil, Chloé lui avait dit qu'il avait beaucoup parlé de Cécile et il n'avait jamais osé la rappeler. Devant lui, L attendait qu'il réponde quelque chose. C'était la deuxième fois qu'il était incapable de la saluer simplement. Elle avait quelque chose d'intimidant malgré son visage trop expressif, ou peut-être à cause de lui.

— C'est cool de te revoir, dit-il sans lui faire la bise.

Le corps de L n'avait pas l'air de s'offrir au contact. Elle était grande et maigre et, quand elle était immobile, elle ramenait ses bras contre sa poitrine dans une posture étrange, les mains posées de part et d'autre de son cou. Elle avait la peau brune mais d'un aspect si terne qu'Antoine n'aurait jamais pensé à sa peau comme étant « bronzée ». Au contraire, il semblait que la peau de L était foncée au départ et qu'elle avait pâli au cours des derniers jours, mois ou années – impossible de savoir.

— Guillaume m'a dit sur quoi tu travaillais, lança-t-elle.

Antoine pensa à son livre sur la guerre d'Espagne, content de savoir que le groupe en parlait en son absence. Il allait répondre qu'il n'écrivait pas autant qu'il le devrait mais elle ajouta :

— Il y comprend quelque chose, ton député, à la cybercriminalité ?

Antoine comprit que Guillaume avait évoqué le travail de la commission de la Défense. Pas son livre. Il rougit comme si L avait pu accéder à ses pensées, comme si le quiproquo avait réellement eu lieu entre eux. Son livre n'existait nulle part – qu'est-ce qu'il croyait ?

— Non.

Il précisa :

— Et puis, c'est sur la cyberdéfense, pas sur la cybercriminalité.

— Vous bossez sur quoi ?

— Le problème de la déclaration de guerre virtuelle. De l'absence de déclaration de guerre, en fait. Mais qui pourrait être une déclaration virtuelle qui n'a pas encore été comprise, ni actée. À quel moment un pays peut s'estimer attaqué sur Internet par un autre pays et répliquer ? Est-ce qu'il a le droit de répliquer physiquement ?

— Marchands d'armes, souffla Jérémie.

— Va chier.

Aussitôt, la conversation retomba dans des plis anciens, invisibles mais inévitables. Antoine eut à se justifier de son travail, trouvant dans le groupe autour de lui tantôt des soutiens, tantôt des accusateurs, sans jamais être certain de ce que sa prochaine phrase causerait comme redistribution des rôles. Il dit, comme il l'avait déjà dit à plusieurs reprises, sans en être fatigué pour autant :

— Je ne prétends pas que ma manière de faire de la politique soit la bonne. D'ailleurs, ce que je fais comme assistant parlementaire n'est qu'une de *mes* manières de faire de la politique, vous seriez sympas de ne pas l'oublier. Et les deux exercices ont du sens : celui qui se fait dans les institutions et celui qui se fait au-dehors.

L sourit par-dessus sa pinte en découvrant la partition dedans-dehors d'un autre.

— Même si l'exercice hors des institutions consiste à essayer de faire sauter les institutions, ça n'a rien d'impossible d'être sur les deux fronts à la fois. C'est une question de temporalité. Tant que les institutions sont là, on travaille dedans. Si un jour on parvient à les faire sauter, alors être assistant parlementaire sera obsolète. Mais je ne vais pas me priver de ce qui est possible maintenant au Parlement et attendre que la révolution l'ait fait disparaître.

— Tu vois, dit Salma apparue par-dessus une épaule, tu parles d'attendre la révolution. Tu ne parles pas de la faire.

— Tu ne fais pas la révolution, souffla Antoine. Moi non plus. Au mieux, on la prépare. Si je vous demande à quoi vous avez passé la journée, aucun de vous ne peut me dire qu'il a fait la révolution. Merde. Soyons honnêtes.

— Aujourd'hui, non... Mais est-ce qu'il n'y a pas eu des jours où on a fait la révolution ? Au moins un peu.

— Est-ce qu'on peut faire un peu la révolution ?

Samir en profita pour glisser que lui, la nuit dernière, avait un peu fait l'amour et qu'il avait trouvé ça bien, de ne pas mener les choses à leur fin, mais qu'il avait aussi peur que ça signifie qu'il vieillissait. Samir avait été ouvreur de squats pendant dix ans – tout en étant employé comme responsable hygiène et sécurité d'une compagnie d'assurances. Le petit cercle qui connaissait les bâtiments que ses talents avaient ouverts à des migrants, des collectifs d'artistes ou des sans-abri le regardait avec admiration. Samir avait, à sa manière, un portefeuille de biens immobiliers, même s'il n'en possédait aucun. Quand il entrait dans un bar, il était suivi par des immeubles aveugles, des pavillons couverts de lierre et des entrepôts dont les portes bâillaient grâce à lui. Ceux qui n'avaient jamais entendu parler de cette liste d'adresses l'ignoraient royalement en pensant qu'il n'était qu'un type vaguement sympa avec un boulot ennuyeux, et pour Antoine c'était fou qu'il accepte d'être perçu ainsi, qu'il ne ressente pas le besoin de rétablir sa vérité. S'il avait été Samir, il était sûr qu'il n'aurait pas pu s'empêcher de se vanter. Six mois plus tôt, Samir avait annoncé qu'il arrêtait d'ouvrir à cause de sa peur de vieillir. Il avait soudain réalisé qu'en escaladant une façade ou en se faufilant par un soupirail, il pouvait être pris d'une crampe, ou de n'importe quelle douleur aiguë, et qu'il tomberait ou resterait coincé dans un boyau sombre des heures durant. Le doute sur les capacités de son corps semblait maintenant envahir le domaine sexuel et il demanda, pensivement, si les années, en passant, lui laisseraient le moindre champ dans lequel il se sente encore apte à accomplir quelque chose. Une conversation parallèle s'engagea autour de lui, sans rien avoir de parallèle, en réalité, elle était plutôt serpentine, impossible de déterminer qui y participait, qui sautait d'un sujet à l'autre, il y avait des ratés, des incompréhensions, des fous rires. Antoine continuait à se défendre, sans savoir si c'était contre Salma, contre Guillaume ou contre Jérémie. L continuait d'avoir l'air d'écouter.

— Est-ce qu'on peut faire du « un peu » ou des petites choses quand on s'est désigné un ennemi énorme ? Si ce que tu veux défaire, c'est la puissance du capital, tu es obligé de reconnaître qu'elle est complètement protéiforme, tentaculaire et qu'elle affecte l'entièreté de la société. La seule chose qu'on puisse lui opposer pour avoir une chance que ça marche, c'est un autre titan, même s'il a des défauts, des défauts qu'on connaît tous, et donc c'est l'État. Qui d'autre pourrait faire le travail ? Qui a assez de puissance ?

— Ce que tu dis, ça marche seulement si l'État n'est pas lui-même devenu le capital.

— S'il l'est devenu, c'est qu'il peut ne pas l'être. C'est qu'il ne l'est pas par essence. Donc il peut être autre chose.

— Dans une expérience de la pensée, d'accord. Mais en réalité ?

— Je ne sais pas.

— Et s'il peut être séparé du capital, tu crois vraiment que cette séparation pourra être établie par des réformes ?

— Je ne sais pas !

— Et tu arrives à continuer à travailler pour ton député sans le savoir.

— Et vous, vous continuez à me les briser parce que vous pensez que je fais ce taf comme s'il était universalisable. Je fais ça, vous faites autre chose. Aucun de vous ne fait la même chose, d'ailleurs. Entre ceux qui enseignent, ceux qui bossent en asso, ceux qui ouvrent des squats, ceux qui font des maraudes, ceux qui hackent et ceux qui assistent des députés, on couvre une palette très large. C'est une sorte de division du travail.

— Amen, dit Salma en guise d'assentiment.

Elle finissait toujours par avoir de la peine pour Antoine et, si c'était elle qui lançait souvent les conversations sur son travail, c'était aussi elle qui y mettait fin, gênée de constater qu'il devait se défendre seul. Elle lui offrit une bière. Antoine pensa, pour la millième fois en dix ans, que Salma était beaucoup trop belle et beaucoup trop maquée avec Guillaume pour qu'il puisse la regarder longtemps sans ressentir une légère tristesse. À une soirée de réveillon, des années plus tôt, il lui avait demandé si elle était sûre que sa monogamie s'accordait bien avec son engagement féministe et elle avait répondu qu'elle n'était certaine que d'une chose : son engagement féministe ne pouvait absolument pas être utilisé par Antoine pour essayer de coucher avec elle. Il avait eu une gueule de bois atroce le lendemain, la honte et la déshydratation cumulées. Il n'avait même pas essayé de coucher avec elle, qui plus est, et cette incompréhension ajoutait à la pénibilité du souvenir. Il aurait juste aimé sentir qu'elle pourrait en avoir envie, il était persuadé que ça aurait suffi à son narcissisme.

Il se détourna vers le visage haut perché de L et, sans surprise, le visage de L parlait-dansait de tous ses traits, racontant qu'il avait suivi avec curiosité l'échange précédent. Il remarqua pour la première fois qu'elle était légèrement plus grande que lui.

— Tu te défends bien, dit-elle.

— Merci de ne pas avoir participé à la curée.

— La quoi ?

Il crut qu'elle n'avait pas entendu, répéta la phrase, puis le mot, mais L gardait un sourcil levé.

— C'est un truc de chasse à courre. Quand tout le monde se jette sur l'animal.

L hocha la tête en détournant le regard. Lorsqu'elle se rendait dans ce genre de soirée, elle oubliait souvent en chemin que les autres allaient parler comme ça, depuis leurs années d'études et leur bibliothèque. Et puis au détour d'un mot, un mot débile, un mot inutile, ça lui revenait en pleine gueule – la chasse à courre, merde ! Qu'est-ce qu'il s'imaginait ? L'année dernière, elle avait proposé à Fatou de venir avec elle à une fête chez Salma et Guillaume. Elle se souvenait des regards que lui avait jetés Fatou pendant que les autres parlaient dans les canapés, avant qu'on monte la musique, avant que les corps se mettent en mouvement et permettent d'oublier un peu les différences. Les yeux de Fatou alternaient entre la peur et le reproche parce qu'elle anticipait le moment où on lui passerait la parole au détour d'une question et alors elle donnerait l'impression qu'il manquait des mots à sa langue, qu'elle en avait laissé la moitié chez elle avant de sortir, et elle était sûre que pour tous ceux qui étaient rassemblés dans cette pièce, elle parlerait troué-bancal et son regard venait se planter dans celui de L pour y trouver les raisons de ce piège.

L s'efforça de ne pas en vouloir à Antoine d'avoir utilisé « curée » et demanda :

— Qu'est-ce qu'il dit, alors, ton État, sur la guerre virtuelle ?

— Il se prend la tête. Parce que si on peut répliquer à une amorce de guerre virtuelle seulement par une attaque elle aussi informatique, on est vite confronté à un problème : la France n'a pas vraiment d'armée virtuelle. Depuis 2016, elle a des réservistes de cyberdéfense mais on parle de trois cents personnes et elles ne sont clairement pas employées au quotidien.

— Laisse-moi deviner, dit L, vous flippez en pensant à la Russie, à la Corée du Nord et à l'Unité 61398 en Chine.

Antoine fut impressionné par l'exactitude de la phrase. Non seulement, L se rappelait parfaitement l'ordre des chiffres qui désignait le groupe de pirates rattaché à l'armée chinoise (alors qu'il devait sans cesse relire ses notes pour ne pas le confondre avec son digicode), mais elle avait également raison en supposant qu'il avait peur. L'image de plusieurs milliers de personnes travaillant jour et nuit dans un immeuble de douze étages situé à Shanghai, pour voler des données un peu partout dans le monde, revenait se cogner à ses paupières closes lorsqu'il essayait de dormir. L poursuivit, imperturbable :

— Les Russes, c'est bien le bordel. Vous avez bossé sur Cozy Bear ?

Le nom ne disait rien à Antoine.

— Fancy Bear ?

Il secoua la tête d'un air perplexe. L lui expliqua qu'il s'agissait des deux groupes que les renseignements américains accusaient d'avoir attaqué la Maison-Blanche, l'OTAN et le *New-York Times* pour le compte des autorités russes. On leur prêtait aussi le piratage du Bundestag, de l'armée ukrainienne, de La République en marche et de TV5 Monde. Mais, en réalité, personne ne savait pour qui ces pirates travaillaient, s'ils étaient même russes (quelques mots en cyrillique dans le code pouvaient-ils être considérés comme une preuve ?) et si les noms « Cozy Bear » et « Fancy Bear » (c'est-à-dire « Ours peinard » et « Ours élégant ») n'avaient pas été inventés uniquement pour humilier leurs adversaires en les forçant à utiliser des expressions absurdes chaque fois qu'ils essaieraient de les désigner (une pratique courante chez les hackers et bien plus encore chez les trolls). Antoine expliqua à L que dans la commission ils n'utilisaient que le terme « ingérence russe », sans jamais entrer dans les détails

– probablement parce qu'ils étaient incapables de les comprendre.

— La vraie question pour nous, c'est : est-ce qu'il faut que l'État français se mette à niveau ? Dans l'état actuel des choses, si une guerre informatique est déclarée, à qui est-ce qu'on pourra confier la riposte ? À un bataillon de francs-tireurs monté de toutes pièces ? Comment on les dirigera ? Ça sera le bordel. Est-ce qu'on doit créer un service militaire informatique ?

— Vous avez mené des entretiens avec des hackers ?

— Nan. On parle surtout à des types de l'ANSSI. Et puis aux militaires.

— Super.

— Tu voudrais venir à l'Assemblée ? Si tu es partante, je suis sûr que tu pourrais être entendue.

— Génial, je rêve de ça et je suis sûre que tous les élus aussi. Surtout en ce moment.

Le visage de L s'effondra sans bruit. Antoine, gêné, détourna les yeux mais il la voyait toujours dans le miroir situé derrière le bar. Un visage gris qui ne ressemblait plus à personne. Après quelques secondes, elle se reprit :

— C'est quoi, vos conclusions ?

— Eh bien qu'il est trop difficile d'établir s'il s'agit de guerres réelles et que, de toute manière, le concept de guerre bilatérale appartient aux siècles passés. Mais on peut facilement parler d'opérations de terrorisme virtuel. Et il suffirait de l'équivalent d'un 11-Septembre informatique pour lancer une vaste opération contre le terrorisme.

— Qu'est-ce qui définit le terrorisme informatique ?

— La volonté de semer la terreur et le chaos. Classique.

— À partir de là, dit L, il y a deux solutions : soit on est tous des terroristes, soit personne n'en est un.

— Et c'est qui, on ?

— Les hackers.

— Pas seulement les hackers, lança Guillaume en abandonnant la discussion voisine. Je suis pour la terreur et le chaos, moi aussi.

Ils levèrent leurs verres à la formule pompeuse et Guillaume, beau joueur, admit le ridicule de son intervention d'une révérence. Ce mouvement minuscule suffit à faire opérer des demi-tours et des quarts de tour aux corps qui les entouraient et, en un instant, leur conversation devint celle du groupe.

— Moi ça me terrifie, dit Jérémie, de penser à tout ce que les pirates informatiques peuvent savoir sur moi. Des fois, je suis devant mon ordi et ça me tombe dessus, c'est comme ces cauchemars où tu t'aperçois que tu as oublié ton pantalon. Mais d'un autre côté, je ne peux pas être totalement opposé à ce qu'ils font. Bien sûr qu'ils créent de la peur, mais pas seulement chez moi, chez toutes les grosses entreprises aussi qui ont oublié ce que c'était d'avoir peur.

— Présenté comme ça, c'est vrai que c'est attirant, admit Samir. Mais pour moi, le gros problème des hackers, c'est que leurs modes d'action sont beaucoup trop techniques. C'est impossible qu'un truc comme ça devienne fédérateur. Il y a un gros problème de...

L le coupa d'un geste agacé de la main.

— L'élitisme des hackers, je sais, je connais la chanson. Vous n'avez qu'à apprendre à coder, les gars. Ça fait des années que je vous le dis.

Elle aurait voulu ajouter que ça lui faisait toujours un peu mal au cul de les entendre parler d'élitisme, alors que leur petite bande cumulait un nombre impressionnant de privilèges. Elle n'en connaissait pas un seul dans le lot qui ait arrêté ses études avant le master. Elle n'en connaissait pas un seul qui ait bossé chez Zara, Ikea, ou dans un des magasins au petit nom exotique où elle avait piétiné des mois sous les néons. Ils considéraient ses capacités en informatique comme un étrange privilège de naissance, mais ils avaient tout faux : Internet ne lui était pas arrivé sous forme d'héritage. C'était peut-être le dernier territoire où tout le monde partait de zéro à l'époque où L l'avait découvert.

— Les compétences techniques des hackers, réfléchit Antoine à voix haute, ça peut aussi être un énorme avantage, non ? En termes de représentation, je veux dire. Tu ne peux pas les considérer comme des casseurs. Les casseurs, rapidement, pour les décrédibiliser, tu parles de sauvagerie, de violence brute, tu les animalises. Et donc, tu les jettes de la scène politique par la même occasion : ils n'ont pas vraiment de revendications, ils n'ont que des pulsions, blablabla. Mais les hackers, ce qu'ils font, ça passe forcément pour une forme d'intelligence. C'est tellement peu animal, ces suites de chiffres et de signes, il n'y a pas moyen de ramener ça à la pulsion.

— C'est vrai, reconnut L. Mais on se trimballe une image de méchants, de mercenaires ou de psychopathes. Ça pèse aussi, sur le plan politique.

Antoine voulut savoir ce qu'elle pensait de la représentation des hackers au cinéma, mais la conversation autour d'eux bifurqua sur la loi anticasseurs et L ne répondit pas. Sa grande silhouette anguleuse disparut presque derrière les corps inclinés de Guillaume et Samir. Penchée sur le comptoir rutilant, Salma effectuait des mouvements de sémaphore pour parvenir à commander une nouvelle tournée de bières et son pull coloré épongeait sans qu'elle le remarque les flaques laissées par les verres précédents. Antoine rejoignit le sujet général, il dit préfet de police, il dit Constitution, il dit que la loi passerait malgré la dissidence de certains députés de la majorité et que d'ailleurs, ces dissidences étaient peut-être affichées uniquement parce que les députés savaient que ça ne changerait rien, ils pouvaient s'offrir le luxe d'être justes en sachant que les autres feraient le sale boulot. Jérémie avança que la loi serait sûrement retoquée par le Sénat et il rit aussitôt, demanda à l'assistance si quelqu'un aurait cru, un ou deux ans plus tôt, que le Sénat serait un jour pour eux le dernier rempart des libertés. Ils levèrent les pintes tendues par Salma à la santé du Sénat. Quand Antoine se trouva de nouveau devant L, l'espace entre eux dégagé, elle regardait son téléphone et ne s'intéressait plus à ceux qui l'entouraient.

— Il faut que je rentre.

Antoine la laissa partir parce que ce n'était pas une de ces phrases lancées pour être contredites, c'était un franc coup de ciseaux dans la toile de la soirée présente et dans celle de la soirée possible. Il la laissa partir alors qu'il trouvait toujours vexant que quelqu'un s'en aille quand il restait, mais il ne voulut pas s'humilier en le soulignant. Un peu plus tard, il demanda à Guillaume si L faisait la gueule et Guillaume répondit qu'elle n'allait pas bien. On sentait qu'il aurait voulu s'arrêter là, abandonner Antoine à la contemplation du mystère qui s'étendait au-delà de ces quelques mots, mais il ne put s'empêcher d'ajouter autre chose. Peut-être que c'était un mystère différent, qui lui plaisait davantage, derrière les mots d'après. Il dit :

— Son mec est tombé pour avoir piraté un site, il y a trois mois.

Il s'arrêta de nouveau, net. Puis, comme un léger dérapage incontrôlé :

— Il est en taule.

`U want mor ?` demandait la première phrase du message.

Ça faisait comme un frisson électrique le long de la colonne vertébrale, depuis le bas écrasé sur la chaise de bureau, jusqu'à l'endroit où ça rejoignait le portail arrière du crâne. L ne comprenait pas comment ces quelques lignes avaient pu lui parvenir par texto.

```
1 down but weR still fighting
We should talk
Kaos
```

Et puis en dessous :

```
#ExpectUs
```

L était sortie du café et s'était précipitée chez elle pour retrouver le dedans dont le message semblait avoir jailli. Le hashtag lui laissait penser que c'était l'ancienne armée, ou du moins un de ses membres, qui la contactait. Mais, malgré l'invitation à discuter (*We should talk*), L ne voulait pas répondre avant de savoir qui était son interlocuteur. Elle savait qu'il était inutile de mener des recherches sur le numéro de téléphone qui s'était affiché : trop d'applications généraient de faux numéros, utilisables à l'envi pour les textos anonymes. Elle retourna sur le forum où NoLogo l'avait contactée la première fois. C'était les mêmes mots, ça ne pouvait pas être un hasard. Mais là, il ne se passait rien. Ou rien qu'elle pût voir. Elle se calma un peu. Le hashtag de signature ne voulait pas forcément dire qu'il s'agissait d'un des Anons avec qui elle avait bossé au début des années 2000, même si ces deux mots, *Expect us*, avaient été leur slogan. Il était trop connu, trop partagé, et comme tout ce qui existait depuis suffisamment longtemps dans le dedans, il n'avait plus d'auteur, il semblait avoir appartenu depuis toujours au langage. Mais alors qui était NoLogo/Kaos ? Et pourquoi est-ce qu'il (ou elle) voulait lui parler ? (Et d'ailleurs, est-ce que Kaos était vraiment une signature ou est-ce que c'était un souhait ou une déclaration ?). Les questions sans fin recommencèrent à défiler. L ne savait pas avec qui Elias avait été en contact au moment de son attaque, à qui il s'était adressé pour faire fuiter les données volées à Harm-Ony. Est-ce que quelqu'un essayait malgré l'arrestation de publier les fichiers ? Ce n'était pas possible, la police les avait récupérés. Qui pouvait avoir eu le temps d'en faire une copie ? Combien de personnes étaient impliquées dans ce qui aurait dû, au départ, être une opération menée seulement par L et Elias ? Et surtout, qui étaient ces personnes (si elles existaient) ? Le fait qu'on l'approche, elle, signifiait qu'on connaissait son lien avec Elias et l'emploi récurrent du pluriel (*WeR still fighting*) pouvait même laisser penser que la personne savait que L avait pris part, d'une manière ou d'une autre, à l'attaque informatique contre Harm-Ony – et alors, comme elle le craignait depuis l'arrestation, il ne restait plus aucune frontière, la concernant, entre le statut de témoin et celui de complice. Sauf que si quelqu'un avait été mis au courant, c'était forcément un proche parce que Elias ne divulguait rien de sa vie quand il était à l'intérieur, il n'aurait jamais parlé de L à un inconnu. Est-ce qu'il avait tenu un de ses amis au courant de ses activités ? (Cette question-là, bien sûr, se ramifia instantanément dans les pensées de L : s'il avait parlé, était-ce pour demander de l'aide ? Ou bien est-ce qu'il s'était vanté de ce qu'il avait accompli ? Est-ce qu'elle pouvait le connaître suffisamment mal pour ne pas avoir remarqué qu'il était capable de ce genre de choses ?) Est-ce que le message venait de Berlin ? Les quelques lignes étaient intraçables, quel que soit le bout par lequel L s'efforçait de leur faire cracher des informations. Une nouvelle piste lui apparut soudain, une ligne de peur pure tracée à travers ses pensées fiévreuses : peut-être que tout avait fuité au moment de l'arrestation. Même si aucun des rares articles consacrés à Elias ne faisait mention de L, quelqu'un avait pu mettre la main sur sa demande de permis de visite, les dossiers des flics avaient pu être piratés. Ils avaient même pu être transférés, en toute discrétion, à Harm-Ony puisque la compagnie avait des liens avec la sécurité de l'État. Mais pourquoi est-ce qu'un de ses employés contacterait L maintenant ? Qu'est-ce qu'on pouvait lui vouloir ?

#ExpectUs

L décida de ne pas répondre. Il y avait trop de questions laissées en suspens pour qu'elle puisse écrire autre chose qu'un aveu d'ignorance. Tant qu'elle se taisait, NoLogo et Kaos pouvaient supposer qu'elle les connaissait, qu'elle les avait reconnus. Il fallait qu'elle attende que ce soit eux/lui/elle qui se découvre/ent en premier. Elle éteignit l'ordinateur et se dit qu'elle aurait dû rester dans le bar avec les autres. Elle se retrouvait de nouveau seule à l'orée d'une nuit d'insomnie ou de cauchemars qu'elle aurait aimé repousser de quelques heures. Elle avait faim. Elle descendit au kebab carrelé et vitreux situé au pied de son immeuble.

L'endroit était pris dans une lumière de kebab, elle ne trouvait pas d'autre mot pour la décrire, cette lumière qui faisait que tout ressemblait à une tour de viande enroulée, tout paraissait dégueulasse, graisseux et fait de couches, y compris les visages humains. C'était le seul endroit ouvert tard dans le quartier. L n'avait jamais su les noms des mecs qui y bossaient. Pourtant, elle avait calculé un soir avec Elias qu'ils devaient y avoir commandé entre 220 et 250 sandwichs en deux ans. Et donc, si chaque commande (deux sandwichs) nécessitait entre 5 et 7 minutes de préparation (le temps dépendait des frites, bien plus que de l'affluence, et jamais de la viande), ils avaient passé entre 1 100 et 1 750 minutes dans la boutique. L'un des deux employés était petit et fin, la peau marron, mate, très marron et très mate, c'était le seul truc qui ne brillait pas dans le kebab. Ses dents un peu trop longues avançaient sur sa lèvre du bas comme si elles cherchaient à voir, soulevaient un coin de bouche pour glisser un regard à l'extérieur. Et puis il avait un tic à l'œil droit. Pas tout le temps, juste quand L parlait. Quand elle se taisait, sa face était normale, détendue. Mais dès que L disait quelques mots, sa paupière commençait à s'agiter, comme s'il répétait ce qu'elle disait en morse. Plic plic plic. L se taisait, mal à l'aise ; le tic disparaissait. Et avec ça ? Je vais prendre une canette de Coca. De nouveau plic plic plic.

C'était un kebab où personne ne restait manger sur place. Les tables occupaient un espace qu'on traversait d'un air gêné – en essayant de masquer le fait qu'on n'avait pas envie de bouffer là, dans la lumière de kebab qui donnait l'impression d'être en tranches, on n'avait pas envie de rester une seconde de plus que le temps nécessaire à l'obtention de la bouffe. Parfois, il y avait un pote des kebabiers qui venait attendre leur fin de service. Il bougeait un peu une table, un peu une chaise, il buvait un Ice Tea en remuant ses grandes baskets multicolores sur le carrelage, mais ça ne comptait pas comme un client.

Ce soir-là, il y avait un type en manteau noir, un beau manteau lourd, dont les pans tombaient du dossier de sa chaise et formaient une traîne bifide. Il était attablé face à sa portion de frites, des serviettes de papier froissées devant lui, il s'essuyait les doigts chaque fois qu'il prenait une frite. Ça avait l'air de stresser l'employé – sa paupière battait la mesure. Il proposa deux fois de lui apporter une fourchette. L'homme refusa doucement mais se leva pour prendre de nouvelles serviettes et, comme elles étaient posées sur le comptoir, juste à côté de L, il s'approcha d'elle jusqu'à presque la toucher. Quand leurs yeux se croisèrent, elle crut qu'il allait dire quelque chose, s'excuser, mais il la regarda en silence et c'est elle qui murmura « pardon » en reculant d'un pas. Il retourna s'asseoir à sa table et reprit l'ingestion méthodique de ses frites.

L sortit dans la nuit froide en se réchauffant les doigts sur la barquette entourée d'aluminium. Elle se demanda, au moment de taper le code de la porte d'entrée, si le type avait fait exprès de venir se coller à elle, comme ça. Arrivée au premier étage, elle en était persuadée. L'escalier grinçait à chaque marche et le bruit, plus que ses propres mouvements, lui fit prendre conscience qu'elle montait aussi vite qu'elle le pouvait. Au troisième étage, elle pensa que l'homme inconnu s'était peut-être installé dans le kebab uniquement pour la guetter. Il pouvait y avoir passé toute la soirée à l'attendre, renouvelant de temps à autre sa barquette de frites. Quatrième étage. Elle aurait dû s'assurer, en sortant, qu'il ne l'avait pas suivie, qu'il n'observait pas, de loin, le mouvement de ses doigts sur le clavier du digicode. Cinquième étage, sa main cherche la minuterie le long du mur – elle ne tient jamais jusqu'au sixième, c'est une minuterie conçue pour ceux qui ont la chance d'habiter plus bas, il est où ce bouton ? Devant sa porte, le souffle court, L se demanda si le type pouvait être NoLogo. Il n'y avait aucun indice allant dans ce sens mais il n'y avait rien non plus qui indiquait le contraire.

L évita son reflet dans les vitres, évita que quoi que ce soit d'elle puisse apparaître par les fenêtres et être aperçu de la rue, ou d'en face, ou d'un toit, même si la petite caverne du sixième étage était difficilement observable. Elle listait : l'homme en noir devant chez Delambre, l'homme au manteau dans le kebab, le premier message de NoLogo, le deuxième de Kaos, est-ce que tous ces événements étaient liés ?

L se garda soigneusement à l'intérieur, elle se déplaça en crabe loin des fenêtres et cette utilisation particulière de son corps l'amena à penser qu'elle n'avait jamais tout à fait accepté sa grande taille, jamais su comment bouger ce mètre soixante-dix-huit. Elle se voyait toujours démesurée. « Tu vas être plus grande que les hommes », avait chuchoté sa mère en ouvrant des yeux effrayés lorsqu'elle l'avait mesurée contre le mur, l'année de ses douze ans. L n'avait pas compris ce qui dans l'énoncé pouvait être terrifiant mais elle s'était fiée au ton de sa mère et le soir, dans son lit, elle avait supplié toutes ces cellules d'arrêter de se multiplier. Vingt ans plus tard, elle était toujours encombrée par ce grand truc, ce grand elle-même. Elle le regardait à peine. Elle savait qu'elle aimait les lignes de ses clavicules et le creux de son nombril mais ce n'était que la ponctuation partielle d'un texte relativement long, ça ne faisait pas beaucoup. Le reste, elle ne le détestait pas. Le reste, elle ne l'avait pas lu.

Après s'être couchée, L essaya de se faire jouir dans le petit appartement sans lumière en espérant que ça la calmerait. Elle se toucha, lécha ses doigts à plusieurs reprises, ferma les yeux pour mieux se concentrer. Mais elle ne parvenait pas à tenir un scénario. Si L pensait à Elias, elle se retrouvait à penser à la prison, alors elle tentait de se persuader que c'était un scénario du futur, de l'après-prison, mais comment se concentrer sur une histoire qui arriverait peut-être dans plusieurs années, comment imaginer Elias et comment s'imaginer soi-même ? Avec quels corps, quelles marques de vieillesse ? Et puis, parce qu'elle s'efforçait de déterminer à quel moment précis de l'avenir se situait la scène, elle pensa au procès, elle pensa à l'avocat d'Elias qui portait des jeans et n'avait pas l'air d'un avocat, elle pensa au permis de visite qui ne lui avait toujours pas été accordé et ses doigts auraient tout aussi bien pu être immobiles parce que aucune excitation ne montait à cause des images parasites. Les souvenirs ne fonctionnaient pas non plus, ils la rendaient triste. Ils n'avaient pas du tout l'air de films porno – même si les films porno projetés uniquement dans la tête de L différaient de manière très nette de la production majoritaire. Alors L se dit qu'elle n'allait pas penser à Elias, pas du tout, mais à quelqu'un d'autre, à n'importe qui, sauf qu'elle finissait malgré tout par penser à la prison, au fait que si elle couchait avec quelqu'un d'autre maintenant, elle tromperait un type qui était en prison. Elle renonça. Elle rangea le projet de jouir dans un coin de son esprit, comme on pose un livre juste à côté du lit en se disant qu'un des soirs à venir on sera content de le trouver et de l'ouvrir avant de s'endormir. L laissa remonter des images sans leur demander d'aider ses doigts à lui fournir un orgasme somnifère.

Il avait rêvé de L. C'était un mensonge. Il avait pensé à L avant de s'endormir. Il ne savait pas de quoi il avait rêvé ensuite. Il y avait des fontaines et des brosses à cheveux. Pas L. L était présente avant qu'il s'endorme. C'était lui qui l'avait convoquée.

Il aimait bien L. Il aimait ne pas comprendre tout ce qu'elle disait. Dans sa vie amoureuse, Antoine avait toujours cherché avec application des filles plus intelligentes que lui. Il était terrifié à l'idée de devoir être le cerveau du couple, c'était une responsabilité beaucoup trop grande. Mais il devait admettre qu'il ne savait pas bien déceler l'intelligence. À quoi se reconnaît-elle ? Pour Antoine, elle se reconnaissait le plus souvent au fait qu'il ne comprenait pas son interlocuteur. C'est ce qui lui avait plu chez Cécile quand il l'avait rencontrée : il avait interprété le sentiment d'être perdu devant ses revirements comme une preuve de sa rapidité d'esprit et cette rapidité comme une preuve de son intelligence.

Mais après deux ans, il avait cessé d'admirer sa vitesse : il commençait à soupçonner qu'elle n'était pas, comme il l'avait cru, la marque d'une faculté extraordinaire mais celle d'une volonté de se débarrasser de la pensée. Cécile réfléchissait vite mais elle voulait réfléchir *une bonne fois pour toutes*, et elle secouait la tête avec irritation quand Antoine revenait sur certaines questions, encore et encore. À la fin de leur relation, ils n'arrivaient plus à se parler, chacun détestait la manière qu'avait l'autre de mener une conversation : Antoine trouvait Cécile paresseuse et elle le trouvait lent.

L n'était peut-être pas plus intelligente que lui, peut-être qu'elle était simplement spécialiste d'un domaine auquel il ne connaissait pas grand-chose mais il était attiré par ça. Par l'opacité du discours de L qu'il confondait avec de la profondeur ou dont il pariait qu'elle était de la profondeur parce qu'il voulait qu'elle en soit, parce que L lui plaisait avant même qu'il sache si son discours avait de la profondeur, ce qui montrait qu'il n'était en réalité pas attiré par l'intelligence mais qu'il créait – au besoin – de toutes pièces l'intelligence de l'autre pour justifier le désir qu'il avait ressenti en premier lieu.

La box sur l'étagère en face indiquait qu'il était 7 heures, mais Antoine ne voulait pas sortir du lit. Le lit était le seul endroit chaud de l'appartement. L'enchevêtrement de couette et de draps avait conservé l'énergie émise par son corps et, dès qu'il en sortirait, celle-ci se dissoudrait dans la pièce, insuffisante, vaine, et il aurait froid. Antoine avait souvent l'impression que le lit était le seul endroit parfaitement vivable chez lui. Il avait tendance à en rapprocher les objets utiles, ce qui faisait que, en plus de la couette et des oreillers, le lit abritait des livres, des paquets de gâteaux et même parfois des mégots parce qu'il renversait les cendriers dans un mouvement trop vaste. Régulièrement, il se livrait à de grandes opérations de rangement qui consistaient à éloigner du lit tout ce qu'il en avait rapproché au cours des derniers jours, à le disposer sur les étagères lointaines où les choses paraissaient, un temps, être à leur place. Mais toujours elles revenaient vers le lit, comme un troupeau qu'il réunissait autour de lui, comme les enfants de Hamelin attirés par le joueur de flûte. Ranger l'appartement, c'était chasser les objets trop familiers. Ce matin-là, ça ne lui était pas arrivé depuis longtemps et il n'eut qu'à tendre la main pour mettre en route la bouilloire (qui disputait la table de nuit à une lampe de chevet) et attraper son ordinateur (qui disputait le sol à tout un amas vestimentaire). Sitôt passé l'écran de veille, il tomba sur le fichier texte intitulé « CapaTaro » qui aurait dû être un début de livre. Mais un simple regard, même embrumé par le sommeil, sur la variété des polices utilisées lui rappela qu'il avait surtout consacré sa soirée de la veille à copier-coller des informations glanées sur Internet. Il ne parvenait pas à écrire sur les Brigades internationales – c'est-à-dire qu'il ne parvenait pas à écrire les scènes mêmes qui lui avaient donné envie de commencer ce livre. Une inquiétude lancinante le prenait chaque fois qu'il devait taper le mot *anarchie*. C'était un concept qui lui donnait le vertige. Quand il lisait des ouvrages de philosophie politique, il croyait comprendre ce que le terme désignait mais dès qu'il lui fallait écrire à son tour il n'en était plus du tout certain. L'anarchie, c'était le vide ouvert devant lui. Si elle ne ressemblait pas exactement à la scène de *Land and Freedom*, il était incapable de se la représenter. Qu'est-ce qui restait ou qu'est-ce qui s'inventait en dehors de toutes les institutions formelles ? Pour Antoine, rien. Ou plutôt, il croyait fermement qu'il y avait quelque chose mais il ne *voyait* pas quoi. Il se demanda si les anarchistes devenaient anarchistes parce que leur pouvoir de représentation, d'imagination était supérieur au sien et qu'ils étaient capables d'envisager sans peine de nouvelles formes. S'ils étaient des sortes de voyants. Il ferma le fichier « CapaTaro » et ouvrit sa messagerie.

Salut Antoine,

Je n'arrive pas à dormir (classique) et je repense à ce que tu me disais dans le bar. Pardon d'être partie, en fait. J'avais des mauvaises nouvelles :(

Ce que tu racontes du travail du comité (ou de la commission ? j'ai oublié), c'est chaud à entendre pour moi. Parce que ça dit des choses sur l'évolution des hackers, ça me confirme des choses qui ne me plaisent pas !! Je ne crois pas que j'ai déjà eu l'occasion d'en parler avec quelqu'un qui ne serai pas de la scène informatique et ça va peut-être te paraître confus (oui) mais peut-être aussi que ça va t'intéresser (j'espere) puisque de toute manière tu bosses sur ça. Oui c'est un mail sur les hackers, pas cool, tu es prévenu, tu peux arrêter de lire si tu veux ;)

Quand j'ai commencé à m'intéresser au piratage, c'était les années 90 (ça nous rajeunit pas ; p) et quand on pensait hacker on pensait ado rebelle prêt à semer le chaos. Même l'industrie vendait cette image à fond parce qu'elle voulait faire oublier d'où venait vraiment Internet – de l'armée, en fait, et pas du tout de jeune entrepreneurs dynamiques. Bon, je ne le savais pas à ce moment-là, l'image m'a plu. Il y avait plein de discussions techniques mais le mieux c'était la liberté qu'on prenait. Les hackers, c'était ceux qui utilisaient la technologie pour autre chose que ce qu'on leur avait dit qu'ils pouvaient faire avec. Il y avait un côté bricolage protestataire. Un des plus vieux groupes de hackers qui existe, le CCC (à Berlin) dit que si tu utilises une bouilloire pour faire cuire tes Knacki dedans c'est déjà du hacking (et c'est la définition la plus allemande que j'ai jamais vue : D).

Mais avec les années le côté Do it yourself s'est perdu parce qu'il y avait de l'argent à se faire dans le hacking. Et beaucoup des ados rebelles sont devenus des mercenaires. Ils ont été recrutés en partie par l'industrie de la surveillance, pas forcément pour la thune mais parce qu'on nous promettait des technologies qu'on pourrait jamais manipuler dans notre coin (je les ai vus deux ou trois fois dans des gros events de geeks, des types en costard qui venaient recruter directement, ils se cachent pas). Il y a aussi eu toute la vague des start-up informatiques, plus ou moins cool, écolo, humanitaire, arty, la fin-tech de merde et les outils informatiques de gestion du quotidien.

Bref, aujourd'hui, quand on dit « hacker », ça fait surtout penser à 3 trucs :

– des yuppie en T-shirt de coton bio

– des unités spécialisées rattachées au complexe militaro-industriel

– des Russes (mais ça c'est un cas à part)

Les gens comme moi, l'époque d'Anonymous, on a quasi disparu de l'image. C'est un peu dur dans ces conditions de rallier des gens corrects. Parfois il y a des types qui apparaissent et qui font du bien à toute la cause. Même toi et tes potes vous avez entendu parler de Manning ou de Snowden (on va éviter de parler d'Assange, ça se barre toujours en vrille : D) On se dit à nouveau pendant quelques jours : ah ouais, les hackers, c'est le contre-pouvoir. Mais j'ai quand même l'impression qu'on a perdu la bataille de la représentation ces dernières années. Dans le bar, tu as parlé du cinéma mais Hollywood est à la masse. Quand ils montrent un pirate, ils en font une sorte de superhéros, des créatures de science(fiction. Ça donne l'idée qu'il n'y a que quelques mecs exceptionnels qui peuvent s'aventurer sur Internet alors que tout le monde devrait apprendre à s'en servir VRAIMENT puisque tout le monde l'utilise. Ce que vous préparez à l'Assemblée, ça va faire qu'empirer le truc : si vous sortez des lois qui disent qu'un piratage = un acte de guerre, plus personne va oser bricoler en ligne. On devient définitivement une armée et pour notre camp dans la bataille, j'ai l'impression qu'on va nous reverser dans l'Axe du mal sans nous demander notre avis.

Tu n'avais pas vraiment demandé mon avis non plus. Tu l'as quand même.

a+

PS : En hommage à nos grands ancêtres du Culte de la Vache morte, tu fera tes recherches ;)

```
^__^
(oo)\_______
(__)\)       \/\
    ||----w |
    ||      ||
^^^^^^^^^^^^^^^^
```

Dans le bus, il faisait trop chaud, une température moite et lourde de jungle. Les corps des passagers trempés par la pluie se collaient les uns aux autres, s'enfonçaient dans les sièges humides, adhéraient aux grandes vitres avec des bruits de succion. Le sol était couvert de traces de chaussures et de traînées de cabas, de rigoles qui s'écoulaient depuis la pointe des parapluies. Et puis il y avait tous les sons mouillés : les semelles contre le revêtement anthracite, les portes aux joints gonflés qui jouaient sous l'averse à chaque arrêt du bus, les parapluies qui se repliaient en petits claquements secs. Le bruit de la pluie était agréable, se disait L, mais tous les bruits causés par la pluie étaient merdiques. Ce trajet merdique était particulièrement long, la ville n'en finissait pas de se déliter en devantures de quincailleries minables, de magasins de vêtements dégriffés, de panneaux JC Decaux et puis des barres et puis des tours, leurs touches de couleurs dépitées par la pluie, toute une déclinaison façon Tetris des habitats pour pauvres, debout couché oblique, ça cahotait de l'autre côté de la vitre. Dès les premiers arrêts, les femmes se regardaient entre elles, soulagées de découvrir que les autres passagères n'avaient pas bougé non plus. Elles se calaient plus confortablement sur les banquettes humides, jetaient un œil à la ligne de stations orangées affichée au-dessus des portes. Elles listaient, comptaient et celles qui ne savaient pas lire demandaient aux voisines si c'était bien le bus qui, si on pourrait les prévenir quand. Bien sûr, bien sûr, disaient les voisines. Elles allaient toutes au même endroit, elles le savaient. Le bus aurait aussi bien pu être affrété directement pour la prison, personne ne descendait en cours de route. Alors elles fermaient les yeux et s'appuyaient à la vitre, elles sortaient un magazine, un téléphone portable, il y avait même une vieille avec un tricot. Elles s'installaient dans le bus avec patience et résignation. On arriverait dans deux heures, vu la circulation. Il n'y avait que L pour serrer les dents, rester bien droite sur son siège et guetter chaque arrêt comme si la prison avait pu soudain apparaître, comme s'il avait fallu bondir.

L pensait « la prison » mais en réalité ce n'était pas la prison : c'était le centre d'accueil des familles. La prison, elle ne la verrait jamais de l'intérieur, elle devait se contenter de l'imaginer chaque fois qu'elle écrivait l'adresse sur une enveloppe. Elle avait cherché des photos sur Google, évidemment, mais il n'y avait que le bâtiment vu depuis la route, jamais les cellules, jamais la cour, jamais le réfectoire, les douches ni les ateliers, tous ces espaces de prison auxquels elle ne pensait que parce que le cinéma et la télévision lui avaient affirmé qu'ils existaient. Elias allait être amené au centre pour leur parloir et elle ne pourrait le rencontrer qu'ici. L'endroit se voulait être une zone neutre, quoique sécurisée, mais pour L, elle n'avait rien de neutre. C'était une prison quand bien même ça n'était pas LA prison.

À la seconde où la porte se referma derrière elle, L se dit que venir ici était une erreur. Les deux heures de bus avaient épuisé les réserves d'énergie qu'elle avait soigneusement accumulées en prévision de cette visite. Elle se sentait nauséeuse et nerveuse, la gorge enrouée et le corps appesanti par son pull humide. Elle ne parvenait pas à faire abstraction des regards posés sur elle. Ici, elle était une meuf de taulard, prise dans un mouvement d'autres meufs de taulard, et de mères de taulard et de sœurs de taulard, des files de femmes qui venaient s'enregistrer à l'accueil des familles, déposer leurs affaires dans un casier et attendre leur tour de parloir. C'était un espace bizarrement saturé de féminin, pensa L, un peu comme un hammam ou le seul mariage traditionnel auquel elle avait accepté d'accompagner sa mère avant de faire demi-tour quand elle avait réalisé que les femmes et les hommes ne mangeraient pas dans le même *appartement*. Les salles séparées, elle aurait accepté, elle s'y était préparée, mais deux appartements l'un au-dessus de l'autre, elle avait dit Merci mais non merci et quand sa mère avait murmuré qu'elle lui mettait la honte, L avait répondu qu'elle pouvait faire bien pire. Au centre d'accueil des familles, il n'y avait pas officiellement de séparation hommes/femmes mais il n'y avait presque que des femmes et tout un tissu de signes de femmes qui emplissait l'espace. Il y avait des parfums sucrés et des relents de savon, l'odeur des gâteaux au miel, du fast-food, le fumet âcre des pieds prisonniers dans des chaussures synthétiques, les effluves de sueur, l'odeur d'essence de la laque en bombe, les haleines trafiquées de pastilles à la menthe et les petits pets d'angoisse. Autour des consignes où on se prêtait des pièces de un euro, ça bruissait de « madame » et de « ma chérie », de considérations sur les bottes à talons ou la ceinture ornée de dorures qui ne passerait jamais le portique – Tu t'es crue à la fashion week, ou quoi ? Il n'y avait qu'un seul homme, un vieux à cheveux blancs qui se tenait très droit, et les visiteuses autour le regardaient avec une curiosité admirative, comme si elles avaient accepté le fait que « famille », ici, voulait dire « femme » et jamais autre chose, pensa L, parce que les hommes étaient de l'autre côté, les hommes étaient en prison. Certaines de ses voisines paraissaient connaître par cœur toute la procédure et s'y livraient avec une rapidité souriante ou au contraire une nonchalance maussade, d'autres avaient, comme elle, de petits mouvements de tête nerveux dans toutes les directions et les yeux agrandis par l'inquiétude, elles trébuchaient sur le sol pourtant parfaitement égal. Quand L avait reçu une réponse positive à sa demande de permis de visite, elle n'y avait pas cru. Elle était persuadée qu'on le lui refuserait en invoquant l'enquête en cours, ou qu'on exigerait qu'elle se soumette au préalable à une enquête de personnalité. Il aurait dû y avoir une étape intermédiaire, n'importe laquelle. Elle aurait eu du temps pour savoir ce qu'elle dirait à Elias, pour se préparer à le revoir. Elle ne se serait pas retrouvée le cul sur un siège en plastique à sursauter dès qu'on lui adressait la parole, entre deux coups d'œil apeurés aux caméras de surveillance.

À côté d'elle, une petite brune très apprêtée lui demanda si elle venait souvent. L fit un signe de tête qui ne voulait rien dire – elle sentait que si elle avouait que c'était sa première fois, la fille la couvrirait de recommandations jusqu'à ce qu'elle étouffe. Elle n'avait envie de parler à personne. Il fallait qu'elle se concentre sur le fait qu'Elias était désormais tout proche si elle ne voulait pas perdre ses moyens quand elle le retrouverait. La brune déclara fièrement qu'elle venait trois fois par semaine, ouais, malgré le bus et tout, et encore trois fois, c'était seulement parce qu'elle n'avait pas droit à plus. Elle dit :

— J'ai repensé ma garde-robe, tu vois. Y a les jours larges larges, pour passer des trucs en dessous. Et pis y a les jours collés-serrés pour le plaisir des yeux.

L en déduisit qu'on était plutôt collé-serré aujourd'hui. La jupe de la fille était si courte qu'elle n'arrivait pas à s'asseoir dessus, le truc remontait. L pensa qu'elle devait l'avoir choisie pour pouvoir écarter les jambes devant son mec et alors il voyait sa culotte ou même sa chatte, et peut-être qu'entre deux passages de matons ou des familles dans le couloir, il glissait la main. L trouvait ça plutôt émouvant, attentionné de la part de la fille, d'avoir fait tout le trajet habillée comme ça juste pour maintenir l'illusion qu'elle et son mec avaient encore une sexualité. L portait un jean noir et un gros pull gris, personne n'aurait su où poser une main sur elle. Elle se demanda si elle aurait dû s'habiller autrement puis elle imagina la tête que ferait Elias si elle arrivait en minijupe pour lui montrer discrètement sa vulve. Il aurait probablement un fou rire. Un jean et un pull, c'était très bien. Mais peut-être qu'elle aurait dû se coiffer ? Sa voisine avait attaché ses cheveux en un chignon tellement serré qu'il étirait légèrement ses yeux vers les tempes. Tout dans son apparence clamait qu'elle avait fait des efforts pour l'homme qu'elle allait voir – c'était le plus important, au fond, c'était là qu'étaient l'attention, la politesse, on se moquait forcément un peu du résultat quand on constatait de tels efforts sur le corps de l'autre. Au moins, L n'était pas venue les mains vides : elle avait apporté des vêtements pour Elias, des T-shirts et des caleçons. Elle avait vérifié plusieurs fois sur les sites (il y avait un nombre incroyable de sites dédiés aux parloirs des prisons françaises) ce à quoi il avait droit. Rien de bleu ni de kaki, pas de motif camouflage : les prisonniers n'étaient pas autorisés à porter des tenues similaires aux uniformes. Pas de capuche, susceptible de masquer le visage. Pas non plus de cuir, trop résistant et qui pourrait « protéger suffisamment pour franchir des dispositifs de sécurité et faciliter une évasion ». L avait placé les vêtements dans un cabas zippé transparent, comme recommandé. Sur le parking, elle avait croisé une femme qui interpellait toutes celles qui descendaient du bus pour savoir si elles en avaient un en rab, pardon, un cabas zippé, s'il vous plaît. La femme avait apporté des vêtements dans un sac de sport et les matons refusaient de les prendre parce que le contenant n'était pas réglementaire. Elle agitait le sac de sport, proposait des échanges. L avait détourné le regard et marché plus vite. Pour obtenir un parloir, il fallait passer du temps accroché au téléphone. Il fallait parfois rappeler encore et encore. Il fallait prendre le bus, longtemps, trop longtemps. Il fallait arriver des heures avant l'heure du parloir. Et vous pouviez le manquer à cause d'un sac de sport qui n'était pas un cabas zippé.

— C'est sûr qu'on va entrer, maintenant ? demanda-t-elle à la petite brune.

— Oh ouais, t'inquiète. S'ils avaient voulu faire chier, ils l'auraient fait avant. Ils sont sympas la plupart du temps mais parfois, tu ne sais pas, c'est pas leur jour ou quoi. La dernière fois, j'ai fait parloir-fantôme à cause d'eux. Ils ont amené mon mec dans la cabine sauf que je suis jamais arrivée. Ils m'avaient interdit d'entrer parce que j'étais saoule. Eux, ils croyaient que j'étais saoule. N'importe quoi, j'avais pris un nouveau médicament et ça m'avait défoncée. Mais j'étais pas saoule. Je me serais jamais pointée saoule à 8 heures du matin, ils me prennent pour qui ? Mon mec était fou. Il savait pas du tout pourquoi j'étais pas là. Ils leur disent même pas dans ces cas-là, que c'est eux qui nous ont refoulées à l'entrée. Lui il a pensé que je l'avais peut-être quitté, tu vois, et à l'intérieur à part penser à nous, ils ont pas grand-chose pour tenir, c'est pour ça que c'est important qu'on vienne. Moi j'ai une copine dont le gars est ici aussi et elle vient plus, cette conne. Elle dit que ça la déprime trop et que les horaires des parloirs, ça bousille une journée de travail à chaque fois. Je lui dis qu'elle est égoïste parce que, tu vois...

L aurait voulu qu'elle se taise. L ne se sentait pas proche de cette femme inconnue. L ne se sentait proche de personne à cet instant précis. L était venue dans ses fringues de tous les jours, avec ses cheveux hirsutes de tous les jours, mais elle n'allait pas voir le Elias de tous les jours. Elle allait voir un Elias emprisonné. Peut-être qu'il aurait fallu qu'elle se déguise uniquement pour ça, pour répondre à cet Elias inhabituel par une version d'elle inhabituelle aussi, pour créer de l'égalité. Il était trop tard, de toute manière. Un garde vint lui annoncer que son parloir était prêt.

Elias et L s'embrassèrent à peine, lèvres frôlées, simple formalité, puis ils restèrent à se regarder en silence. Il était pâle, ses cheveux plus longs qu'à l'ordinaire retombaient devant ses yeux et quelques mèches pointues se coinçaient dans ses lunettes. Sur une joue, L repéra deux petits boutons rouge foncé qui ressemblaient à des piqûres d'insecte. Ses yeux d'un gris presque argileux inspectaient L avec leur sérieux habituel, les sourcils clairs légèrement froncés. Ses mains placées sur la table montraient des ongles rongés mais ça ne voulait rien dire : Elias s'était toujours rongé les ongles. Quand il était entré, L avait remarqué que son pantalon tenait par un lacet, ce qui paraissait absurde parce que ses chaussures n'en avaient plus. L ne savait pas ce qu'il remarquait de différent chez elle, quels minuscules détails il listait, lui, de l'autre côté. Ils commencèrent au même moment la même question et répondirent tous les deux, un peu en décalé, qu'ils allaient bien. Il ne lui reprocha pas de n'être venue que maintenant et elle ne s'excusa pas. Ils se prirent la main mais quand elle voulut entrelacer ses doigts aux siens il eut un mouvement de recul. C'était un geste qu'elle n'avait jamais fait avant.

— Pardon, dit-elle, c'est bizarre.

— La prison ? Oui, c'est plutôt bizarre.

Elle posa quelques questions mais il ne répondit que par des monosyllabes ou des gestes de la main, le tranchant oscillant comme dans un courant d'air. L avait l'impression de l'ennuyer mais n'osait pas changer de sujet : quand quelqu'un est en prison, on se doit de lui demander s'il tient le coup, si ce n'est pas trop dur. Elle insista un peu, sans savoir si c'était pour lui ou pour se dire qu'elle faisait, elle, ce qu'il fallait faire. Elias finit par lâcher qu'il n'avait pas grand-chose à raconter. Il ne minimisait rien, il n'essayait pas de taire des choses pour ne pas inquiéter L, mais il ne parvenait tout simplement pas à trouver ce qu'il aurait pu raconter de la prison. Ça ne se prêtait pas vraiment au récit. C'était une expérience extrême de la passivité. Parfois, un gardien venait le chercher et il sortait de sa cellule pour se rendre à une activité ou à la promenade mais, au même moment, ailleurs dans la prison, quelqu'un faisait pareil, il y avait « mouvement », alors il restait debout devant une grille, à attendre que quelqu'un qu'il ne voyait pas rentre quelque part ou en sorte. Ça pouvait être très long, si long que le gardien lui faisait finalement faire demi-tour. Et il n'y avait plus d'activité, plus de promenade, plus rien. Elias dit qu'il avait du mal à isoler des actions, ou même des journées. La météo aidait un peu parce qu'ils guettaient tous le moindre signe de pluie, avec la peur qu'on ne leur permette pas de sortir dans la cour. Un des détenus avait glissé sur le sol mouillé le mois dernier et il s'était ouvert la tête. Depuis, les matons rechignaient à les laisser aller en promenade les jours de mauvais temps. Elias n'avait jamais autant fait attention au ciel et pourtant il n'en avait jamais été aussi éloigné, derrière la petite fenêtre grillagée, il n'avait plus qu'un minuscule carré de ciel et il le détaillait à chaque moment. Il ne voyait pas ce qu'il pourrait lui dire d'autre. Tout se perdait dans le bruit, tout le temps, un bruit massif, constant. C'était comme un brouillard sonore qui masquait les formes, un mélange de cris, de bruits de pas, de sons métalliques, de musique de merde – et là, Elias s'anima subitement –, vraiment le pire de la musique, de toutes les musiques, qui montait des cellules et se fondait dans une masse sonore tellement dégueulasse qu'il arrivait qu'il se mette à crier, lui aussi, uniquement pour ne plus avoir à l'entendre.

— Quand je sortirai d'ici, tu sais ce que je voudrais faire ? Je voudrais aller dans le désert. Et je me saoulerai de silence.

L se dit qu'elle devrait peut-être se taire, créer pour lui un désert minuscule dans le parloir. Mais elle n'avait droit qu'à quarante-cinq minutes et il y avait tellement de choses qu'elle voulait lui demander. Elle commença par lui parler des messages puis pensa qu'elle aurait sans doute dû aborder les hommes en noir en premier lieu. Mais peut-être que non. Elle était confuse et elle voyait le visage d'Elias s'assombrir de plus en plus, à chaque phrase tronquée qu'elle lançait pour s'expliquer. L'argile de ses yeux vira au gris plombé des orages. Elle parla du forum dont elle s'était fait bannir après l'arrestation, elle parla du kebab en bas de chez eux où un homme s'était installé pour manger des frites et ça ne s'était jamais produit jusque-là est-ce que ce n'était pas bizarre et c'était peut-être quelqu'un qui s'appellerait NoLogo ou Kaos, ou alors ça n'avait rien à voir mais elle sentait qu'il se passait quelque chose. Il fallait qu'elle sache, dit-elle sans oser regarder Elias, s'il avait parlé d'elle à quelqu'un au-dedans et s'il avait parlé de l'attaque aussi. Il fallait qu'elle sache s'il voyait qui pouvaient être ces hommes qui la regardaient avec insistance ou d'où venaient les messages. Elle les avait recopiés sur un morceau de papier. Elias l'examina quelques secondes avec un air perplexe. Il ne savait pas qui pouvait les avoir envoyés : NoLogo, Kaos, ça ne lui disait rien. Les noms changeaient trop vite. La référence à Naomi Klein dans les deux avatars était claire, mais ça ne les aidait pas : tout le monde au-dedans avait lu ou fait semblant de lire Naomi Klein. Il lui rendit le papier avec une moue d'impuissance mais elle le reposa entre eux, bien au centre, pour signifier que ce n'était pas fini. Le parloir était minuscule et ils n'avaient que l'espace de la table pour se mouvoir, que l'espace de la table pour poser leurs yeux et éviter de se regarder, les cloisons étaient trop proches, on ne pouvait pas les fixer distraitement. L sentait qu'elle avait du mal à respirer. Elle demanda à Elias de faire un effort, c'était important, ça lui pourrissait la vie et elle n'avait personne à qui en parler à part lui, personne à qui elle puisse faire confiance.

— Parce que tu me fais confiance ?

— Évidemment.

— J'avais l'impression que tu étais en train de m'accuser de t'avoir trahie à un complice ou je ne sais pas, mais ça doit être mon erreur.

Il avait retrouvé le ton méprisant qu'il avait quand il voyait fleurir sur la Toile des bosquets de conspirations diverses. C'était lui, en réalité, qui avait établi la règle selon laquelle ils devaient refuser les théories de remplacement que le dedans proposait pour chaque version officielle. Une certaine forme de questionnement et de remise en doute est nécessaire, disait-il, mais pas si elle ouvre la porte aux délires fumeux de n'importe quel crevard. Elias avait toujours détesté les conspirationnistes, surtout ceux qui zoomaient sur des images et entouraient des détails flous de ronds rouges ou jaunes comme s'ils avaient prouvé quelque chose alors qu'ils ne faisaient que du coloriage.

— J'essaie seulement de comprendre, murmura L.

Elias se détendit. Il libéra d'un doigt les mèches prises dans ses lunettes et relut les messages. Ses cheveux trop longs rappelèrent à L que, même enfermé, Elias continuait à pousser, comme les plantes du balcon dont elle ne s'occupait plus. Il y avait une vie qui débordait, qui se renouvelait. L'arrestation n'avait rien figé du tout.

— Ça peut être une connerie, tu sais. Il n'y a aucune raison que ça parle de moi. Peut-être que c'est le fan-club d'Assange qui te contacte.

Elle lui décocha un petit sourire, fut sur le point de lui demander s'il avait entendu les rumeurs selon lesquelles l'ambassade d'Équateur allait mettre le fondateur de WikiLeaks à la porte, se mordit les lèvres pour ne pas commencer avec lui, maintenant, une énième conversation sur Assange qui durerait des heures, ou plutôt vingt-deux minutes, toutes celles qui lui restaient.

— Tu penses que c'est une connerie.

Il plissa les yeux.

— Je veux penser que c'en est une. Parce que sinon, je vais vraiment me sentir enfermé. Si tu as des problèmes et que moi, je suis là…

Tout son corps fut secoué d'un spasme nerveux. L reprit sa main et la serra dans les siennes mais Elias continuait à trembler. Le mouvement aurait dû se répercuter dans la table qui lui comprimait les jambes et c'est en remarquant l'immobilité du plateau que L comprit que le meuble était fixé dans le sol. Elle serra la main d'Elias plus fort et après quelques longues secondes, elle sentit que son corps se relâchait, redevenait peu à peu ductile.

— Je n'avais pas prévu ça, dit Elias sans relever la tête. Je savais que ça n'allait pas être un moment agréable, je pensais qu'on serait gênés et froids et que peut-être tu serais en colère ou que moi je serais en colère parce qu'on ne sait plus ce que vit l'autre et c'est toujours frustrant. J'ai même imaginé pendant quelques jours que tu venais pour me quitter, après toutes ces semaines, ça faisait du sens, non ? J'étais capable de le comprendre, en tout cas, quand je me représentais la scène. Mais tu sais quoi, je n'avais pas imaginé une seconde que tu allais venir ici pour me dire que c'est plus compliqué pour toi d'être dehors que pour moi d'être en prison. Je pensais qu'on tomberait d'accord que j'avais la pire situation. Merde, à quoi tu joues ? C'est quoi, ces conneries d'hommes en noir ? Qu'est-ce que tu veux que je fasse ? Qu'est-ce que tu veux que je te dise ?

Quand il haussa la voix, un surveillant apparut de l'autre côté de la porte en Plexiglas. Elias et L, de quelques mots précipités, lui indiquèrent que tout allait bien.

— Il y a plein de choses que tu ne m'as pas dites sur ton attaque.

— Et c'est peut-être grâce à ça que ta mère n'est pas en train de t'apporter des slips dans un cabas zippé en ce moment.

— Mais...

— On ne devrait pas en parler ici, de toute manière. On ne devrait pas en parler, tout court.

Il montra la caméra de surveillance :

— Je ne sais pas si ce truc enregistre le son ou juste les images. Les deux, j'imagine, parce qu'ils m'ont dit plusieurs fois que je n'avais pas le droit de te parler en allemand pendant la visite.

— J'aurais adoré, pourtant.

Il sourit pour la première fois depuis qu'ils étaient face à face. L était d'une nullité en allemand qui dépassait l'entendement. Elle avait essayé d'apprendre pendant deux ans mais continuait à faire précéder tous les mots qu'elle utilisait d'une succession hésitante de der/die/das/dem/den. Ça avait été d'autant plus frustrant qu'Elias, lui, s'était emparé du français sans aucune difficulté. Il avait gardé un accent diffus et se laissait parfois piéger par un faux ami venu de l'allemand ou de l'anglais, mais il n'avait jamais bégayé comme elle pouvait le faire. Il n'avait jamais douté, semblait-il, qu'il serait bientôt capable de s'exprimer parfaitement dans cette langue nouvelle.

— Je suis désolée, dit L. J'aurais jamais dû te parler de ça. C'est juste que... Je dois un peu péter les plombs en ce moment. Je fais tout à l'envers. Je n'ai même pas mis de minijupe.

— Hein ?

Elle secoua la tête pour signifier que ce n'était pas important mais il parut comprendre :

— Oh ça. Hier un type m'a raconté qu'il avait raté un parloir avec sa copine parce qu'elle avait apporté un condom et que ça avait sonné à la sécurité. Apparemment, elle n'avait pas pris la bonne marque, il y en a qui ne sonnent pas. Les surveillants n'ont pas voulu la laisser rentrer ensuite.

— Il y a des filles qui apportent carrément des capotes ?

— Il nous reste encore plein de choses à apprendre, hein ?

Après la visite, L repenserait souvent à cette phrase en se disant que si Elias l'avait prononcée, c'était qu'il croyait encore à leur avenir et elle chercherait à se souvenir de la minute précise à laquelle il l'avait dite, peut-être la trente-deuxième, ou la trente-troisième, elle ne pouvait pas être sûre. Sur le moment, elle ne la releva pas. Elle pensa simplement aux visiteuses qui avaient déployé, au fil du temps et grâce au bouche-à-oreille, des connaissances extrêmement pointues portant jusqu'aux différents emballages des préservatifs. Elle revit la petite brune bavarde à l'accueil, celle qui venait trois fois par semaine. Peut-être qu'elle aurait mieux fait de lui demander conseil.

— Écoute, dit Elias, je ne vais pas rester ici jusqu'au procès, d'après mon avocat. Dans quelques mois, je serai sûrement libéré.

— Dans quelques mois ?

— Hmm… j'y retournerai peut-être après, si je suis sentencé à plus.

L'anglicisme ajoutait une gravité supplémentaire et maladroite à la phrase.

— Il faut que tu tiennes jusque-là. Et que moi je tienne jusque-là. Et tout ira bien, OK ?

L sourit et Elias sourit en retour. Ils s'embrassèrent de nouveau, plus longtemps que la première fois. L sentit à quel point ses lèvres étaient sèches, les petites peaux comme des griffures contre les siennes, la sensation de papier froissé, et derrière, si on était patient, la chaleur de la bouche d'Elias qui finissait par lui parvenir et même le battement du sang. L glissa la pointe de sa langue entre les lèvres d'Elias, presque furtivement, pour vérifier que c'était possible d'entrer là, et il les entrouvrit un peu alors elle recommença puis il fit pareil, ajouta les dents, mordit doucement la lèvre inférieure de L, posa la main sur sa nuque avant de la faire glisser vers ses seins et à ce moment-là, ça n'avait plus rien d'absurde de venir en minijupe ou de penser à acheter les bonnes capotes, ça paraissait même la seule chose à faire lorsque le corps se réveillait. Quand le maton vint annoncer qu'ils n'avaient plus que quelques minutes – ce qu'il ne dit pas de cette manière, qui aurait été acceptable, mais de façon beaucoup plus gênante, en lançant joyeusement « C'est le moment des au revoir », comme s'il était venu chercher L chez une amie à la fin d'un goûter d'anniversaire –, L murmura à Elias qu'elle ferait pour lui des recherches sur les endroits les plus silencieux du monde avant sa prochaine visite. Il parut avoir oublié pourquoi elle parlait de ça, les yeux brumeux, le corps totalement immobile, figé par la phrase du gardien. Puis il dit :

— Il ne faut pas que tu aies peur.

L répondit par un hochement de tête qui signifiait que c'était une chose tout à fait possible, arrêter la peur, bien sûr, elle n'allait pas recommencer à regarder partout autour d'elle quand elle sortirait d'ici, elle n'aurait pas de cauchemars cette nuit ni les nuits d'après, des cauchemars où elle se perdait dans un parc obscur et devait guetter les bruits des branches cassées pour déterminer à quelle distance étaient ses poursuivants, bien sûr, cette phrase était rassurante, Elias pouvait la rassurer. Il l'embrassa sur la joue en se levant.

— Il ne faut pas non plus que tu reviennes.

Elle crut qu'elle avait mal entendu. Elle voulut croire qu'Elias avait pu se prendre les pieds dans une négation française. Ce n'était pas possible qu'il ait dit ces mots-là maintenant, et plus tard elle calculerait, à la quarante-quatrième minute, soit deux ou trois minutes après qu'ils avaient arrêté de s'embrasser et onze ou douze minutes après la phrase à laquelle elle s'accrocherait pour continuer à croire, « il nous reste encore plein de choses à apprendre », même si la chronologie réclamait qu'elle ait été effacée par la suivante qu'il répéta aussitôt :

— Je ne veux pas que tu reviennes. Je vais sortir bientôt. Ça ne m'aide pas de te voir ici. Ça ne t'aide pas non plus. Je veux que tu oublies la prison. Tu n'as qu'à penser que je suis à l'étranger pour du temps, OK ?

— En Allemagne ?

— C'est ça. En Allemagne.

— Mais je ne connais rien à l'Allemagne.

— Tu ne connais rien non plus à la prison, L. Et tant qu'à imaginer des choses, je préfère que tu imagines l'Allemagne.

La mission d'information sur la cyberdéfense à laquelle le député avait pris part présentait son rapport. Les mots « universel », « global », « simultanéité », « abstraction » y revenaient souvent, de même que les expressions « évolution constante », « distances abolies », « activités humaines ». Comme Antoine s'y attendait, il y eut six références à « la science-fiction », sans que l'on sût à quel auteur, ouvrage ou film se référaient les rapporteurs. Il y eut quelques phrases apocalyptiques comme « le numérique a dévoré le monde » (une citation, apparemment) et puis, prononcé gravement, « nous faisons face à une menace polymorphe totale ».

Antoine n'avait pas menti à L lors de la soirée au bar : le député ne comprenait absolument rien à la cybersécurité, ne voulait pas comprendre et il s'était même endormi pendant un entretien avec un agent de l'Agence nationale de la sécurité des systèmes d'information, autour d'une longue table à la crête de micros flexibles. La présence dans la commission de députés LREM qui avaient travaillé jusqu'à leur récente élection dans « les nouvelles technologies » le mettait en colère. Il trouvait que ces parlementaires d'un jour, au lieu de faire en sorte que leurs collègues comprennent clairement de quoi il en retournait, utilisaient au contraire leurs compétences pour creuser un fossé entre eux et les « politiciens de métier », devisant avec les différents interlocuteurs dans un langage volontairement obscur. Il s'était endormi par protestation, selon lui. Il avait tout de même demandé à Antoine de lui préparer quelques phrases qu'il pourrait reprendre au cas où certains de ses collègues, après la présentation des travaux, s'adresseraient à lui plutôt qu'aux deux rapporteurs.

Antoine avait repensé à la fin du mail de L qui appelait à ce que tout le monde vienne bricoler les profondeurs d'Internet au lieu de se satisfaire d'une navigation en surface et il avait conseillé au député de se consacrer à la partie formation. Il pouvait, par exemple, mettre en avant la nécessité de créer un CAPES d'enseignement numérique visant à ce que, très rapidement, les cours de technologie au collège soient remplacés par l'apprentissage du codage et des règles élémentaires de protection en ligne – ce que beaucoup s'obstinaient à nommer « l'hygiène numérique », une expression qu'Antoine jugeait répugnante. Le député n'aimait pas l'idée du cyber-enseignement. Pour lui, elle évoquait des classes plongées dans la pénombre où de jeunes boutonneux regardaient *Star Wars*, nom qui lui-même évoquait d'autres espaces plongés dans la pénombre, des espaces infiniment plus vastes, traversés de monstres de cinéma tout à fait grotesques avec des protubérances de latex obscènes en guise de nez ou de lèvre supérieure et des fronts comme des pains bûcherons. Il ne s'était pas ouvert de cette vision à Antoine mais il lui avait demandé de choisir un autre angle. Pour l'heure, il parlait, à la sortie de la salle, de la nécessité de créer un cloud souverain, un espace de stockage des données qui soit situé sur le sol national, car il y avait du concret et du matériel derrière tous les termes qui commençaient par « cyber », et notamment d'énormes disques durs qui pour l'instant moulinaient un peu où ils voulaient, certains contenant des données sensibles qu'on ne pouvait considérer comme étant en sûreté. En bref, concluait-on un peu partout après la présentation du rapport, la France confirmait une position bien à elle : celle de la prédominance de l'État tant pour la formation et le stockage que pour le maintien de l'ordre. En ligne aussi, l'État voulait conserver le monopole de la violence légitime. Alors que les États-Unis envisageaient d'autoriser les entreprises privées à se livrer à des représailles virtuelles, la commission réitérait la conviction qu'un « Far West numérique » ne garantirait jamais une meilleure cybersécurité.

De la chaise où il s'était assis en attendant que le député ait fini ses conversations, Antoine ne voyait pas la porte de la salle devant laquelle se tenait son employeur. Le couloir faisait un coude et Antoine se tenait après le coude. Il ne distinguait que les ombres projetées sur une portion de mur écru. Celle du député était particulièrement nette car sa coiffure était toujours impeccable, ainsi que la pliure de son col de chemise. Antoine regardait l'ombre et il entendait la voix qui prononçait des mots soufflés par lui. Il avait l'impression d'être le marionnettiste. Il n'était pas l'homme à tout faire, non, il était le démiurge et c'était l'autre, la copie. Il se laissa aller en arrière, sentant s'incurver sous son poids le dossier souple de la chaise, et il appuya sa tête contre le mur, les yeux mi-clos.

Il pensa à L – mais il n'y pensa pas en l'appelant L. Il était certain qu'il s'agissait de l'initiale de son nom, sans qu'il puisse l'expliquer, et il faisait défiler sur son souvenir une succession de prénoms dont aucun ne convenait : Leïla, Louisa, Laure, Leslie, Lara, Laetitia… Personne dans la mission sur la cyberdéfense n'avait interrogé L. Personne dans la salle aujourd'hui n'avait la moindre idée de ce qu'elle ou les gens comme elle faisaient dans le dedans. Et pourtant, les députés proposaient des lois cyber, des renforcements, des créations. C'était en vertu de leurs lois, peut-être, que le mec de L avait été envoyé en prison. Depuis la confidence de Guillaume, Antoine avait tenté plusieurs fois d'imaginer qui pouvait bien être le mec de L. Il se le représentait toujours éclairé uniquement par l'écran de son ordinateur – écran sur lequel défilait une succession de lignes d'un vert fluorescent qui, si Antoine avait cherché à tracer la provenance de cette image, se serait révélé être un lointain souvenir de *Matrix* –, si bien qu'il pouvait à peine distinguer ses traits et les contours de son corps grand et mince, anguleux comme celui de L. L'inconnu n'était qu'une silhouette et une ombre et pourtant cette ombre et cette silhouette prenaient déjà trop de place aux yeux d'Antoine. Il les fit disparaître en se rappelant que, même privée de détails par la pénombre, cette image pouvait être tout à fait fausse. Rien n'indiquait que les hackers, comme les inséparables, ne s'appariaient qu'avec leurs semblables, formant des couples délicieusement jumeaux. Il pensa qu'il n'avait toujours pas répondu au mail de L. Après plusieurs relectures, il n'avait trouvé dedans aucun élément qui lui permette de rebondir de façon intelligente et de proposer à L qu'ils aillent boire un verre ensemble. Et puis il avait été gêné par la présence de sourires et de clins d'œil esquissés un peu partout par des signes de ponctuation, alors que L souriait peu et qu'il l'imaginait mal cligner de l'œil dans sa direction. Il n'avait pas su quoi faire de cette complicité, il ne pouvait pas dire si elle actait une chaleur nouvelle dans leur relation ou si ce n'était qu'un automatisme. Quant à la vache en fin de message, elle l'avait presque désespéré – personne ne pouvait lier un ruminant à une possibilité de séduction. Il n'avait même pas pris la peine de faire les recherches que lui suggérait L car la vache lui apparaissait de manière évidente comme un obstacle. Chaque jour qui passait rendait plus difficile une réponse légère et joyeuse de sa part, il faudrait qu'il s'excuse ou qu'il s'explique sur son retard. Peut-être qu'il pourrait lui écrire pour lui annoncer les conclusions du rapport sur la cyberdéfense ? L comprendrait ainsi qu'il n'avait pas eu le temps de lui répondre à cause de son travail. Mais est-ce qu'il voulait seulement qu'elle puisse penser qu'il était le genre de personne qui ne répond pas à cause de son travail ?

Ils allèrent au Bourbon fêter la fin de cette mission que le député avait trouvée particulièrement pénible. Le velours marron glacé qui recouvrait les larges chaises était habituellement d'une douceur qui ravissait Antoine, dans laquelle il aimait s'enfoncer le plus possible mais ce jour-là il aperçut une traînée de jaune d'œuf sur l'accoudoir gauche. Les poils lustrés de l'étoffe s'étaient agglutinés, raidis à l'endroit de la tache, ils paraissaient à la fois hostiles et malheureux. Antoine n'osa pas demander qu'ils changent de table à cause d'une infime portion de tissu souillé et pourtant il ne pouvait pas en faire abstraction, il se décalait vers la droite du siège tout en s'efforçant de ne pas quitter le député des yeux, de ne pas le laisser remarquer l'oblique de son corps. Sa tête frôlait presque l'énorme bouquet de lys blancs et de fleurs de coton qui décorait le centre de la salle.

Le député le remercia plusieurs fois pour le travail qu'il avait accompli. Le député remerciait toujours ses assistants et ça aurait pu être une marque de considération appréciable s'il n'avait pas tant montré qu'il le faisait parce qu'il savait qu'il devait le faire. Il lui arrivait souvent de dire : « Je vous ai remercié, n'est-ce pas ? », sur le même ton qu'il aurait dit : « Est-ce que je n'ai pas oublié mon portable à l'intérieur ? »

Ils commandèrent une bouteille de corbières et comme, pour une fois, les tables voisines étaient vides, le député proposa qu'ils revoient ensemble les propositions d'amendement qu'il devait déposer le lendemain. Antoine sortit un dossier de son sac et, penché sur les documents, le député reformula des reformulations, suggéra des coupes dans des coupes. Déposer des amendements était un travail éditorial minutieux qui exigeait de se rappeler que chaque mot avait un ou plusieurs sens et pourrait, à l'avenir, être interprété de manière terrible si l'on n'enserrait pas sa signification dans le carcan d'autres mots qui l'empêcherait de dévier, de jouer dans les vides les plus minuscules. Sauf qu'à leur tour ces autres mots pouvaient s'avérer piégeux et ouvrir des brèches dans le texte de loi proposé, il fallait donc de nouveau consolider, et pour cela user du mortier d'autres mots encore, qui à leur tour...

— Vous n'êtes pas vraiment présent, Antoine. Je suis désolé d'utiliser une phrase aussi cliché mais vous n'êtes pas là. C'est toujours l'écriture qui vous tracasse ? Ça ne vient pas ?

Antoine hésita à lui montrer la tache d'œuf et à avouer l'étrange répulsion qu'elle lui inspirait. Il préféra saisir l'occasion que le député lui offrait d'évoquer l'écriture. Son employeur était le seul à s'enquérir de ses avancées (si on excluait l'assistante de Clisset et Haume qui lui avait envoyé un mail la semaine précédente pour lui rappeler que les deux éditeurs attendaient toujours son premier chapitre). Il reconnut que non, ça ne venait pas, ça ne venait pas du tout. C'était fou que ça puisse à ce point ne pas venir, alors qu'il avait un sujet, une structure en quatre parties, des personnages, des enjeux dramatiques brûlants, et même un ours pour lui assurer une scène comique.

— Vous en êtes où exactement ?

Quand Antoine répondit « nulle part », le député balaya la réponse comme si elle ne pouvait être qu'une forme coquette d'humilité. Il semblait penser au livre que devait écrire Antoine comme à quelque chose qui existait déjà quelque part et sur laquelle il fallait simplement qu'Antoine réussisse à mettre la main, il ne s'inquiétait pas outre mesure, prodiguait des conseils d'ordre pratique : se lever tôt le matin et écrire à l'aube, par exemple. Mais Antoine savait que la situation était plus compliquée : il n'y aurait pas de livre tant qu'il n'aurait pas fini de l'écrire, à peine des tentatives ou des rêves de livre qui pouvaient facilement retourner au néant dont ils avaient tout juste émergé. Il tenta de l'expliquer au député mais il se sentait confus et décelait quelque chose comme de la pitié dans les yeux de son employeur, derrière la ligne sévère des lunettes. Il s'arrêta au milieu d'une phrase et se resservit un verre de vin d'un geste rageur qui laissa quelques gouttes sur la proposition d'amendement.

— Peut-être que vous êtes… Comment dire ? Oui, comment peut-on dire ça ? Un être d'école, Antoine. Peut-être que vous êtes fondamentalement un élève. Et dans ces conditions, vous ne pouvez pas créer. Vous ne pouvez qu'apprendre. C'est très beau aussi, d'apprendre. Il faudrait que vous arrêtiez de désirer précisément ce que vous ne pouvez pas faire.

Antoine ne sut pas s'il devait le remercier pour cette analyse ou lui conseiller d'aller se faire foutre. Il trouva étonnant qu'il puisse réellement hésiter entre ces deux options que tout semblait séparer.

L fonçait en ligne droite, son écharpe remontée sur le nez. L'air puait le gaz lacrymo et le cramé. Ça rentrait par les mailles du tissu et elle avait la gorge qui grattait, la bouche sèche, l'intérieur des narines qui piquait, les yeux rougis. Ça devait canarder sévère, grenade après grenade, sur les Champs-Élysées pour arriver jusqu'ici. L fut tentée de faire un détour mais elle était déjà en retard. Et puis elle craignait que sa simple présence suffise à ce qu'elle soit interpellée. Emmanuel Macron avait déclaré deux semaines plus tôt : « Lorsqu'on va dans des manifestations violentes, on est complices du pire. » À l'odeur, cette manifestation-là n'était pas calme et L n'avait pas besoin de complicités nouvelles et supplémentaires.

Elle pédala aussi vite qu'elle le pouvait vers la porte de Vanves où elle avait rendez-vous avec Fatou pour ce qui était, semblait-il, une urgence. Fatou était la seule fille à qui elle avait adressé la parole pendant son CDD chez

Zara. L avait été heureuse que le temps passé là-bas ait été *déterminé* d'emblée : le taff était nul et chaque jour elle se sentait devenir plus misogyne. Si être une femme voulait dire ressembler à ses collègues, alors L préférait qu'on raye tout de suite son nom de la liste, elle n'en serait jamais. Ce qu'elles appelaient « féminité », L l'appelait temps et argent perdus et elle aurait pu s'en moquer si cette féminité-là n'avait pas été prosélyte (L pensait « colonisatrice »), si on lui avait foutu la paix avec sa propre manière d'être femme. Mais ses collègues glissaient sans arrêt des remarques sur sa grande taille, ses cheveux secs, ses ongles ras et nus, ses vêtements, sa façon de bouger, sa façon de parler. Il n'avait fallu que quelques jours pour que L décide qu'elles étaient toutes bonnes à jeter. Sauf Fatou. Un jour, le supérieur de L l'avait reprise sur son attitude envers les clientes (elle ne souriait pas assez) et lui avait expliqué, mielleux et humiliant, qu'on vendait ici une certaine idée de la beauté, de l'élégance et qu'il fallait qu'elle s'y conforme. Les autres vendeuses regardaient ailleurs, en riant discrètement, contentes de voir confirmer ce qu'elles se murmuraient déjà : L ne représentait ni la beauté ni l'élégance. Mais Fatou avait protesté avec une naïveté magnifique. Elle avait dit : « Sérieusement, la beauté, l'élégance, tu pousses un peu, ho. On fait des copies pas chères et pas très jolies de trucs de grands couturiers que jamais on pourra se payer. » Le supérieur était devenu rose foncé et il avait dégluti à plusieurs reprises. Fatou avait continué, comme si son silence était un encouragement : « Les filles qui viennent, soit elles sont assez pauvres pour penser qu'ici c'est du luxe, et alors si on les prend de haut, c'est dur dur de notre part, et même, il y en a qui sont tellement intimidées qu'elles font demi-tour quand on leur demande ce qu'elles cherchent, soit elles sont assez riches pour aller ailleurs et là, elles veulent juste un basique pas cher en urgence et elles pensent qu'on est ridicule si on se la joue chic, parce qu'elles ont vu les vraies boutiques des créateurs et tout. Alors pardon mais je ne crois pas que ça change quoi que ce soit si elle sourit ou pas, on est surtout là pour refaire les piles et encaisser les articles. » Elles étaient allées boire un verre ensemble ce soir-là et elles s'étaient raconté leur vie – qui étaient des vies de jeunes femmes pauvres, l'une noire et l'autre arabe, commencées dans des banlieues perdues loin sur des lignes de RER, et leurs récits pouvaient en cela se ressembler, même si Fatou et L n'avaient, à première vue, pas grand-chose en commun. Après quelques heures, il y avait des verres et des assiettes vides un peu partout sur le minuscule carré de table, et au-dessus deux visages penchés, déformés par la vitesse de la parole, et quatre mains qui se cognaient contre la vaisselle en essayant d'atteindre, très rapidement, le cendrier. Fatou était drôle et pourtant Fatou était triste, ce qui faisait deux raisons de l'aimer, se disait L.

Elle avait eu du mal à émerger ce matin et, d'ailleurs, il était 14 heures quand elle s'était réveillée et le fait qu'elle persiste à croire qu'il s'agissait du matin montrait qu'elle n'était toujours pas sortie du brouillard. Si elle fonçait, elle serait chez Fatou dix minutes après l'heure annoncée. C'était important parce que Fatou devait aller ensuite chercher son gamin chez un copain. Fatou ne vivait pas dans un monde qui l'autorisait à être en retard. Le boulot l'obligeait à être à l'heure, l'école l'obligeait à être à l'heure, son fils, les parents des autres enfants, et son ex l'obligeaient, aussi, à être à l'heure. Malheureusement, Fatou n'était pas faite pour ce monde de ponctualité. Elle réussissait à s'y plier mais c'était toujours au prix d'un effort terrible et plus elle était à l'heure, plus elle était nerveuse et fatiguée.

Les murmures inquiets de Fatou avaient été les premiers à trouver le chemin du répondeur de L. Ils revenaient depuis, de façon régulière, se glisser entre les appels d'inconnues, *c'est encore moi*, et l'inquiétude disparaissait presque derrière la gêne de savoir que c'était le deuxième, le cinquième, le dixième message similaire que laissait Fatou. Plusieurs fois, L lui avait conseillé d'appeler Salma. Grenade(s) s'occupait parfois d'accompagner des femmes dans leurs démarches contre leurs conjoints violents, même si ce n'était pas le cœur d'activité de l'association[1]. Fatou répondait qu'elle le ferait

1. L n'avait jamais bien compris quel était le cœur d'activité de Grenade(s). Salma évoquait une diversité d'actions impressionnante mais précisait chaque fois : « Bien sûr, ce n'est pas notre cœur d'activité. » En réalité, pensait L, quel qu'ait pu être le cœur

la prochaine fois, on verrait, *il* allait peut-être se calmer, *il* avait promis. *Il* ne se calmait jamais. Fatou rappelait L et répétait qu'elle avait honte honte honte honte. L lui disait que ce n'était pas sa faute, qu'elle n'avait pas de chance (elle ne croyait pas la deuxième partie de la phrase mais elle savait que Fatou la croirait et pourrait entendre la première grâce à elle). Fatou avait fait un gamin avec un connard relativement doué en informatique. Ces types étaient des plaies : ils nageaient entre deux eaux, trop mauvais pour plonger vraiment au-dedans, trop fiers des quelques commandes qu'ils avaient apprises pour ne pas les utiliser pour écraser les autres.

— C'est quoi, cette fois ?

Techniquement, c'était nul, mais le connard s'était surpassé dans la mesquinerie. Il avait réalisé un montage dans lequel il avait incrusté le visage de Fatou sur un film porno. L dut argumenter un quart d'heure avant de pouvoir visionner la vidéo et elle promit de couper le son. Pendant les 2 minutes 47 de la vidéo, Fatou répéta qu'elle allait mourir, je te jure mourir comme ça, mourir d'un coup, et elle s'approchait et reculait sans cesse de l'écran, passait sa main sur sa tête aux cheveux courts, presque ras,

---

d'activité de l'association au moment où Salma l'avait imaginée, il avait rapidement été englouti par la somme des problèmes, obstacles et discriminations auxquels étaient confrontées les femmes qui s'adressaient à Grenade(s) et que Salma faisait siens avec un courage entêté. Chaque mois ou presque, elle déclarait que « le vrai combat du féminisme, c'était... » et toujours surgissait un nouveau mot, qui ouvrait de nouveaux fronts, mais jamais Salma ne semblait prête à déserter.

tournait sur elle-même dans un coin de la pièce. Ses pieds habitués aux talons hauts, ne s'appuyant que sur la pointe, battaient un rythme léger sur le lino, semblable à la course d'un petit animal. Le montage était bien fait, reconnut L (sans le dire à Fatou), mais c'était encore un truc d'amateur, très éloigné de ce que permettait désormais le *deepfake*. Si on voulait voir les coutures, on les trouvait. Dans le mail qui accompagnait la vidéo, l'ex de Fatou la prévenait qu'il enverrait le fichier à tous ses contacts si elle refusait de lui laisser le gamin les week-ends. Il avait été assez idiot pour écrire cette menace depuis sa propre boîte, laquelle était mal sécurisée. Lorsque L cliqua sur « J'ai oublié mon mot de passe », le service l'informa qu'un mail contenant un nouveau mot de passe provisoire avait été envoyé à une adresse mail secondaire, hébergée par une messagerie qui – quand L déclara une nouvelle fois avoir oublié son mot de passe – lui soumit deux questions personnelles pour pouvoir l'identifier comme le propriétaire de l'adresse. Fatou lui donna sans difficulté les informations nécessaires. L récupéra le mot de passe, revint à la première boîte mail et s'y installa confortablement en prenant soin d'effacer les traces de son intrusion. Deux heures plus tard, elle envoya au connard, depuis un compte créé à cet effet, une vidéo sur laquelle on le voyait enculer un chien (L estimait qu'elle avait fait un travail d'incrustation assez remarquable et que le visage était parfaitement en place) avec pour tout message d'accompagnement les adresses mail de ses supérieurs hiérarchiques. L aurait pu aller beaucoup plus vite mais elle avait voulu trouver un chien qui ressemblait à celui vu en photo sur le profil Facebook du connard, et une vidéo de base qui ne soit pas trop trash pour que Fatou puisse la regarder avec elle. Elle s'était aussi appliquée à effacer, à l'arrière-plan du film original, un palmier qui aurait pu paraître incongru dans le jardin du connard (lequel habitait Malakoff). Maintenant serrée contre L face à l'écran, Fatou se marrait, dans un grand mouvement de boucles d'oreille. Elle demanda plusieurs fois que L relance la vidéo et elle se composait un visage sérieux juste pour le plaisir de laisser le rire fendiller le masque puis s'emparer de tout le corps et faire monter les larmes, oh c'est bon, c'est tellement bon. Ça semblait chaque fois être une surprise, que le rire revienne, que la vidéo soit encore hilarante.

Quand L se leva de sa chaise, Fatou se précipita vers un sac à main brillant pour y chercher son portefeuille.

— Non. Toi, tu ne paies pas.

Fatou protesta et voulut fourrer un billet dans la main de L, qui recula.

— Mais prends, insista Fatou. Ça va bien pour moi en ce moment, j'ai trouvé un nouveau job. Prends, je te dis.

Comme L n'esquissait toujours pas le moindre geste, Fatou changea de tactique et expliqua qu'il ne lui restait que quelques minutes avant de courir chercher son fils : elle ne pouvait même pas offrir un verre à L, ni l'inviter à dîner, pour la remercier. Elle aurait l'air d'une ingrate.

— J'ai rendez-vous avec des potes, de toute façon, mentit L.

— Alors prends une de mes fringues. Tu ressembles à un épouvantail.

— Je ressemble toujours à un épouvantail. J'aurais juste l'air d'un épouvantail qui porte tes fringues, ça n'aidera personne. Mais tu peux me rendre un service.

Le visage de Fatou s'éclaira :

— Tout ce que tu veux.

— Porte plainte contre ton ex, cette fois. Il te pourrit la vie et moi je peux juste réparer les dégâts.

— C'est le père de mon enfant, souffla Fatou. Je ne vais pas l'envoyer en prison quand même.

Quelque chose se tordit dans le ventre de L puis parut remonter en un éclair jusqu'à sa tête. Elle pensa : Bien sûr que si, ce serait sa place à lui, il n'y aurait rien d'injuste à ça, c'est lui qui devrait être en prison. Elle pensa : On grandit très bien sans père, de toute manière. Elle pensa : Est-ce que je suis la preuve de cette affirmation ou de son contraire ? Elle pensa : Ce n'est pas la faute de Fatou, elle n'est au courant de rien, elle a parlé sans savoir, elle ne pouvait pas savoir, elle a dit le mot « prison » mais elle ne savait pas. La contorsion colérique à l'intérieur de son crâne se relâcha un peu. Elle négocia :

— Juste une main courante, alors.

Fatou promit d'y réfléchir, tout en bouclant sur ses chevilles la bride de ses salomés. Ce n'était pas la première fois que L entendait ces faux engagements, prononcés yeux baissés. Parfois, elle se disait que si les femmes aux murmures inquiets insistaient pour la payer, c'était pour ne pas avoir ensuite à entendre ses conseils, pour la cantonner à la mission précise qu'elle venait d'effectuer. Elles pouvaient continuer à vivre exactement comme avant maintenant qu'elles s'étaient acheté une prolongation, un équilibre fragile. Elles n'avaient pas la force de faire plus que de réagir à *une* agression déterminée, elles ne voulaient pas penser à celles qui viendraient après, elles étaient incapables d'attaquer à leur tour. L les voyait comme des minuscules zones à défendre, ces femmes. Elle érigeait les barrières autour de leur vie et toujours il fallait refaire le tour du terrain, vérifier l'état des clôtures parce que, même si ces existences étaient toutes petites ou justement parce qu'elles étaient toutes petites, des connards s'arrogeaient le droit de les rogner encore. C'était sisyphéen, aurait pensé L si elle avait connu le mythe de Sisyphe. C'était crevant, se dit-elle en remontant sur son vélo et en regardant Fatou s'éloigner en courant, perchée sur des talons qui auraient empêché L de faire le moindre pas.

Au retour, elle n'avait plus ni la force ni l'envie d'aller faire un tour sur les Champs pour voir ce qui avait brûlé. Les infos le lui raconteraient en détail au journal de 18 heures, de toute façon. Il n'y avait plus que ça, le samedi soir, des listes chiffrées : nombre de manifestants selon les différentes instances de comptage, nombre de magasins pillés, nombre de voitures brûlées, montant estimé des dégâts.

En début d'après-midi, Antoine était allé défiler avec la Marche du siècle. C'était joyeux, calme et bondé. Il s'était fait engueuler parce qu'il avait jeté son mégot par terre et il avait dû écouter un laïus sur le temps que prenaient les filtres de blondes à se dégrader dans la nature (deux ans, en réalité, mais le type en colère avait crié dix et Antoine n'avait pas osé le reprendre). Après une vingtaine de minutes, il s'était senti vieux au milieu des lycéens, de leurs chants inconnus et de leurs panneaux en carton ondulé recouverts de blagues diverses. Il se disait que ça n'avait pas beaucoup d'allure. Faire entrer la danse, les chansons ou l'humour dans les manifestations, c'était une force quand les corps des manifestants étaient considérés comme étrangers à la joie, à la beauté, au rire, et Antoine pleurait quand il regardait, par exemple, les défilés des ouvrières dans les années 1930, entonnant en chœur un refrain de l'époque avant d'esquisser quelques pas de carmagnole. Mais aujourd'hui, dans un cortège composé en majorité d'adolescents parisiens, ça n'ajoutait rien à ce qu'on attendait d'eux, au contraire, ça s'y pliait parfaitement. Il aurait fallu une autre forme pour se libérer, pour surprendre, pour marquer les esprits. La forme qu'on donne aux revendications, avait pensé Antoine, c'est déjà ou c'est encore une revendication – et il avait noté intérieurement cette phrase pour son livre en espérant qu'elle n'ait pas déjà été écrite vingt fois. Quand Guillaume lui avait envoyé un texto pour dire qu'il était sur les Champs avec les Gilets (Guillaume ne précisait plus depuis longtemps qu'ils étaient jaunes, il disait les Gilets comme s'il n'avait prononcé que le prénom d'un acteur connu, pour montrer sa familiarité), Antoine avait décidé de ne pas accompagner la Marche du siècle jusqu'à République.

Aux alentours des Champs, l'ambiance était tout autre. Il y avait de la fumée, des kiosques noircis et des vestiges de barricades faites de poubelles et de barrières que plus personne ne tenait. Des palissades de contreplaqué avaient été vissées sur les devantures, certaines étaient taguées de slogans colorés dont les lignes ondoyaient le long de l'avenue, *FIN DU MONDE FIN DU MOIS*. Ailleurs, de jolis auvents de café aux fausses rayures marine battaient au gré des bourrasques mais il ne leur restait aucun mobilier de terrasse à abriter. Antoine avança au ralenti en cherchant, parmi ceux qui arrivaient à contresens, à reconnaître Guillaume. Une silhouette cagoulée défonçait méthodiquement un abribus à l'aide d'une trottinette électrique. C'était laborieux et ça paraissait vain mais au bout de deux ou trois minutes la vitre commença à se fendiller puis à tomber sur le sol en gravillons transparents. *VIVE LE VENT, VIVE LE VENT, VIVE LE VANDALISME.* Plus loin, un groupe de manifestants et de policiers se faisaient face, des projectiles fusaient dans toutes les directions et leurs trajectoires en cloche se perdaient dans la fumée âcre et les corps serrés sans que l'on puisse déterminer où ils avaient atterri. On entendait des sifflets, des cris et quelques voix qui chantaient avec rage TOUT LE MONDE, TOUT LE MONDE DÉTESTE LA POLICE, le rythme massacré par les « putain » et les « enculés » qui jaillissaient au milieu de la phrase martelée. Un minuscule coin de rue, un carré de moins d'un mètre de côté, avait été dépavé et les blocs de pierre entassés à côté s'offraient à qui voudrait les lancer. Antoine les contourna lentement, tenté d'en prendre un, ne serait-ce que pour se rappeler son poids dans la main fermée. *REGARDE TA ROLEX : C'EST L'HEURE DE LA RÉVOLTE.* Une voiture, à demi brûlée, dévoilait par le capot fondu et plié une partie de son moteur et ça avait quelque chose d'organique, même si ce n'était que du plastique et du métal, ça avait l'aspect de boyaux et de tripes pénibles à regarder. Antoine pensa qu'il aurait pu se trouver dans une scène d'*Andreï Roublev*. Ça manquait de chevaux mais c'était le même chaos où qu'on se tourne, les mêmes gestes violents, la même impression qu'on ne pouvait ni fuir ni combattre parce que, pour ça, il aurait fallu savoir où commencer et c'était un savoir impossible, entre les masques et les casques, les charges et les fuites, les sirènes et les sommations. Antoine n'avait jamais vu ça. Il se demanda si ce spectacle inédit donnait raison à Xavier : est-ce qu'il se passait vraiment quelque chose ? Est-ce que *ça bougeait* ? Un magasin de luxe brûlait, noir, d'un côté de l'avenue, sans flammes visibles, juste le panache sombre et la suie. Une des lettres de la marque sobrement affichée au-dessus de la vitrine avait fondu et pendait dans le vide en continuant à se tordre sous l'effet de la chaleur. Antoine fixa, hébété, ce serpentin de matière indéterminée qui se cabrait comme un être vivant, s'effondrait puis demeurait immobile quelques secondes dans une verticale qu'il croyait définitive, avant de se réveiller soudain, comme si la brûlure reprenait. Aux fenêtres des étages supérieurs, dans ce qui devait être un hôtel, quelques visages se pressaient entre les rideaux, déformés par les vitres teintées – leurs joues pâles et écrasées, la pointe du nez aplatie, les couleurs verdâtres.

Un camion de pompiers surgit à toute allure et Antoine, tiré de sa contemplation, s'écarta d'un bond. Il essaya de joindre Guillaume mais tomba sur sa boîte vocale. Le bruit autour de lui était tel qu'il renonça à laisser un message. Les manifestants, repoussés du haut de l'avenue, se rapprochaient. Ils frappaient le sol avec les barrières métalliques qui leur servaient de bouclier. Certains tournaient déjà les talons et partaient en courant, prévoyant que leur ligne céderait bientôt. Des grenades de gaz lacrymogène envoyées par les policiers roulaient entre leurs pieds et, rebondissant sur les angles émoussés des pavés, prenaient des directions inattendues. Un homme agité de quintes de toux surgit en titubant d'un nuage de gaz et fit signe à Antoine de s'abriter :

— Ils tirent n'importe comment, c'est la merde. Comment ils pourraient viser de toute manière ? On n'y voit rien.

Ils prirent une rue de traverse et s'assirent tous les deux en retrait, sous une porte cochère.

— Tu viens d'arriver ? Tu n'as pas vu, alors ? Ils ont cramé le Fouquet's tout à l'heure.

— C'est qui « ils » ?

Le type déclara qu'il n'en savait rien mais quand il avait pu s'approcher, il avait vu *SARKO A TOUT CASSÉ* écrit sur un des panneaux de protection arraché, et il avait trouvé ça drôle, oui, c'était une sacrée blague. Il toussa de nouveau et cracha maladroitement, juste à côté du pied d'Antoine. Un filet de bave resta attaché à sa lèvre inférieure, se balançant un peu. Quand il se redressa, le mince trait brillant se perdit dans les poils de sa barbe. Il demanda à Antoine s'il avait du lait, il avait entendu que c'était efficace contre les lacrymos, il aurait dû en prendre au Fouquet's tout à l'heure, avec un beau verre à pied, c'est con, il n'y avait pas pensé. Antoine répondit que c'était pour se rincer le visage, à sa connaissance, ça ne faisait rien contre les difficultés respiratoires.

— Tu ne devrais pas t'éloigner un peu ? Chercher de l'air frais ?

La ruelle où ils s'étaient installés était plus vivable que l'avenue principale mais Antoine avait, malgré tout, l'impression que ses muqueuses étaient attaquées par un mélange vicieux de piment et de Javel. Chaque goulée d'air brûlait et frottait des chairs à vif, dès l'entrée dans ses narines jusqu'à la plongée dans ses poumons. L'autre haussa les épaules :

— Je m'en fous. En vrai, je m'en fous. Ça pique aujourd'hui mais ça pique tous les jours. Au moins, aujourd'hui, je sais pourquoi.

— Qu'est-ce qui pique tous les jours ?

— Tout. Je m'appelle Bruno, au fait.

— Antoine.

— OK, Antoine, si ça t'embête pas, je vais me foutre torse poil. J'ai pris le canon à eau tout à l'heure. J'arrive pas à sécher.

Il ôta en se tortillant son gros pull et son T-shirt puis, après une hésitation, remit son gilet jaune :

— Que j'aie pas juste l'air d'un nudiste si on se fait choper.

Il défroissa les deux pans du gilet sur sa poitrine avec attention et releva la tête vers Antoine avec un sourire timide, inquiet de l'effet produit. Le froid de mars lui donna immédiatement la chair de poule. Sur son torse, du côté gauche, s'étalait un hématome rouge et mauve, une constellation de petits points colorés qui se densifiait vers le centre, jusqu'à devenir une tache aubergine, presque noire.

— C'est un tir de LBD ?

— Ouais, je crois. Ou alors c'est un pavé, j'en sais rien. J'étais en train de jeter des trucs et j'étais concentré, j'ai pas fait gaffe. Et puis j'ai senti un gros coup dans la poitrine et ça m'a plié en deux. C'était la première fois.

— Que tu te faisais allumer ?

— Que je lançais des trucs. Je les trouvais cons, avant, de jouer à ça avec les flics. Tu tires, je tire, ça fait avancer qui ? Mais aujourd'hui ça m'a énervé. On n'a même pas eu le temps de faire un bout de manif avant que ça pète. À peine je suis là que ça a commencé à interpeller, on n'a rien pu faire, même les slogans il fallait qu'on les crie en courant. J'ai l'impression qu'ils nous ont laissé zéro chance de faire autre chose que de la baston – c'est foutu, tu vois, les politiques leur ont répété pendant des semaines qu'ils pouvaient nous pilonner la gueule parce qu'on était des cons, des fachos, des casseurs et là, je me suis dit : ça y est, c'est rentré. Derrière les casques, c'est complètement intégré. On n'est plus des humains pour eux. Ils arrivent dégoupillés, ils feront jamais marche arrière. J'ai vrillé d'un coup, ça s'est allumé rouge. Cette colère-là, tu ne peux pas la crier, tu ne peux pas la coller sur une banderole, c'est beaucoup trop chaud, il faut autre chose. En fait, je me suis dit : soit tu les tapes, soit tu t'immoles. Comme le gamin en Tunisie, tu te rappelles ? J'avais vu ça à la télé. Mais tout le monde se suicide au travail maintenant, hein ? Le feu ou la pendaison ou les médicaments, on s'en fout. Il y a tout le temps des gars comme moi qui se tuent et on n'en parle pas, ou alors on parle de fragilité et de dépression, personne ne voit la dimension collective de ça, ça ne fait chier que nos familles. J'ai deux gamins, moi. Ils diraient quoi si je me fous le feu ? Imagine. Alors j'ai tapé. Que ça fasse un peu chier les autres, aussi.

Les détonations se rapprochèrent et Antoine dut crier pour répondre quelque chose, quelques mots maladroits mais hurlés, curieusement rendus moins maladroits par le fait d'être hurlés. Bruno se tortilla pour atteindre ses cigarettes dans la poche de son pantalon. Le paquet souple et aplati avait pris l'eau, lui aussi. Antoine lui tendit une Camel, il repensa à la durée de dégradation d'un mégot.

— On est venus en car, dit Bruno. J'espère que je vais retrouver les autres.

Ils restèrent silencieux quelques minutes, à fixer le bout de la ruelle. La poitrine nue de Bruno se soulevait dans un petit sifflement asthmatique et la tache aubergine qu'Antoine ne quittait pas des yeux, agitée par la cage thoracique, paraissait s'étendre davantage sur sa peau blanche. Une grenade lacrymogène dévala le trottoir de l'avenue, heurta un poteau de métal et se mit à tournoyer à quelques mètres de leur recoin en crachant bruyamment son gaz. Bruno se leva aussitôt pour l'éloigner d'un coup de pied mais son premier essai ne fit que propulser mollement l'objet dans le caniveau. Il recommença en jurant, un bras plaqué sur le visage, et tomba nez à nez avec deux CRS qui descendaient l'avenue. En quelques secondes, il fut au sol, puis à genoux, puis de nouveau au sol. Un CRS lui passa brutalement des menottes. Antoine se tapit contre la porte de l'immeuble, les vêtements de Bruno en boule à côté de lui. Après quelques minutes, il les glissa dans son sac à dos.

— Vous êtes con ou quoi ? Et si vous vous étiez fait arrêter ?

Antoine s'était autorisé à sonner chez le député parce qu'il savait que ce week-end-là ses enfants n'étaient pas en visite. Bien sûr, il aurait pu y avoir d'autres invités, des amis, une maîtresse peut-être, un frère ou une sœur mais sur le planning partagé ni le samedi ni le dimanche n'avaient été recouverts d'un rectangle rouge. Antoine s'était dit qu'il s'agissait d'une autorisation tacite. À présent qu'il se trouvait dans l'appartement du député, il se demandait s'il n'avait pas eu tort. C'était la première fois qu'il voyait l'endroit en plein jour – il n'y avait été convié auparavant que lorsque les soirées de travail se prolongeaient et que le député désirait quitter le bureau étouffant de la rue de l'Université. La nuit, l'appartement, éclairé de multiples lampes habilement disséminées dans l'espace, était vaste sans paraître immense, on remarquait à peine que la baie vitrée du salon ouvrait sur les toits de Paris, révélant les barreaux de fer qui accompagnaient la ligne des cheminées, les vasistas percés dans le zinc, les pentes obliques dont les angles se contredisaient et les minuscules balcons sur lesquels on avait glissé une chaise entre deux pots de plantes vertes. À présent, la ville qui s'étendait de l'autre côté des vitres doublait, triplait, décuplait l'impression de luxe dégagée par l'appartement. Le parquet de chêne sombre était recouvert d'un tapis coloré aux motifs corinthiens compliqués, cloué au sol par les pieds de deux fauteuils et d'une sorte de lit très bas, dont les extrémités de bois s'enroulaient comme celles d'un parchemin. C'était là qu'Antoine s'était assis, à quelques pas d'une commode laquée sur laquelle étaient posés des miniatures d'ivoire et le bronze d'un buste de femme. Le salon du député était strictement conforme à ce qu'il imaginait trouver chez un Parisien riche et cultivé d'un certain âge : il racontait des voyages, un goût pour le beau d'où qu'il vienne, une aptitude à le reconnaître dans différentes formes d'art, les capacités financières à se l'offrir, à le faire livrer depuis le pays lointain où il avait été rencontré, reconnu comme désirable. Antoine se souvenait que la seule surprise qu'il avait eue en entrant ici pour la première fois venait de l'absence de livres. Les citations foisonnantes du député l'avaient conduit à supposer qu'un des murs de la pièce, au moins, serait recouvert d'une bibliothèque. Quand il en avait fait la remarque, son employeur avait répondu qu'il y en avait une, bien sûr, mais pas ici. On ne mettait pas les livres dans le salon, c'était trop intime pour être exhibé, la bibliothèque était dans le bureau. Antoine avait compris que le député n'avait pas besoin de montrer qu'il lisait, c'était acquis qu'un homme comme lui *ne pouvait pas ne pas lire*. Dans ces conditions, les livres auraient été redondants, d'une insistance désagréable, et il était logique de les remplacer par des coussins multicolores et des lampes aux reflets cuivrés qui contenaient leurs ampoules avec la même délicatesse qu'une huître entrebâillée révélait sa perle.

Le sac à dos trop plein, entre les pieds d'Antoine, dégageait encore l'odeur agressive du gaz lacrymogène, incongrue dans ce lieu. Malgré le mécontentement visible du député, Antoine commença à lui décrire la manifestation et insista sur le fait qu'il avait le sentiment d'avoir assisté à une scène fondamentale – pas les affrontements entre les policiers et les manifestants, pas la fumée, les débris, mais le torse nu de Bruno avec cet énorme hématome et son gilet jaune fripé par-dessus, ses quintes de toux et sa voix étonnamment posée. Le député l'interrompit :

— Vous savez qu'aujourd'hui en mettant le feu à une banque, ils ont risqué la vie de plusieurs personnes qui vivaient dans les étages ? Vous croyez que j'ai envie que mon nom se retrouve mêlé à ça à cause de votre soif d'aventure ?

— Non, bien sûr que non. Je sais que j'ai…

— On ne parle plus des Gilets jaunes, Antoine. C'est plié. Ils ont obtenu l'annulation de la taxe, ils ont déclenché cette mascarade du grand débat et il n'y a plus qu'une petite poignée d'entre eux dans la rue. L'opinion s'en fout complètement, vous avez vu les sondages ?

Antoine les avait vus, oui. Le soutien au mouvement, d'abord considérable, était allé en décroissant depuis le début du mois de novembre. Fin février, 55 % des sondés déclaraient souhaiter que la mobilisation s'arrête. On était maintenant le 16 mars et Antoine pouvait imaginer que la courbe avait continué sa lente descente, laquelle s'accentuerait sans doute encore après les incidents de la journée. Malgré tout, si le député voulait s'amuser à parler sondages, Antoine pouvait lui proposer de les prendre à l'envers :

— Il reste 45 % de population favorable. On ne parle pas d'une élection, là : il n'y aucune raison de se soumettre à la majorité. 45 %, c'est un réservoir de votes considérables pour le futur.

— Qui sont majoritairement acquis à la France insoumise et au Front national.

Le député n'utilisait jamais le nouveau nom du parti d'extrême droite. Sa carrière politique avait débuté au moment de « Touche pas à mon pote », au milieu des années 1980, alors que « le Front » était dans toutes les bouches. Il ne voyait pas pourquoi il aurait accepté que son ennemi change de nom pour faire désormais semblant d'être un voisin lambda, en balayant près de quarante ans d'une histoire sale. Et puis « Rassemblement national », avec son rythme bancal en sept pieds, c'était pénible à dire.

— Ils sont « acquis » et puis c'est tout ? On ne fait rien contre ça ? On les laisse à l'extrême droite ? Pardon, mais il est passé où, notre appel héroïque à faire barrage ?

Antoine dissimulait d'autant moins son amertume que ce mot de « barrage », répété à l'envi avant le second tour de la présidentielle par le député, lui avait valu (lui valait encore) une avalanche d'images de castors sur les réseaux sociaux.

— On ne laisse personne nulle part, répondit le député excédé. Ils y vont tout seuls, ils veulent y aller. Ce ne sont pas des enfants qui attendent que quelqu'un les ramène à la maison.

Antoine essaya d'expliquer que si, d'une certaine manière, pardon. Il y avait un bloc de colère et de désespoir qui avait surgi comme ça, d'un coup, c'était du ras-le-bol brut, c'était arrivé sans forme, sans aucune forme héritée et reconnaissable. Ça ne ressemblait à rien, les signes qu'ils s'étaient choisis, les gilets jaunes, les ronds-points, c'était épars, c'était moche et ça ne voulait rien dire à part ça, exactement ça : l'absence de formes. D'ailleurs Bruno, avant d'être embarqué, n'avait pas dit autre chose à Antoine, si celui-ci résumait : il ne savait pas comment vivre et il ne savait pas comment mourir non plus, rien n'avait de forme satisfaisante, tout ce qui avait été construit dans l'espoir qu'un jour ça ressemblerait à quelque chose s'était arrêté là, sans face, sans style, sans rien. Un mouvement comme ça ne serait jamais dans les discours que ce que les politiques accepteraient d'en faire. On pouvait accompagner la lutte et, en l'accompagnant, la modeler aussi.

— Vous êtes cynique, dit le député. Vous voulez les utiliser.

Antoine répondit que c'était tout le contraire : c'était le député qui se montrait cynique quand il prétendait que ces gens avaient eu les mêmes possibilités que lui de se construire une opinion, de réfléchir à leur combat et que leurs prises de position étaient à juger exactement comme on aurait pu juger les siennes. Il bredouillait avec rage. Qu'est-ce qu'on peut réussir à penser dans le désordre du quotidien, quand on a besoin de chaque heure de libre pour reposer son corps, se vider l'esprit ? Peut-être qu'il infantilisait les pauvres mais le député refusait même de reconnaître qu'ils étaient pauvres ou plutôt il voulait bien le dire mais pas admettre que ça changeait quelque chose. Il faisait semblant de croire que des existences fragiles, basées sur la survie plus que sur la réalisation, exténuées par des calculs mensuels menaçants étaient capables malgré tout d'abriter un temps réservé à la réflexion. Peut-être qu'il y croyait vraiment d'ailleurs, se reprit Antoine en voyant le visage cruciforme de son employeur se chiffonner sous le coup de la colère, peut-être que c'était tout à fait sincère, mais ça n'en était pas moins terrible pour ces gens qui criaient dans la rue. Ça lui permettait de les déconsidérer, de les abandonner sans avoir le moindre remords et il était là, le cynisme délétère. Quand il eut achevé cette dernière phrase dans un souffle, Antoine crut que le député allait lui signifier sèchement qu'il dépassait les bornes et lui demander de partir. Il se sentait très vulnérable sur ce lit trop bas venu d'un autre siècle, qui l'obligeait à se plier en deux. Son employeur se tourna vers la baie vitrée et laissa s'écouler quelques secondes de silence pénible. Le ventre d'Antoine était traversé de grondements chauds et sourds.

— Il y a trop de dégâts, finit par dire le député. Je ne parle même pas de la casse matérielle. Je parle de l'image qu'ils se sont construite ou qu'on leur a construite, je veux bien leur accorder le bénéfice du doute. Mais ça n'est plus du tout compatible avec la social-démocratie et dans le temps qui est le nôtre, le temps de la politique, on ne peut pas faire marche arrière comme ça. Je ne peux pas faire marche arrière. Il faut aller de l'avant. Il faut penser à l'avenir, au mois de mai, aux élections européennes. C'est là que se situe le combat maintenant.

Antoine hocha lentement la tête. Mais qu'est-ce que ça voulait dire, combat ? Si on acceptait d'utiliser ce mot pour décrire leur quotidien parlementaire, alors que restait-il pour raconter ce qu'il avait vu sur les Champs-Élysées deux heures plus tôt ? Les JT utilisaient parfois « affrontement » mais surtout ils répétaient en boucle les termes « dégradations » et « dégâts ». Ils se contentaient de qualifier l'état des choses *après* l'événement, ils disaient ce qui était arrivé au matériel mais pas aux humains. Ils effaçaient Bruno. Ils effaçaient les coups et les hématomes, les quintes qui froissaient les poumons, le désir de violence et l'envie de mourir. Et donc, ils ne disaient rien.

— Allô ?

L avait appuyé au hasard sur le téléphone qui traînait par terre au bas du lit. Elle fut presque déçue que l'appareil réponde favorablement à ses doigts brouillons. Elle aurait voulu rater l'appel et ne pas se réveiller. Le téléphone indiquait 9 h 12, ce qui signifiait qu'elle s'était endormie moins de trois heures plus tôt.

— Allô ?

Sa voix était glaireuse de sommeil, des morceaux de rêves encore charriés dedans, cauchemars habituels, un parc la nuit, des bruits de pas. À l'autre bout du fil, une voix masculine l'appela par son nom et prénom, de manière très officielle. L se redressa brusquement, sûre qu'il s'agissait enfin de cette convocation au commissariat dont lui avait parlé l'avocat d'Elias. Mais la voix masculine n'était pas celle d'un uniforme, elle parla d'un problème d'ordinateur qui nécessitait une intervention immédiate. L était encore trop perdue dans le brouillard d'un rêve qui n'en finissait pas de disparaître et elle accepta sans réclamer d'autres informations que l'adresse.

Une fois sur son vélo, cependant, L se demanda qui pouvait avoir donné son numéro à cet homme, ou plutôt son numéro ainsi que son prénom et son nom. La plupart de ses clients ne les connaissaient pas. La plupart de ses amis ne les connaissaient pas. Sur les badges plastifiés, dans les magasins où elle avait travaillé, ils acceptaient d'écrire n'importe quoi pour peu que les clients puissent le prononcer facilement – sauf Georges, elle s'était fait recaler la fois où elle avait proposé Georges.

Les murs du salon étaient bleu sombre et la lumière qui filtrait par les stores donnait à la pièce l'aspect mouvant d'une piscine. L, machinalement, renifla pour trouver l'odeur du chlore. Il lui parvint autre chose, des parfums plus lourds et plus doux qui paraissaient s'écraser mollement dans la cavité des narines. Peut-être de l'encens, ou des fleurs en train de pourrir. L'homme qui l'avait fait entrer ne s'était pas présenté, mais au téléphone il lui avait dit de sonner à Barbet/Mussard. Quand il avait ouvert, L avait décidé qu'il devait être Barbet. Il n'avait pas une tête à s'appeler Mussard, mais parfois la vie fait mal les choses et L ne pouvait pas être sûre. Il était grand et blond, la peau d'un rose pâle presque parfaitement uniforme, comme les statues du musée Grévin, sauf que son visage était mou, l'ovale un peu affaissé. Il s'excusa de l'avoir dérangée un dimanche, il avait vraiment besoin de son ordinateur, et il grimaça juste après cette phrase, en dodelinant de la tête, parce que qui aujourd'hui n'a pas *vraiment besoin* de son ordinateur, nous sommes tous dépendants, j'imagine que vous l'entendez sans arrêt, cette urgence, que ça doit même devenir de la panique chez certains. L acquiesça et l'homme qui s'appelait sûrement Barbet (si la vie était bien faite) répéta *dé-pen-dance* en séparant nettement les syllabes. Il ne montrait pourtant aucun signe de l'urgence ou de la panique qu'il évoquait. Même quand ses clients s'efforçaient de conserver un calme de façade, L entrait généralement dans des appartements marqués par la crise. L'ordinateur était ouvert en plein milieu de la table, du plan de travail, de l'étagère. Il y avait des traces de lutte. On voyait que le propriétaire avait tout essayé pour le faire redémarrer, appuyé sur chaque touche, suivi des instructions griffonnées sur des Post-it froissés. Ici, l'ordinateur était soigneusement clos, au centre d'une table basse vitrée au plateau vide. L demanda :

— Comment vous avez eu mon numéro ?

L'homme répondit qu'il connaissait Jérémie. C'était possible. Jérémie connaissait tout Paris et inversement, même si la plupart de ses contacts ne l'avaient jamais vu. Il passait la moitié de sa vie sur les réseaux sociaux.

— Et mon nom ?

L'homme eut l'air de penser à une blague ratée et lui adressa un sourire poli quoique perplexe. Il lui proposa à boire et L refusa trop vite.

— Je peux m'asseoir ?

Il lui désigna le canapé, sur lequel traînaient des dossiers plastifiés et un blouson de cuir couleur miel. Jeté en boule, il avait la forme d'un gros chat. En s'asseyant, L comprit que c'était son odeur qu'elle avait sentie en entrant dans la pièce, l'odeur de la peau, des produits utilisés pour la tanner ou l'entretenir, L ne savait pas, mais c'était âcre et sucré.

Elle ouvrit l'ordinateur, il était figé, surface tactile et clavier inactifs, juste une image sur l'écran qui se refusait à toute action sauf celle d'être regardée. L ne se pressait jamais dans ces moments-là, elle aimait pouvoir observer ce qui se trouvait à la surface de la machine. C'était l'équivalent du salon dans un appartement, une pièce qui se voulait à la fois agréable à vivre dans l'intimité et socialement présentable aux invités de passage. Mais le bureau qu'elle avait face à elle la perturbait. Il y avait bien la cohorte de raccourcis vers les logiciels les plus utilisés et de dossiers sans doute professionnels (« bilan 2017 », « PV AG », etc.). Il y avait un fond d'écran assez banal, peut-être une photographie prise en vacances, un port traversé par des barques de pêche colorées, dans une résolution moyenne. L balaya l'écran du regard plusieurs fois avant de localiser la source de son malaise. Certains fichiers, de différents formats (textes, vidéos), portaient des noms qui paraissaient avoir été choisis pour L, pour être lus par elle. L'un d'eux s'appelait Allemagne. Un autre PayPal. Un document Word était nommé par une succession de chiffres familiers que L mit un temps à reconnaître : 041218 – la date de l'arrestation d'Elias. Bien sûr, il pouvait s'agir d'une coïncidence. Dans les vies des autres, il s'était passé un nombre incalculable de choses le 4 décembre, des choses sans aucun lien avec Elias, plus d'une centaine de personnes mouraient à chaque minute, par exemple, ce qui voulait dire qu'il y avait eu ce jour-là cent cinquante mille deuils au moins, et L ne connaissait aucun des défunts et ne savait rien des 4 décembre de leur entourage. Quelques semaines plus tôt, elle avait d'ailleurs occupé une partie de son insomnie à reconstituer cette journée grâce à la mémoire du Web et peut-être que le dossier qu'elle avait face à elle contenait le discours du Premier ministre annonçant qu'il n'y aurait pas de hausse des taxes sur le carburant, ou un rapport de la Cour des comptes, ou des résultats de football ou un événement trop petit, trop personnel pour que L en ait trouvé la trace sur Internet et il fallait qu'elle se calme, qu'elle fasse son travail, empoche les cinquante euros et qu'elle s'en aille, qu'elle rentre se reposer.

— C'est intéressant ?

L sursauta. L'homme la regardait regarder son écran avec un petit sourire.

— Vous allez bouger à un moment où vous comptez le réparer par transmission de fluides ?

— Pardon, je suis fatiguée.

Même au milieu de la nuit, elle ne faisait plus que des siestes qu'elle répétait, ensuite, tout au long de la journée. Chaque fois, le réveil était pénible et brutal. Ça ne devait pas l'aider à penser, un truc pareil. Et puis elle avait oublié de manger avant de partir.

— En fait, je veux bien boire un truc. Un truc sucré.

Il disparut sans un mot derrière une porte coulissante. Dans le salon bleu piscine, L s'assit plus confortablement sur le canapé, tout en essayant de ne pas toucher le blouson de cuir à sa gauche, ni les documents empilés à sa droite. L'antivirus et le VPN installés sur l'ordinateur étaient des trucs de pros, utilisés par le peuple du dedans, et ça rendait encore plus improbable le fait que le type ait besoin de faire appel à ses services. Elle hésita à le lui faire remarquer quand il revint dans la pièce et qu'il lui tendit une canette d'Ice Tea. Il en ouvrit une pour lui et la vida en quelques gorgées. L observa le mouvement saccadé de sa pomme d'Adam le long de son cou.

— Le sucre aussi, souffla-t-il en reposant la canette vide.

— Quoi ?

— Ça crée des dépendances.

Il prononça de nouveau le mot en détachant les trois syllabes. Peut-être que c'était une sorte d'accent. L sortit une clé USB sur laquelle étaient stockés ses outils de nettoyage et la brancha sur l'ordinateur, tout en avalant de petites gorgées d'Ice Tea. L'odeur dans l'appartement était tellement forte qu'elle avait l'impression que c'était ce qu'elle était en train de boire, ce parfum-là, son épaisseur. Le téléphone de l'homme sonna, il passa dans une autre pièce pour répondre mais

L pouvait entendre la conversation malgré tout. Il s'agissait de banalités joyeuses, l'organisation d'un dîner d'anniversaire, l'homme énonça des prénoms et l'adresse d'un restaurant. L se détendit un peu. Lorsqu'elle le vit réapparaître, elle lança :

— Avec ce que vous avez sur l'ordi, c'est étonnant que vous ayez chopé quelque chose.

— Trop de sites porno, répondit l'homme.

L releva vivement la tête. Il souriait et deux fossettes se creusaient dans le rose uni de ses joues grasses. L ne pouvait pas dire s'il était content de sa blague ou de sa consommation de porno. Elle insista :

— Quand même, on dirait que vous vous y connaissez.

— C'est le chargé de la sécurité informatique de la boîte qui m'a tout installé. J'aurais pu lui demander son aide pour débloquer mon ordinateur mais si je commence à l'appeler le week-end, je crois qu'il va se mettre très en colère. Déjà qu'il ne m'aime pas.

— Ah bon ?

— Oui, il y a un protocole dans les locaux et selon lui, je ne le respecte pas. J'ai branché des appareils venus de l'extérieur. C'est comme ouvrir une porte à des hackers, il paraît.

L hocha la tête puis, dans un effort de volonté, s'arracha à la fascination qu'exerçait sur elle le babil indolent de l'homme blond. Sur l'ordinateur, le nettoyage avait commencé et le logiciel indiquait une attente de six minutes.

— Vous savez comment il a appelé ça ?

— Appelé quoi ?

— Le fait que j'ai branché *mon* smartphone dans *mon* bureau ?

— ...

— Un viol de port.

Il continuait à la regarder en souriant, sans cligner des yeux. Il répéta *viol de port* tout doucement, en fredonnant presque, puis il vint s'asseoir dans le fauteuil, de l'autre côté de la table basse vitrée, et il se pencha vers elle. L vit du coin de l'œil son reflet sur le plateau de verre et ses mouvements, ses bras, épaules, tête, qui s'approchaient, tandis qu'elle-même, miroir inversé, prenait de moins en moins de place, coudes collés au corps, pour minimiser les risques de contact. Trois minutes, disait le logiciel.

— Vous pouvez me passer mon blouson ?

L posa la main sur le cuir et sentit avec surprise qu'il était tiède. C'était sans doute à cause du rayon de soleil qui tombait dessus, mais elle eut l'impression que la chaleur de l'homme était restée dans le blouson. C'était comme toucher sa peau à lui. Elle tenta de masquer son dégoût en le lui tendant. Sous le blouson se trouvaient une paire de gants et une écharpe, dans les mêmes teintes brunes et dorées, comme si le blouson avait eu une portée. Il y avait quelque chose de détestablement animal dans cet appartement, depuis la lumière mouvante jusqu'au cuir, les joues trop pleines de l'homme au nom incertain, le musc, la vitesse à laquelle le contenu de la canette se réchauffait dans la main de L, toute cette tiédeur de la viande, tous ces frémissements, un excès de vivant qui lui donnait la nausée, peut-être qu'il fallait qu'elle lui demande d'ouvrir la fenêtre.

— J'ai fini.

Elle parlait de l'ordinateur mais il se pencha davantage et lui prit la canette des mains.

— Vous vivez seule ?

— Non.

Il eut un petit rire et continua comme s'il n'avait pas entendu sa réponse.

— C'est épuisant de vivre seul. Moi, ça m'épuise, je m'épuise. Je devrais prendre un animal de compagnie. Vous devriez y penser, vous aussi, vous avez l'air fatiguée.

— Je ne pensais pas que vous viviez seul.

— Pourquoi ?

— Parce que c'est grand, ici. Et puis il y a deux noms sur votre boîte aux lettres.

— C'est ceux des propriétaires, appartement de fonction. Chez vous, c'est plus petit ?

Le point d'interrogation était à peine perceptible.

— Je croyais que vous vous appeliez Barbet.

— Et moi je croyais que les noms, ce n'était pas votre truc.

Il ne la lâchait pas des yeux. Son téléphone sonna de nouveau mais, cette fois, il ne répondit pas. L repoussa vers lui l'ordinateur débloqué et répéta :

— J'ai fini.

La chanson qu'il avait choisie comme sonnerie continuait à s'élever de sa poche, à demi étouffée, mais il agissait comme s'il ne l'entendait pas.

— Vous ne voulez pas les ouvrir ?

— Quoi ?

— Les dossiers qui vous intéressaient tout à l'heure.

L se força à ne pas regarder la succession de noms sur l'écran de l'ordinateur. Allemagne, PayPal, 041218.

— Bien sûr que non.

Leurs deux répliques suivantes se télescopèrent :

— Vous me passeriez mes gants ?

— Dans quoi vous travaillez ?

Il y eut un bref silence. L capitula sous le regard insistant de l'homme blond et lui tendit ses gants.

— Dans quoi vous... ?

— L'e-réputation. C'est ce que fait la boîte. Recherche, contrôle, supprime.

Il était si proche d'elle qu'on aurait dit qu'il voulait observer un détail de son visage de plus près. Ses joues roses et molles bloquaient une partie du champ de vision de L, elle pouvait distinguer le duvet uniforme qui les recouvrait, et son odeur l'empêchait de respirer. Pourquoi est-ce qu'il s'approchait autant ?

— Vous travaillez dans l'informatique.

Ça expliquait les logiciels qu'il avait sur son ordinateur. L aurait voulu regarder de nouveau l'écran, à la recherche d'un logo ou d'un nom de fichier qui aurait pu la renseigner sur la boîte qui employait l'homme blond, mais elle n'osait pas quitter celui-ci des yeux, de peur qu'il s'approche encore. Est-ce qu'il était possible qu'il bosse pour Harm-Ony ?

— Je suis commercial. Je pourrais ne pas toucher à un ordinateur de la journée. Moi, c'est surtout le téléphone et les déjeuners. Je rabats des nouveaux clients.

Il se recula enfin dans son fauteuil. Il enfila son blouson, puis l'un de ses gants. L'autre main resta nue. L'autre main se tendit vers L et vint voler trop près de son visage, de sa gorge :

— Des particuliers, des entreprises, même des services publics. Personne n'est content des premiers résultats qui apparaissent quand on tape son nom. Au début ils se comportent comme si tout était la faute d'Internet, comme si c'était la mémoire elle-même qui était méchante et moi, je suis là pour leur rappeler que c'est faux. Ce sont eux qui ont laissé les marques qu'Internet ne veut plus effacer. Moi, je leur propose que ma société fasse le ménage pour eux. On appelle ça le droit à l'oubli. Ça fait toujours son effet sur les clients, le droit à l'oubli. Même quand ils ne savaient pas qu'ils le voulaient, ils sont prêts à payer cher dès qu'ils m'entendent utiliser cette expression. Dans la plupart des cas, c'est facile de leur accorder. On parle de la mémoire tenace d'Internet mais ça n'est pas la mémoire elle-même qui est tenace, ce sont les gens. Si vous n'avez pas d'ennemis, vous pouvez effacer beaucoup de choses. Dès que quelqu'un s'oppose à ce que vous masquiez vos traces, en revanche, ça devient beaucoup plus compliqué. Beaucoup plus cher aussi. C'est comme jouer au chat et à la souris, on se poursuit de site en site. Les techniciens de la boîte ont l'air de trouver ça amusant. Mais vous devez connaître tout ça, non ?

L remarqua alors que la main pointée vers elle contenait un billet de cinquante euros. Elle essaya de le prendre mais l'homme blond ne lâcha pas l'autre extrémité. Elle leva vers lui un regard paniqué.

— J'imagine que vous êtes plutôt de l'autre côté, dit-il. Comment on appelle ça, déjà ? Le doxing.

Il ouvrit la main et L enfourna le billet dans sa poche, puis il enfila son deuxième gant. Il fit jouer plusieurs fois ses doigts pour détendre le cuir légèrement brillant qui rappelait la chitine d'un insecte.

— Le doxing peut mener au swatting, reprit-il comme s'il avait récité une table de multiplication. Et le swatting à toutes sortes d'éventualités… regrettables. Peut-être que vous avez déjà doxé un de mes clients ? Ce serait drôle.

Drôle n'était pas du tout le mot que L aurait utilisé. Elle se disait que cet homme dont elle ne connaissait pas le nom était possiblement dangereux, ou alors qu'il faisait semblant de l'être pour l'effrayer – ce qui n'était pas plus rassurant –, et elle se trouvait seule avec lui dans son appartement. Personne ne savait qu'elle était là.

— Ça a été votre truc pendant un moment, la fachosphère, non ? Ce n'est pas très gentil d'appeler les gens comme ça. Fachos. Ils se sentent blessés. Ce n'est pas étonnant qu'ils réclament le droit à l'oubli quelques années plus tard, quand ils ont envie de faire carrière, par exemple.

L tenta de secouer la tête d'un air surpris, comme si elle n'avait aucune idée de ce dont il parlait. Elle ne se souvenait plus s'il avait donné un tour de clé derrière elle après l'avoir fait entrer. Est-ce qu'elle pourrait courir vers la porte, au besoin ? Il faudrait d'abord qu'elle passe entre le fauteuil de l'homme et le mur, ou bien qu'elle enjambe la table sans qu'il l'arrête. Est-ce qu'elle en était capable ? Elle se sentait très faible, la tête lui tournait, des stries de lumière ondulaient sur les murs aux allures de piscine. Elle aurait préféré s'allonger sur le canapé et dormir plutôt que d'avoir à bouger. Était-il possible de mélanger quoi que ce soit au contenu d'une canette fermée ? Peut-être avec une seringue.

L'homme se leva en repoussant son fauteuil et L se recroquevilla instinctivement. Il pourrait tendre le bras et refermer sa main sur ma gorge, pensa-t-elle. Ça ne prendrait pas beaucoup de temps, ça ne ferait pas de bruit, je ne crierais même pas, je ne sais plus crier, je crois que j'aurai une crise cardiaque au moment où il posera sa main gantée sur ma gorge.

— On dirait que vous allez pleurer, dit l'homme blond en se penchant, en appui sur une jambe, pour prendre l'écharpe restée à côté de L.

Elle sentit son souffle contre sa joue, dans ses boucles de cheveux, tandis qu'il se redressait. Elle se leva sans un mot, lèvres tremblantes, et contourna maladroitement la table. Elle se tenait à présent devant lui, toute proche, incapable de le regarder dans les yeux.

— Je vais descendre avec vous, dit-il avec son intonation saccadée qui empêchait de reconnaître les éventuels points d'interrogation.

Il s'écarta d'un pas. L ignora sa dernière phrase et se précipita vers la porte. Elle n'était pas fermée à clé. L dévala les deux étages dans la pénombre. Dehors, une camionnette de livraison bloquait la circulation, provoquant une cacophonie de klaxons à la fois rauque et stridente. Il y avait quelques cris, des injures. L s'éloigna à grands pas. Après avoir tourné dans la première rue qui s'ouvrit devant elle, elle réalisa qu'elle avait laissé son vélo devant l'entrée de l'immeuble. Elle ne put se résoudre à faire demi-tour. Elle marcha plus lentement, sans savoir dans quelle direction, les panneaux bleu sombre indiquaient des noms de rues qui se brouillaient sitôt qu'elle essayait de les lire. Les lettres blanches dansaient et se déformaient et L avait beau plisser les yeux pour les enfermer dans le cadre étroit de ses paupières, les lettres s'échappaient ou se dissolvaient. Elle finirait bien par tomber sur une station de métro, de toute façon. Ce n'était pas si terrible d'avoir laissé le vélo derrière elle parce qu'il pleuvait et il était dangereux de se déplacer à vélo dans Paris quand il pleuvait, récita L intérieurement, de manière mécanique, les automobilistes faisaient moins attention, les silhouettes des cyclistes disparaissaient derrière les gouttes des vitres et des rétroviseurs. Le ciel était bleu et personne n'avait de parapluie mais il pleuvait à verse et le visage de L était trempé.

Pendant la nuit, elle entendit un bruit de clé dans sa serrure. Amplifié par l'obscurité silencieuse et la petitesse de l'appartement, il donnait l'impression que quelqu'un cherchait à ouvrir une porte située juste à côté de la tête de L, une porte qui aurait donné droit sur son lit. Elle n'osa pas se lever. Sa clé était dans la serrure, se répéta-t-elle. Personne ne pouvait entrer. À moins d'enfoncer la porte. Ou de découper la serrure. La fenêtre, impossible, sixième étage. Mais peut-être, la gouttière... Ou depuis le balcon du cinquième ? Est-ce qu'il fallait qu'elle relève le store pour s'assurer que personne ne se hisserait par là ? L'idée d'un visage pressé contre le carreau, deux mains gantées de part et d'autre, surgit. Elle était incapable de bouger. Elle attendit un peu, n'entendit plus rien, même pas des bruits de pas qui s'éloignaient.

Après quelques minutes, elle prit son ordinateur et ouvrit plusieurs pages, à la recherche de voyants verts qui lui indiqueraient qui parmi ses connaissances était en ligne. Elle n'imaginait pas réveiller quelqu'un pour exprimer sa peur, mais si elle trouvait un ami, même vague, même semi-oublié, qui tuait sa nuit en errant le long de commentaires et de photos, elle se disait qu'elle pourrait discuter un peu. Elle n'avait pas pensé aux amis tout à fait oubliés (dont seul Facebook prétendait qu'ils étaient encore des amis) qui semblaient être cette nuit-là les uniques arpenteurs des réseaux sociaux. Elle n'allait quand même pas adresser un appel au secours à un nom resurgi du collège. Elle regarda les minutes s'égrainer lentement dans le coin droit de son ordinateur. L'immeuble était redevenu silencieux mais le ronronnement du périphérique lui parvenait derrière les fenêtres et les stores fermés, ainsi que le cri furieux d'une mouette à la recherche de la mer et une musique presque inaudible qui s'élevait des entrepôts de la boucherie casher et que des voix d'hommes reprenaient de temps à autre.

Le jour se levait quand L reçut un mail d'Antoine. Elle avait fini par trouver le courage de remonter un des stores. Il faisait gris métallique sur les toits et la lumière monotone se glissait jusqu'à son lit. Antoine s'excusait d'avoir mis si longtemps à lui écrire. Il disait qu'il aimerait parler avec elle de piratage et lui raconter la conclusion de la mission d'information. En fin de message, il donnait son numéro de téléphone. Elle envoya immédiatement un texto : *Je peux t'appeler ?*

3

SUSPENSION
Huis clos

Toutes ces conneries sur l'espionnage donnaient à ce livre un formidable potentiel commercial, mais je le voyais plutôt comme une sorte de parabole, sans leçon ni moralité, une parabole dont il serait impossible de retirer quoi que soit.

Geoff DYER, *Yoga for People Who Can't Be Bothered to Do It*

— Je ne sais pas qui sont ces hommes et ce qu'ils me veulent. En fait, je ne sais même pas s'ils appartiennent à un même groupe. Le mec d'hier n'a peut-être rien à voir avec le type du kebab ou avec celui devant chez Delambre. Sauf qu'ils ont le même regard, tu vois, un regard lourd, mais pas comme les poisseux sexuels des transports en commun, plutôt comme une membrane, un sale truc asphyxiant qui te tombe dessus... Et puis il y a les messages que j'ai reçus. On ne peut pas dire qu'ils soient menaçants mais juste le fait qu'ils m'arrivent, ce n'est pas bon signe. Et dans la nuit, j'ai cru entendre un bruit de clé dans ma serrure quand j'étais couchée. Ça pouvait être un voisin bourré qui se trompait de porte. Ça pouvait aussi être quelqu'un qui voulait la crocheter. Je ne peux pas savoir. Tu vois mes mains ? J'arrête pas de trembler depuis hier... Pardon, il est tôt et moi je débarque alors que tu dois avoir cent trucs à faire. Je ne t'ai jamais vu avec une cravate. Tu as l'air tellement sérieux, j'ai encore plus l'impression d'être une folle. J'essaie de rester rationnelle, je fais des listes de ce qui est possible. Je les tourne en boucle. Ces mecs peuvent être des flics. Ils peuvent être employés par Harm-Ony, la firme qu'Elias a attaquée. Ils peuvent être tout à fait autre chose. Tu sais qu'on a toujours un point aveugle quand on essaie de réfléchir ? J'ai lu ça quelque part. Ils peuvent aussi être des mecs normaux – c'est important que tu notes bien ça, que je doute. Ça me sauve un peu de la paranoïa totale.

— Tu peux rester là, si tu veux. Je reviendrai vers 19 heures.

— Tu vas à l'Assemblée ?

— Oui. Il y a du café. Et il doit y avoir des paquets de gâteaux. Le frigo est vide, par contre.

— Il faut que j'arrête de trembler.

— Tu peux prendre mon lit si tu veux dormir. Ou le canapé. Je te laisse les clés. Je sonnerai en rentrant.

— À 19 heures.

— C'est ça. Désolé de ne pas pouvoir rester.

— Désolée d'avoir débarqué chez toi.

L ne s'était pas retrouvée seule dans un espace étranger depuis longtemps. Elle n'allait jamais à l'hôtel ni dans un Airbnb. Elle n'avait pas d'amis dont elle aurait pu arroser les plantes ou nourrir le chat en leur absence – ou alors, si elle en avait, on ne lui avait jamais demandé ce genre de services et c'était une bonne chose car L n'avait pas eu d'autre animal domestique qu'un poisson rouge, l'année de ses dix ans, et il était mort rapidement.

Elle prit une douche rapide. Même en l'absence d'Antoine, elle se sentit gênée d'être nue chez lui, d'être nue dans un endroit où il était régulièrement nu. Elle n'osa pas utiliser une de ses serviettes de toilette et encore moins lui emprunter un T-shirt, donc elle s'essuya avec ses fringues froissées qui puaient la clope avant de les remettre. Maintenant, elles étaient froissées, puantes et trempées.

En revenant dans le salon, L parcourut les titres des livres de la bibliothèque et de ceux qui étaient au sol. Elle en ramassa un sur la couverture duquel figurait un graffiti, « Manger les riches », et le feuilleta en essayant de croire qu'elle pourrait le lire. Elle ne comprenait pas un mot sur deux. C'était humiliant. Elle se concentra davantage mais les bruits de pas dans la cage d'escalier lui faisaient peur. Les voix dehors, sur le trottoir. Quand elle sursautait, ses yeux changeaient de ligne et elle était incapable de savoir si elle avait déjà lu cette phrase ou non.

Elle décida d'écrire à Elias et chercha une feuille de papier et un stylo dans la pièce. Elle tenta de formuler des phrases qui décriraient ce qu'elle avait vécu la veille mais il aurait fallu qu'elle puisse intégrer des sons et des odeurs parce que, sans eux, la scène n'avait rien d'impressionnant. Et puis elle se rappela qu'Elias ne voulait plus qu'elle lui écrive. Les quarante-cinq minutes de sa visite en prison défilèrent lentement dans sa mémoire, au-dessus de la feuille blanche. À quel moment est-ce que ça avait merdé ?

L s'allongea sur le canapé et ferma les yeux. Elle dormit d'abord par sommes minuscules, quelques secondes à peine, comme si elle avait dérapé hors de la conscience, puis les glissements se firent plus longs, plus lents, dix ou vingt minutes disparues chaque fois qu'elle regardait l'horloge. Le sommeil n'arrivait pas de manière paisible, il s'accompagnait d'une impression soudaine de chute, et cette chute qu'imaginait L au moment de s'endormir n'était pas une chute du canapé jusqu'au parquet de l'appartement, c'était une chute dans le vide, un vide qu'elle ne pouvait pas localiser, un vide qui n'était pas là quand elle ouvrait les yeux mais qui revenait dès qu'elle les fermait. Tout son corps se contractait, tressaillait de façon presque douloureuse. L s'entêta pourtant à vouloir dormir. Les glissements alternaient avec les secousses. Finalement, elle parvint à sombrer dans le sommeil sans tomber dans le vide. Quand elle se réveilla, le soleil se couchait et l'appartement était orange et doré.

Antoine rentra un peu plus tard, chargé de sacs de courses. Il avait acheté des bières, du vin, du houmous, du pain et une barquette de fraises – les premières, dit-il, et les fraises acquirent quelque chose d'héroïque dans leur petit carton vert et blanc.

— Tu as quelque chose de prévu, ce soir ?

— Non.

L pouvait voir qu'il mentait, ça lui remontait le coin de la lèvre supérieure. Il ouvrit deux bières à l'aide de son briquet, d'un geste assuré qui la surprit, et puis il avoua :

— Je voulais regarder le *Grand Débat des idées*... C'est débile. Je sais que je vais m'énerver. Mais si je ne le fais pas, je vais passer la soirée à suivre ce qui se dit sur Twitter, de toute manière.

— Je peux le regarder avec toi ?

— Ça t'intéresse ?

— Non.

Ils installèrent leur pique-nique et Antoine se connecta sur le site de France Culture. Il était encore un peu tôt. Pendant que le président serrait des mains, les journalistes meublaient péniblement et Antoine meublait par-dessus leurs tentatives maladroites pour ne pas avoir trop honte de vouloir regarder ce qui n'avait rien d'un spectacle passionnant. L ne connaissait aucun des intellectuels qui étaient présents. Antoine lui dit que c'était normal, ils étaient majoritairement de droite. L ne savait pas s'il disait ça par gentillesse, pour ne pas qu'elle ait honte de ne pas connaître d'universitaires, ou s'il était incapable de se représenter un paysage mental comme celui de L, dans lequel les intellectuels n'existaient pas vraiment, à moins qu'ils n'aient donné des entretiens vidéo disponibles sur YouTube. Est-ce qu'Antoine pouvait concevoir que L n'achetait pas de livres ? Toute sa culture, elle l'avait forgée grâce à des posts et des PDF. Elle avait lu énormément mais toujours au-dedans et un des problèmes de cette manière de faire, c'était qu'elle était incapable de se souvenir de l'auteur des lignes qu'elle avait lues. Tout se confondait comme si ça n'avait été qu'un seul grand texte, au final, qui s'autogénérait et se ramifiait en permanence.

Sur l'écran, Pascal Bruckner dénonça un coup d'État au ralenti qu'il qualifia d'anarcho-fasciste. Il parlait des Gilets jaunes. Ça commence bien, dit Antoine, qui n'était pas tout à fait ironique. Ils inventèrent rapidement un jeu, sans avoir besoin de se l'expliquer, qui consistait à tenter de deviner la teneur de l'intervention au premier regard sur celui ou celle qui allait parler – Ça va faire mal, disait Antoine ; Lui, c'est un connard, disait L en assénant son mot préféré. De temps en temps, ils repéraient un visage qui leur plaisait et se taisaient subitement, espérant entendre des paroles qui leur plairaient aussi. Ils finirent les bières pendant une question sur le retour en France des enfants de djihadistes, et le houmous au moment où on abordait la situation de la recherche.

— Tu votes ? demanda Antoine.

— Jamais.

Les fraises étaient acides et dures. Ils les retournèrent pour contempler leur ventre blanc et les abandonnèrent dans la barquette. Une jeune femme qui portait des lunettes de soleil parla de discrimination entre les sexes. Antoine envoyait et recevait sans cesse des messages, dans un carillon continu. Il expliqua à L qu'il discutait du débat avec Bertrand et Camille sur Telegram. Le pullulement d'émoticônes masquait mal le fait que, malgré l'heure tardive, c'était encore du travail. L voulut savoir si le député était présent sur les réseaux sociaux, s'il rédigeait lui-même ses posts, qui était le community manager de l'équipe si ce n'était pas le cas. Antoine répondit que le député avait un compte Twitter mais qu'il ne l'utilisait presque jamais. De temps à autre, un de ses assistants postait quelque chose, des félicitations à un allié après des élections, par exemple, ou des remerciements aux participants d'un événement auquel leur employeur s'était rendu. Parfois le député voulait rendre hommage à une figure disparue et alors il rédigeait lui-même son tweet. Mais Antoine devait reconnaître que son utilisation de Twitter était catastrophique et qu'il lui était arrivé à plusieurs reprises d'envoyer des demi-messages ou des quarts de messages et même quelquefois une simple lettre, si bien que son équipe lui avait conseillé de ne plus se risquer à taper lui-même ses déclarations. Le député s'en accommodait d'autant mieux qu'il y voyait une simple mode. En gros, résuma Antoine, on était clairement plus du côté « Entre ici, Jean Moulin » que de « Hey Twitter, Work Your Magic ! ».

— Tu trouves que c'est un truc de vieux con ?

— Non, dit L. Pas du tout. Ce n'est pas parce que je passe ma vie sur Internet que je suis pour une société de traces. Je me bats plutôt pour le contraire, même. Si tu ne sais pas les effacer derrière toi, il vaut mieux en laisser le moins possible.

Sa phrase lui rappela le discours de Barbet-qui-n'avait-pas-réellement-de-nom et, aussitôt, le souvenir de l'odeur lui revint, comme si l'homme blond avait traversé la pièce. Antoine ne remarqua pas qu'elle se figeait et il continua à parler de la discrétion numérique du député. C'était un avantage pour lui, s'il voulait être tout à fait honnête, ou égoïste, parce qu'il connaissait des assistants dont les employeurs étaient affamés de visibilité en ligne et leur somme de travail en était considérablement accrue. Il en connaissait aussi un, dit-il, dont l'employeur avait été si terrifié par les MacronLeaks qu'il avait voulu qu'on lui crée plusieurs messageries à l'adresse légèrement différente de la vraie pour que les pirates ne sachent pas laquelle attaquer. Mais pour que les fausses boîtes mail se présentent comme des leurres honorables, il avait demandé à ses collaborateurs d'envoyer des courriels depuis ou à celles-ci, si bien que toutes les adresses avaient été enregistrées et qu'elles apparaissaient en désordre dans la fenêtre du destinataire, ce qui avait bien sûr entraîné des confusions. L'assistant de ce député avait confié à Antoine pendant une pause cigarette que toutes les boîtes mail désormais, les fantômes comme la vraie, contenaient sûrement des données compromettantes pour son patron.

À une heure du matin, il devint évident que L avait d'autres raisons de rester chez Antoine que son envie de regarder le *Grand Débat des idées* jusqu'à la fin. Personne ne pouvait écouter huit heures de paroles présidentielles sans avoir une raison professionnelle de le faire (à part les intellectuels qui s'étaient retrouvés placés trop près du président et dont Antoine et L imaginaient qu'ils n'osaient pas sortir, ç'aurait été trop visible dans les plans de caméra).

— Tu ne veux pas rentrer chez toi ?

— Non.

— Le canapé se déplie.

Il y eut un échange de politesses pour savoir qui prendrait le lit. L dit qu'elle préférait dormir dans le salon, avançant que les insomnies étaient pires dans une chambre parce que tout l'espace réclamait qu'on y dorme. Antoine alla se coucher en essayant de penser qu'il était parfaitement normal qu'il y ait une jeune femme sur son canapé. Il lança un « Bonne nuit » depuis la porte de la chambre sans se retourner, pour ne pas qu'elle croie qu'il y avait quelque chose à lire dans son regard. Une fois dans son lit, il se retourna plusieurs fois, incapable de trouver la bonne position pour dormir, jusqu'à ce qu'il comprenne qu'il ne la trouvait pas parce que ce qu'il cherchait n'était pas une position pour dormir mais une position dans laquelle il accepterait d'être surpris si L venait à ouvrir la porte. Irrité par cet espoir qu'il jugeait tout à fait inopportun, il enfouit sa tête sous un oreiller et s'efforça de ne penser à rien – ce qui lui demanda un effort de concentration suffisant pour ne pas s'endormir.

Au matin, par-dessus le bol de café, L demanda :

— À aucun moment, tu as pensé que j'étais là pour toi ?

— Pas une seconde.

— Tu es étonnant.

— Parce que tu étais là pour moi ?

— Pas une seconde.

— Ça se voyait.

L sourit. Et Antoine fut content qu'elle sourie parce que ça voulait dire qu'elle n'avait pas compris qu'il mentait.

Le lendemain soir, elle était encore là. Il tenait de nouveau des bières et un peu de nourriture à bout de bras lorsqu'il rentra de l'Assemblée. Elle s'excusa de lui avoir emprunté un T-shirt et précisa qu'elle en avait pris un vieux et moche. Antoine imagina L les bras plongés dans ses piles de vêtements et il se sentit rougir. Il ne reconnut pas le grand T-shirt d'un bleu délavé qu'elle portait. Il lui fallut quelques secondes pour se rappeler qu'il appartenait à Bruno. Il n'avait pas pu retrouver sa trace après la manifestation – il avait cherché en vain, dans les comptes rendus des arrestations du 16 mars publiés sur les pages de Gilets jaunes, la mention d'un Bruno – et il avait conservé son pull et son T-shirt sans savoir ce qu'il devait en faire.

Cette fois, ils s'installèrent face à face. Il n'y avait plus de vidéo à commenter en prétendant qu'il s'agissait d'une discussion, il fallait fournir la matière première. L, impressionnée par le souvenir du livre qu'elle avait ouvert la veille, n'osait pas entamer la conversation. Antoine ne pouvait pas deviner qu'avec sa chemise de bourgeois, ses chaussures de bourgeois et ses livres de bourgeois, il avait, aux yeux de L, l'air d'un bourgeois, l'air de tous ceux qu'il croisait à la cantine du septième étage en pensant qu'ils exsudaient leur classe sociale et leur bagage culturel. Il pensa qu'elle était distante. Il lui posa des questions timides sur ses activités au-dedans. L se dit qu'il le faisait par pitié, parce qu'il la supposait incapable de parler d'autre chose et il avait sans doute raison, elle n'avait pas beaucoup d'autres sujets de conversation mais ça t'intéresse, au moins ? Il jura que oui. Elle répondit d'abord mollement, en évoquant par bribes la grande époque d'Anonymous – elle avait constaté que ceux du dehors s'intéressaient toujours à l'ancienne armée, peut-être parce qu'ils n'avaient entendu parler des pirates en termes bienveillants qu'à ce moment-là. Elle répéta le syllabus de sa mythologie personnelle : Opération Chanology, Opération Payback, Opération Tunisia... Sans s'en apercevoir, elle s'échauffa peu à peu, se lança dans des phrases plus longues sans chercher à en contrôler la syntaxe et tant pis si Antoine la jugeait. Elle n'évoqua au début que les attaques qu'elle connaissait bien, celles auxquelles Elias ou elle avaient participé, et peut-être qu'elle usait de mots trop flamboyants, heureuse de se vautrer dans le souvenir ou de le réécrire[1], parce que Antoine lui fit remarquer avec gentillesse que c'était, finalement, de toutes petites batailles : un site fermé quelques jours çà et là et de l'argent perdu par des compagnies qui pouvaient se le permettre, est-ce qu'il n'aurait

1. Il était évident, en écoutant L, qu'elle avait participé à l'opération de 2006 contre les scientologues, même si elle ne l'affirmait pas elle-même, se contentait de ne pas préciser qu'elle n'en avait *pas* été.

pas été possible de faire plus grand ? L répliqua, vexée, qu'ils avaient accompli ensemble ce qui était à leur portée, conscients de leurs limites face à la taille de l'ennemi. Il s'agissait moins de le mettre à terre que de lui faire suffisamment peur pour qu'il détourne ses coups, un peu comme les loutres dans cet épisode de *Planet Earth* où elles se font attaquer par un crocodile de quatre mètres de long et qu'au lieu de fuir, elles se dressent sur leurs pattes arrière et poussent des couinements suraigus jusqu'à ce que le saurien recule. Bien sûr, il n'est pas vaincu mais il est parti, tu vois ? Antoine avoua, désolé, qu'il ne regardait jamais de documentaires animaliers. Sa critique sur la petitesse des batailles continua à agacer L. À chaque coup d'œil dans sa direction, elle avait l'impression que son visage lui répétait la phrase. Elle lui raconta alors tout un pan d'actions anonymes moins connues, moins couvertes par la presse que les premiers coups d'éclat : la lutte au côté des dissidents lors des printemps arabes, l'envoi de vieux modems 56k pour monter un réseau parallèle lorsque le gouvernement égyptien avait tenté de couper Internet dans le pays. Elle fit un bond de quelques années et lui parla d'un front plus récent : le démantèlement des sites qui recrutaient pour le djihad. Elle décrivit ce travail de veille qui niquait les yeux, qui retournait la tête, et la colère des siens qui étaient obligés de se substituer aux différents États parce que les gouvernements ne comprenaient rien au terrorisme 2.0 et qu'en réalité, quel pays occidental avait dans ses réserves un nombre suffisant d'agents à la fois doués en arabe et en informatique ? Chacune à leur manière, dit-elle, ces « toutes petites batailles » avaient empêché qu'un pouvoir angoissant engloutisse leur territoire. Si Antoine ne l'avait pas vexée, elle se serait peut-être risquée à mentionner ses propres actions, sa lutte minuscule mais sans cesse répétée pour éviter que certains forums ne deviennent les terriers paisibles de groupuscules d'extrême droite, la patience avec laquelle elle avait suivi puis doxé leurs membres les plus éminents et bien sûr ils étaient revenus ensuite, le crocodile revient toujours, mais ce n'est pas parce qu'on sait qu'on perdra à la fin qu'il faut arrêter de se battre sinon qu'est-ce qu'il nous reste.

Antoine aurait voulu lui demander de lui montrer un hack, comme on demande à un magicien de faire des tours, mais il n'osa pas. À la place, il l'interrogea sur le dark web qui avait été plusieurs fois évoqué pendant la commission mais dont il ignorait presque tout. L ouvrit son ordinateur et lança Tor en expliquant comment fonctionnait le routage en oignon : la moindre requête circulait par plusieurs points, abritée par de multiples couches de chiffrements, d'où le nom curieux qui lui avait échu. Si le point A savait que vous lui aviez envoyé un message, il ne savait pas ce que celui-ci contenait quand il l'expédiait à un point B, lequel le transmettait à un point C qui pouvait, lui, lire le message mais en pensant que c'était B qui le lui avait envoyé, en quelque sorte. Antoine acquiesçait puis oubliait chaque phrase que L venait de prononcer. Elle voulut lui dévoiler les choses étonnantes et merveilleuses que pouvait dissimuler le réseau, comme la plus grande bibliothèque du monde et ses ouvrages numérisés par millions – elle ne l'utilisait jamais mais elle pensait qu'Antoine serait impressionné. Il ne montra qu'une curiosité polie. En fait, il s'intéressait surtout au trafic, il voyait le dark web comme un réseau de ruelles sombres dans lesquelles se tiendraient tous les types de dealers imaginables, manteau ouvert, pour proposer des marchandises inquiétantes. Il n'avait pas tout à fait tort et L, en quelques mouvements, lui présenta les étals qu'il imaginait : des numéros de cartes de crédit volées, des mitraillettes, des cailloux de crack, des maliciels destinés à infecter les ordinateurs. Ça, dit L en entrant une nouvelle recherche, ce sont des adresses e-mail piratées, tu peux les acheter par centaines ou par milliers, ce sont des troupeaux dont les propriétaires ne savent même pas qu'ils les ont perdus. Bien sûr, Antoine voulut savoir si la sienne s'y trouvait et L lança un programme qui déroula à leur place l'inventaire avant de conclure que non, elle n'y figurait pas. L pouvait voir qu'Antoine jouait à se faire peur en s'aventurant là sous sa protection, c'était comme regarder un film d'horreur depuis l'abri sûr de sa couette. Elle comprenait le plaisir qu'il y prenait, mais le dark web n'était pas que cette réserve de frissons à bas prix – il fallait qu'Antoine le comprenne, sinon il rejoindrait sans même en être conscient le camp des ennemis de L, ceux qui ne rêvaient que de raser cet endroit. Elle retrouva rapidement un graphique qu'elle avait vu l'année précédente. Il catégorisait le contenu du dark web et, tu vois, le porno occupait un espace à peine supérieur à celui des livres (2,2 % contre 2,1). Évidemment, il y avait les drogues (15 %), les armes (1,7 %) et une myriade de sites d'arnaque (9 %), mais aussi des contenus encyclopédiques (5 %) ou les nouvelles du jour (2 %). Antoine pointa du doigt une mince portion du graphique, nommée simplement « Abus », en demandant ce qu'elle recouvrait et L répondit, d'une voix sèche, qu'elle recensait les sites liés à certains abus sexuels, le plus souvent sur mineurs. Antoine pensa que cette portion aurait dû s'appeler « pédophilie », tout simplement, et il jugea malhonnête que L se contente d'un euphémisme. Cette partie-là avait la même taille que celle sur le porno et celle sur les livres, ce qui était clairement problématique, reconnais-le, mais je le reconnais, je voudrais simplement que tu regardes le reste. Toute une partie du dark web se concentrait sur les lanceurs d'alerte (6 %), l'anonymat en ligne (4,2 %) et le piratage (4,1 %), il y avait des forums et des chats dont les sujets n'étaient pas listés dans les catégories précédentes et où l'on discutait peut-être d'origamis ou de petits chiens – ce qui faisait, expliqua L, qu'un quart du dark web était un fourmillement de réflexions non nuisibles, un quart du dark web, dit-elle gravement, était en réalité *la maison*. Antoine demanda pourquoi il était nécessaire que la maison soit tapie dans des recoins si secrets et L répondit :

— Internet, tu dois y penser comme à une ville qui se gentrifie. Nous, on était les premiers habitants, ceux qui pouvaient et savaient se déplacer à l'intérieur. Ensuite les riches sont arrivés et ils ont voulu que les quartiers soient sûrs. Alors les uniformes sont arrivés aussi. Pour pouvoir continuer à exister, on a occupé les égouts, les terrains vagues, les ruines. Ce n'est pas un choix, c'est parce qu'on est traqués. À partir du moment où il y a eu des cyberagents, ce qu'on faisait est devenu une cybercriminalité alors qu'avant, c'était simplement une manière d'habiter Internet et tout le monde s'en foutait. Ils ont fait le ménage à coups de procès, à coups d'amendes mais pourquoi est-ce qu'Internet obéirait aux lois de tel ou tel pays ? Internet, c'est pas un pays, c'est rien de terrestre. C'est un monde totalement différent.

Le T-shirt que L lui avait emprunté (ou emprunté à Bruno) était trop large pour elle et dans l'ouverture des manches que ses bras minces étaient loin d'occuper, Antoine pouvait parfois apercevoir, quand elle bougeait, la peau plus pâle de son torse, la naissance du sein – en d'autres termes, l'absence de soutien-gorge, c'était ce qu'il avait pensé quand son regard s'était égaré là : « Elle ne porte pas de soutien-gorge », avec une joie adolescente qui confinait à la gratitude ou à la stupidité.

À minuit, Antoine déclara qu'il allait se coucher. Demain, on était mercredi et c'était le jour des questions au gouvernement. Le député avait prévu de prendre à partie le Premier ministre sur le dernier remaniement mais il hésitait encore sur la dureté des accusations qu'il porterait contre les nouveaux venus – il se demandait, plus précisément, à quel point il pouvait ridiculiser la nouvelle porte-parole du gouvernement, Sibeth Ndiaye, sans qu'on l'accuse de sexisme, de racisme ou de leur croisement vicieux dont il venait de découvrir le nom : la misogynoir. Antoine s'était engagé à venir le plus tôt possible au bureau pour revoir avec lui la teneur de son intervention. Il aurait dû passer la soirée à travailler sur celle-ci au lieu de discuter avec L mais il pensait qu'il saurait camoufler sans trop de problème son absence de préparation. Une part de lui s'en réjouissait même car, depuis sa visite impromptue chez le député, il peinait à trouver un sens aux tâches qu'il exécutait quotidiennement – prétendre les avoir faites était une façon comme une autre de marquer sa désapprobation, songea-t-il. Il ne demanda pas à L si elle voulait rester, ils ne parlèrent pas d'une nouvelle répartition de l'espace. En moins de quarante-huit heures, le canapé était devenu son radeau. En sa présence, elle en bougeait à peine et il n'était pas sûr que pendant la journée elle s'en extirpait plus.

Pendant qu'il se brossait les dents, il pensa que les choses allaient trop vite. Et puis, il se reprit et se dit que ce n'était pas une question de vitesse. Le problème était que rien dans ce qu'il avait compris ou appris des manières de plaire ne s'appliquait à quelqu'un qui vivait *déjà* chez vous. Tout, au contraire, visait à l'y amener, c'était un mouvement, une tension *vers*, mais que faire quand l'autre était, tout en angles bruns et en cheveux, installée sur votre canapé dans un vieux T-shirt et sans possibilité de partir, si l'attirance n'était pas réciproque ? Il n'en avait aucune idée.

Dans le salon, derrière les cliquetis du clavier, il y eut un petit tintement et une notification s'afficha sur l'écran. C'était le logiciel que L avait lancé pour traquer toute mention de son pseudo en ligne. Elle cliqua nerveusement sur le lien, se retrouva plongée dans une conversation sur Reddit et fit défiler les commentaires. Dans une polyphonie emmêlée, ça parlait du retour en prison de Chelsea Manning, ça discutait de la fin de la liberté de la presse, et puis soudain elle trouva le post qui la concernait :

Suivé_la_recette
L, alias No, alias la French, avec ses articles moralisateurs sur les hommes qui surveille leurs femmes, maintenant y a plus personne pour défendre Manning. Y a que les « vraies » femmes qui ont droit d'être défendues ?

L ne s'était jamais appelée la French. Clairement, ce commentaire visait uniquement à exposer qu'elle était française et à faire le lien entre deux pseudonymes qu'elle s'était efforcée de dissocier. Ses mains recommencèrent à trembler. Elle appela Antoine et lui indiqua les quelques lignes. Il ne réagit pas. L essaya de lui expliquer ce qui se jouait d'énorme dans ces quelques mots.

— Mais qui a posté ça ? demanda-t-il.

L ne savait pas. *Suivé_la_recette* était un pseudonyme qu'elle voyait pour la première fois. Elle remonta un peu dans la discussion à la recherche d'un indice sur celui ou celle qui le portait mais n'en trouva aucun. *Suivé_la_recette* n'était intervenu qu'une fois dans la soirée, pour s'en prendre à elle. Qui plus est, il ou elle avait choisi une identité faite de termes si communs qu'aucune recherche ne ferait ressortir d'informations pertinentes, quand bien même le pseudonyme avait déjà été utilisé. L pouvait, malgré tout, déduire du commentaire qu'il s'agissait de quelqu'un qui avait lu ses articles sur Mothervoice. Elle était prête à reconnaître qu'elle les avait écrits sur un ton moralisateur qui pouvait agacer mais c'était trois ans plus tôt. Pourquoi le dire maintenant ? Ça ne pouvait pas être une simple tentative maladroite de partager des souvenirs. Penchés sur l'écran, L et Antoine regardèrent les commentaires suivants apparaître :

Starlightz
L = No ?

Pierre Kiroule
C ki ?

LeKingCrabe
Efface, mec.

Puis il y eut une petite pluie d'insultes parce que lier deux pseudonymes était contraire à l'éthique. *Suivé_la_recette* ne répondit pas, n'écrivit plus rien.

— Tu as vu, comme moi, murmura L. Quelqu'un m'en veut. C'est une menace.

— Il n'y avait pas vraiment de menace, articula Antoine en s'efforçant de ne pas baver du dentifrice.

— Bien sûr que si. Il faut lire entre les lignes. Ça veut dire qu'on peut me balancer…

— Qui ? Un des types qui te suivaient mais en fait ne te suivaient pas ?

— Ne te fous pas de ma gueule, s'il te plaît.

Il y avait de la peur dans les yeux de L, une vraie peur, un truc épais, un écarteur de paupières. Antoine renonça à aller dormir. Salma lui avait laissé un peu d'herbe la dernière fois qu'elle était passée. Il proposa à L de fumer un joint.

— Je ne touche plus à ça.

— Une tisane ?

Cette nuit-là, Antoine s'endormit sur le tapis et L sur le canapé, leurs deux corps perpendiculaires, leurs respirations disjointes.

L se réveilla peu après, il faisait gris-bleu audehors. L'angoisse revint aussitôt. Elle regarda la lumière monter peu à peu sur le corps d'Antoine qui dormait parfaitement immobile. Quand il ouvrit les yeux, elle lui laissa quelques secondes puis demanda :

— Est-ce que tu veux que je parte ?

— Absolument pas.

Il tenta de se relever et grimaça en sentant les muscles et les os endoloris sur toute la longueur de son corps.

— Mais je veux bien que tu fasses le café.

Le soir suivant, L était encore là. Celui d'après aussi. Et encore celui d'après. Le samedi matin, elle donna ses clés à Antoine et il se rendit chez elle pour récupérer un sac de fringues. En ouvrant le placard de la chambre, il fut surpris d'y trouver des vêtements d'homme. Il n'avait pas pensé qu'en se rendant avenue de Flandre il entrerait chez Elias et pas uniquement chez L. Il n'avait sans doute pas voulu le penser. Il s'interdit de chercher les traces de l'absent dans l'appartement, d'essayer de le connaître en observant ses possessions à la dérobée, et il quitta les lieux aussi vite qu'il le pouvait. Personne n'attendait au pied de l'immeuble, aucun homme vêtu de noir ou au visage mou et rose. Il n'y avait dans la rue que le serveur du kebab qui balayait le trottoir en tenant sa cigarette entre ses dents serrées. Antoine le signifia doucement à L à son retour, en prenant soin de ne pas laisser entendre qu'il doutait du bien-fondé de ses peurs.

Ils faisaient semblant qu'une colocation normale était possible. Ils s'obstinaient à conserver des rituels, des habitudes banales, saines ou sages. Ils allaient se coucher vers minuit en se disant « à demain ». Mais chaque soir, L se relevait parce qu'elle n'arrivait pas à dormir et

Antoine, heureux malgré la fatigue, abandonnait son lit pour s'installer dans un fauteuil.

Ils restaient alors de longues heures dans le salon, tellement immobiles que les meubles finissaient par paraître en mouvement, le canapé, la commode rendus mobiles par la stase impressionnante de leurs deux corps. L était reptilienne dans sa posture, Antoine plus avachi, et de temps en temps ils prononçaient quelques phrases qui devenaient des plages de parole dont il était impossible de déterminer a posteriori le début, la fin ou la cohérence. Un soir, par exemple, Antoine raconta que toute sa journée à l'Assemblée avait été consacrée au projet de loi sur la réforme du système de santé, un texte qui visait à introduire davantage de flexibilité dans les carrières des soignants et, alors qu'il croyait que L ne l'avait pas écouté, elle répondit quelques minutes plus tard que sa propre carrière était un exemple de flexibilité. L avait eu des dizaines de contrats d'intérim : services, vente, logistique, elle avait tout accepté, sauf caissière – quelque chose en elle se révoltait à l'idée d'être caissière. L ajouta qu'elle avait toujours travaillé, que sa mère lui avait toujours répété qu'il fallait qu'elle travaille. Pour t'en sortir ? demanda Antoine. L répondit que non, même pas, c'était plutôt une sorte d'automatisme chez sa mère, elle pensait qu'il fallait absolument que L s'occupe. Oisiveté quoi déjà ? dit-elle. Mère de tous les vices. Ah oui.

L s'interrompit en entendant une cavalcade dans la cage d'escalier, les marches qui grinçaient sous des pas lourds et précipités. Elle tourna vers Antoine ses yeux sombres écarquillés et le fixa jusqu'à ce que la porte de l'immeuble claque et qu'elle puisse se dire que celui ou celle qui venait de sortir était un non-homme en noir, un non-homme blond, c'est-à-dire un non-danger ou, en d'autres termes, absolument personne. Quand L reprit la parole, les mots sortaient encore plus hachés qu'à l'ordinaire. Travailler en classe d'abord, dit L – et ce n'était pas très étonnant qu'elle n'ait pas aimé l'école puisqu'on la lui avait toujours présentée comme un travail, alors que d'autres enfants étaient capables de la voir comme un jeu. « Et puis avoir un petit boulot. Et puis trouver un vrai boulot. Occuper les heures de la journée à tous les âges de la vie. »

— Quand j'ai dit à ma mère que je réparais des ordinateurs et que ça me prenait seulement une dizaine d'heures par semaine, elle a répondu que ce n'était pas bien. Parce que ce qu'il faut, c'est travailler.

— Tu n'as jamais pensé, demanda Antoine, que tu t'intéresses peut-être aux ordinateurs parce que tu peux ne pas avoir de corps sur Internet ?

— Et ?

— Et tu n'as pas le corps le plus facile qui soit à porter.

— Pardon ?

Il sentit la sueur perler au-dessus de sa lèvre supérieure et sur ses tempes. Son cœur s'accéléra, il pouvait entendre le métronome déréglé à l'intérieur de sa poitrine et il pensa que peut-être L l'entendait aussi. Il venait de parler pour la première fois de son corps, de nommer son corps, et il avait prononcé cette phrase-là. Quel con.

— Non, attends, c'est vrai que ça sonnait mal. Je veux dire, tu es une femme et tu es arabe. Mais au-dedans, personne ne le voit.

— D'où je suis arabe ?

— Oh. Je croyais...

Le cœur ne se calmait pas, il battait au contraire de plus en plus vite.

— Je déconne. Continue.

— Quand je suis arrivé à Paris, en prépa, j'avais l'impression de bouffer tous les jours des réflexions ou des regards sur mon origine sociale. J'étais un péquenaud, j'étais semi-éduqué, je ne parlais aucune langue étrangère couramment, mes parents n'avaient pas vécu dans différents pays, je n'allais pas au musée, gamin, j'étais un Breton qui ne faisait même pas de bateau... La honte. Mais parfois, avant de sortir de chez moi, je me regardais dans le miroir, et si j'avais mis la bonne chemise ou le bon T-shirt, je me disais qu'en me taisant je pourrais faire illusion. Et à ce moment-là, je pensais que j'avais une chance dingue d'être un mec et d'être blanc.

— Et donc on parle de toi, finalement.

— Désolé.

— Arrête de tout prendre au sérieux.

— Je ne crois pas que j'aurais pu tenir si j'avais eu une raison de plus d'être ostracisé.

— Hmm... ce que tu disais, au départ, c'est que je crois que j'ai choisi l'informatique alors qu'en fait j'ai glissé vers ça par un mécanisme de défense ? Pour éviter le racisme et le sexisme ?

— Pour pouvoir décider quand l'éviter. Tu peux être qui tu veux en ligne.

— J'ai souvent été un mec blanc, d'ailleurs.

— Tu t'es auto-grand-remplacée à l'envers ? C'est fort.

— C'est pas ce qu'on appelle l'intégration ?

Parfois, le temps s'écoulait très lentement et puis soudain il était extrêmement tard ou déjà très tôt et il fallait qu'Antoine se prépare à partir au bureau. Ils ne touchaient pas à l'herbe de Salma mais la présence de L lui donnait la sensation d'être défoncé. Il lui parlait comme s'il avait trop fumé. Et comme quand il avait trop fumé, il essayait de s'arrêter mais il n'y arrivait pas. Et comme quand il avait trop fumé, il était incapable de faire partager le merveilleux de la conversation à des personnes extérieures. Lorsqu'il disait à Bertrand, par exemple : « Une copine est passée hier soir et on a discuté de ça ou ça », la magie disparaissait, la cohérence interne à leurs propos, tout avait l'air idiot. Il restait seulement à Antoine l'impression que leurs plages de parole apparemment aléatoires esquivaient en réalité certains sujets avec soin. Il listait : son mec, l'arrestation de son mec, les raisons précises de sa panique. Il pensait qu'il ne demandait rien parce qu'il n'avait que deux options :

1) découvrir qu'accepter la présence de L sur son canapé était une erreur considérable qui le rendrait passible de poursuites judiciaires,

le conduirait à perdre son travail ou le mettrait en danger d'une autre façon, plus physique, plus immédiate ;

2) découvrir que la présence de L sur son canapé n'était due qu'à la paranoïa de celle-ci, ce qui signifierait que les moments qu'ils vivaient ensemble n'existaient pas réellement puisqu'ils découlaient tous d'une fiction créée par ses problèmes mentaux.

Il ne voulait pas que L soit folle car alors ça aurait voulu dire que L n'avait pas vraiment envie d'être chez lui, en sa compagnie. Si elle était saine d'esprit, Antoine pouvait croire qu'elle l'avait choisi, lui – même si elle lui avait expliqué qu'elle ne l'avait appelé que parce que son mail lui était parvenu au bon moment. L ne s'était pas installée chez Guillaume et Salma. L ne s'était pas installée chez Jérémie. L s'était installée chez lui. Il avait commencé à penser à elle avant de s'endormir et quelques semaines plus tard elle s'était installée chez lui. S'il n'y avait pas là une sorte de signe, alors il n'y en avait nulle part. À condition que L aille suffisamment bien, donc. Antoine abordait de temps à autre un des sujets interdits mais uniquement de manière périphérique, et quand la conversation déviait dans une autre direction, il ne faisait rien pour la ramener à son intérêt premier.

— Le commentaire qui t'a fait flipper l'autre soir, il parlait de quoi exactement ? C'est quoi, cette histoire d'articles sur Mothervoice ?

L lui décrivit le monde des logiciels de surveillance dont les femmes aux murmures inquiets lui avaient permis de mesurer l'étendue. Pour la première fois, elle nomma Isabelle, Fatou et toutes les autres. Elle décrivit aussi ses modes d'action, même si elle voyait qu'Antoine pâlissait à l'idée des mails qu'elle avait pu envoyer, les photos retouchées, les menaces formulées crûment.

— J'essayais de faire passer le mot au plus de filles possible, que si elles avaient un doute, je les aiderais à nettoyer leur téléphone, leur ordi. Sauf que le bouche-à-oreille ça touche un nombre de gens ridicule et moi, j'avais des envies de sauvetage à grande échelle, un truc un peu mégalo sûrement, mais le problème était énorme : on parlait de centaines de milliers de personnes victimes de micro-surveillance. Qu'est-ce que tu voulais que je fasse, moi ? Il fallait interdire ces trucs, c'était le seul moyen d'avoir un vrai impact. C'est trop facile pour les boîtes qui les vendent de dire : on ne savait pas comment ils allaient être utilisés, c'est un détournement de notre idée qui était belle et noble et tout. Ces mecs qui font semblant de croire qu'il n'y a pas, chez tout le monde, un désir crade d'espionner les autres, ils me dégoûtent. Si tu vends de la surveillance, tu vas créer de l'oppression et c'est de là que vient ton fric. C'est ton commerce qui doit être interdit, et pas tel ou tel individu qui aurait détourné ton invention. Je n'avais pas prévu ça au départ, je voulais juste dépanner des filles ciblées par des connards, et puis j'ai fini par vouloir abattre des sociétés entières. Je voulais que ce soit un truc public, que tout le monde puisse comprendre ce qui se passait. Alors j'ai écrit des articles que j'ai mis en ligne. Mothervoice, c'était un site qu'Elias avait créé avec des potes à lui. Ils rêvaient que ce soit une – attends, c'était quoi ? –« une plateforme de réflexion sur l'éthique virtuelle » ou quelque chose comme ça mais en fait, c'est toujours resté dans un petit groupe. Et moi... je galérais tellement à les écrire, ces articles. Je passais des heures à essayer de mettre en ordre des trucs que je croyais savoir pourtant, des trucs qui me paraissaient clairs quand j'y pensais. J'ai préféré repasser à l'action même si c'était tout petit. Au moins, je me sentais... Je ne sais pas. Capable.

— Tu es féministe, L ?

— Oui. Dans les faits, oui. Après, sur la théorie, je crois que je suis pas vraiment au point.

— Comment ça ?

— Il y a des tas de branches. Et moi, je n'ai pas des tas d'avis.

En prononçant ces mots, L se dit que si elle avait poursuivi ses études, comme Antoine, comme Salma, elle aurait sans doute été capable de comprendre davantage les différents mouvements qui existaient au sein du féminisme. Elle n'aurait pas eu peur des textes théoriques qui venaient questionner des points qu'elle considérait comme des valeurs plus ou moins innées et dont elle ne voulait pas interroger la provenance par peur de les fragiliser, parce que c'était grâce à ces valeurs qu'elle pouvait se diriger à l'instinct parmi les discours proposés, identifiant en quelques secondes ceux dans lesquels elle se reconnaissait et ceux qui appartenaient aux adversaires. Si elle avait poursuivi ses études, elle ne se serait pas sentie tenue à l'écart, de façon répétée, par des mots comme « axiologique », « hétéronormativité », « antagonisme » ou même « structurel ». Et puis, L se dit que ce n'était pas vrai. Elle n'avait rien à regretter : si elle avait poursuivi ses études, elle n'aurait jamais reçu le type de formations qui lui aurait permis de ne plus craindre la théorie. Les filles comme elles étaient aiguillées vers le technique ou le social où on ne leur apprenait que des gestes ou des attentions. Elle avait bien fait de choisir d'habiter le dedans.

L aimait parler des heures avec Antoine mais L n'oubliait jamais ce qui rendait ces conversations possibles. Elle se trouvait dans son appartement uniquement parce qu'elle soupçonnait que des hommes inconnus l'épiaient, la suivaient et la menaçaient. Plus elle y réfléchissait, plus elle agglomérait les événements en une suite dont elle cherchait désespérément la logique : les messages, le geste de la main devant chez Delambre, l'homme en manteau du kebab, la convocation chez l'homme blond. Ses pensées rebondissaient d'une paroi à l'autre de son crâne et les mots s'écrasaient, les images se floutaient, elle ne voyait plus rien. L passait ses journées chez Antoine à alterner entre deux peurs : celle que la menace existe, celle qu'elle n'existe pas – et alors je suis folle, se disait-elle, complètement folle. Quand Antoine rentrait et lui demandait ce qu'elle avait fait de sa journée, L ne pouvait pas répondre parce qu'elle s'était bornée à triturer ses souvenirs. Elle articulait rapidement : Toi, raconte, ça s'est passé comment ? Il disait *bien*, il disait *comme d'habitude*, il disait *normal*, jusqu'au moment où il ne put plus le dire.

Le jeudi 10 avril, en entrant dans l'appartement, Antoine se lança dans le récit hargneux et décousu de sa journée, laquelle avait commencé par Bertrand et lui qui suivaient sans entrain sur la télévision du bureau la séance de lecture de la loi PACTE – ce qui jusque-là était normal, ennuyeux mais normal. À un moment, Bertrand avait fait remarquer à Antoine que lorsque les caméras avaient filmé leur aile de l'Hémicycle, il avait cru voir le député s'agiter sur son banc. Antoine avait guetté l'écran avec plus d'attention mais quand leur employeur était revenu à l'image, il n'avait rien noté de particulier. Il avait alors envoyé un texto, resté sans réponse, et il agitait à présent le téléphone devant L, comme si elle en avait douté ; il exhibait le rien, le silence du député après ses propres mots. « Et ensuite ? » demanda L après un bref regard sur l'appareil.

Ensuite, ça ne s'était pas bien passé, non, pas bien passé du tout. Dès que le député avait franchi la porte du bureau, Antoine et Bertrand avaient senti son agitation et leur employeur leur avait immédiatement déclaré que c'était une journée de merde – ce en quoi il avait raison, dit Antoine à L, c'était vraiment une journée de merde. Il se mit alors à mêler à son propre récit celui que leur avait fait le député et son utilisation de la première personne devint problématique pour L qui ne savait plus qui le « je » désignait. Plus tôt dans la matinée, le député avait apparemment eu un rendez-vous houleux avec trois élus socialistes qui envisageaient de rejoindre le parti présidentiel s'ils pouvaient obtenir la garantie d'un volet plus clairement social pour la prochaine année d'exercice. En d'autres termes, ils envisageaient déjà une défaite cuisante aux européennes et ils cherchaient le moyen de prétendre le plus rapidement possible que celle-ci ne les concernait pas – avait dit le député avec mépris, disait Antoine avec colère. Et pendant la séance qui venait de s'achever, le député s'était retrouvé sur les bancs de l'Assemblée aux côtés de ces mêmes personnes et la dispute s'était poursuivie à voix basse, raconta Antoine qui imitait maintenant son employeur et chuchotait, une dispute discrète mais rendue plus électrique encore par la nécessité d'être discrets. Le député avait le visage blême et les cheveux collés au front, il s'était installé dans le bureau de ses collaborateurs, sur une chaise en plastique qui bloquait la porte, et il avait dit :

— Il semblerait que cette petite initiative de mes collègues coure depuis plusieurs semaines. Ils ont déjà contacté d'autres membres du groupe parlementaire. Alors j'aimerais savoir pourquoi vous n'êtes au courant de rien. Et j'aimerais savoir quand j'ai pu déchoir de manière si évidente que je suis désormais contacté *en dernier* sur une affaire pareille.

Antoine avait voulu répondre quelque chose sur la culture du secret dont faisaient preuve certains élus mais le député l'avait interrompu d'un geste de la main. Il était resté quelques secondes silencieux sur sa chaise – à installer une ambiance de western, déclara Antoine à L – puis il avait lâché : « Vous ne m'êtes d'aucune utilité en ce moment. » Bien sûr, Bertrand et Antoine s'étaient regardés, perplexes, en tentant de deviner si le « vous » était un pluriel et c'était incroyablement vicieux, cet usage ambigu du « vous », ce suspense grammatical – siffla Antoine sans prendre conscience que les pronoms de son propre discours dansaient une gigue barbare devant les yeux de L. Et puis le député avait déclaré : « Il va falloir vous reprendre, Antoine » et les épaules de Bertrand s'étaient aussitôt affaissées, Antoine avait pu lire sur tout le corps de son collègue le soulagement de ne pas être la cible des reproches. Il avait voulu se défendre et il avait marmonné qu'il voyait mal comment il aurait pu s'opposer à un projet dont il ignorait tout. Le député avait répliqué qu'on se foutait bien de ce qui venait de se passer, des petits complots internes et des illusions de ses collègues, c'était, de toute façon, une journée extrêmement médiocre – et une fois de plus, il avait raison, cria presque Antoine. Le problème, avait dit le député depuis sa chaise en plastique qui couinait à chacun de ses mouvements, c'était que les journées précédentes n'avaient pas été très bonnes, non plus. Il avait évoqué un déjeuner avec des parlementaires d'autres groupes au cours duquel Antoine n'avait pas *particulièrement brillé,* votre visage, en d'autres termes, pendait dans la salade – là, Bertrand avait ri, un rire lâche, un petit éclat aigu et courtisan. Et puis il y avait eu une interview dans une matinale annulée à la dernière minute, évidemment pas sur décision d'Antoine – alors pourquoi il m'en parlait ? – mais il se trouvait que le député avait vraiment envie de la faire, cette interview, et il estimait qu'Antoine et Bertrand n'avaient pas assez insisté pour la maintenir, sans compter la fixation qu'avait Antoine pour le mouvement des Gilets jaunes alors que tout le monde l'avait déjà enterré – mais c'est qui, tout le monde ? – et que leurs listes dissidentes aux européennes en faisaient des ennemis et on aurait pu espérer un peu plus de fidélité de la part d'Antoine aux principes et aux valeurs qu'incarnait le député et donc les mécontentements s'accumulaient et dans un bureau aussi petit, ce n'était pas tenable longtemps. C'était à cet instant que la journée du 10 avril avait pris une tournure tragique, estima Antoine, ou plutôt proprement scandaleuse car le député avait déclaré :

— Je suis un patron. Il n'y a rien que je puisse faire pour gommer ça. Je suis votre patron et vous travaillez pour moi, vous travaillez pour m'aider. Vous ne pouvez pas décider de ce que vous faites ou ne faites pas. Je vous paie pour pouvoir compter sur vous et en ce moment, c'est une succession de surprises. Alors vous vous remettez au travail ou vous…

Un geste de la main étonnamment gracieux avait terminé sa phrase et même si Antoine n'arriva pas à le reproduire, il priait L de croire que ce geste avait une grâce cruelle. Le député avait atteint une limite que son engagement social ne lui permettait pas de franchir : il ne pouvait pas menacer un employé de le renvoyer. Ou plutôt si, mais sans prononcer les mots. Il faisait exister la menace mais il n'allait pas jusqu'à en préciser nommément la nature, cela lui aurait semblé trop violent, sans doute. Cette pudeur ne changeait rien, lâcha Antoine avec un rictus : la menace était là et, une fois le député parti, Bertrand n'osait plus regarder Antoine. Antoine, au contraire, regardait fixement Bertrand, attendant de lui un signe de solidarité, c'est-à-dire la marque d'une incompréhension partagée face à ce qui venait d'arriver, mais Bertrand n'avait pas bougé, il n'avait rien dit et Antoine avait porté seul pour le reste de la journée cette menace de licenciement dessinée par un geste de la main.

— C'est n'importe quoi, conclut-il. On ne peut pas continuer comme ça.

La manière abrupte dont il se tourna vers elle et planta ses yeux dans les siens prit L par surprise. Elle ne put rien répondre, tous ses traits étaient immobiles. Elle inclina la tête sur le côté, ses cheveux noirs balayant son épaule en une masse désordonnée. Pour la première fois, Antoine la trouva laide et il se détesta de le penser.

— Qu'est-ce que j'ai fait ?

— Rien, justement. Tu ne fais absolument rien. Et moi, je finis par me laisser contaminer par ce rien. J'ai un livre à écrire, un boulot à l'Assemblée et je ne fais rien.

— Je vais partir, dit L après quelques secondes. Je suis désolée d'être restée aussi longtemps. J'ai l'impression que je suis devenue un parasite dans ta vie.

Le silence revint dans l'appartement. Antoine regarda par la fenêtre un bouquet de lampadaires qui brillait d'un blanc trop net.

— Il faut juste... il faut qu'on sorte de cette torpeur. Mais il est hors de question que tu t'en ailles.

L ne répondit rien. Elle ne comprenait pas par quel raisonnement était passé Antoine mais elle avait entendu l'urgence difficilement réprimée de la dernière phrase. Elle se dit qu'Antoine ne l'aidait peut-être pas par devoir moral ni par passivité (elle lui était plus ou moins tombée dessus) mais pour d'autres raisons qu'elle refusait encore de reconnaître parce qu'elle n'aurait pas su comment réagir aux demandes ou aux rêves susceptibles de les accompagner. Elle se fit aussi minuscule qu'elle le pouvait sur le canapé.

Antoine se mit au travail en essayant de se convaincre qu'il n'agissait pas uniquement par peur d'être renvoyé. Ce n'était pas la menace qui déplaçait ses doigts au-dessus du clavier, ce n'était pas non plus sa conscience professionnelle (quoi que le terme ait pu signifier) : c'était la conviction que son travail valait la peine d'être fait. Au fur et à mesure qu'il écrivait des e-mails, pourtant, il devait bien admettre que le plaisir qu'il en tirait était exclusivement quantitatif. Il se moquait, en réalité, d'avoir organisé un rendez-vous destiné à resserrer les troupes avant les élections du 26 mai ou bien d'avoir rédigé une réponse polie à un appel à l'aide. Tout ce qui importait, c'était qu'il ait cliqué sur « Envoyer » et que le député, Bertrand, Camille ou Léna, bref tous ceux qui avaient accès à la boîte mail puissent voir les messages passés de non-lus à lus et savoir ce qu'il avait accompli.

Il comprit qu'il avait basculé dans la pointe déférente du triangle, celle qui le poussait à avoir peur du déclassement, celle qui l'empêchait de se dire qu'après tout, il avait un CV honorable et qu'il pourrait sûrement trouver un poste ailleurs s'il était renvoyé. Ça ne voudrait pas forcément dire rendre l'appartement, rentrer chez ses parents, abandonner les rêves d'écriture ou pointer au chômage. Rien dans sa position aujourd'hui n'indiquait qu'il courait le moindre risque de se retrouver comme Bruno, torse nu sous son gilet jaune, à affirmer que tout piquait tous les jours. Sauf que si, chuchotait l'inquiète déférence, tu sais bien que si. Tu as besoin que je te rappelle le pourcentage de diplômés sans emploi ? Tu crois vraiment que ce pourcentage est composé d'enfants de patrons ou de diplomates ? Ce sont les gens comme toi, Antoine, qui viennent grossir les rangs, parce que personne ne vous attend nulle part. Et la déférence, dans un accès de sadisme, prit même la voix et les mots du député, c'est-à-dire ceux de Melville cités par le député, pour murmurer : *Cette silhouette lamentablement respectable...* Antoine continua à cliquer sur « Envoyer » avec une régularité féroce – une régularité rendue plus féroce encore par le fait qu'il savait que L l'entendait s'agiter et qu'il s'en voulait de l'avoir tenue pour responsable de la situation. Si elle constatait qu'il travaillait, elle penserait peut-être qu'elle était en effet responsable de son inaction des derniers jours et elle ne se dirait pas qu'Antoine s'était comporté comme un salaud.

Cette nuit-là, L ne se leva pas pour lui dire qu'elle n'arrivait pas à dormir. Elle tenta de garder ses peurs autour d'elle, à portée de main, pour ne pas qu'elles dérangent Antoine dans la pièce voisine. Lui, de son côté, ne parvint pas à trouver le sommeil. Il avait fait sentir à L qu'il désirait qu'elle parte – pourquoi avait-il fait une chose pareille ? Ce n'était pas ce qu'il voulait. Il voulait qu'elle reste *et* que tout soit normal. Il se répéta la phrase qu'elle avait prononcée, presque avec violence : *Je suis devenue un parasite dans ta vie*. Il ne croyait pas qu'une histoire d'amour puisse commencer ainsi, avec ces mots-là jetés quelque part dans les premiers temps.

Quelques jours plus tard, sur son île-écrin, Notre-Dame brûlait. Les messages du député défilèrent sur le téléphone d'Antoine alors qu'il venait de rentrer chez lui :

Vous me trouveriez le texte de Hans Jonas sur la maison en feu dans laquelle sont coincés un enfant et la Joconde ?

Au moins le titre du livre.

Antoine ?

Tout le monde cite Hugo, maintenant. Il faut que je trouve autre chose.

Antoine tapa d'un pouce engourdi :

Le Principe responsabilité

Puis le député appela, les messages n'étaient plus suffisants : il voulait aller voir la cathédrale en flammes, il passerait prendre Antoine en taxi dans dix minutes. Bertrand, bien sûr, avait refusé en invoquant sa fille. Antoine se traîna donc au chevet du monument sans bien savoir de quoi il était témoin.

Il rentra tard, épuisé, les narines emplies de cendres noires, le corps douloureux d'avoir subi les bousculades de la foule amassée devant la cathédrale, les yeux épuisés par les gyrophares et les projecteurs braqués sur l'édifice. Il s'effondra sur son lit et n'entendit pas le téléphone de L sonner au milieu de la nuit.

La voix qui sortait de l'écouteur n'était plus un murmure inquiet, c'était un hurlement. L s'enferma dans la salle de bains pour ne pas réveiller Antoine. Je ne comprends rien, répéta-t-elle entre les murs carrelés. Calme-toi, fais des phrases, Fatou, ma belle, respire, calme-toi. Fatou disait : Il l'a tabassé, il lui a fait sauter les dents et L demandait mais qui mais à qui ? Fatou ne répondait pas. Il fallait arracher les informations, dans le désordre du discours. Fatou avait accepté un poste d'hôtesse d'accueil pour une soirée. Quelque chose de classe. Quelque chose de classe. Elle le disait toujours deux fois. Il fallait voir les chaussures de l'uniforme. Rien qu'aux chaussures on pouvait deviner que c'était quelque chose de classe. Vraiment classe. Valentin, le type qui organisait l'événement, lui avait tourné autour. Il avait des problèmes avec une boîte de sécurité. Il lui en avait parlé. Alors Fatou lui avait raconté ses problèmes avec son ex. Ils étaient sortis plusieurs fois, rien de sérieux, oh, mais ils s'entendaient bien. Attends, attends, dit L. Des problèmes avec une boîte de sécurité ? Oui, dit Fatou. C'est quoi son nom de famille, à ce type ? C'est Delambre ? Exactement ça, dit Fatou et aussitôt : Tu le connais ? C'est pas ton mec ? Dis-moi que c'est pas ton mec. C'est un client, dit L, et ça lui parut bizarre, que Fatou et Delambre se rencontrent, que Fatou et Delambre se connaissent, qu'ils couchent ensemble, peut-être dans l'immense appartement de Delambre ou dans le studio de Fatou, que Fatou l'appelle Valentin, lui rajoute un prénom, et ça n'aurait pas dû arriver, c'était encore un bug dans cette saloperie de matrice. Comment tu as trouvé ce travail, Fatou ? On m'a envoyé une annonce. Qui t'a envoyé une annonce ? Qu'est-ce que j'en sais, moi, tout le temps on m'envoie des annonces. Les gens, ils savent bien que j'ai du mal à m'en sortir, ils m'envoient des trucs. Ou peut-être que c'était sur Facebook. Fatou disait : On est allés au restaurant ce soir, un beau restaurant, tu vois, et à un moment, lui il est sorti téléphoner et moi je suis allée aux toilettes mais quand je suis ressortie il y avait plein de gens dehors et d'autres dans la salle qui se collaient à la vitre et tout le monde s'agitait alors j'ai demandé qu'est-ce qui se passe là ? Ils m'ont dit qu'un type s'était fait agresser, juste devant, salement tabassé ils ont dit, même si ça n'a duré qu'une minute. Alors moi j'ai couru dehors mais ça bloquait, parce que tout le monde voulait aider mais je voyais que c'était Valentin, j'étais sûre que c'était lui. Un mec a dit je l'ai vu, un type avec une cagoule, il l'a frappé direct, on aurait dit la vidéo avec le boxeur, là, contre les policiers sur le petit pont, une putain de machine, et quand j'ai réussi à venir à côté de lui, Valentin était assis par terre et il crachait du sang et des morceaux de dents, je suis sûre que c'est mon ex, ce bâtard, même si j'ai pas pu le voir mais Valentin est sûr que ce sont les agents de sécurité qu'il a virés. Personne n'a vu son visage ? demanda L. Rien du tout, dit Fatou, mais il a défoncé Valentin comme un chien, sur le trottoir. Je suis allée au commissariat, on a tout balancé Valentin et moi. Lui, son histoire, et moi, la mienne. On verra bien maintenant, disait la voix plus calme à l'autre bout du téléphone, tu avais raison, j'aurais dû porter plainte il y a mille ans. Est-ce que tu as parlé de moi, Fatou, est-ce que tu as parlé de moi, de la vidéo ou des fois d'avant aux flics ? Je ne crois pas. Tu n'as rien dit de ce que je faisais ? Un silence qui pouvait être une tentative de se souvenir ou un malaise. Non, non non, je ne leur ai pas parlé de toi.

Antoine se réveilla pour trouver L roulée dans un coin de la pièce. Son grand corps maigre, pour la première fois, n'avait plus d'angles. Elle était en flaque, vêtements et cheveux, et au milieu de la flaque, il y avait les deux trous de ses yeux, le pétrole de ses yeux, noirs, mats, éteints, et Antoine pensa un instant qu'elle pouvait être morte mais la flaque tremblotait. Puis la flaque se mit aussi à parler. La flaque dit qu'ils allaient venir pour elle, c'était sûr maintenant, ils étaient venus pour Delambre et Fatou en guise d'avertissement et ils viendraient pour elle, le visage masqué, avec leurs gants, et il y aurait du sang partout.

Antoine se laissa glisser au sol à côté d'elle. Il était terrifié. Pas à cause de ce qu'elle racontait mais par l'état dans lequel il la voyait. Quand il essayait d'imaginer ce qui l'attendait au fond du centre du triangle s'il se laissait aller, c'était ça qui lui venait à l'esprit, ce délitement, ce dénuement total. Il avait cru que c'était ce qui le menaçait, lui : se réveiller un jour, comme au début d'une nouvelle de Kafka, et s'être changé en ça. Sauf que ça l'avait épargné, ça avait atteint L, et il ne pouvait s'empêcher de penser avec un soulagement coupable que *ça* (cet état, cette horreur) s'était trompé de cible. Il passa un bras autour de la taille de L et l'aida à se mettre debout, un peu moins flaque, toujours pas humaine.

— Viens, murmura-t-il. On s'en va.

— Et ton travail ? dit la voix minuscule de la chose qui avait vaguement l'aspect de L.

— C'est bon, ne t'inquiète pas.

Il réalisait à présent qu'il n'avait jamais cru à cette histoire d'hommes qui suivaient L, ce n'était pas d'eux qu'il l'éloignait mais du cœur béant du triangle, avec ses mâchoires ouvertes. Que les hommes existent ou non n'avait de toute façon aucune importance : la simple possibilité qu'ils existent suffisait à changer L en flaque. Sa peur n'avait peut-être pas de cause réelle mais elle avait des conséquences.

Dernière vision de la ville, avant le départ du train, le coin de bitume du quai que L apercevait par la porte laissée entrouverte. Elle pouvait distinguer le revêtement crevassé et ouvert, comme s'il s'agissait d'un rif minuscule, comme si une tectonique des plaques avait eu lieu ici, gare Montparnasse, sans qu'elle l'ait su jusqu'à aujourd'hui. Des lèvres déchiquetées du bitume surgissaient des fourmis lentes mais sans cesse renouvelées et c'était écœurant cette vie qui se foutait de son départ, cette vie qui se foutait que l'endroit soit un quai, que ce soit la ville, que ce soit Paris, cette vie de fourmilière qui survivait à tout et qui se répétait sans s'émouvoir.

— Je crois que je vais détester la campagne, murmura L.

4

Dénouement

Il est trop tôt pour aller au cirque.
Trop tard pour aller boire un verre.

Tom Waits,
Saving All My Love for You

La caravane est toute petite, on ne comprend pas pourquoi il a choisi cet habitat pour y enfouir son grand corps. C'est moins une maison qu'une veste, elle s'enroule autour de lui. L se cogne partout. Lui trouve sa place sous les étagères, roule autour de la table pliante, glisse le long du siège, déploie-replie les éléments amovibles, épaules qui tanguent, genoux qui, élastiques, le descendent ou le remontent et Attention la tête, sourit-il, alors que L s'ébrèche le crâne sur une lampe fixée à la paroi.

Une fenêtre rectangulaire aux angles arrondis, le Plexiglas de la vitre piqueté d'humidité, ouvre un tableau flou sur le paysage de l'autre côté. Il force l'ouverture en faisant coulisser la vitre dans les joints mousseux, et une bourrasque humide s'engouffre à l'intérieur. L observe son corps, lourd d'une cage de muscles taillée sur mesure pour ses os. Elle se frotte la tête et c'est enflé et chaud sous ses doigts, là où le bord rond de la lampe a mordu le cuir chevelu.

— Bienvenue, dit Kedriss.
— Pourquoi tu m'accueilles ?
— Parce que tu as des problèmes.

L n'est pas d'accord avec ça. L n'a pas vraiment de problèmes, elle est un problème. D'abord, elle a été son propre problème, ensuite elle a été le problème d'Antoine et puis, après la nuit où quelque chose s'est brisé et où la folie l'a engloutie, elle est devenue le problème de ceux de la Vieille Ferme. L est, en un temps record, passée de main en main. Dans le train, Antoine lui a demandé combien de temps elle était restée allongée par terre avant qu'il se réveille et la trouve mais L ne sait pas. Son corps a lâché après l'appel de Fatou, pas d'un coup mais membre par membre, rien ne répondait plus. Elle parlait à sa grande carcasse molle mais celle-ci semblait ne pas l'entendre, les mouvements qu'elle voulait lui imposer devenaient de faibles tremblements. Elle était certaine qu'un homme en noir allait surgir, ce n'était qu'une question de temps, et peut-être que son corps a décidé pour elle qu'il ne servait plus à rien de s'agiter, il a devancé les coups, la douleur, il est passé en mode *shutdown*.

À leur arrivée à la ferme, Antoine lui a présenté Xavier et Xavier a parlé d'une cabane dans les arbres où elle pourrait dormir mais L a répondu qu'elle mourrait de peur dès la première nuit, parce que tous ses cauchemars contenaient des arbres et des bruits de branches brisées, alors Antoine a demandé s'il n'y avait pas une chambre ou une caravane de libre. Il n'y en avait pas, un squat à Douarnenez venait d'être évacué et une partie des habitants avaient échoué ici, en attendant de repartir à l'assaut de quelque chose, ils ne savaient pas où mais ils trouveraient, la vie regorge de maisons vides. Antoine et Xavier parlaient bas, parlaient vite, leurs phrases s'échappaient loin de L avant qu'elle ait pu les saisir. Un type les a rejoints, il a lui aussi jeté des phrases qui se perdaient en bourdonnant, puis il s'est tourné vers L et il a dit qu'il avait une place. Xavier a dit à L qu'il s'appelait Kedriss. À cause de la sonorité de son nom, elle a imaginé qu'il y avait dans ses cils noirs, dans sa peau hâlée, dans ses lèvres courbes, quelque chose d'oriental. Après, elle a compris que son vrai nom était Cédric et que les autres avaient simplement inversé les consonnes mais ça ne suffit pas à modifier son regard. Elle le voit venu d'une Arabie lointaine.

Antoine est reparti quelques heures plus tard en s'excusant de ne pas pouvoir manquer le travail et il a laissé L toute seule ici, pour peu qu'elle puisse être seule en partageant avec un inconnu un espace si restreint. Il a promis qu'il reviendrait le week-end suivant, il a serré longtemps la main de L dans les siennes et elle aurait voulu lui dire qu'il lui faisait mal mais à la place elle a murmuré merci. Il a répété plusieurs fois qu'il était désolé mais L ne sait pas s'il l'était tant que ça. Elle mesure le bordel qu'elle a foutu dans sa vie. C'est à elle d'être désolée.

— Tu peux rester tant que tu veux, dit Kedriss.

L voudrait ne pas rester du tout. Elle n'est pas à sa place. Mais c'est plus facile d'être ici que d'être chez elle, ou chez Antoine – parce que rien ne paraît réel ici et elle attend quelques secondes, sûre qu'elle va se réveiller ou qu'on va l'informer que c'était une blague, mais rien n'arrive alors elle patiente. Kedriss pose des draps et une serviette de toilette sur le lit puis il tend un rideau au milieu de la caravane, il promet de ne pas le traverser sans demander avant.

Le lendemain, elle fait le tour du terrain pour pouvoir se repérer, s'enfuir ou se cacher s'il le faut. Elle marche jusqu'à la route où la voiture s'est arrêtée la veille et elle reprend tout depuis le début. Le chemin qui part de la départementale mène jusqu'à deux bâtiments de pierre, la ferme elle-même et l'ancienne porcherie, de part et d'autre d'une cour de gravier où poussent des herbes folles et une mousse vert foncé qui recouvre même les transats laissés dehors. Les portes des deux maisons sont grandes ouvertes et L distingue, dans les pièces sombres, des canapés, des bibliothèques et les petits cris d'un bébé auquel se mêle la voix d'une femme qui fredonne une berceuse. Derrière la ferme, il y a une grange immense dans laquelle elle aperçoit de longues tables et une cuisine bricolée autour d'un gros poêle à bois. L'évier est plein d'énormes casseroles qui trempent depuis un temps inconnu et quand L s'approche, elle voit l'eau grisâtre et elle sent le parfum du fer. Elle contemple les ustensiles de géant et elle pense à la taille de sa cuisine, dans la caverne suspendue de l'avenue de Flandre, avec les deux petites plaques si serrées l'une contre l'autre qu'il est impossible de faire chauffer deux récipients en même temps. Plus loin, après une dizaine de mètres où la boue alterne avec des touffes de plantes aux feuilles veinées de rouge, il y a deux hangars de tôle qui servent à stocker du matériel. Des pieds de métal dépassent d'enchevêtrements divers, faits de caisses empilées et de bâches tendues sur des collines irrégulières. Ces cinq bâtiments sont les seuls éléments inamovibles du terrain à ce que L a compris hier, tout le reste bouge, s'ajoute ou se soustrait. Dans la prairie, par exemple, se trouvent six caravanes. Certaines sont peintes de couleurs vives et décorées de jardinières, d'autres sont beige et rouille, une seule paraît flambant neuve et on discerne encore dans le sol boueux les traces laissées par les roues à son arrivée. Celle de Kedriss est à l'écart, séparée des autres par les herbes hautes et un potager tout en longueur où pointent des feuilles vert tendre. Autour de sa caravane, il y a une petite barrière de bois peinte en rouge, avec un portail minuscule. C'est à cause du cochon noir qui court partout, a dit Kedriss. Si on ne ferme pas la barrière, il va dormir sous la caravane et dès que quelqu'un en sort, il s'affole à la vue des mollets et il charge, tête obtuse, quasi suicidaire dans son agressivité matinale. En passant devant la caravane, L vérifie qu'elle a bien refermé le portail, elle ne voudrait pas que Kedriss regrette de l'avoir accueillie.

Plus loin, il y a un verger dans lequel quelques personnes s'agitent, le visage tout près des fleurs qu'ils inspectent à la recherche de choses inconnues. L entend des éclats de voix, des rires et le bourdonnement constant d'insectes qui s'arrachent parfois à leur butinage pour foncer brutalement à travers le terrain, sans se soucier d'éviter les humains, et ils se cognent contre elle, se prennent dans ses cheveux. L marche bouche fermée, yeux plissés, mouvements désordonnés autour de son visage pour chasser les bestioles. Enfin, à l'ouest du terrain, commence le bois. Dans les premiers arbres, L distingue trois cabanes haut perchées et les ruines d'une autre, à demi effondrée. Elle n'ose pas s'avancer plus loin sous les branches, là où il fait sombre et où l'odeur de pourrissement prend toute la place.

Xavier a dit qu'en moyenne la Vieille Ferme accueillait une vingtaine de personnes. Parfois ils ne sont que dix. Parfois, comme maintenant, avec l'arrivée de ceux de Douarnenez, ils frôlent plutôt la trentaine. Et en période de fête, plus personne ne compte, la prairie se hérisse de tentes et le verger s'allume des éclats de couleur des hamacs.

L refait le tour du terrain le matin suivant, celui d'après et celui qui suit. Chaque fois, elle repère de nouvelles choses : un séchoir à plantes, des ruches, une cible de fléchettes oubliée sur un pommier. Chaque fois, elle s'arrête à la lisière de la forêt, incapable d'avancer sous les feuillages qui filtrent la lumière. Elle essaie de tromper sa peur en prétendant qu'elle ne va pas vers les bois, changeant de direction au dernier moment pour ne pas que son cœur ait le temps d'accélérer avant qu'elle atteigne les arbres, mais ça ne marche pas et elle doit se résoudre à faire demi-tour parce qu'elle entend soudain le sang pulser dans ses tempes et son ventre se noue en grondant. Elle repart vers les espaces bouffés de soleil ou battus par la pluie. Les gens qu'elle croise lui adressent un petit signe de la main ou de la tête mais personne ne lui demande ce qu'elle fait là. Peut-être qu'Antoine ou Xavier leur a conseillé de la laisser tranquille, peut-être qu'ils ont dit qu'elle était folle. Elle préfère ça, de toute façon, le silence, les bonnes distances. Elle ne saurait pas quoi leur répondre s'ils lui posaient des questions.

La nuit, loin des lumières des villes, paraît tomber plus bas, descendre jusqu'au sol. La température tombe aussi, d'un coup, au fur et à mesure que le soleil s'enfonce derrière les arbres. Ceux de la Vieille Ferme se retranchent dans les maisons, les cabanes, les caravanes, la grange. Il y a des petits îlots de vie autour de petites sources de lumière et de grands éclats de rire sous la grange où Kedriss ne cesse de l'inviter mais L ne connaît personne et elle est un peu effrayée par ces grappes humaines. Elle ne peut pas se mêler à eux, assis épaule contre épaule, jambe contre jambe autour des grandes tables, alors elle se couche tôt puisqu'il n'y a rien d'autre à faire. Elle ne comprend pas pourquoi ici elle réussit à dormir. Le sommeil, fuyant à Paris, l'assomme dès qu'elle se glisse sous les couvertures pesantes qui sentent l'humidité et la lavande. Le premier soir, elle entend Kedriss qui rentre et murmure « C'est moi », à peine la porte passée, pour ne pas qu'elle ait peur, mais ceux d'après, elle dort d'un bloc épais et lourd qu'aucun rêve ne vient transformer en temps qui s'écoule. Lorsqu'elle se réveille, elle craint toujours que ce soit d'une de ces siestes qui, à Paris, jouaient avec ses nerfs et sa résistance. Mais l'horloge sur la cloison de la cuisine la rassure et l'étonne.

Les premières nuits pleines paraissent aussi perturbantes que les nuits blanches. Tout est ouaté et confus quand L se lève et elle attend que ce voile se déchire mais rien ne parvient à le faire, ni le café, ni les rayons de soleil, ni les grands pas dans l'herbe humide alors à quoi ça sert de dormir, se demande L, qu'est-ce que c'est que ce temps perdu. Après plusieurs nuits, pourtant, elle se sent mieux : ses pensées ont des contours plus nets, ça cesse de faire pâte, flaque ou pétrole. Elle ne génère plus automatiquement, fiévreusement des liens entre différents événements qui l'empêchent ensuite de réfléchir point par point. Elle ne se dit plus, par exemple, que la rencontre de Fatou et Delambre a forcément été *organisée* dans le but de l'atteindre, elle. Ce sont deux êtres totalement différents dans une ville immense mais l'un cherchait des employés et l'autre du travail. Elle veut bien croire qu'il s'agit d'un événement logique, redoublé de hasard. D'autres questions restent, le doute qui taraude, le vague parfum de l'homme blond, mais L ne se sent plus menacée directement. Les visions d'étranglement, de mains gantées et d'un visage à la fenêtre s'éloignent. Au cinquième jour, l'idée d'hommes en noir arrivant en voiture sur le chemin boueux de la ferme et se tordant les chevilles sur les mottes de terre la fait même (un peu) sourire.

Chaque matin, Kedriss boit son café dans une timbale en étain, sur les marches de la caravane. Le café fume blanc poisseux dans l'air froid. Il y a encore de la rosée sur les longues graminées qui s'étendent devant lui et les toiles d'araignée sont des œuvres pointillistes complexes et brillantes. Ses pieds nus reposent à plat sur la surface râpeuse de l'agglo. Dans les herbes apparaît parfois la tête du cochon noir qui se désole de trouver la barrière rouge fermée devant son groin. Kedriss ne lui a pas donné de nom, il ne lui parle pas mais il incline la tête quand l'animal passe et dans ce petit mouvement le lourd anneau d'argent à son oreille vient frôler son épaule. Il fume la première cigarette de la journée, il l'a roulée à l'intérieur parce que dehors les doigts tremblent, ou il y a du vent, ou alors ça l'obligerait à lâcher la tasse chaude qu'il tient entre ses mains et ça il ne veut pas. La première cigarette de la journée laisse un peu de jus brun et acide dans le pli au milieu de sa lèvre inférieure. Ça attire le regard de L vers sa bouche, cette striure sombre et humide, elle voudrait l'essuyer du pouce. Les lèvres de Kedriss sont charnues, elles ont une séduction un peu outrageuse, comme ses cils qui sont étonnamment longs et fournis, presque trop pour un homme. Il a des cils de cabaret – contredits par son nez large, à l'arête aplatie.

Après avoir bu son café, Kedriss part dans les villages voisins donner des cours d'acrobatie aux enfants ou bien il va aider Xavier et les autres aux travaux de la ferme. L s'installe à sa place sur les marches de la caravane. Quelquefois, elle reprend son exploration du terrain. Quand la pluie arrive, elle retourne à la caravane, se prépare à manger dans son coin. Une branche tombe de temps à autre sur le toit et lorsque le son métallique se fait entendre, L sursaute, fléchit la nuque, lève un bras pour se protéger. La contraction de ses muscles est si forte qu'elle lui laisse des courbatures, des douleurs filandreuses un peu partout dans le haut du corps. Presque toute la journée, L attend le soir parce que c'est le moment où Antoine appelle sur le téléphone fixe de la Vieille Ferme. Parfois il est encore au bureau, parfois il est chez lui, dans un restaurant ou à une soirée, mais il téléphone à heure fixe et L répond, sans jamais changer d'endroit, assise toute droite sur une chaise qui se dépaille. Quand elle parle avec lui, elle a l'impression de comprendre ce qu'elle fait là et elle le remercie de l'avoir éloignée de ses peurs, d'avoir pris le premier train avec elle. Ensuite, elle raccroche et c'est de nouveau flottant. Le sixième jour, Antoine dit qu'il ne pourra pas revenir tout de suite, finalement, parce que le travail. Elle dit que ce n'est pas grave. Pour lui épargner des excuses, elle écourte en prétendant que Xavier a besoin du téléphone mais une fois qu'elle a raccroché elle reste dans le grand salon de la ferme et elle écoute les murs et le plafond craquer.

L a laissé son portable et son ordinateur chez Antoine en partant. Elle lui a demandé de les détruire. Tu récupères les numéros de mon répertoire, elle a dit, surtout celui de Fatou, et puis tu passes tout au four, thermostat maximum. Il lui en veut un peu parce qu'elle n'a pas pensé à le prévenir pour le plastique fondu. Maintenant, L n'a plus d'appareils qui lui permettent de basculer au-dedans. Elle est prisonnière de son corps. De toute manière, ici, il n'y a pas de réseau, c'est une zone blanche ou presque. On peut téléphoner depuis la route et il arrive – racontent certains – que la 4G apparaisse, une ou deux minutes, de façon aléatoire. Sinon, il faut utiliser le téléphone fixe ou les câbles Ethernet qui sont dans le salon de la ferme. La connexion est si lente que L n'est même pas tentée de s'installer dans un des canapés pour retrouver le dedans. À cette vitesse-là, ça n'a aucun intérêt, ce serait comme conduire un tracteur-tondeuse sur une autoroute.

Le week-end arrive ; Antoine non. Des silhouettes inconnues font leur apparition sur le terrain, des petits corps d'enfants qui jusque-là passaient leur journée à l'école, et puis des corps plus grands dont L ne sait pas d'où ils surgissent, tous drapés dans des K-Way brillants pour se protéger de la pluie. Le vendredi soir, dans la grange, il y a de la musique et des discussions plus bruyantes que les jours précédents. L se risque à rejoindre les autres. Elle se tient dans un coin et sourit nerveusement, elle dit quelques mots quand on lui adresse la parole. Elle dit que elle, c'est L, et personne ne semble relever qu'elle n'a pas vraiment de prénom. Comme lors de ses promenades, les autres la laissent tranquille – impossible de savoir si c'est par gentillesse ou désintérêt. Ils ont tous, toujours, quelque chose à faire, ils vont et viennent autour des longues tables et L trouve qu'ils sont comme des abeilles dont on peut deviner l'urgence et l'organisation sans parvenir à en comprendre la nature exacte.

Sur un banc, Kedriss et Xavier parlent du printemps qui ne vient pas, qui est venu en février mais brutalement reparti. On est fin avril mais c'est comme un hiver triste depuis quelques jours. Il n'y a même plus de soleil. Souvent, les champs et les bois sont presque invisibles quand L se réveille, à cause du brouillard. Il y a des moments de brouillard léger et gris clair, puis des langues de brouillard épais, d'un blanc laiteux. Le vent les fait défiler les unes après les autres devant la fenêtre de la caravane et L ne veut pas sortir parce que le brouillard épais paraît avoir une consistance palpable et elle ne veut pas que ce putain de truc la touche, comme une caresse humide, glisse sur sa peau et continue à avancer, disparaisse au bout du champ en emportant un peu d'elle ou en laissant un peu de lui entre les poils de l'avant-bras, dans les cheveux ou au creux du cou. La première phrase qu'elle prononce, le matin, en sortant de la caravane, c'est : Il a plu. Il pleut tous les jours. Il faudrait préciser quand il ne pleut pas et, à moins que ce ne soit précisé, partir du principe qu'il pleut tout le temps. Le monde se ramollit sous les averses ou le crachin et L en a toujours sous les ongles en ligne noire. Terre, écorce, cellules mortes de sa peau. Plus vraiment de différence.

La soirée dans la grange donne l'illusion de faire reculer la pluie, ils sont au sec et, avec la musique, on n'entend plus le bruit des gouttes. Mais quand L et Kedriss rentrent à la caravane, dans le noir, elle sent sous ses pieds les rigoles, la terre qui s'enfonce avec des bruits de succion, les herbes si trempées qu'elles deviennent gluantes. Tout ce qui rampe de froid et d'humide remonte par ses chaussures mouillées et s'installe sur ses poumons pendant la nuit. Au réveil, son nez coule et croûte, chaque inspiration fait remuer des vagues liquides et des congères coagulées, emportées par sa volonté de respirer enfin, de respirer comme on dégage un tunnel devant une maison prisonnière de la neige, et enfin délogés, les encombrants filent vers le haut de son nez jusqu'à tomber derrière la luette. Dans la poitrine, c'est pire : le bruit des glaires froissées ou frottées chaque fois qu'elle aspire de l'air.

Elle reste à l'intérieur pendant les jours qui suivent. Lorsqu'elle ouvre la porte ou se penche à la fenêtre, elle constate qu'il n'y a pas qu'elle qui hiberne. Sur le terrain balayé par les averses, il n'y a presque jamais personne, parfois quelqu'un qui court et dont la trajectoire se perd dans le rideau de pluie. Xavier est le seul à profiter des accalmies pour lui rendre visite. L'attention qu'il lui montre met L légèrement mal à l'aise. Chaque fois qu'il lui demande si elle va bien, elle se sent obligée de le remercier de l'avoir accueillie sur le terrain. Quand elle lui a proposé de l'argent pour participer à la vie commune, il a soufflé par le nez d'un air déçu, comme si elle n'avait pas compris quelque chose de fondamental mais il n'a pas expliqué quoi. Elle se reproche de ne pas apprécier Xavier alors qu'il l'aide mais c'est plus fort qu'elle, elle voudrait qu'il arrête de se comporter avec cette espèce de gravité bienveillante, comme s'il était son père. Le père de L, il est parti à moto quand elle était petite. C'est sa mère qui le lui a raconté. Peut-être qu'elle a séparé les deux informations (son père avait une moto/ il est parti quand elle était petite), mais dans les pensées de L, ça s'est agglutiné en une seule, son père est toujours en mouvement, toujours pris dans un bruit de moteur et si elle ne connaît pas son visage, c'est parce que son père porte un casque. Évidemment, ça ne la rend pas sensible à la sollicitude des figures paternelles. Lorsque Xavier frappe, elle le fait entrer dans la caravane, elle lui offre du thé, il laisse de la boue sur le sol, elle éternue. Il plonge les yeux dans les siens après avoir demandé « Tu vas bien ? », après qu'elle a répondu « Oui, merci ». Il attend des mots qui ne sortent pas. Elle détourne la tête et guette le sifflement de la bouilloire.

Le troisième jour de rhume est le pire. L est secouée par des quintes de toux dégueulasses, son nez pèle et le dedans lui manque. Elle voudrait pouvoir se glisser dans ses profondeurs et oublier sa viande défaillante, son corps douloureux. Le soir, Kedriss lui prépare une tisane de thym, de mauve et de fenouil et pendant qu'elle la boit, dans la caravane emplie de vapeur, il s'assied sur le bord du lit. Elle lui demande s'il tombe malade, lui aussi, durant l'hiver, ou s'il arrive à traverser la pluie, le vent et la boue. Il dit qu'il tousse et renifle mais que ça ne le paralyse pas. Il écoute la toux qui froisse le corps de L et ne parvient pas à se souvenir d'avoir jamais émis de tels sons.

— C'est ça, votre problème, souffle L avec une colère qui l'étonne. Vous faites comme si vous habitiez un lieu ouvert à tous mais en réalité, le climat fait le tri à votre place. Le corps qu'il faut pour vivre comme ça… Tu te rends compte de tous ceux qui sont exclus ?

Kedriss hoche lentement la tête. Il est ici depuis quatre ans et, chaque hiver, il voit partir des gens qui ne tiennent pas. C'est long d'alterner entre le froid et la fumée, d'octobre jusqu'à mars. Ils tentent de laisser les meilleures places aux plus fragiles et à ceux qui ont des enfants, mais parfois ça ne suffit pas. Avant, par exemple, il y avait un acrobate qui vivait avec eux, il s'appelait David, c'est lui qui habitait la cabane désormais en ruine à l'orée du bois. C'est lui aussi qui a fait découvrir la Vieille Ferme à Kedriss. À un moment, David a eu un accident, un sale truc, il s'est retrouvé en fauteuil roulant. Il a abandonné la cabane pour s'installer dans la ferme, au rez-de-chaussée, et tout le monde s'est lancé dans la pose de planches à travers le terrain pour qu'il puisse se déplacer facilement, ne pas être bloqué par les pierres, les fossés ou les talus, tout le monde a essayé d'être aux aguets, prêt à proposer son aide, pousser ou tirer, parfois porter David ou porter le fauteuil, mais même comme ça David n'a pas pu continuer à vivre ici, c'est un univers fait pour les valides et il le ressentait tous les jours. Kedriss dit, son visage tordu par une grimace, que lorsqu'il est parti, il y a eu un soulagement perceptible parmi les habitants de la Vieille Ferme même si, bien sûr, personne ne l'a exprimé, un soulagement dont Kedriss n'est pas sûr des causes : peut-être qu'il était dû au fait de ne plus avoir à aider David ou bien de ne plus avoir à penser que leur terrain, apparemment ouvert, était une forteresse imprenable pour un homme en fauteuil roulant. Alors oui, il sait qu'il y a un tri, il n'a pas attendu L pour s'en apercevoir. David, il dit, c'est le cas le plus extrême qui soit. Parfois il suffit de la pluie et d'un toit qui prend l'eau pour que la vie devienne impossible et que quelqu'un s'en aille. Quand on vit en ville, on ne peut pas se rendre compte de la force de la pluie, de la dissuasion qu'elle exerce, des efforts qu'elle étouffe ou qu'elle réduit à rien.

— C'est le printemps partout ailleurs, dit L. Je n'en peux plus de la flotte, du bruit des gouttes, tout le temps. Je n'en peux plus de parler de la météo, de penser à la météo, de devoir accepter que la météo décide de ma journée.

— Tu as passé trop de temps sur Internet. Tu t'es habituée à un monde sans averses.

— Parce que c'est clairement mieux.

Kedriss sourit et s'assied plus confortablement sur le lit.

— Petite hackeuse terrifiée par la pluie, est-ce que tu sais seulement d'où ils viennent, les premiers pirates ? Ils viennent d'ici.

Au début, L croit qu'il parle de la Bretagne, qu'il s'apprête à lui sortir des récits de corsaires, Barberousse, Saint-Malo et des abordages, avec en guise de conclusion musicale une connerie de chant sur le rhum les femmes et la bière, mais Kedriss parle de la terre et de la boue. Tout en remplissant de nouveau les tasses de tisane odorante, il lui raconte l'histoire de paysans anglais qui vivaient sur les terres communes avant qu'elles soient privatisées par les seigneurs, il ne sait plus quand exactement, au XVIe ou au XVIIe siècle, il l'a lu mais il a un peu oublié. Ça a été la fin de tout un mode de vie qui permettait aux pauvres de cultiver et d'élever, pas grand-chose et en se cassant le dos, on n'était pas chez les Bisounours, mais tout de même un petit lopin, deux moutons aux corps chauds, les museaux mouvants des lapins, et surtout un abri, quelque chose qui les maintenait là, entre les aubépines et les murets. Et puis les terres avaient été reprises, c'était le mouvement des enclosures, Kedriss répète comme pour s'assurer du mot, enclosures, les paysans sans terre sont allés traîner dans les rues puantes des grandes villes, ils ont été arrêtés pour mendicité, pour ébriété, pour rapine, ils ont été arrêtés pour délit de sale gueule, il y a eu des pendaisons, des mois de cachots qui puaient encore plus que les rues de Londres. Les paysans qui n'avaient plus de pays se sont retrouvés sur les galères, à vomir tout ce qu'ils pouvaient, avec le sel sur leurs blessures. Ils se sont enfuis quand ils l'ont pu. Ils ont tué les officiers quand ils l'ont pu. Et ils sont devenus des sans-lois à la surface de la mer. Les pirates viennent en partie de là, de la boue que tu détestes et des herbes froides et des projets de vie commune fomentés dans les champs, débités en fétus de paille par de lourdes épées seigneuriales, puis recréés sur les vagues.

Les jours qui suivent, L essaie de se mêler davantage aux autres, pose des questions entre deux reniflements. Elle comprend que, malgré la proximité des corps, il y a à la Vieille Ferme des bandes disparates : les locaux, les artistes et une poignée de suiveurs. Leur rapport au lieu, au temps, à l'argent n'est pas le même mais L trouve qu'ils ont quelque chose en commun, une manière de se déplacer. Même dans les mouvements les plus simples, ils font preuve d'une grâce, d'une facilité qui lui sont étrangères. Quand ils s'accroupissent devant les jeunes plants du potager, par exemple, ou pour s'asseoir à la grande table de la grange. Les bancs exigent une souplesse que les chaises et les canapés ont fait oublier à L. Parmi les artistes, il y a Kedriss, quatre autres circassiens qui vivent dans les caravanes peintes, une scénographe qui a construit une cabane dans un arbre et une violoniste installée dans la ferme. Ils vont et viennent en fonction de leurs tournées. Parfois ils prêtent leur logement à d'autres. L a du mal à suivre parce que, du jour au lendemain, ce sont de nouveaux visages qu'elle croise et quand elle pense enfin avoir déterminé qui ils sont, ils disparaissent. La Vieille Ferme est pour eux un point de chute, un endroit de stockage ou de repos mais ce n'est pas une *maison* et d'ailleurs, à l'exception de la violoniste, ils n'occupent pas les maisons, elles paraissent être réservées aux locaux.

Dans l'ancienne porcherie vivent deux familles dont les enfants jouent toujours ensemble, ils ont les mêmes cheveux emmêlés, les mêmes joues rougies par le froid. Les quatre adultes s'appellent Gaëlle et Matthieu, Fanny et – L ne sait plus le nom du dernier, le compagnon de Fanny. Eux viennent d'ici, de villages alentour ou de villes qu'ils nomment comme si elles étaient lointaines mais que L découvre ensuite toutes proches sur une carte. Ce sont ceux qui, avec Xavier, s'occupent le plus du terrain et dans leur manière de le traverser, dans leur façon de mener le soir des conciliabules soucieux, L peut lire qu'ils sont et se pensent comme les piliers de la communauté, les conditions de son existence. Ils sillonnent la prairie en poussant des brouettes, les mains gantées de cuir racorni, des traces de terre sur le pantalon et le visage. Au repas, ils parlent de plants, de paillage, de boutures et de taille. Parfois ils demandent de l'aide pour réparer une machine et l'après-midi qui suit résonne des coups donnés sur la tôle des carrosseries et du sifflement suraigu des lames qu'on aiguise.

Et puis il y a les suiveurs. Eux n'ont rien créé ici, ils n'ont pas de vrais talents, mais ils s'agrègent aux communautés dont ils croisent le chemin ou que les rumeurs portent jusqu'à eux. Ils ont de la bonne volonté et, le plus souvent, la décence de ne pas traîner trop longtemps autour d'un même noyau. Ils donnent des coups de main, apprennent deux ou trois nouvelles choses, tissent parfois des histoires d'amour ou d'amitié, profitent de la chaleur et d'une place libre dans un squat, une caravane, une grange, un grenier et puis repartent. Noé et Camille, par exemple, sont des suiveurs professionnels. Ce sont eux qui ont connu le plus grand nombre de communautés. Les artistes ont beaucoup bougé mais ils ne peuvent pas prétendre à la longueur du CV des suiveurs. Noé et Camille ont été au plateau de Millevaches, à Notre-Dame-des-Landes, à Bure, ils se sont croisés au Chemin-Vert, revus à La Souterraine. Noé a passé deux ans à retaper un bateau avec un collectif d'artistes bretons et a gagné son droit à la remontée du Couesnon. Ils ne se vantent jamais de leurs expériences multiples. Ils sont rendus humbles par la conscience qu'aucun d'entre eux n'a jamais lancé de lui-même un mouvement. Ils suivent, c'est tout. Ce n'est pas un sujet de honte mais il n'y a pas non plus de quoi la ramener.

C'est vers eux que L se tourne, au bout de quelques jours, pour savoir ce qu'elle peut faire. Elle se dit que si elle ressemble à quelqu'un ici, c'est à Noé ou à Camille parce qu'ils sont, comme elle, des additions à un groupe qui peut parfaitement fonctionner sans eux. Camille lui explique que ce qui est frustrant, dans leur cas, c'est qu'ils ne peuvent au départ effectuer que des tâches ingrates, cuisine, rangement, vaisselle ou courses. Tout le reste, ils ne savent pas le faire seuls. Il faut qu'ils détournent quelqu'un de son programme du jour pour qu'il leur donne des conseils, les encadre ou les forme, et tout le monde n'a pas le temps pour ça. Alors ils doivent accepter d'être les petites mains et jamais ceux qui reviennent le soir après avoir accompli des travaux de force, construit quelque chose de durable ou s'être chargés de récits du dehors. Ici, celui qui fait, c'est celui qui décide. Si tu ne sais pas faire, tu ne peux pas non plus décider de ce que tu fais, tu suis les autres, tu combles les trous. Aujourd'hui il va faire beau, par exemple, et c'est un bon moment pour une lessive, c'est ce que Camille avait prévu en tout cas. Quand elle voit la mine déçue de L, elle éclate de rire. Cette déception-là, c'est exactement ce dont elle parlait. Pourtant tout le monde apprécie de dormir dans des draps propres.

L déplie une grande housse de couette rouge sur le fil qu'elle a tendu entre deux arbres. Plus loin, Noé brosse avec attention un tapis posé sur quatre chaises. Camille a disparu, à la recherche de pinces à linge supplémentaires. Par-dessus le rectangle rouge qu'elle vient de tendre devant le ciel, L regarde un oiseau qui porte lui aussi un petit rectangle rouge en plastron. Il sautille sur la branche d'un noisetier et, même si l'oiseau paraît ne rien peser du tout, l'arbuste souple ploie sous chacun de ses mouvements minuscules. Une seconde plus tard, il s'est envolé. L n'a pas vu le moment où il quittait la branche, elle n'a saisi que la diagonale qui menait l'oiseau hors de son champ de vision. Elle finit d'étendre la housse, s'empare maladroitement d'un drap dont un coin traîne mollement au sol. Elle espère que le rouge-gorge reviendra se poser près d'elle mais il reste invisible. Il n'y a plus que des oiseaux dont L ignore les noms. Noé, qui imite leur trille et leur roucoulement quelques mètres plus loin, doit les connaître mais, pour L, ce sont des mots étrangers. Jusque-là, elle s'est contentée de désigner l'ensemble des bêtes et des plantes par le nom paresseux de « nature », c'était bien suffisant. Sa mère a essayé pourtant, quand L était petite, de lui donner la curiosité de ce qui n'était pas le béton. Après quelque temps, elle a arrêté de l'emmener au jardin botanique parce que L s'emmerdait ostensiblement devant les plantes étiquetées et même devant les petites chèvres qui enthousiasmaient les autres enfants en venant manger au creux de leur main. Les heures que L a passées ensuite devant des documentaires animaliers lui ont rendu familiers des animaux qu'elle ne croisera jamais, des tamarins-lions dorés, des lémurs aux grands yeux arrondis, des binturongs à la démarche nonchalante ou des pangolins au corps écaillé. L les aimait parce qu'ils étaient beaux et aussi parce qu'ils étaient loin. À son arrivée ici, elle s'est sentie envahie, presque attaquée par les formes de vie toutes proches. Aujourd'hui, elle se sent toujours envahie mais elle peut distinguer des modes d'invasion différents, une vague connaissance qui fait que le mot « nature » se révèle incapable de désigner l'ensemble des réalités qui l'entourent. La forêt, avec ses châtaigniers et ses chênes, n'est pas, ne fait pas la même chose que les prés. Les prés aux graminées folles et aux petites fleurs vives ne sont pas la même chose que le potager. Il faudrait apprendre les noms de tout ce qui se déploie de part et d'autre des draps étendus, se dit L.

La nuit tombe, d'un noir bleuté parfaitement net et troué par les étoiles. Au sortir de la grange, L marche à petits pas en tentant de reconnaître les constellations, de deviner un chasseur ou une casserole, un chariot ou même de repérer simplement l'étoile du berger. Étendre et détendre le linge lui a cassé les bras et elle les laisse pendre le long de son corps, épuisée, entêtée par l'odeur de lessive qu'elle a respirée tout l'après-midi.

— Tu veux fumer ? demande Kedriss, depuis les marches de la caravane.

L passe la barrière rouge et ferme soigneusement le portail derrière elle. Elle s'assied à côté de Kedriss et prend le joint entre ses doigts. Elle oublie qu'elle a arrêté de toucher à ça des années plus tôt. Elle tire doucement, la fumée lui coule dans la gorge, avec son goût de résine. Ça lui fait du bien, ça brouille un peu les frontières entre les choses et elle, les arbres, les bourrasques.

Malgré le froid, Kedriss ne porte qu'un gilet à capuche ouvert sur son torse nu. Il a, au centre de la poitrine et en haut des deux bras, une ligne faite de petites cicatrices rondes et blanches. Quand L demande si c'est décoratif, il se lance dans une histoire bizarre à propos d'un rituel au cours duquel on l'a brûlé avec de la braise avant de déposer du venin sur chaque petite plaie, la substance émise par une grenouille amazonienne. Il a vomi des seaux de bile noire, son visage a triplé de volume, il a ensuite vomi des seaux de vert, puis transparent puis plus rien. Non, non, il rectifie quand L suggère que ça a dû être un méchant trip, il n'a rien vu, pas décollé, il s'est juste vidé durant quarante-huit heures sur le tapis en jonc de mer du chaman ou du prêtre ou simplement d'un dealer un peu particulier – L ne saisit pas bien. Mais quand il est reparti, il était purifié.

— Pourquoi tu t'es imposé un truc pareil ? L demande.

Kedriss ne répond pas. L a remarqué qu'ici, ça arrivait souvent. Les corps se touchent sans arrêt, ça ne gêne personne, mais les paroles s'égarent, on les laisse filer, ça ne gêne personne non plus.

— Je ne sais pas faire grand-chose, lâche Kedriss en écrasant le joint. Bien faire, je veux dire. Pendant un moment, j'ai cru que j'apprenais toujours parce que j'enchaînais les stages, tout le temps. Mais en fait, la danse ou les arts martiaux, ça revenait au même. Le seul truc que je savais faire, c'était travailler avec mon corps, sur lui aussi. Je me suis dit : c'est la seule chose que je serai capable de pousser jusqu'au bout. Ou le plus près du bout. Si jamais je peux approcher du bout, d'un bout, ce sera celui de mon corps. Alors bon...

Il désigne les cicatrices d'un geste de la main un peu théâtral mais ses yeux sont tristes.

— Aller au bout de ton corps...

— Ouais.

— On dirait les paroles d'une chanson de variétés.

Kedriss éclate de rire. L regarde de plus près la ligne de petits cercles pâles sur sa poitrine, elle la trouve belle avec sa régularité trop parfaite pour appartenir au corps humain.

— Ça t'a fait mal ?

Il hésite, cherche à se souvenir. Surtout peur, il finit par dire. L ne parvient pas à détacher les yeux des cicatrices, elle se demande si on peut sentir leur relief, le creux que la brûlure a laissé. Timidement, elle pose ses doigts dessus. La peau est lisse. Elle a envie de lui. Elle comprend, à ce moment-là, qu'elle a envie de lui. Ça lui paraît bizarre que ça vienne aussi vite, chez elle c'est un mécanisme lent d'habitude. À Paris, par exemple, quand elle était chez Antoine, elle sentait qu'il y avait une sorte de montée très discrète et ça allait prendre un temps fou mais elle savait qu'à un moment elle aurait envie de le rejoindre dans sa chambre. Un soir, ça deviendrait concret. Elle croit qu'il en avait envie, aussi, mais peut-être qu'elle l'imaginait, il aurait fallu qu'elle se soit rapprochée plus pour le savoir. Peut-être qu'elle imaginait tout ce qui lui arrivait, de toute manière, il faut bien que ça ait semblé dément à tout le monde pour qu'elle se retrouve ici. Et tout est déréglé en elle, à l'intérieur, tout est déréglé y compris le rythme du désir. Elle se demande si c'est à cause du joint. Elle met le bout du doigt, doucement, sur une cicatrice avec une histoire complètement folle et elle se dit : Tu ne fais pas ça, tu ne peux pas être en train de faire ça, toi qui ne touches jamais les autres. Ensuite, elle lève les yeux vers Kedriss avec l'impression d'avoir fait un truc carrément porno mais lui, il sourit un peu et il ne la regarde pas. Peut-être qu'il n'a même pas senti le doigt de L posé légèrement sur son torse. Peut-être que la peau, c'est comme le froid, il a trop l'habitude, ça ne lui fait plus rien, pense L en allant se coucher.

Le lendemain, Xavier passe et repasse près de L pendant qu'elle prend le soleil dans la cour. Elle voit bien qu'il voudrait lui parler mais il a sans doute encore le souvenir de leurs premières conversations qui n'en étaient pas, alors il traîne autour d'elle en faisant semblant que c'est par hasard. L met sa main en visière et regarde la large silhouette à contre-jour. Elle lui fait signe de la rejoindre.

Pendant la journée de lessive, Noé et Camille se sont aussi occupés des transats. Ils ont lavé à grande eau la mousse verte et les toiles d'araignée grises qui les recouvraient. Xavier s'installe à côté de L, entre les deux bâtiments de pierre.

Le soleil de milieu d'après-midi les caresse, leur donne presque l'illusion que c'est un jour d'été, à l'abri du vent. Il ne lui demande pas si elle va bien mais comment elle se sent et, dans la variation qu'il impose à sa question habituelle, L perçoit les efforts qu'il fait pour ne pas obtenir une fois de plus un simple « Oui, merci ». Elle dit qu'elle est un peu perdue mais que c'est plus simple, maintenant qu'il fait beau. Xavier a un sourire d'enfant en l'entendant aligner tant de mots à la suite. Il dit qu'il sait à quel point ça peut être pesant pour certains, l'absence de téléphone, de ville, de télévision.

— D'ordinateurs, souffle L.

— Mais on en a.

Elle ne peut pas s'empêcher de rire. Ce qu'ils ont ici, ce sont des veaux. C'est scandaleux d'appeler ça des ordinateurs. Mais elle dit que ce n'est pas ça qui est important, pas ça qui lui manque le plus.

— C'est quoi, alors ?

— Des réponses.

Hier soir, pendant qu'elle fumait avec Kedriss, elle a encore pensé à l'absurdité de sa situation. Elle attend de pouvoir rentrer à Paris sans aucun risque mais en restant ici elle n'a aucune chance d'en apprendre plus sur les risques potentiels. Alors quoi ? Elle ne va pas passer sa vie entière dans une caravane, à laver des parures de lit et à observer les oiseaux.

— Ça va, la colocation avec Kedriss ?

L répond que la caravane est à peine plus petite que son appartement dans le 19e et Xavier lui parle de ses deux années à Lyon, dans un foyer tenu par des religieux. La chambre si exiguë qu'il faut déplacer tout ce qui se trouve sur le bureau avant d'ouvrir la fenêtre, les petits déjeuners en commun le matin, à 6 h 30, avec la fatigue qui malaxe les visages pour y créer de nouvelles poches chaque jour, de nouveaux plis, les soirs passés dans une grande ville ardemment désirée mais sans une thune en poche pour profiter de ce qu'elle offre, les silhouettes des autres pauvres croisées sur les quais, les tentatives pour entrer dans les fêtes où on finissait par repérer que personne ne l'avait invité. Il dit que c'était une vie d'interstices. Quand son père est mort, il est revenu ici et il acheté la Vieille Ferme avec son petit héritage. Il a retrouvé de l'espace. Au début, il ne pensait qu'à ça : habiter quelque part où le manque d'argent ne condamnait ni à être serré ni à être seul. C'est tout ce qu'il proposait à ceux qui voulaient le rejoindre. Le reste s'est construit un peu au hasard, au fil des arrivées. Le potager, par exemple, c'est l'œuvre de Gaëlle et Matthieu. Xavier n'avait jamais eu l'envie ni l'idée de travailler la terre avant eux mais il a appris et il dit que désormais, quand il se réveille, il pense au terrain et aux plantes et il éprouve une sorte de responsabilité heureuse à leur égard.

— Gaëlle et Matthieu, ce sont les premiers qui sont venus ? demande L.

Xavier secoue la tête. Les premiers à s'être installés sur le terrain étaient des circassiens qu'il avait rencontrés à Lyon. Ils ont vécu ici trois ans, ils l'ont aidé à retaper les bâtiments entre leurs tournées et puis, quand ils sont partis, des copains à eux ont pris leur place. Depuis, il y a toujours quelques acrobates à la Vieille Ferme. Peut-être parce qu'ils sont les seuls à avoir suffisamment confiance en leur corps pour le solliciter tout le temps et c'est ce qu'exige la vie ici, après tout, Xavier sait que ça n'a rien de *confortable*. Il dit qu'il faudrait que L voie un spectacle un jour, parce que sinon, elle va imaginer que ce qu'ils font, c'est comme les cirques itinérants qui passent le long des plages en été. Il dit qu'il y a certains artistes, ici, qui créent des choses vraiment belles.

— Kedriss t'a parlé de David ? Lui, il était incroyable, vraiment incroyable.

— Qu'est-ce qu'il lui est arrivé exactement ?

— Il est tombé. Sept mètres. Dans le chapiteau de la Villette.

Quand elle demande pourquoi, ou comment, Xavier se lance dans une explication décousue. Selon lui, David est tombé parce qu'il était triste. Il ne s'est pas jeté, il ne voulait pas, mais sa copine venait de le quitter et, alors qu'il grimpait le long de la colonne métallique du chapiteau, il a pensé « elle m'a laissé tomber » et ça a fait un drôle de petit bruit dans sa tête, c'était presque amusant. Elle m'a laissé tomber. Je monte, je monte encore mais elle m'a laissé tomber. Il s'est mis à rire. Il voulait déjà être redescendu pour le raconter aux autres, cette pensée idiote qui lui avait paru être une blague : Vous ne savez pas ce que je me suis dit ? Il grimpait en s'imaginant déjà en bas, dans le bar du chapiteau, rhum à la main, parlant d'avoir été laissé tomber. Il demanderait aux gars : est-ce qu'on peut être laissé tomber si on grimpe encore ? Les deux mouvements contraires présents dans son corps. Est-ce que je monte en tombant ? Et parce qu'il riait, il croyait qu'il n'était pas triste. Il n'a pas fait attention à ce poids supplémentaire de tristesse qu'il portait. Tous les acrobates savent que la tristesse déplace le centre de gravité, dit Xavier, et L ne sait pas s'il se fout d'elle ou s'il est sérieux. Il faut trouver son équilibre autrement quand on est triste mais David n'a pas pris le temps. Il se croyait léger comme les jours joyeux. Il croyait que c'était une simple blague. Et il est tombé de sept mètres.

— Et Kedriss ?

— Quoi, Kedriss ?

— Lui aussi, il fait des spectacles ?

Xavier hésite. Il dit qu'il en fait beaucoup moins. Il remplace régulièrement des copains sur des tournées mais il n'a plus rien créé depuis des années.

— Il travaillait avec David avant, ils avaient une compagnie. C'est pendant un de leurs spectacles que David est tombé. Je ne sais pas si Kedriss culpabilise ou s'il a eu peur mais, en tout cas, il ne bosse plus pareil.

Xavier plisse les yeux à cause du soleil.

— C'est dommage. C'était vraiment beau, ce qu'ils faisaient.

L sent une suite de petits sanglots lui serrer la gorge. Xavier ne remarque rien ou peut-être qu'il croit qu'elle a le hoquet. Même s'il pouvait deviner qu'elle pleure, sans larmes et sans bruit, uniquement par spasmes, il ne comprendrait sans doute pas pourquoi. Dans la cour de la ferme, L voit David partir en arrière sous le chapiteau, son corps qui traverse les airs, bras écartés, elle le voit qui tombe sans un bruit mais il ne s'écrase pas au sol, il est rattrapé par des uniformes, on lui passe des menottes, on lui retire les lacets de ses chaussures, la ceinture de son pantalon. L voit David mais il n'a pas le visage de David, il a les traits d'Elias. Et plus loin, sur la piste, il y a Kedriss qui regarde tomber David, il y a Kedriss avec le visage de L, les yeux de L qui s'écarquillent de terreur, la bouche de L qui s'ouvre mais qui ne parvient pas à crier, il y a Kedriss et L qui ne travailleront plus jamais de la même façon parce qu'ils ont vécu leur Grande Peur, celle de la chute, celle de l'arrestation, et que c'est impossible de faire ensuite comme si ça n'avait jamais existé. Même si c'est dommage. Même si c'était vraiment beau.

Le lendemain, le soleil écrase la prairie dès les premières heures du matin. Peu à peu, les habitants de la Vieille Ferme sortent des meubles pour les installer dans la cour, le verger ou à l'orée du bois. Ça trace de nouvelles lignes sur l'immensité du terrain et les meubles paraissent minuscules dans cet espace qui n'est pas à leur échelle. L participe à ce déménagement vers l'extérieur, elle joue, comme les autres, à récréer des salons ou des chambres entre les végétaux.

À la fin de la journée, il y a des corps étendus partout dans les salons de jardin et des apéritifs improvisés aux quatre coins du terrain. Des hamacs sont tendus entre les arbres du verger et on distingue parfois le bras d'un dormeur qui s'échappe du cocon de tissu. Même le cochon noir semble calme, il n'attaque plus les barrières de ses petits coups de tête rageurs.

— Bientôt, on pourra se baigner, dit Kedriss.

Il est allongé dans l'herbe, juste à côté de la caravane. Il est torse nu et une fourmi monte le long de son bras, s'aventure jusqu'à la fine ligne de cicatrices. Même au repos, ses muscles se devinent partout, en creux et en renflements légers, tous soigneusement rangés sur les étagères de ses os, parfaitement en place. Quand elle le regarde, L a l'impression que son propre corps est une chambre laissée en bordel par un adolescent, on a beau chercher, on n'y retrouve rien.

— Tu sais nager ?

Elle répond oui, comme si c'était une question idiote. Mais ça ne l'est pas et, en réalité, L ne sait pas vraiment nager. Elle a réussi à faire une ou deux longueurs pendant les séances de piscine imposées par l'école mais elle n'a jamais nagé dans la mer, elle ne sait pas si ses mouvements maladroits peuvent résister aux vagues. Depuis qu'elle est là, Noé et Camille sont déjà allés plusieurs fois à la plage. La première fois, ils ont emmené les enfants de Gaëlle et Matthieu et ils sont revenus au soir, les cheveux collés par le sel, les lèvres bleues, des grains de sable incrustés dans la peau. L sait que les enfants parlent comme des enfants et s'inventent des aventures mais elle a écouté leurs histoires de courants traîtres et de rochers coupants, de marée qui montait trop vite et de falaises impossibles à gravir. La fois suivante, elle n'a pas osé partir avec Noé et Camille. Elle sent bien, pourtant, que la peur n'est pas tout, ne prend pas toute la place, il y a aussi une envie, presque une impatience de l'eau. Alors elle attend, elle compte les heures de soleil et se demande combien il en faut pour réchauffer, un peu, une telle étendue d'eau.

Quand le soleil se couche, ceux de la Vieille Ferme restent dehors et s'enroulent dans des couvertures. Ils allument des bougies. Ceux qui ont trop froid se rapprochent du poêle, sous la grange. Kedriss dit que ce serait bien de tirer des câbles pour installer quelques projecteurs dans les arbres, il y en a dans les hangars. Il faudra vérifier qu'ils ne sont pas devenus des maisons pour les souris pendant l'hiver. L dit qu'elle pourrait aider pour une fois, aider vraiment. L'électricité, c'est un peu plus son domaine que le maraîchage. Elle a appris beaucoup de choses en travaillant avec Elias sur ses instruments et tout à coup, ça fourmille en elle, ses doigts s'agitent, examiner des câbles, les dénuder, les souder, le besoin d'un travail de précision qu'elle sache mener à bien. Ils sont tous les deux assis dans le rectangle de lumière que projette la caravane par sa porte grande ouverte. Ils se tiennent serrés comme si l'ombre traçait des murs autour d'eux. Ils sentent la fraîcheur qui monte du sol et la chaleur du corps de l'autre. Ils sont si près que

L peut distinguer des grains de poussière dans les cils de Kedriss. Des chauves-souris volettent en cercle dans le ciel bleu sombre.

Le dehors n'est pas plus dur ici qu'ailleurs, se dit L. C'est simplement qu'ils y avancent sans protection, ils se sont déprotégés. Il n'y a pas la solidité des maisons ni des voitures, il n'y a pas le lisse du goudron, il n'y a pas de capsules autour de leurs corps qui se meuvent, pas d'armures. Bien sûr, ce mode de vie exige que les corps disposent de réserves et de savoirs mais L se demande à présent si elle a eu raison de rejeter d'emblée la sélection qu'il impose. Les habitacles, les protections qu'elle a connues toute sa vie, il fallait pouvoir les acheter ou les louer. Eux aussi traçaient des frontières, eux aussi opéraient un tri. La différence est moins grande, sans doute, entre deux corps qu'entre un corps avec bagnole et maison et un corps nu. Mais elle trouve aussitôt quelques exemples qui la contredisent. Elle liste : Jet Li, Usain Bolt, Simone Biles… leurs corps surhumains aperçus sur les écrans de télévision. Elle regarde les petits groupes qui discutent devant les autres caravanes, les enfants penchés sur le terrier d'une bête un peu plus loin, une torche à la main et un bâton dans l'autre, hésitant à l'introduire dans l'habitation, la silhouette à peine perceptible de Camille sur le balcon d'une cabane, Gaëlle qui arrose encore quelque chose dans le potager malgré la nuit qui s'installe. Elle se demande comment ceux d'ici ont acquis cette grâce. C'est comme si, depuis tout petits, ils faisaient l'expérience de leur corps déployé. Si c'était uniquement des mecs, L comprendrait : on leur a toujours donné le droit de prendre toute la place. Mais les femmes aussi bougent de toutes leurs longueurs à la Vieille Ferme, elles délient jambes et bras, elles se dressent, bondissent, s'accroupissent, escaladent. L n'a jamais appris à prendre de la place, au contraire. Il fallait contenir son corps trop grand, le masquer par des postures appropriées, des origamis tout en angles. Et puis chez sa mère, ça a toujours été petit. L se souvient que sa tante Faiza avait lancé lors d'une de ses visites qu'on devait s'asseoir sur ses mains pour être sûr de ne rien casser. Dans la rue, il y avait plus de place mais L n'avait pas le droit d'y traîner, ça ne se faisait pas, lui disait-on. Il aurait fallu, peut-être, un jardin. Peut-être que si L avait eu un jardin, ç'aurait été différent. Peut-être qu'elle n'aurait pas eu tant besoin des plages infinies du dedans.

— Et maintenant que tu as un jardin, tu fais quoi ? demande Antoine quand il appelle un peu plus tard.

Elle hésite. Elle apprend des choses, des noms, des gestes. Elle taille des morceaux de bois pour qu'ils deviennent des tuteurs dans le potager. Ses mains sont pleines d'échardes et, là encore, elle apprend : savoir celles qui ressortiront toutes seules, celles qu'il faut ôter à l'aiguille ou au cutter. Il y a une satisfaction à savoir, à faire mais ça ne dure jamais longtemps. Elle est mauvaise. Elle est à la traîne. Devant ses mains écorchées et ses ongles sales, L repense à Jeremy Hammond.

À un moment de sa vie, il a voulu arrêter l'action virtuelle à cause de son coût écologique. L a lu qu'on pouvait imaginer Internet comme un sixième continent, avec ses émissions de gaz à effet de serre et sa consommation de ressources naturelles, un continent qui réclame des millions de litres d'eau, des milliards de kilowatts, et puis de la silice, des terres rares, du baryum, du cobalt, du manganèse… Jeremy n'avait plus envie de vivre au-dedans si le dedans s'avérait être un empire de la consommation et de la voracité qui ne différait pas des États-Unis. Mais il n'était nulle part aussi efficace, il n'y a que là qu'il pouvait faire une différence. Alors il y est retourné en espérant peut-être que les autres en partent, qu'ils puissent être moins nombreux. L ne fera jamais la différence à la Vieille Ferme, et d'ailleurs personne ne lui demande de la faire. Il suffit qu'elle fasse sa part. Elle ne sait pas si ça lui convient.

— Est-ce que tu veux rentrer, L ?

— Pour me retrouver sur ton canapé à la première crise d'angoisse ?

Antoine ne répond pas. Peut-être qu'il a envie de dire « oui », peut-être qu'il a envie de dire « pas question », L ne peut pas savoir. Mais quelle que soit la réponse qui s'est présentée en premier à son esprit, il préfère la retenir.

— Je vais essayer de venir à la Ferme, d'accord ? Ce week-end ou celui d'après, je viens, c'est sûr que je viens cette fois. Tu me diras alors si tu repars avec moi.

L retourne à la caravane, surprise par l'angoisse qu'a fait naître en elle la dernière phrase d'Antoine. Bien sûr, c'est lui qui a raison. L se répète depuis son arrivée qu'il faut qu'elle quitte cet endroit. Mais elle est là depuis – elle compte – une vingtaine de jours déjà et le départ n'a jamais été aussi réel qu'à présent. Pour apprendre à vivre ici, il a fallu qu'elle oublie que ça ne durerait pas. Sinon, à quoi est-ce que ça servirait de se souvenir de toujours fermer le portail rouge, d'arroser les nouveaux plants ou de baisser la tête en se couchant pour éviter la lampe ? Elle se demande, comme chaque fois qu'elle a quitté un lieu ou un travail, ce que deviennent les gestes qu'on n'accomplit plus. Elle ne croit pas qu'ils s'effacent, elle pense plutôt qu'ils se fossilisent dans un catalogue de la mémoire, ils sont les langues mortes du corps. Et puis il y a les gestes qui n'ont pas encore été faits, ceux qu'elle pensait qu'elle aurait le temps de faire et qui maintenant qu'elle a parlé avec Antoine paraissent incertains : la brasse coulée, la cueillette des fraises et des asperges, les premiers pas dans la forêt. Cette liste intérieure, L l'arrête de manière abrupte, elle ne lui laisse pas le flou des points de suspension. Elle sait parfaitement ce qui viendra ensuite si elle la poursuit. La pulpe des doigts contre la peau. Les lignes du corps qu'elle pourrait suivre de la main.

Une fois couchée, L se demande si Antoine viendra ce week-end ou celui d'après, dans trois jours ou dans dix. Combien de temps ça lui laisse si elle décide de remonter à Paris avec lui. Combien d'heures. Organisées comment. Ce n'est pas la même chose, ce week-end-là ou celui d'après, elle aurait besoin de savoir, trois jours ou dix. Trois ce n'est rien, c'est comme si elle était déjà partie, dans trois jours c'est demain. Dix, c'est presque trop long, c'est l'occasion de ne pas penser au départ, de faire comme si, de laisser traîner. Il aurait fallu une durée intermédiaire. Il aurait fallu cinq, par exemple. L réussit à se persuader qu'elle se sentirait moins perdue si elle devait partir dans cinq jours. Trois jours ou dix, déjà ce sont quelques heures qui se sont écoulées à se demander ça, trois ou dix, des heures qu'elle aurait mieux fait d'employer autrement qu'à se retourner dans son lit.

L se lève sans bruit, s'arrête devant le rideau tendu au milieu de la caravane, prononce le nom de Kedriss. Il demande :

— Ça va ? Tu n'arrives pas à dormir ?

Elle hésite deux ou trois secondes, ses pieds nus crispant leurs orteils sur le sol, et puis elle lance la phrase pour laquelle elle s'est levée.

— J'ai envie de toi.

C'est la première fois que L dit cette phrase-là. Avant, elle en a utilisé d'autres. Elle a dit « On y va ? », « Je suis bien avec toi », elle a dit « Je ne veux pas que ça s'arrête », elle a dit « Je me demandais quand tu allais demander ». Souvent, elle s'est contentée d'envoyer des signaux en espérant qu'ils soient compris. Mais ce soir, poussée par le balancier du trois jours-dix jours, elle s'est juré de ne pas prononcer un mot de plus ou un mot de moins. *J'ai envie de toi.* Elle le dit en essayant de le dire fort, que ça ne soit pas un murmure de petite chose, un truc qui sorte à peine de la gorge. Et aussitôt après, parce que toutes ses forces sont passées dans ces quelques mots, elle repart vers son lit d'un bond et elle s'explose une nouvelle fois le crâne contre la lampe de cuivre avant d'atteindre le matelas. Elle entend que Kedriss se lève, il s'arrête devant la couverture, il l'appelle, elle ne répond pas. C'est complètement con de faire semblant de dormir maintenant, il ne peut pas y croire une seconde mais c'est la seule chose qu'elle trouve à faire. Et Kedriss ne franchit pas le rideau. C'est leur arrangement. Il ne peut pas le faire si L ne l'y invite pas.

Le lendemain matin, dès le réveil elle se précipite à la grange. Camille boit son café, ses boucles blondes émergeant de la couette dans laquelle elle est emmitouflée.

— Tu vas à la mer aujourd'hui ?

Camille ne sait pas, elle n'y a pas pensé et, avant qu'elle ait pu finir sa phrase, L dit que ça va être une belle journée, il faudrait, ce serait dommage sinon. Camille rit de son enthousiasme soudain, elle doit imaginer que L a enfin réussi à dompter sa peur de l'eau et qu'elle ne veut pas lui laisser la moindre chance de se réveiller alors elle accepte, on part tout de suite, maillot, serviette, thermos de café, debout Noé, est-ce qu'on prend une voiture ? L secoue la tête : prendre une voiture, ça veut dire faire le tour de la Vieille Ferme pour trouver un propriétaire qui prête la sienne, prendre une voiture, c'est aussi prendre le risque de croiser Kedriss et ce n'est pas possible.

La mer est à une dizaine de kilomètres – huit, a d'abord dit Noé avant de reconnaître que c'est sûrement à vol d'oiseau et que, par la route, il n'en a aucune idée. Camille cherche des sentiers qui leur permettraient de quitter la départementale où les voitures les frôlent. C'est l'heure où les gens partent au travail, mal réveillés ou concentrés sur la journée à venir, ils ne font pas attention aux marcheurs, peut-être même qu'ils leur en veulent de déambuler comme ça, leur serviette de plage sur les épaules. Au début, la route est plate, enserrée par des talus derrière lesquels s'étendent des champs de choux et de colza, puis elle entame une pente qui s'accentue au fur et à mesure que la plage se rapproche, leur fait accélérer le pas, les pousse presque à courir. Ils marchent depuis une heure et demie, peut-être deux quand ils atteignent enfin la mer. Elle se présente en arcs de cercle. Gris. Bleu. Vert. Elle donne des coups de tête dans la côte rocheuse comme un animal qui veut entrer, elle rappelle à L le petit cochon noir. Après quelques minutes d'hésitation, L avance dans l'eau glacée, les galets roulent sous ses pieds et l'empêchent de contrôler sa progression. Elle s'est d'abord dit : jusqu'au ventre, mais après avoir trébuché deux ou trois fois, la limite du ventre n'a plus vraiment de sens. Noé et Camille sont déjà en train de nager plus loin, leurs têtes dépassant à peine de l'eau sombre. L ne cherche pas à les imiter, elle apprivoise la mer là où elle a pied.

Peu à peu, elle s'enhardit. Chaque fois qu'une vague se brise, elle se précipite pour que ça vienne la frapper à l'estomac et elle se plie en deux sous le coup. Lorsqu'ils sortent de l'eau, ils s'installent sur un rocher plat pour sécher au soleil. Ils se passent le thermos de café dans l'espoir de parvenir à se réchauffer mais ils tremblent tous les trois. Camille dit qu'il faudrait remonter. L court de nouveau vers la mer, se jette dedans, boit la tasse, laisse le courant l'emporter vers les rochers où elle se griffe aux huîtres, aux moules et aux berniques. Elle reste jusqu'à ce que ses doigts soient fripés, jusqu'à ce que le froid devienne presque paralysant.

Quand ils rentrent à la Vieille Ferme, L s'assied dans le salon et elle appelle Antoine. Elle lui raconte la mer, elle lui demande : est-ce que tu l'as vue tous les jours ? Comment tu as pu t'en passer en arrivant à Paris ? Elle sait qu'elle surjoue son enthousiasme, que ce n'est pas un spectacle destiné à Antoine mais à elle-même, un spectacle qui lui permet de se dire qu'elle l'appelle maintenant parce qu'il faut absolument qu'elle lui raconte et pas pour éviter de retourner à la caravane de Kedriss. Il rit gentiment de sa joie outrée mais elle finit par percevoir qu'il lui parle sur un ton détaché, presque distrait. Qu'est-ce qu'il y a ? Il dit qu'il a vu Fatou aujourd'hui, il vient de la voir. Il ne s'attendait pas à ce que L appelle si tôt et il n'a pas encore eu le temps de penser à la manière dont il lui raconterait ce rendez-vous, alors il essaie de le faire pendant qu'elle parle et ça n'est pas très pratique, il vaut mieux qu'il se lance. Fatou est venue le retrouver au Bourbon pendant sa pause déjeuner et c'était incroyable, dit Antoine, de voir les têtes des députés se dévisser sur son passage, s'empourprer à la vue de cette grande femme noire au crâne rasé et à la robe jaune qui avançait comme une danseuse et jamais il n'aurait pu penser que Fatou dégageait cette force-là, cette beauté quand il écoutait les histoires de L. Elle répond que c'est classique d'imaginer que les histoires de maltraitance n'arrivent qu'aux petites souris tristes et puis elle ordonne : Abrège, comment elle va ? Antoine répond que Fatou va bien. Il parle lentement, il hésite, fait traîner les syllabes le temps de trouver les suivantes. Mais Fatou va bien. C'est juste que. Oh écoute. Son ex s'est rendu à la police hier. L'agression de Delambre, c'était lui. Il a appelé Fatou avant pour dire qu'il regrettait, qu'il avait pété les plombs. Il a dit qu'il avait essayé de continuer à vivre normalement après ce soir-là mais il ne pouvait pas, ça ne voulait pas partir de sa tête, alors voilà, il allait avouer. Il fallait qu'il soit enfermé parce que ce n'était pas possible d'avoir voulu à ce point bousiller un homme, de s'être approché autant du moment où on va le tuer, et peut-être que s'il n'avait pas eu d'enfant il aurait pu vivre avec cette colère-là mais ils ont un fils et il ne peut pas lui donner un père qui soit une moitié de tueur. Fatou dit qu'il a parlé de toi, souffle Antoine, et de la vidéo que tu lui as envoyée, une vidéo avec un chien. Il sait bien que Fatou est incapable de faire une chose pareille alors il a cherché à te retrouver. Et quand il a pensé que c'était bon, que c'était forcément toi, L, cette fille qui se faisait appeler L au-dedans et dont il avait réussi à recoller quelques morceaux d'existence, il n'a pas su quoi faire parce qu'il avait peur de déclarer une guerre ouverte, il avait peur que tu envoies le petit film porno à son boss ou que tu te lances dans d'autres vidéos, encore plus sales, avec encore plus de chiens ou je ne sais pas, alors il a écrit le message sur Reddit. L peut sentir l'hésitation d'Antoine, son envie de répéter pour être sûr qu'elle a bien compris.

— C'est lui qui a écrit le message sur Reddit, L. Avec ce pseudonyme idiot de recette. Pas des flics, pas des mercenaires.

— OK, dit L. OK.

Elle raccroche et part marcher dans la prairie. Elle la traverse à grandes enjambées et soudain, elle est devant les arbres tordus de la forêt. Pour la première fois, elle ose s'aventurer sous leur ombre odorante. Rien ni personne n'est tapi là, derrière les troncs effondrés qui pourrissent. L pense à l'ex de Fatou et à ses photos idiotes sur les réseaux sociaux, lunettes de soleil surdimensionnées, sourire ravi, verres à cocktail ornés de parasols en papier, rangée de mecs dévoilant leurs fesses toutes blanches au photographe. Elle ne croit pas avoir autant sous-estimé un adversaire dans sa vie. *Epic fail*. Bien sûr, ce que lui a raconté Antoine n'explique pas tout. Il reste les messages de NoLogo et ceux de Kaos. Il reste le comportement étrange et inquiétant de l'homme blond qui n'avait pas de nom. Mais si elle en revient à ce qui a été leur maxime, à Elias et à L, si elle ne propose aucune théorie inventée pour pallier les trous dans le sens du réel, alors elle a reçu deux messages qu'elle ne s'explique pas, elle s'est mise à dos un connard qui s'est révélé capable de lui répondre et elle a croisé un homme qui travaillait pour le droit à l'oubli et qui a voulu lui faire peur parce qu'il savait qu'elle faisait le contraire. Ce n'est pas satisfaisant comme récit, mais c'est tout ce qu'elle peut construire sans les béquilles de la paranoïa. Le dedans est immense, il peut être violent et L s'agite à l'intérieur depuis suffisamment longtemps pour avoir causé des remous à différents endroits. C'est la concomitance des contrecoups qui l'a poussée à les croire liés, à les traiter comme un bloc. En avançant sous les châtaigniers, elle essaie d'étouffer tous les « Et si en fait… » et les « Mais imagine que… » qui surgissent. Elle s'oblige à les broyer de toute la force de sa logique.

Quand elle sort de la forêt, elle a l'impression d'être sur le pont d'un bateau. Derrière elle, les arbres comme des mâts, et devant, la prairie comme la mer, avec ses herbes couchées par le vent. De l'autre côté, les caravanes sont des barques de pêcheurs, des coquilles de noix. Elle voit Kedriss sortir de la sienne et prendre la direction de la grange. Elle lui fait signe, en se disant qu'il y a peu de chance qu'il l'aperçoive, en ne sachant pas si elle veut vraiment qu'il la voie.

D'abord, L a peur. Elle a envie aussi – ça fait comme un bruit blanc continu contre ses tympans – mais elle a peur. Elle n'arrête pas de penser à ce qu'il pense. Elle se demande s'il peut nommer tous les muscles qui bougent sous sa peau quand il pose ses mains. Grand dentelé, petit oblique, adducteur, biceps crural, des mots qu'elle ne connaît pas, et les os aussi, comme des lignes à suivre de la main, les autoroutes du corps de l'autre. Avant, L n'a jamais pensé au sexe comme à autre chose qu'à de la peau et de la pénétration. Elias et elle se collaient de partout, sur toute la longueur, et quand ça ne devenait plus suffisant, ils s'emboîtaient. Ils ne bougeaient du corps que ce qu'ils parvenaient à bouger dans la frénésie de l'instant. Ils perdaient le contrôle d'un terrain qu'ils n'avaient, de toute manière, jamais contrôlé et peut-être – se dit maintenant L – qu'en se pénétrant, c'était ce qu'ils cherchaient à oublier : le fait qu'ils ne savaient pas vraiment quoi faire de leur sexe, ni de celui de l'autre. Ils préféraient les cacher rapidement pour ne plus avoir à y penser.

D'abord, L compare, même si elle sait que ce n'est pas une bonne idée. Elle compare simplement parce que tout ce qu'elle sait du sexe, tout ce qu'elle peut se rappeler à cet instant précis, ce sont des moments avec Elias, ça fait huit ans qu'elle n'a couché avec personne d'autre.

D'abord, L est déçue. Elle est restée extérieure à la scène et, de l'extérieur, ça ne lui plaît pas tellement de se voir nue ou de s'entendre gémir. Elle a ressenti du plaisir mais il n'est pas supérieur à celui qu'elle obtient quand elle se touche et au moins, quand elle se touche, elle n'a pas besoin de se soucier d'un autre.

Elle sort fumer sur les marches. La nuit n'est pas encore tout à fait tombée mais d'épais nuages achèvent de bouffer la lumière. Il se met à pleuvoir à grosses gouttes avant qu'elle ait pu terminer sa cigarette. Elle s'attarde un peu dehors malgré tout, regarde les petites silhouettes s'agiter aux alentours pour rentrer les objets les plus fragiles.

Un peu plus tard, ils font de nouveau l'amour. La pression n'est plus la même – cette fois il s'agit simplement de ne pas refaire ce qui a déjà été fait. C'est ludique, leurs mains et leurs bouches ont déjà des repères, leurs mouvements sont à la fois plus amples et plus précis, ils sourient quand leurs yeux se croisent. L jouit, presque par surprise. C'est un frisson qui s'est transformé en orgasme en arrivant à sa bouche.

Ensuite, elle écoute le bruit de la pluie sur le toit de la caravane et fixe Kedriss, étendu à côté d'elle. Le marron qui tire vers le jaune, cette couleur si particulière de ses yeux. D'une voix un peu ensommeillée, elle lui dit qu'il existe quelqu'un qui s'appelle Elias. Kedriss ne détourne pas le regard. L lui raconte les huit ans ensemble et les quelques mois séparés, elle dit la prison depuis décembre, elle dit même le parloir et la phrase à la fin, quand il lui a demandé de ne plus revenir.

— C'est la première fois ?

— Quoi ?

— Que tu couches avec quelqu'un d'autre ?

L cherche dans les yeux brun-jaune la trace d'un jugement, d'un reproche mais elle n'en voit aucune.

— Tu ne me trouves pas dégueulasse ? De tromper un mec qui est en prison ?

Kedriss murmure qu'il n'aime pas ce mot-là. Il dit que c'est comme si L était une réserve limitée de marchandises et qu'elle en écoulait une partie en douce alors que quelqu'un d'autre avait préempté tout le lot, mais ce qu'on donne à quelqu'un, on ne le prend pas forcément à un autre, si ? Dans le silence, il remonte la couette sur leurs deux corps nus et puis il ajoute :

— Je comprendrais que je ne sois pas très convaincant. On vient de coucher ensemble. Forcément, je ne suis pas objectif.

Au matin, il est assis devant la caravane, sa roulée à la bouche. Elle s'assied à côté de lui. L'herbe de la prairie ploie sous les gouttes de la nuit que le soleil n'a pas encore séchées, elle est curieusement courbée et brillante. L lui dit qu'Antoine va venir dans quelques jours et qu'elle repartira avec lui. Kedriss penche la tête sur le côté et tord sa bouche pour recracher la fumée.

— Il faut faire une fête, dit-il. Tu ne vas pas partir d'ici sans en avoir vécu une.

Les coques de métal sont alignées sur la prairie, le noir mat parfois piqueté de rouille, elles ressemblent à des ogives ou à des canons ridiculement courts. L les contemple comme un général d'armée. La plupart des projecteurs ont traversé l'hiver humide sans en pâtir mais certains ont connu la visite de rongeurs qui ont déchiqueté la gaine des câbles. Il faut que L, soigneusement, tresse de nouveau ensemble les fils de cuivre puis qu'elle les protège. Elle se brûle à plusieurs reprises avec le fer à souder, ça laisse des petites cloques qui s'emplissent rapidement d'un liquide clair.

Quand elle délaisse les projecteurs, elle constate que la Vieille Ferme se peuple rapidement. Des gens commencent à arriver, de plus en plus nombreux, et les jours qui précèdent la fête deviennent en réalité le début de la fête – la meilleure partie, selon Xavier, parce que personne n'attend ni n'espère rien. L'amusement, le plaisir qui viennent dans ces moments-là ne sont pas abîmés par l'angoisse de ne pas s'amuser assez, de ne pas prendre suffisamment de plaisir, ils ne se mesurent pas, ils adviennent et c'est tout. On entend des coups de marteau, des scies, des toiles qui claquent au vent. Des buvettes poussent sur la prairie, avec les auvents rayés de rouge et de jaune, le comptoir de guingois. Il y a des points sur la météo du week-end toutes les heures, des paris, des vœux pieux. La grange est pleine à l'heure du dîner, nouveaux visages, nouvelles paires de bras. L salue, échange quelques mots mais elle ne regarde pas vraiment ceux qui l'entourent. Elle sait qu'elle s'en ira bientôt. Elle n'a pas de temps pour les inconnus. Elle n'en a déjà pas assez pour ceux d'ici, elle n'en a pas assez pour Kedriss.

La nuit, ils font l'amour avec une sorte de férocité. L veut se repaître, elle veut épuiser le désir, qu'il n'en reste plus rien lorsqu'elle partira. Elle a l'impression quand elle jouit qu'elle recrache un peu de ce désir au milieu des gémissements, que les orgasmes l'aident à s'en débarrasser.

Antoine gare la voiture à l'entrée du chemin et reste quelques minutes à l'intérieur. Il se sent un peu honteux d'être parti, comme s'il avait abandonné L ici, l'avait emmenée dans des lieux qui appartiennent à son enfance et puis laissée sur place sans se retourner. Il sait que c'était la seule chose à faire pour ne pas dérégler complètement sa vie mais il ne peut pas s'empêcher de se demander s'il n'aurait pas *dû* dérégler complètement sa vie. Il n'y a pas tant d'occasions que ça de le faire vraiment, sans retour en arrière possible. Il revient en se disant que si L le veut, il lui proposera de reprendre leur colocation, les nuits de paroles et les matins pénibles qui suivent, quand même les os ont l'air de souffrir d'ecchymoses. Peut-être qu'il lui dira qu'elle lui a manqué, si les mots n'ont pas l'air trop plats ni trop poisseux. Il pense à d'autres formules mais c'est celle-là, la plus simple, la plus usée qu'il voudrait dire. Il revient pour la fête, honteux et grisé.

Mais dès qu'il voit L, il comprend. Ou c'est ce qu'il voudrait penser. En réalité, il lui faut probablement quelques minutes et il ne réussit même pas à formuler exactement ce qu'il comprend. Il observe L et Kedriss, l'acrobate qui coupait du bois à son dernier passage. Ils sont tous les deux occupés à accrocher des projecteurs à la charpente de la grange, juchés sur un escabeau, étirés vers les poutres. Voilà, pense simplement Antoine. C'est quelque chose dans leurs corps qui peut se lire, peut-être pas pour tout le monde mais pour lui c'est criant, même s'il ne sait pas d'où ça vient, d'où ça parle. Est-ce que c'est une question de distance entre les peaux, ou d'effets d'écho entre leurs gestes, est-ce que c'est une sorte de ressemblance qui leur serait venue, est-ce que c'est le visage de L qui ne sait rien cacher du tout ? C'est là, en tout cas. Il n'y a rien à y faire. Antoine lutte contre l'idée qui se présente : si ça pouvait arriver, alors ça aurait dû lui arriver à lui. Il se rappelle que ce n'est pas comme ça que ça marche, qu'il n'y a pas d'injustice. On ne peut pas rediriger l'amour, ou le désir, vers n'importe quelle cible. Il avance jusqu'à la grange et, à quelques mètres, il lance un « bonjour » qu'il espère net.

À partir de ce moment-là, il n'a plus vraiment de but. Il se plie aux règles de l'organisation, il les connaît, ce n'est pas sa première fête à la Vieille Ferme. Ici, les gens *font* la fête, dans tous les sens du verbe faire. Il n'y a pas d'un côté des organisateurs et de l'autre les fêtards : tous se relaient aux différents postes, tiennent les buvettes ou les platines, remettent de l'essence dans le groupe électrogène, cuisinent ou servent le dîner. Antoine accepte les tâches qu'on lui assigne, il prépare les tipis de bois qui permettront plus tard, quand il fera froid, quand il fera nuit, d'allumer rapidement des feux. Il aurait voulu qu'on lui confie un travail qu'il puisse faire avec L mais elle s'occupe de la lumière et quand Kedriss lui a demandé s'il voulait aider, il a regardé sur le sol les mâchoires ouvertes d'une pince à dénuder et il n'a pas pu faire autrement que de répondre qu'il n'y connaissait rien.

Il porte des bûches avec Camille et Xavier, des enfants courent autour d'eux en brandissant des branches et des brindilles selon leur âge, la force de leurs bras. Lorsqu'ils ont fini de préparer les feux, ils vont s'asseoir sous les noyers qui bordent la prairie. Xavier part chercher un pack de bière et, quand il revient, une fleur en papier crépon à la délicatesse froissée est apparue à son oreille. Antoine caresse l'herbe de la main, on dirait que la végétation a soigneusement été rangée, triée. Il ne subsiste qu'une pelouse verte et régulière alors que, partout ailleurs, le terrain est un bordel d'achillées, de plantain et de pissenlits.

Ils discutent tous les trois sans qu'Antoine lâche tout à fait la grange des yeux. Xavier lui demande comment s'annoncent les élections européennes et Antoine ne peut que répéter ce que lui a dit le député le matin même : « On va passer à la moulinette. » Avant que Xavier n'ait pu feindre la moindre empathie, Antoine ajoute qu'il sait que Xavier s'en fout éperdument. L'épouvantail du Front national ne suffit plus à pousser les gens à voter. Le barrage a pris l'eau ou alors il n'a jamais existé, ou alors il était plus bourgeois que républicain, ils ont déjà eu cette conversation. Reste qu'Antoine se pense incapable de ne pas ressentir l'humiliation qui viendra avec leurs scores futurs, quand bien même il voudrait ne pas être entièrement assimilable à son employeur. Ça fera forcément un peu mal, comme à la dernière présidentielle.

— Alors pourquoi tu continues ? demande Camille.

— Ça m'intéresse un peu plus que de faire pousser des patates.

— C'est surtout plus valorisant, non ?

S'ils peuvent rire de cet échange, pense Antoine, c'est qu'aucun d'eux n'est certain d'avoir raison contre l'autre.

— Je ne vais pas continuer longtemps, de toute manière.

Xavier hausse les sourcils dans une mimique de surprise qui est peut-être simulée. Le problème de son visage lourd, c'est que les expressions mettent du temps à lui sculpter un sens, elles apparaissent toujours un peu en retard et ce délai presque imperceptible perturbe Antoine.

— Tu vas faire quoi ?

Antoine ne répond pas. Ce n'est pas une conversation qu'il avait prévu d'avoir avec Xavier en arrivant ici. Il a réservé ces phrases-là pour L. Il suffirait qu'elle sorte de la grange et pourquoi elle ne sort pas ?

— Tu pourrais venir un peu sur zone, dit Xavier. Ça te changerait... Ici le combat est concret et il est quotidien.

— Est-ce que tu peux arrêter avec cette expression de merde ? « Sur zone », « combat ». Vous n'êtes pas le Rojava, Xavier. Vous n'êtes même pas Notre-Dame-des-Landes. C'est ton terrain !

Xavier et Camille éclatent de rire. Antoine est surpris : il pensait qu'ils se vexeraient. Il le souhaitait, un peu.

— Tu crois que je le sais pas ? Mais au moins, puisqu'on est installés confortablement, on n'est pas obligés d'écarter des questions au nom du danger qui nous menace. On ne peut pas se dire qu'on n'a pas le temps pour l'égalité des sexes ou la fin de la hiérarchie. On n'a aucune excuse à ne pas se poser les questions maintenant.

— Et vous vous les posez ?

— Putain, ça pour se les poser, on se les pose.

— Mais vous n'y répondez pas.

Xavier sourit.

— J'essaie de voir le côté positif : on a aussi le temps de ne pas s'imposer des réponses.

Camille prend la parole de sa voix flûtée, une voix qui paraît s'excuser de se glisser entre celles de Xavier et Antoine. Elle dit que ce n'est pas si simple : il naît des réponses, malgré tout, ou il en subsiste d'anciennes. On ne peut pas attendre d'être tombé d'accord sur comment vivre pour commencer à vivre. Il faut juste espérer qu'aucune des façons de faire ne deviendra trop rigide pour que le débat puisse la modeler ou l'abolir.

Lorsque L finit ses raccordements, elle crie à quelqu'un qu'Antoine ne voit pas qu'il peut brancher et soudain la lumière explose dans la grange et sur la scène de palettes montée juste devant elle. Les enfants partent en courant vers le bâtiment illuminé. Quelques secondes plus tard, la musique démarre, saluée par des cris de joie aux quatre coins du terrain.

L rejoint leur petit groupe et s'assoit près d'Antoine Ils échangent quelques nouvelles à voix basse. Machinalement, ils s'écartent des autres, laissent dans l'herbe couchée la trace de leur mouvement de recul. Camille et Xavier s'en rendent compte et ils décident de mettre le feu aux bûchers improvisés. Antoine et L restent seuls dans le cercle vert et tendre sous le noyer.

— J'ai parlé de toi avec Salma.

L attend la suite en se mordant l'intérieur de la joue. Antoine arrache quelques brins d'herbe et ajoute :

— J'ai lu tes articles sur Mothervoice pendant que tu étais ici...

— C'est de la merde, coupe nerveusement L.

Antoine reconnaît d'une voix amusée que ce n'est pas exactement une lecture facile. Mais c'est loin d'être de la merde.

— On s'est dit que ça pouvait être un nouveau chantier pour Grenade(s), cette idée que la cybersurveillance se retourne toujours contre les femmes. Ça colle avec ce que fait Salma. Même si, bien sûr...

— Ce n'est pas notre cœur d'activité, conclut L en imitant les intonations chantantes de Salma.

Ils rient tous les deux.

— On s'est même dit qu'il faudrait en parler à l'Assemblée. J'ai proposé qu'on crée un groupe d'études. Fatou serait d'accord pour venir témoigner. Et Salma m'a parlé d'une autre femme que tu as aidée... Isabelle ?

Le rire de L s'amplifie à l'idée qu'Isabelle puisse entrer à petits pas dans l'Assemblée nationale, dans un de ses tailleurs fanés, et amener avec elle le souvenir de son mari mort, les malédictions lancées à sa fille indigne et toute une cohorte d'ectoplasmes russes.

— Tu trouves ça idiot ? demande Antoine.

L secoue la tête, toujours hilare. Non, non, elle ne trouve pas ça idiot. Elle n'a simplement jamais pensé que les femmes aux murmures inquiets puissent devenir une cause nationale, être invitées au Palais-Bourbon et s'adresser aux députés, elles qui ont pris l'habitude que personne ne les écoute, à part L ou Salma.

— Je suppose que c'est ce que tu expliquais au bar, non ? La division du travail...

C'est la première fois qu'Antoine voit le visage de L danser sous l'effet de la joie. Il se perd dans la contemplation des rides nouvelles qui apparaissent et disparaissent au coin de ses yeux et de sa bouche. Il se demande comment il a pu, même pour une seconde, penser que cette femme était laide.

— Tu n'as pas perdu ton boulot, alors ? demande L lorsqu'elle se calme.

Antoine répond qu'il a, en effet, réussi à le conserver au prix d'efforts de conciliation et d'obéissance. Les premiers jours, il a eu honte du masque qu'il portait. Et puis il s'est mis à parler avec Salma et ça avait de nouveau du sens, d'être à l'intérieur des rouages, de pouvoir utiliser sa position pour faire avancer quelque chose.

— Ce sera mon dernier tour de piste, dit-il. Je porte ce projet-là et puis je démissionne.

L le regarde sans comprendre.

— Je crois toujours que je suis au bon endroit, L. Mais je n'arrive plus à croire que j'y suis avec la bonne personne. Il est temps que je m'en aille.

— Tu vas faire quoi ?

— Je ne sais pas encore. Peut-être que je vais bosser pour Grenade(s) pendant quelques mois. Salma cherche quelqu'un pour aider les femmes qui viennent à l'asso dans leurs démarches administratives. Quitte à écrire des textes que je ne signe pas, je me suis dit que je pouvais le faire pour des gens qui en avaient vraiment besoin… Et toi ?

Antoine la regarde baisser la tête et plonger ses doigts dans l'herbe. Devant eux, les feux s'allument un par un sur la prairie, et les silhouettes de Camille et Xavier, torche à la main, sont éclairées par des lueurs rouges qui semblent couler sur eux comme un liquide.

— Tu veux rester ici ?

L secoue la tête. Elle va rentrer, évidemment. Ici, c'est une bulle. Une jolie bulle mais elle n'est pas faite pour ça. Même la mer, après un temps, ça ne doit plus procurer la même joie, si ? Il n'y a qu'un seul endroit pour elle et elle le sait très bien : c'est le dedans. Pas la Vieille Ferme, ni l'Assemblée, ni Grenade(s), mais les abysses du dedans. Personne ne remarquerait son absence si elle n'y retournait plus mais elle, elle saurait qu'elle les a laissés aux connards et ce n'est pas possible. Elle va rentrer et reprendre ses rondes. Peut-être que quand la peur aura disparu, elle se remettra à lancer des actions d'une autre envergure, de celles qui séisment des continents numériques, ça, elle ne peut pas le dire encore. Et puis, il y aura le procès d'Elias, il faudra qu'elle soit là. Elle n'est même pas sûre que son statut de témoin l'autorise à quitter Paris, l'avocat lui avait dit de rester calme en attendant sa convocation qui n'est jamais venue et on ne peut pas dire qu'elle ait obéi. Elle rit encore : même quand elle s'est changée en flaque et qu'elle ne pouvait plus penser, elle a piraté des frontières. C'est sa manière d'être, ça excède même la décision. Elle est faite pour être pirate.

Antoine ne lui pose pas de questions sur Kedriss. Il n'a pas envie de savoir ce qui s'est passé, ni ce qui se passera. Il n'a pas envie d'obliger L à le savoir non plus.

Le ciel est bleu violine avec des éclats roses qui dépassent à peine des arbres. Il commence à faire froid, L et Antoine abandonnent le calme du noyer pour s'approcher d'un feu que Xavier peine à démarrer. Assis en tailleur, Kedriss roule un joint avec concentration et L va s'installer près de lui.

Antoine s'accroupit près des flammèches avec Xavier et, dans un ensemble maladroit, ils cherchent tous les deux à déplacer les morceaux de bois, à glisser des mèches de journaux torsadés entre les branches. Il remarque que Xavier commence à avoir des cheveux blancs, ils se mêlent à la petite fleur de papier qui se dresse au-dessus de son oreille. Il pense, ému, que c'est le seul visage qu'il a vraiment vu évoluer au fil des années.

— Est-ce que tu crois que je suis un être d'école ? demande-t-il.

— Hmm ?

— Que je suis fondamentalement un élève, que je ne suis fait que pour apprendre et que ça me rendrait incapable de créer ?

Xavier hausse les épaules et le mouvement déloge la petite fleur de crépon. Antoine la regarde rouler sur son pull puis tomber sans bruit dans l'herbe.

— Je vois mal comment tu pourrais créer sans apprendre... C'est quoi le problème ? C'est ton livre ?

Xavier bat déjà la mesure de la musique qui s'élève de la grange. Antoine se dit qu'il va falloir danser maintenant, croire qu'on peut s'oublier dans la danse alors qu'on n'oublie rien, on ne fait que repousser les problèmes du pied, de la main, de ce sourire idiot qu'ont les gens qui dansent. L paraît s'endormir sur l'épaule de Kedriss, les genoux repliés contre la poitrine. Antoine s'étonne de pouvoir contempler leurs corps voisins, dans des postures jumelles, sans ressentir de l'amertume. Il pense que c'est sans doute parce que cette proximité ne lui enlève rien. Il n'a absolument pas perdu L, elle fait toujours partie de sa vie. Elle est de l'autre côté du feu et, quand elle croise son regard, elle sourit et elle plisse doucement les yeux dans sa direction, et même si Antoine trouve que c'est un signe de reconnaissance étrange, il sait qu'il est pour lui, il sait que ce signe dit que L le voit. Il ne l'a pas perdue. Rien n'est grave.

— Tu écris un livre ? demande Kedriss.

— Je n'écris pas un livre. J'ai, très activement, non écrit un livre.

— Qui parlait de quoi ?

— De Capa et Taro.

Kedriss secoue la tête ; les noms lui sont inconnus. Alors Antoine raconte. C'est l'histoire d'un amour qu'il croyait parfait mais qui s'est avéré, au fil de ses recherches, totalement chaotique. C'est l'histoire de deux juifs en exil, venus à Paris pour fuir la montée de l'antisémitisme, deux artistes, deux antifascistes. Ils tombent amoureux mais, sans cesse, l'un fera de l'ombre à l'autre, et sans cesse, ils s'engueuleront, il y aura des cris, des choses cassées dans de minuscules appartements, des menaces de départ et des malédictions rauques lancées beaucoup trop tard dans la nuit mais rien n'est grave, croient-ils, rien n'est grave puisqu'ils s'aiment et qu'ils luttent. Les luttes à l'intérieur de leur maison, de leur couple, ne sont rien par rapport à celles qu'ils mènent au-dehors, ils peuvent disparaître dans leur époque. Et puis ils partent pour l'Espagne. Ils prennent des photos de villes, des photos sur la ligne de front, des photos de corps, de visages, de bâtiments, tous un peu mélangés, les corps planqués dans les angles des bâtiments, les bâtiments écroulés en gravats sur les corps, ils prennent même la photo d'un ours. Leurs photos sont publiées dans les plus grandes revues françaises mais souvent son nom à elle disparaît derrière son nom à lui. Ils traversent les batailles et leur existence se mêle à celles de dizaines d'étrangers arrivés de partout pour former les Brigades internationales. Cette partie-là, au fond, avoue Antoine, il n'aurait jamais pu l'écrire parce qu'elle a déjà été écrite cent fois. Il y aurait eu, au milieu de son livre, une bibliographie pour que les lecteurs se dirigent vers d'autres ouvrages ou qu'ils aillent voir *Land and Freedom*. Bref, Capa et Taro filment et photographient les Brigades qui luttent dans des batailles que d'autres ont décrites beaucoup mieux qu'Antoine pourra jamais le faire, et ces batailles sont les leurs, aussi, même s'ils ne tiennent pas de fusils, et quand les républicains perdent, Capa et Taro s'enfuient avec eux en cohortes misérables, mais plusieurs fois, aussi, ils croient qu'ils ont gagné. Les victoires ne durent jamais longtemps, les défaites un peu plus, elles s'accumulent, il faut toujours bouger. Ils se surprennent peut-être à regretter le petit appartement parisien et les engueulades qui avaient au moins la décence de ne pas se terminer par des morts. Il la demande en mariage, elle refuse – parce qu'il pense le mariage comme un moyen de mettre fin au chaos, comme un refuge, comme la paix qui reviendrait enfin et peut-être qu'elle sait déjà qu'il n'y aura rien après le chaos sinon l'ordre des franquistes et qu'il faut, au contraire, préserver le chaos. Il rentre à Paris, elle part couvrir le bombardement de Valence et c'est son nom à elle enfin, son nom seul, sur les photos qu'elle envoie aux journaux français. C'est l'été, il fait terriblement chaud, il y a encore quelques petites victoires mais surtout des défaites. Et puis Gerda Taro meurt, écrasée par un tank, lors de la bataille de Brunete. Ce n'est même pas un tank ennemi, c'est un de leurs blindés à eux. Le conducteur a perdu le contrôle et il écrase Gerda Taro qui est toute proche, avec sa caméra. *Si la photo n'est pas bonne, c'est que tu n'es pas assez près*, avait dit Capa.

Quand Antoine s'arrête sur cette phrase, dont il avait imaginé qu'elle ferait une conclusion magnifique au livre, il se dit que ça y est, il a raconté cette histoire. C'est drôle d'avoir pensé qu'elle pourrait tenir sur deux ou trois cents pages alors qu'elle était faite pour ça, pour être racontée en dix minutes devant un feu.

Ils commencent à danser. C'est la dernière image sans l'être. Il y aura, chronologiquement, des images qui viendront après, le matin difficile, dans l'herbe, des traces de tiges sur les joues, il y aura le moment des départs, celui d'Antoine, celui de L, et quand ils seront partis, en réalité, il y aura toujours des images de la Vieille Ferme mais ils ne seront plus là pour les voir, ce seront les images de Xavier, de Kedriss, ou des autres. Ce n'est donc pas vraiment la dernière image mais pour l'instant ils dansent, sans ironie, sans afficher qu'ils dansent, sans que leur visage commente le fait qu'ils dansent, le rouge leur monte aux joues, les tempes perlées de sueur brillent dans la lumière, la grange ne cesse de s'emplir autour d'eux, corps pressés, corps confondus, et ils dansent au milieu de la foule, parfois jusqu'au déséquilibre, ils dansent comme s'ils voulaient tomber, avant de se rattraper à une épaule ou à la musique et d'éclater de rire.

Remerciements

À Gabriella Coleman, autrice du remarquable *Anonymous. Hacker, activiste, faussaire, mouchard, lanceur d'alerte* et cofondatrice du site HackCurio – non seulement pour ses travaux mais aussi pour le temps qu'elle m'a accordé,

Vincent Message, Sylvain Pattieu et Victoire Tuaillon pour leur relecture précise et amicale,

François Ruffin, Julie Briand, Guillaume Tricard, Angelo Tonolli, Sylvain, Joseph et Hector pour m'avoir permis d'entrer à l'Assemblée,

Pierre Stasse qui déteste les questions sur le système judiciaire et y répond pourtant,

Luca Wyss et Thibault Henneton, pour la documentation joyeusement partagée sur les pirates,

Matthieu, Fanny, Fragan, Sid, Vassil et Marion qui m'ont appris l'intelligence des corps déployés,

Jérémie Ferrer-Bartomeu, troll socratique s'il en fut,

la bande de PIC pour les fêtes participatives,

Jessie Lucas, rencontré dans un train, pour la conversation sur les instruments de musique électroniques et la beauté du code.

Enfin, merci à mon éditrice Alix Penent pour sa façon habile de repérer les nœuds dans le grand corps du texte et sa façon – plus habile encore – de les signaler sans me faire perdre confiance, et merci à Benoît, pour les heures de conversation flottante sur un livre à venir, l'exigeante relecture du livre écrit et la douceur de la maison qui m'a permis de l'écrire.

Le personnage de L n'aurait pas existé sans les modèles qu'ont été pour moi, pendant l'écriture, Mercedes Renee Haefer, arrêtée par le FBI pour sa participation à l'Opération Payback, et Eva Galperin, pourfendeuse de *stalkerwares* et directrice de l'Electronic Frontier Foundation.

Table

13271

Composition
NORD COMPO

Achevé d'imprimer à Barcelone
par CPI Black Print
le 18 juillet 2021.

Dépôt légal juillet 2021.
EAN 9782290253199
OTP L21EPLN002973N001

Éditions J'ai lu
87, quai Panhard-et-Levassor, 75013 Paris

Diffusion France et étranger : Flammarion